Kathinka Engel
Words unspoken

KATHINKA ENGEL

WORDS *UN* SPOKEN

ROMAN

everlove
by **PIPER**

Mehr über unsere Autorinnen, Autoren und Bücher:
www.everlove-verlag.de

Wenn dir dieser Roman gefallen hat, schreib uns unter
Nennung des Titels »Words unspoken« an *empfehlungen@piper.de*,
und wir empfehlen dir gerne vergleichbare Bücher.

Von Kathinka Engel liegen im Piper Verlag vor:

Finde-mich-Reihe:
Band 1: Finde mich. Jetzt
Band 2: Halte mich. Hier
Band 3: Liebe mich. Für immer
Band 4: Fühle mich. Unendlich

Love-is-Reihe:
Band 1: Love is Loud – Ich höre nur dich
Band 2: Love is Bold – Du gibst mir Mut
Band 3: Love is Wild – Uns gehört die Welt

Shetland-Love-Reihe:
Band 1: Where the Roots Grow Stronger
Band 2: Where the Waves Rise Higher
Band 3: Where the Clouds Move Faster

Hollywood Dreams:
Band 1: This is Our Time
Band 2: This is Our Life

Badger-Books-Reihe:
Band 1: Words unspoken
Band 2: Pages unwritten
Band 3: Chapters unfinished

ISBN 978-3-492-06591-7
© everlove, ein Imprint der Piper Verlag GmbH, München 2024
Redaktion: Michelle Gyo
Satz: Tobias Wantzen, Bremen
Gesetzt aus der Marco
Druck und Bindung: GGP Media GmbH, Pößneck
Printed in Germany

Für die Mädchen, die wir waren.
Für die Frauen, die wir werden.

1

Jethro

In der Dunkelheit werde ich unsichtbar. Ich verschmelze mit der Schwärze der Nacht, verschmelze mit der Welt. Niemand sieht mich. Niemand hört mich. Ich bewege mich lautlos, bewege mich schnell. Selbst wenn sich jemand nach mir umdrehen sollte, bin ich im nächsten Augenblick verschwunden. Denn ich bin ein Phantom. Ich *bin* unsichtbar.

Meine letzte Aktion liegt zwei Monate zurück, und es juckt mich in den Fingern. Ich spüre es schon seit einiger Zeit. Ich merke es immer daran, dass ich unruhiger werde. Und gleichzeitig stiller. Und dann entschlossener.

Wenn ich länger nicht unterwegs war, vermisse ich nicht so sehr das Unsichtbarsein. Nicht so sehr den Nervenkitzel. Ich vermisse das Gehörtwerden. Das Etwas-zum-Ausdruck-Bringen. Das Jemand-Sein. Kompromisslos Ich-Sein. Denn ich habe etwas zu sagen. Ich will gehört werden. Will, dass meine Botschaft gesehen wird.

Ich husche zwischen geparkten Autos über die Straße. Die Laterne oben an der Kreuzung flackert. Es ist beinahe gespenstisch still. Kein Motorenlärm ist zu hören, kein Hundegebell. Nur mein leiser Atem, während ich mich im Schatten der Häuserwand fortbewege.

Mein Ziel ist ein altes Warehouse an der Waterfront, der

ideale Ort für mein neuestes Gedicht, um den ich schon eine Weile herumschleiche. Lange genug habe ich gezögert. Aber jetzt, im Dunkel der Nacht, bin ich mir sicher.

Ich bin so bei mir, dass ich das Auto, das auf einmal neben mir hält, zu spät bemerke. Für den Bruchteil einer Sekunde denke ich, es ist vorbei. Denke ich, es ist die Polizei. Wie automatisch ducke ich mich, schnell atmend und dennoch mucksmäuschenstill. Aus meiner Hosentasche ziehe ich meine Sturmmaske und setze sie mir mit hektischen, aber geübten Bewegungen auf, ziehe sie zurecht. In meiner Deckung hinter – wie ich jetzt feststelle – einer Mülltonne blicke ich mich hektisch nach meinen Fluchtmöglichkeiten um. Nur nicht in eine Sackgasse rennen.

Bei einem meiner ersten Graffitis wäre ich beinahe geschnappt worden, weil ich auf einmal vor einem abgeschlossenen Maschendrahttor stand. Diesen Fehler macht man kein zweites Mal. Seither kenne ich die Routen, die ich zurücklege, auswendig – auf dem Hinweg eine andere als auf dem Rückweg, nur um sicherzugehen – und weiß in jedem Fall, wohin ich mich wenden muss. Ich bin schnell. Wenn sie auf der Suche nach mir sind, kann ich aus der Deckung das Überraschungsmoment für mich nutzen, die Straße hinunterrennen und mich dann nach links orientieren. Sobald ich zwischen den Hafengebäuden bin, gibt es jede Menge sichere Verstecke.

Als ich Autotüren höre, bereite ich mich auf meine Flucht nach vorne vor. Ich atme tief ein und aus, dann noch mal ein, halte die Luft an, um zu hören, was passiert. Zwei Männer unterhalten sich. Lachen. Das klingt nicht, als wären sie auf der Suche. Ihre Stimmen entfernen sich. Ich atme langsam aus. Noch mal gut gegangen.

Trotzdem warte ich einen Augenblick, meinen Rucksack fest an die Brust gedrückt. Ich kann nicht vorsichtig genug sein. Denn meine Identität muss geheim bleiben, um jeden Preis. Schon wegen der sehr realen juristischen Konsequenzen, die mein Schattendasein mit sich bringt. Während die einen meine Kunst bejubeln und zu Hunderttausenden auf Social Media teilen, werfen mir die anderen Vandalismus vor. Aber auch die hören mich. Lesen mich. Und darum geht es.

Ich biege in eine kleine Seitenstraße ein. Der Asphalt ist rissig, brüchig. Hier und da sieht man im fahlen Licht der Straßenlaternen, dass er ausgebessert wurde. Ich husche über eine Straße, über eine weitere. Kein Blick zurück. Wer sich umsieht, wird langsamer und macht sich verdächtiger. Wer eine Strumpfmaske trägt, auch, weswegen ich sie mir normalerweise erst kurz vor der Aktion überziehe. Aber die Holyoke Wharf liegt nun verlassen vor mir. Die Luft ist schwanger vom Geruch nach frühem Herbst und Meer, und in einiger Entfernung sehe ich ein Tier. Es könnte ein Fuchs sein. Oder ein Hund. Auf der Suche nach Fischabfällen. Ansonsten bin ich mutterseelenallein. Das einzige Geräusch neben den Autos, die zu dieser nachtschlafenden Zeit unregelmäßig in der Ferne zu hören sind, ist das Knarzen der sich wiegenden Fischerboote am Rand des Kais.

Und dann stehe ich vor dem Gebäude. Die halb blinden Fenster im Erdgeschoss liegen in völliger Dunkelheit. Neben einer unscheinbaren Eingangstür hängen halb abgerissene Plakate von Konzerten oder Festivals, deren Datum weit in der Vergangenheit liegt, doch ich sehe sie mir nicht näher an. Ihre losen Ecken flattern bei jedem Windhauch.

Stattdessen trete ich einen Schritt zurück, blicke an die Wand. Dann hole ich die Stencils aus dem Rucksack. Einen nach dem anderen befestige ich an der Wand. Ich muss schnell sein, aber gleichzeitig nicht leichtsinnig. Immer wieder halte ich inne, lausche. Dann arbeite ich weiter, bis die festen Papierschablonen ein Ganzes ergeben.

Ich ziehe meine Spraydose aus dem Rucksack. Sprühe eine dünne Schicht Farbe gleichmäßig über die ausgestanzten Buchstaben. Es würde schneller gehen, wenn ich dauersprühen würde, statt das Cap immer nur kurz zu drücken, aber die Gefahr, dass Farbe hinter die Schablone läuft, ist zu groß.

So sprühe ich erst eine Schicht, dann eine zweite, schließlich eine dritte.

Es dauert alles in allem nur ein paar Minuten, dennoch kommt es mir vor wie eine Ewigkeit. Endlich entferne ich die Schablonenteile behutsam und werfe noch einen Blick auf mein fertiges Werk. Weiße Buchstaben auf roten Ziegelsteinen.

Ich zücke mein Handy, mache ein schnelles Foto. Dann drehe ich mich um und renne. Lautlos in die Dunkelheit. In die Unsichtbarkeit.

2
Bash

Der Pitch des Projekts klang vielversprechend, aber je länger ich lese, desto prätentiöser finde ich die Sprache. Irgendwie gewollt. Unauthentisch. Als hätte der Autor versucht, so poetisch und intellektuell wie irgend möglich zu klingen, dabei aber vergessen, wer er selbst ist. Niemand will ein Buch lesen, das aufgesetzt wirkt.

Das ist bereits das vierte Manuskript, in das ich heute reinlese. Es ist Sonntagabend – oder eher Montagnacht, wie mir der Blick auf meine Handyuhr verrät. Ein Uhr fünfundzwanzig. Dabei hatte ich Louise versprochen, mir einen Tag freizunehmen. Dafür ist es nun zu spät, aber so ist das eben, wenn man zusammen mit seinen zwei besten Freunden einen kleinen Indie-Verlag gründet. Man arbeitet. Immer.

Doch weil Louise recht hat und mein Kopf vor verschwurbelten Bandwurmsätzen und schiefen Metaphern ohnehin kurz davor ist, abzuschalten, lege ich die Leseprobe zur Seite und will gerade meine Nachttischlampe ausmachen, als mein Handy vibriert.

Nicht viele Leute rufen mich mitten in der Nacht an. Eigentlich nur zwei Personen. Entweder es ist meine kleine Schwester Evie, die sich Gott weiß wo in Europa herumtreibt, sich mit Gott weiß was für Jobs über Wasser hält und mich betrunken von ihrem Heimweg aus Gott weiß welchem Club anruft, um mir zu sagen, wie lieb sie mich hat und dass ich mich mal entspannen soll. Oder es ist wie in diesem Fall meine Highschool-Ex-Freundin Laura.

»Hi Laura«, sage ich und unterdrücke ein Gähnen.

»Bash?« An der Art und Weise, wie sie meinen Namen sagt, merke ich bereits, dass sie geweint hat. Shit.

»Hey, was ist los?« Ich schalte den Lautsprecher ein und lege das Handy neben mein Kopfkissen, sodass ich schon mal die Augen schließen kann, während wir telefonieren.

»Habe ich dich geweckt?«

»Nein, alles gut. Ich habe noch gearbeitet. Wo bist du?«

»Im Auto.«

»Warum?«

»Ich musste raus.« Ihre Stimme bricht.

»Habt ihr euch wieder gestritten?«

Einen Moment lang sagt sie nichts. Ich sehe sie vor mir, wie sie in ihrem kleinen Peugeot durch die nächtlichen Straßen unseres Heimatorts fährt, sich auf die Unterlippe beißt, gegen neuerliche Tränen ankämpft. Dann sagt sie: »Ja.«

»Willst du drüber reden?« Louise würde mich schimpfen. Nicht nur, weil ich längst schlafen sollte, wenn ich morgen pünktlich und fit im Büro sein will, sondern auch, weil sie findet, ich solle den Kontakt zu Laura abbrechen. Oder wenigstens auf ein Minimum reduzieren. Sie haben sich zwar nie kennengelernt, aber Louise sagt, ich müsse mich mehr um mich kümmern als um eine Person, die mich mit siebzehn betrogen hat. Ich habe Laura allerdings längst verziehen. Wir waren jung. Kinder. Man macht Fehler. Nur, dass sie immer noch mit diesem Fehler zusammen ist – inzwischen zusammenwohnt –, macht die Sache ein bisschen schwieriger. Aber ich versuche eben, ein guter Freund zu sein. Versuche, das Richtige zu tun.

»Ich verstehe einfach nicht, wie man jemanden lieben und gleichzeitig so ein Arsch sein kann.«

»Was ist denn passiert?«

»Jayden hat Sachen gesagt, Bash. Richtig üble Sachen. Und ich weiß, dass er es nicht so meint, dass er einfach auch echt viel um die Ohren hat und kein Ventil und ...«

»Du musst ihn nicht verteidigen. Niemand hat das Recht, ein Arsch zu dir zu sein, Laure.« Der vertraute Spitzname kommt mir wie automatisch über die Lippen. Louise würde schimpfen. Vielleicht zu Recht. Louise hat meistens recht.

»Ich weiß, ich meine ja nur ... Er ist manchmal nicht er selbst.«

Oder er ist immer er selbst.

»Mit dir habe ich mich nie so beschissen gefühlt, Bash. Du hättest nie gesagt, dass du dich zwingen musst, mit mir zu schlafen, weil ich es nicht bringe. Du hättest mich nie ...« Sie stockt. »Du hättest mich nie betrogen.«

Du mich schon. »Er hat dich betrogen?«

»Ich weiß es nicht. Er hat es gesagt, aber vielleicht wollte er mir auch nur wehtun.«

»Warum wollte er dir wehtun?«

»Weil ich mit meiner Mom shoppen war und mir ein Kleid gekauft habe, von dem ich dachte, es würde ihm gefallen. Aber ich habe vergessen, das Preisschild abzumachen, und er hat gesehen, wie viel ich ausgegeben habe. Und ich weiß ja selbst, dass wir nicht einfach so fünfzig Dollar übrig haben. Aber Mom hat die Hälfte bezahlt, und ich habe mich endlich mal wieder ein bisschen wie ich gefühlt.«

»Hast du ihm das gesagt?«

»Ja. Aber da hatte er schon entschieden, dass wir uns streiten würden.«

»Laura«, sage ich behutsam und achte darauf, ihren richtigen Namen zu benutzen, »du weißt, dass du das nicht machen musst, oder? Bei ihm bleiben?«

»Ich weiß«, flüstert sie erstickt. »Aber ich liebe ihn. Und es ist nicht immer so.«

»Aber es ist oft so.«

»Sag das nicht, Bash, bitte. Mach es mir nicht schwerer, als es ist.«

»Ich versuche, es dir weniger schwer zu machen.«

»Aber das tust du nicht. Du tust so, als sei es leicht. Zehn Jahre wirft man nicht einfach weg.«

Nee, man packt noch mal zehn Scheißjahre obendrauf. »Ich weiß, es ist hart, Laura. Und ich weiß, du liebst ihn. Aber das ist das vierte Mal diesen Monat, dass du mich weinend anrufst. Und das zweite Mal diese Woche. Und ich mache mir ehrlich gesagt Sorgen um dich.«

»Ach was.« Sie schnieft. »Manchmal muss es einfach raus, weißt du? Aber es geht mir schon viel besser.« Ich höre, dass sie sich an einem Lächeln versucht. »Wenn ich mit dir rede, geht's mir immer besser. Danke.«

»Ist doch selbstverständlich«, sage ich. »Ich bin da, wenn du mich brauchst.« Ich bin immer da. Weil man das so macht unter Freunden. Weil es das Richtige ist.

»Danke.«

»Kannst du heute Nacht woanders schlafen? Bei deiner Mom?«

»Ich werde einfach im Auto schlafen.«

»Laura!« Auf einmal bin ich wieder hellwach. »Du kannst doch nicht im Auto schlafen!«

»Es ist sogar ganz bequem.«

»Verriegelst du wenigstens die Türen?« Die Kleinstadt in Illinois, aus der wir kommen, ist zwar nicht unbedingt gefährlich, aber man weiß ja nie.

»Natürlich.«

»Ich finde das ziemlich kacke, Laure.«

»So ist vielleicht das Leben. Ziemlich kacke.«

»Aber so muss es nicht sein.«

»Für manche schon.« Sie lacht.

Genau das Lachen, in das ich mich mit fünfzehn verliebt habe. Genau das Lachen, das mir zwei Jahre später das Herz gebrochen hat, als es nicht mehr mir galt, sondern Jayden.

Unter der Tribüne des Highschool-Footballfelds. Was für ein Klischee. Es ist leise und ein bisschen verschämt. Es klingt, wie Zuckerguss schmeckt. Zu süß. Und ich hasse Jayden dafür, dass er ihr das Leben so schwer macht.

»Gute Nacht, Bash. Danke, dass ich dir mein Herz ausschütten durfte.«

»Gute Nacht. Und jederzeit.«

Wir legen auf, und ich spüre *mein* Herz überdeutlich in meiner Brust. Es rast. Vor Wut. Vor Wut auf Jayden. Und vor Wut auf Laura, weil sie damals etwas Gutes weggeworfen hat für etwas, das ihr Leben elend macht. Aber das ist eine Entscheidung, die sie getroffen hat. Sie hat mit mir nichts zu tun. Nur insofern, als dass ich eben nicht der Bad Boy bin, von dem man hofft, er würde sich für die Liebe ändern.

Ich lösche nun endgültig das Licht, rolle mich auf die Seite, schließe die Augen. Drehe mich um. Schüttle mein Kissen, weil irgendwas nicht stimmt. Strample die Decke von den Beinen, denn mir ist auf einmal viel zu heiß. Scheiße, warum konnte der Anruf nicht von Evie sein? Ihre etwas zu laute Stimme, weil sie gerade aus einem lauten Berliner Technoclub kommt, die mir kichernd irgendwas aus ihrem Leben erzählt. Aber ich habe seit zwei Monaten nichts mehr von ihr gehört. Wo sie wohl ist?

Kurzerhand entsperre ich mein Handy. Das helle Licht des Displays blendet mich im ersten Moment. Ich suche unsere Unterhaltung, die viel zu weit nach unten gerutscht ist. Die letzten vier Nachrichten stammen allesamt von mir.

Lange nichts gehört. Wie geht's dir? Ich denke an dich!

Alles gut bei dir? Louise hat heute Muffins mitgebracht, da musste ich an dich denken. Deine sind besser.

Hey Sis, ich bin mit Coulter im *Great Beers* (great name, oder?) und hab schon das ein oder andere great beer getrunken (das ist eine Lüge, sie haben hier nur Cors Light und Bud) und denke an dich. Lass mal was von dir hören.

Hi Evie. Hab mit Mom telefoniert. Sie macht sich langsam Sorgen. Ich hab ihr gesagt, dass sicher alles gut ist, aber es wäre gut, du würdest mal ein Lebenszeichen von dir geben.

Sie hat alle Nachrichten bekommen und gelesen, aber nicht reagiert. Es ist nicht das erste Mal, dass das passiert, aber das bedeutet nicht, dass es leichter wird.

Gute Nacht, Evie, schreibe ich jetzt und schicke die Nachricht ab. Sie wird zugestellt, im nächsten Moment sehe ich, dass Evie online ist. Ich warte ab, ob sie etwas antwortet. Starre auf das kleine Bild von ihr. Das Wort *online* daneben. Ich stelle mir vor, wie sie sieht, dass auch ich online bin. Wir beide zur selben Zeit, wie wir diese digitale Version von uns anschauen. Aber sie antwortet nicht. Und dann ist sie wieder weg.

Ich seufze. Wenn wir wenigstens wüssten, dass es ihr gut geht. Andererseits, Evie geht es immer gut. »Keine Nachricht ist eine gute Nachricht«, sagt unser Dad in solchen Momenten immer, und das stimmt vermutlich. Denn wenn etwas wäre, würde man uns informieren. Denke ich. Und sie ist ab und zu online, also kann es so schlimm nicht sein. Oder?

Die Gedanken verselbstständigen sich. Ich weiß, dass ich nicht werde schlafen können, wenn ich in diese Spirale aus Sorge und – ja – Wut gerate. Also mache ich das, was ich immer tue, wenn ich unruhig bin. Ich gebe den Namen Jethro in die Suchleiste meines Handys ein und scrolle mich durch die neuesten Artikel und Forenbeiträge. Es gibt einige Theorien, wer sich hinter dem berühmten Street Poet verbirgt, der seit ein paar Jahren vor allem in Portland (Maine, nicht Oregon) und Umgebung, selten auch mal an anderen Orten in den USA seine Gedichte auf Hauswände und Straßen sprayt. Er sei der Sprössling einer Politikerfamilie, der vor Jahren für einen Eklat sorgte, als er dabei erwischt wurde, wie er stümperhaft Wände beschmierte. Er sei ein bedeutender Name aus der Sprayerszene, genauer gesagt BIGboy77, der auch aus Maine stammt und ebenfalls mit Schablonen arbeitet. Einer schrieb neulich, es handle sich bei Jethro um einen Literaturprofessor der University of Southern Maine, der eine Vorlesungsreihe zum Thema Lyrik im 21. Jahrhundert gehalten und mehrere Stunden lang vermeintlich tiefe Einsichten in Jethros Werke gewährt hat.

Ich klicke auf den neuesten Beitrag im Forum. Er stammt von WhoIsJethro123 und ist mit »Bestsellerautor Jethro???« überschrieben. Obwohl ich eigentlich schlafen sollte, klicke ich auf den Beitrag, denn ich liege Louise und Coulter schon seit Ewigkeiten damit in den Ohren, dass man ein Buch mit Jethro machen sollte. Und mit »man« meine ich »wir«. Leider lief bislang jede Kontaktaufnahme meinerseits ins Leere, da es abgesehen von einem Instagram-Account keine Möglichkeit gibt, ihn anzuschreiben.

Doch als ich beginne zu lesen, merke ich schnell, dass es nur eine weitere abstruse Theorie ist. WhoIsJethro123 ist der Meinung, es handle sich bei Jethro um das Alter Ego des neuen amerikanischen Wunderkindes der Literatur, Cy Bellamy, der mit seinem Debütroman *The Gentle Art of Losing your Mind* vor anderthalb Jahren die nationalen und internationalen Bestsellerlisten stürmte. Was natürlich nichts damit zu tun hat, dass sein Vater die Autorenlegende Holm Bellamy ist. Und, na gut, das Buch ist auch so ungefähr das Beste, was in den letzten Jahren geschrieben wurde. Zufällig ist er außerdem Louise' bester Freund seit Kindertagen, weswegen ich die Bitterkeit sein lassen sollte. Sie steht mir ohnehin nicht.

Jethros Graffiti »Dieser Tag wie eine Ewigkeit« sei eine Anspielung auf Allen Ginsbergs Gedicht *Howl*, das außerdem die Grundlage für den ikonischen letzten Satz »Ich bin bei dir Rockland« aus Bellamys Debüt lieferte. Außerdem seien die Kapitelanfänge ein Anagramm des Namens Jethro, wenn man die Kapitel 3–10, 13, 15–18 und 20–25 ausklammert. Hier hört die Beweisführung allerdings auf, sodass ich kopfschüttelnd den Thread »Neues von J« öffne. Er ist nach oben gerutscht, weil der letzte Beitrag nur ein paar Minuten alt ist. Mein Herzschlag beschleunigt sich, als ich lese, was JeThRoOoOo geschrieben hat: Es gibt ein neues Gedicht.

Sofort schließe ich die Seite und öffne Instagram. Und tatsächlich – nach Monaten der Stille sehe ich als Erstes einen neuen Post von Jethro. Wie jedes Mal handelt es sich um einen beinahe laienhaft aufgenommenen nächtlichen Schnappschuss. Ich kann nicht identifizieren, wo er aufgenommen wurde, aber ich lese gebannt die Worte, die Jethro auf die Ziegelsteine gesprayt hat.

Wer, wenn nicht du
Wann, wenn nicht jetzt
Wo, wenn nicht hier
Was, wenn nicht
dein eigener verfluchter Traum

Ich weiß nicht, warum, aber immer, wenn ich ein Gedicht von Jethro lese, resoniert etwas in mir. Seine Worte sind vielleicht nicht die poetischsten. Die Botschaften nicht unbedingt die tiefsten. Aber er trifft einen Nerv. Hat damals mit seinem Gedicht über Identität genau meinen Nerv getroffen, was wohl der Grund ist, warum ich – in Louise' und Coulters Worten – »besessen« von ihm bin.

Und ja, vielleicht bin ich das, denke ich, als ich auf sein Profil klicke und dann auf den Nachrichten-Button. Die Konversation mit Jethro ist ebenso einseitig wie die mit Evie seit ein paar Monaten. Laura reagiert wenigstens auf das, was ich ihr sage, wenn auch nur passiv. Drei Vorstöße habe ich bereits gewagt und mir eigentlich geschworen, dass ich es nun auf sich beruhen lasse. Er sieht meine Nachrichten nicht einmal. Und dennoch – vielleicht weil es inzwischen nach zwei Uhr nachts ist oder weil Lauras Anruf und ihr Nicht-Handeln und Evies Schweigen dazu geführt haben, dass ich meine masochistische Ader aktiviert habe – tippe ich eine weitere Nachricht an Jethro.

Hi Jethro, schreibe ich und weiß jetzt schon, dass Coulter und Louise sich morgen über mich lustig machen werden.

Ich noch mal, Bash, der Lektor aus dem Indie-Verlag Badger Books, der großes Interesse daran hätte, ein Buch mit dir zu machen. Deine Anonymität würden wir selbstverständlich wahren. Es würde mich freuen, von dir zu hören. Viele Grüße, Bash Hanlon.

Ich schicke die Nachricht ab, starre ein paar Minuten darauf, in der bescheuerten Hoffnung, Jethro könnte sie lesen. Denn wenn jemand mitten in der Nacht wach ist, dann ein Typ, der auf den Schutz der Dunkelheit angewiesen ist, oder? Aber nichts dergleichen geschieht. Stattdessen wird mein Display irgendwann dunkel, und ich mache mir nicht mehr die Mühe, draufzutippen, sondern schließe endlich die Augen.

3
Bash

»Mr Hanlon, ich kündige!«

Ich bin gerade zur Tür unseres Büros hereingekommen, habe noch nicht einmal einen Kaffee getrunken, was ein Problem ist, wenn man viel zu wenig geschlafen hat. Aber da Mrs Pavlidis ungefähr einmal pro Woche droht, zu kündigen, bin ich nicht sonderlich alarmiert.

»Bash«, korrigiere ich, doch sie weigert sich seit anderthalb Jahren, uns beim Vornamen zu nennen. »Lassen Sie mich erst mal ankommen. Und erzählen Sie mir in Ruhe, was passiert ist.« Dann vermittle ich zwischen ihr und Coulter, wie ich es immer tue. Er verspricht grummelnd, sich in Zukunft zusammenzureißen, sie verkündet, dass es das letzte Mal ist, dass sie sich von mir und meinem Charme hat überreden lassen.

Ich durchschreite den großen Hauptraum, der eher einer Halle gleicht, und begrüße nickend der Reihe nach unsere Angestellten. Anna, eine kleine Brünette mit Nasenpiercing und Mütze, die für Marketing und Öffentlichkeitsarbeit zuständig ist, Katie und Vikram, unsere Trainees, Kwan, den überkommunikativen Vertriebsmanager, und Zara, unsere Freelance-Grafikdesignerin, die dreimal pro Woche da ist.

Das Büro von Badger Books befindet sich im dritten Stock eines alten Warehouses. Die Wände sind aus unverputzten

Ziegelsteinen, der Boden aus Rohbeton. Durch die riesigen Fenster fallen Sonnenstrahlen auf unsere Sitzecke aus Sofas und Sesseln am einen Ende des Raums. Daneben befindet sich eine kleine Küchenzeile, von wo die Kaffeemaschine einen betörenden Duft verströmt. Die Schreibtische, an denen das Team sitzt, sind zu Arbeitsinseln zusammengeschoben, und dahinter befindet sich die Tür zu dem Büro, das ich mir mit Louise teile. Gegenüber der Eingangstür, neben unserem Konferenzraum, führt außerdem eine kleine Treppe ins Dachgeschoss, wo Coulter, der dritte im Bunde und Mrs Pavlidis' erklärte Nemesis, ein eigenes Büro hat. Daneben liegt die Tür zu seiner Wohnung, einer industrial chic Junggesellenbude.

Praktischerweise gehört Coulter das Gebäude. Vor ein paar Jahren hatte er einen Verkehrsunfall und bekam eine wahnwitzige Summe Schmerzensgeld ausgezahlt, mit der er uns den Traum eigener Räumlichkeiten für Badger Books ermöglicht hat, wofür wir ihm ewig dankbar sein werden, auch wenn er davon nichts hören will.

Mrs Pavlidis folgt mir auf dem Fuß, schimpfend, gestikulierend. »Das war das letzte Mal, Mr Hanlon. Das letzte Mal!«

»Ich weiß«, versuche ich, sie zu beruhigen, betrete mein Büro und stelle die lederne Umhängetasche, die unter anderem die Manuskripte von letzter Nacht beinhaltet, auf den Schreibtisch. Der Platz gegenüber ist noch leer, weil Louise morgens erst Philomena in die Vorschule bringt.

»Die Unverschämtheiten von Mr Barnett werde ich mir nicht länger gefallen lassen!«

»Sie sollen sich überhaupt keine Unverschämtheiten gefallen lassen, das ist doch klar«, sage ich und bedeute ihr, die Tür zu schließen, damit die anderen nicht jedes Wort mitbekommen. Denn Coulter ist ohnehin nicht der Beliebteste von uns dreien. »Setzen Sie sich, dann bereden wir das ganz in Ruhe.« Ich deute auf einen Stuhl.

Doch Mrs Pavlidis bleibt stehen. »Nein, Mr Hanlon, es gibt

nichts mehr zu bereden.« Eine graue Strähne hat sich aus ihrem strengen Dutt gelöst und steht fast im rechten Winkel von ihrem Kopf ab.

Im nächsten Moment klopft es an der Tür, und Coulter steckt seinen Kopf herein. »Ich schätze mal, es geht um mich?«, fragt er, in der Hand einen Rubik's Cube, dessen bunte Quadrate er hin und her dreht, um Ordnung zu schaffen.

Er ist immer der Erste im Büro – zum einen, weil er hier wohnt, und zum anderen, weil er Coulter ist und morgens um sieben bereits zehn Meilen gejoggt ist, ein gesundes Frühstück zu sich genommen hat und bereit ist, in einen sehr effizienten Tag zu starten. Er tritt ein und verschränkt die Arme.

»Sie brauchen gar nicht so selbstgefällig dreinschauen. Sie haben es geschafft, Mr Barnett. Sie haben mich vertrieben.«

»Das war mitnichten meine Absicht«, sagt Coulter. »Ich habe lediglich darum gebeten, dass Sie ...«

»Sie haben mir nicht zu erklären, wie ich meinen Job mache! Seit über dreißig Jahren arbeite ich als Assistentin. Noch nie hat sich jemand beschwert.«

»Dann war allen anderen wohl egal, dass Sie schlampig arbeiten?« Er blickt von seinem Rubik's Cube auf.

»Coulter«, ermahne ich ihn.

»Dass ich ... Was erlauben Sie sich, Sie aufgeblasener Flegel!«

»Wir sind ein Verlag, Mrs Pavlidis. Wir arbeiten mit Sprache. Da darf ich wohl erwarten, dass Sie die E-Mails, die Sie verschicken, noch mal auf Richtigkeit überprüfen.«

»Es war eine E-Mail an ihn!« Mrs Pavlidis blickt mich an und zeigt mit dem Finger auf Coulter. »Die ging nicht mal nach draußen. Ich habe mich einfach vertippt!«

»Ich habe es gern akkurat«, sagt Coulter und zuckt mit den Schultern. »Und wo wir schon dabei sind, habe ich es auch gern privat. Und ich weiß zufällig, dass Sie Freitagabend in meinem Büro waren.«

»Um Ihre Pflanze zu wässern!«

»Ich habe Sie nicht darum gebeten, oder?«

»Coulter«, sage ich beschwichtigend, »das ist doch albern.«

»Albern? Es gibt hier klare Regeln. Beispielsweise, dass meine Tasse nicht in die Spülmaschine darf, nicht wahr, Mrs Pavlidis? Oder eben, dass niemand mein Büro betritt, wenn ich es nicht ausdrücklich erlaube.«

»Mrs Pavlidis hat es nur gut gemeint.«

»Und?«

»Du könntest dich bedanken und beim nächsten Mal nicht so viel Wirbel darum machen«, schlage ich vor, denn ich weiß zwar, dass Coulter eigen ist, und versuche, es – ebenso wie alle anderen – zu respektieren, aber manchmal wäre es gut, er wäre in diesen Dingen ein bisschen entspannter.

»Die Tür ist übrigens auch immer noch nicht repariert«, sagt Coulter jetzt. »Wenn ich mich richtig erinnere, hattest du, Bash, Mrs Pavlidis darum gebeten, das zur absoluten Priorität zu machen.« Er grinst selbstgefällig.

Die Tür ist seit einer Woche kaputt. Selbst wenn sie nicht abgeschlossen ist, kommt man nur mit Schlüssel rein und raus, was ein Problem für Zara ist, weil sie keinen eigenen Schlüssel hat. Deswegen hat Coulter natürlich recht.

»Ich wollte es heute machen«, sagt Mrs Pavlidis. »Aber leider ...« Sie reicht mir ein gefaltetes Blatt Papier, das sie anscheinend schon die ganze Zeit in der Hand gehalten hat. »Es tut mir leid, Mr Hanlon. Das geht nicht gegen Sie oder Miss Calahan. Aber mit diesem Rüpel« – wieder zeigt sie auf Coulter – »halte ich es keinen Tag länger aus.«

Ich nehme das Papier entgegen und falte es auf. Hat sie diesmal die Bedingungen, unter denen sie bereit ist, weiter für uns zu arbeiten, schriftlich festgehalten? Vielleicht wäre das eine gute Gedankenstütze für Coulter. Doch dann lese ich das erste Wort. *Kündigung*, steht da.

»Nein«, entfährt mir. »Mrs Pavlidis, das meinen Sie nicht ernst.«

»O doch!«

»Aber ... wir brauchen Sie!«

»Pff«, macht Coulter, und ich bedeute ihm mit einer barschen Geste, zu schweigen.

»Es tut mir leid, Mr Hanlon, aber meine Entscheidung steht fest.«

»Das bisschen Admin-Kram kriege ich gerade noch selbst hin«, sagt Coulter. »Mit korrekter Orthografie.«

»Coulter, sei still. Du hilfst kein bisschen!«

»Es spielt keine Rolle, Mr Hanlon. Ich weiß es sehr zu schätzen, dass Sie sich für mich einsetzen. Aber ich bin heute nur hier, um mich persönlich von Ihnen zu verabschieden.«

»Aber Mrs Pavlidis ...«

»Es hat mich gefreut, Sie kennenzulernen. Sie sind ein prächtiger junger Mann und ein hervorragender Chef. Warum Sie allerdings mit diesem ungehobelten Kerl befreundet sind, werde ich nie verstehen.«

Coulter lacht, und in diesem Moment verstehe ich selbst nicht, warum er seit dem Studium mein bester Freund ist, Warehouse hin oder her.

»Bitte richten Sie Miss Calahan meine besten Wünsche aus. Und geben Sie der Kleinen einen Kuss von mir.« Mit diesen Worten streckt sie mir die Hand hin. »Auf Wiedersehen, Mr Hanlon. Danke für alles.«

»Aber ...« Doch ich weiß, dass ihre Entscheidung diesmal endgültig ist. »Auf Wiedersehen«, sage ich mechanisch. Und ohne Coulter auch nur eines letzten Blickes zu würdigen, dreht sie sich um und verlässt das Büro.

»Endlich.« Coulter seufzt, lässt sich auf dem Stuhl nieder, den ich Mrs Pavlidis angeboten hatte, und schlägt lässig die Beine übereinander.

Ich sehe ihn entgeistert an. »Super. Jetzt müssen wir uns nach einer neuen Assistenz umschauen. Bist du zufrieden?«

»Schon, ja.« Er grinst. Dann dreht er noch zweimal an seinem Würfel herum, sodass nun jede Fläche eine Farbe hat, und legt ihn auf meinen Schreibtisch.

»Dann kannst du dich gleich mal an die Stellenausschreibung machen.«

»Ich habe noch ein paar Verträge auf dem Schreibtisch. Die gehen vor.«

»Das hättest du dir überlegen sollen, bevor du so ätzend zu Mrs Pavlidis warst.« Es fällt mir schwer, geduldig zu bleiben, wenn Coulter sich benimmt wie ein absoluter Arsch. Aber es sind Situationen wie diese, in denen mir zugutekommt, dass ich ein Leben lang Übung darin habe, nicht auszuflippen.

»Sie hat meine Grenzen nicht respektiert, Bash. Wie oft habe ich ihr gesagt, mein Büro ist tabu?«

Ich nicke. Denn natürlich, es stimmt. Coulter hat von Anfang an Grenzen gezogen. »Aber die Sache mit der E-Mail ...«

»Sie hat nicht sauber gearbeitet. Und ich kann ja wohl von den Menschen, mit denen ich zusammenarbeite, erwarten, dass sie sich an meinen Standards orientieren. Das tue ich bei Anna und Kwan ebenso.« Er hat vermutlich sogar recht. Mrs Pavlidis war weit entfernt davon, eine perfekte Teamassistenz zu sein. Aber sie war immerhin da. Und wir waren eingespielt. »Und bei dir und Louise, wenn wir schon dabei sind. Nur gibt's da komischerweise keine Probleme.«

»Wo gibt's keine Probleme?« Die Tür ist erneut aufgegangen. Ich sehe auf und erblicke Louise mit ihren rotblonden Haaren, der schwarz umrandeten Brille und dem weiten Mantel und ... ihrer Tochter Philomena. »Sorry, Phil hat leicht erhöhte Temperatur, deswegen durfte ich sie nicht in die Vorschule lassen.« Sie rollt mit den Augen. »Zeig mir ein Kind, das keine leicht erhöhte Temperatur hat.«

»Aber ich bin topfit!«, sagt Philomena strahlend.

»Keine Sorge, ich telefoniere gleich rum, wer sie abholen kann. Vermutlich deine Grandma. Was meinst du, Phil?«

»Klar«, sagt sie, klettert mit ihrem bunten Rucksack auf Louise' Schreibtischstuhl und fängt an, sich im Kreis zu drehen.

Leiser, damit Philomena es nicht hören kann, flüstert Louise: »Ich erreiche natürlich den nichtsnutzigen Erzeuger nicht. Aber Mom hat sicher Zeit.«

»Und wenn nicht, bleibst du einfach hier, oder?«, fragt Coulter.

Es ist wirklich erstaunlich, wie er zu Mrs Pavlidis so ein Stinkstiefel sein kann, aber im nächsten Moment kein Problem damit hat, dass Louise Philomena mitbringt, obwohl heute Montag ist und in einer Viertelstunde unser wöchentliches Teammeeting beginnt.

Coulter steht auf und hält den kreiselnden Stuhl an. »Hast du schon gefrühstückt, Philibuster?«

»Philomena«, korrigiert sie ihn und lacht. »Darf ich Badger füttern?«

»Die Nüsse sind im Küchenschrank«, sagt Louise, die normalerweise das Streifenhörnchen mit der ungewöhnlichen Färbung füttert. Dieser Besonderheit verdankt der Verlag seinen Namen.

»Hast du keine Angst, dass du dir Krankheiten einfängst?«, fragt Coulter. Er hält nichts davon, emotionale Beziehungen zu wilden Nagetieren aufzubauen. Oder zu Assistentinnen. Oder zu Sexualpartnerinnen.

»Bin doch schon krank«, erwidert Philomena triumphierend. Dann springt sie vom Stuhl und nimmt Coulters ausgestreckte Hand. Philomena muss das einzige Wesen auf der ganzen Welt sein, das Coulter mit klebrigen Fingern oder Kinderkrankheiten nahe kommen darf.

Louise zückt ihr Handy, um ihre Mom anzurufen, und ich folge Coulter und Philomena zur Küche, um mir endlich meinen ersten Kaffee zu genehmigen.

»Erst mal zum Organisatorischen.« Coulter hat gerade unser Meeting eröffnet. Philomena wurde von ihrer Grandma abgeholt, und wir haben uns alle bei unserer Sitzecke eingefunden. »Die meisten haben es schon mitbekommen, weil sie nicht gerade leise war, aber Mrs Pavlidis hat gekündigt und wird nicht mehr kommen.«

»Wie bitte?«, fragt Louise. »Wann ist das passiert?«

»Vorhin. Kurz bevor du eingetrudelt bist. Coulter und sie ...«, setze ich an.

»Coulter? Ist das dein Ernst?« Sie funkelt ihn wütend an.

»Louise, sie hat immer wieder Grenzen überschritten.«

»Und wie sollen wir das auffangen? Ich bin schon am Anschlag, Coulter. Mit Phil und ...«

»Niemand hat gesagt, dass du das auffangen sollst«, sagt Coulter. »Bash und ich haben die Sache im Griff, oder Bash?«

Das war ja klar. »Äh ja«, sage ich, obwohl ich nicht weiß, wie ich noch mehr arbeiten soll. Coulter hat, soweit ich weiß, ungefähr drei Wochenenden frei gehabt, seit wir Badger Books gegründet haben. Und Badger Books ist gerade zwei Jahre alt geworden. »Ich kümmere mich nach dem Meeting gleich um die Ausschreibung. Vikram, kannst du einen Text aufsetzen?«

»Klar«, sagt Vikram und schreibt es sich in sein Notizbuch.

Louise schüttelt dennoch den Kopf. Ich kann es verstehen. Coulter ist – obwohl verschlossen und eigenbrötlerisch – Teil von Badger Books. Und damit ist er Teil unserer Familie. So wie Philomena zwar Louise' Tochter ist, aber Coulter und ich so was wie ihre Ersatzväter sind. Coulter, ich und Cy natürlich. Aber in Momenten wie diesen macht Coulter es uns wirklich nicht leicht.

»Und vielleicht schaust du mal, ob du jemanden findest, der die Tür repariert«, sage ich. »Also wenn du es zeitlich schaffst.«

Vikram nickt und macht sich eine weitere Notiz.

»Katie und ich sind Ende des Monats auf dem National Book Festival in D.C., wo zwei unserer Autoren an Diskussionspanels teilnehmen.« Coulter wechselt unsanft das Thema. »Außerdem liest Emerson Philby auf einer kleinen Bühne vorab aus seinem neuen Buch, und wir hoffen, dass die

Druckerei es hinkriegt, ein paar Bücher für den Büchertisch vor dem offiziellen Verkaufsstart dorthin zu schicken.«

»Ich mache da heute noch mal Druck«, sagt Kwan. »Steht auf meiner Liste, aber vorhin ist niemand ans Telefon gegangen.«

»Ich habe tolle Neuigkeiten«, sagt Louise, die sich nach der Nachricht von Mrs Pavlidis' Kündigung offenbar wieder gefangen hat. »Ariana Guidry ist für den Bookend Award vom Texas Book Festival nominiert. ›Für ihren herausragenden Beitrag zur texanischen Literatur.‹«

»Richtig stark!«, sagt Anna, und wir anderen klatschen.

»Hat noch jemand was Allgemeines?«, fragt Coulter. Alle schütteln ihre Köpfe. »Dann zu den Prüfmanuskripten. Was Interessantes dabei?«

»Ich habe bis um zwei Uhr nachts Quatsch gelesen«, sage ich. »Nichts dabei. Aber dafür ... ja, ihr dürft mich auslachen ... habe ich noch mal versucht, zu Jethro Kontakt aufzunehmen.«

Coulter stöhnt. Louise prustet leise.

»Bash, wir lieben dich. Ehrlich, Mann. Aber deine Fixierung auf diesen Typen macht mir Angst.«

»Das ist keine Fixierung. Ich wittere eine große Chance!«

»Ja, seit anderthalb Jahren. Aber der Typ will anonym bleiben. Warum sollte er ein Buch machen? Noch dazu mit uns, wo er doch wahrscheinlich Angebote von allen möglichen Großverlagen bekommt?«, fragt Louise.

»Erstens, weil wir ihm die Anonymität geben können, die er will. Und zweitens, weil nicht jeder ein Cy Bellamy ist.« Ich sollte das mit der Bitterkeit wirklich lassen, denn ich würde mein Debüt auch bei Random House bringen und nicht bei einem kleinen Verlag wie Badger Books, wenn ich die Möglichkeit dazu hätte. Da fällt mir wieder ein, was ich gestern gelesen habe. »Apropos, in einem Forum geht das Gerücht, dass Jethro Cy Bellamy *ist*.«

»Es gibt für Leute wie dich Foren?«, fragt Coulter gespielt entsetzt. »Merkste selber, Bash, oder?«

»Was?« Louise prustet wieder und nimmt dankenswerterweise keine Notiz von Coulter. »Ja, sicher. Weil Cy aus L. A. nach Portland rüberjettet, um nachts ein Gedicht an eine Hauswand zu sprayen.«

»Ist er immer noch in Kalifornien?«, fragt Katie, die einen kleinen Crush auf Cy hat. Und auf Emerson Philby. Und auf Sid Barriero, wenn wir schon dabei sind. Und auf Jonathan Safran Foer.

»Ja, und er hasst es«, sagt Louise. »Hollywood ist nicht seine Welt.«

»Aber so eine Verfilmung ist doch ein absoluter Traum für einen jungen Autor«, sagt Katie und kann gerade so ein schmachtendes Seufzen unterdrücken.

»Also bist du zum hundertsten Mal super smooth in Jethros DMs geslidet?«, fragt Coulter, um zum eigentlichen Thema zurückzukehren, und sein Tonfall macht überdeutlich, was er von dieser Ausdrucksweise und Social Media im Allgemeinen hält.

»Ja«, gebe ich zu.

»Und was ist jetzt die Neuigkeit, außer, dass du deine Besessenheit noch mal auf eine neue Stufe der Traurigkeit gehoben hast?«

»Glaub mir, ich bin die Erste, die in Jubelstürme ausbricht, wenn Jethro ein Buch mit uns machen will«, sagt Louise. »Der große Street Poet unter Vertrag bei Badger Books. Wenn das im Newsletter von *Publishers Weekly* stünde … O Mann, ich würde ausrasten. Aber Bash, irgendwann musst du einsehen, dass du einem Phantom hinterherjagst.«

»›Jagst‹.« Coulter malt Anführungszeichen in die Luft. »In DMs sliden hat mit Jagen so viel zu tun wie Professionalität mit Mrs Pavlidis.«

Ich seufze. Vielleicht haben sie recht. Vielleicht bin ich wirklich zu fixiert auf diesen Street Poet. Vielleicht verschwende ich wirklich meine Zeit. Aber Gedichte, die Millionen von Menschen auf der ganzen Welt begeistern, begeistern mich eben auch. Seine Messages, die Tatsache, dass er Lyrik auf die Straße bringt – indem er sie mithilfe von Schablonen auf Straßen und an Häuser sprayt ... Vielleicht ist es auch zu groß, um es nicht immer wieder zu versuchen.

»Ich habe eine Kurzgeschichtensammlung von einem Schauspieler hier aus Maine«, meldet sich Katie zu Wort. »James Percival. Kennt den jemand?«

»Den Namen habe ich mal gehört«, sagt Louise. »Der hat einen Detective in einer Krimiserie Anfang der Zweitausender gespielt, oder?«

Katie blättert in ihren Unterlagen. »Maine Suspect, ja. Er kommt aus einem kleinen Fischerort. Deswegen geht es in seinem Buch viel um Natur und die Freiheit, die das Meer und die Luft und die Wälder einem geben. Vom Stil so ein bisschen Hemingway. Also was die Einsamkeit anbelangt, die über allem liegt.«

»Klingt ja spannend«, sagt Louise in ironischem Tonfall. Auf Hemingway reagiert sie allergisch.

»So ein richtiger Pageturner ist es nicht, aber das will es gar nicht sein. Eher eine zarte Liebeserklärung an Heimat und so. Und ich finde, es ist wirklich gut geschrieben.«

»Über wen kam das?«, fragt Coulter.

»Über eine Agentur, warte ...« Wieder blättert sie. »Camille Ives von Encore Artists.«

»Nie gehört.«

»Es ist keine Literaturagentur, sondern eine Künstleragentur. Deswegen vertreten sie auch Schauspieler wie diesen Percival oder Singer/Songwriter, Street Artists ...«

»Kennt man jemanden?«, frage ich. »Ist das für uns vielleicht ein spannender Kontakt?« Mit einem Blick zu Louise füge ich hinzu: »Auch abseits des Möchtegern-Hemingway?«

Vikram tippt etwas in sein Tablet ein. Dann liest er: »Als Künstleragentur vertreten wir Schauspielerinnen und Schauspieler, Musikerinnen und Musiker sowie Street Artists und viele mehr. Zu unseren bekanntesten Klientinnen und Klienten zählen

James Percival, Liza Mendez, Anthony Cubbard, BIGboy77 oder The Vault.«

»Mit diesem Percival haben sie es ja echt«, sagt Coulter.

»Vielleicht will jemand von euch mal reinlesen?«, fragt Katie. »Ich glaube wirklich, es könnte was für uns sein.«

»Louise ist raus«, sagt Coulter und grinst beim Anblick von Louise, die heftig den Kopf schüttelt.

»Willst du das dann übernehmen, Coulter? Abwechslung von den Verträgen?«, frage ich.

»Ehrlich gesagt, nein. Ich glaube nicht an diesen Percival und schon gar nicht an Kurzgeschichten – sorry, Katie.«

»Alles gut.«

»Ich finde nicht, dass wir es uns leisten können, einen potenziell interessanten Kontakt einfach so abzusagen.« Auch wenn das Buch vielleicht nichts für uns ist.

»Na, dann ist doch alles klar. Bash kümmert sich um Camilla Ives.«

»Camille«, korrigiert Katie. »Soll ich dir Exposé und Leseprobe schicken, Bash?«

Eigentlich habe ich keine Zeit. Mein Blick trifft auf Louise' Blick. Sie sieht mich streng an, weil sie weiß, dass ich zu viel zu tun habe. Aber dann zuckt sie resigniert mit den Schultern, als würde sie sagen: *Du machst ja ohnehin, was du willst.*

»Ich kann gern reinlesen«, sage ich und schiebe in Gedanken Aufgaben herum, um Platz zu schaffen für Camille Ives.

Kurz darauf lösen wir das Meeting auf. Zurück an meinem Schreibtisch öffne ich meine Mails. Katie hat mir bereits das Kurzgeschichtenprojekt weitergeleitet. Die Agentin eines Autors, den ich gern zu Badger Books geholt hätte, sagt, dass sie leider ein anderes Angebot angenommen haben. Ich seufze, und als Übersprunghandlung greife ich zu meinem Handy, gehe auf Instagram und öffne die Nachricht an Jethro. Doch er hat sie natürlich nicht gesehen.

4
Camille

»Und wie geht es *ihr*?«, frage ich. Es ist früh morgens, ich mache mich gerade für die Arbeit fertig. Aber weil mich meine Chefin Nina gestern Abend auf das Konzert einer Folksängerin geschickt hat, die wir unter Vertrag nehmen wollen, habe ich es nicht geschafft, meine Mom anzurufen, wie ich es eigentlich jeden Mittwochabend tue.

Ich würde gern ihren Namen sagen, den Namen meiner Schwester. Aber die zwei Silben fühlen sich auch nach all den Jahren schwer an. Nicht schwierig, sondern buchstäblich schwer. Als könnten meine Lippen, meine Zunge, mein Kiefer nicht die Kraft aufbringen, Ma und ra aneinanderzureihen. Ma-ra. Mara.

Mom räuspert sich, was durch meine billigen Kopfhörer leicht scheppernd klingt. Ich weiß, dass sie sich nichts sehnlicher wünscht, als dass wir wieder eine Familie sind. Mara und ich und sie. Es war hart genug für sie, Dad zu verlieren. Dass sie sich seit sieben Jahren zwischen Mara und mir entscheiden muss, ist ziemlich unerträglich für sie. Aber die Dinge sind, wie sie sind. Auch wenn es wehtut. Ob es *ihr* auch wehtut? Ma-ra? Mara?

»Gut, gut.« Das sagt Mom immer. Immer geht es ihr *gut, gut.*

Obwohl ich nicht erwarte, etwas über sie zu erfahren, sticht es dennoch jedes Mal ein bisschen, wenn Mom bei dem Thema abblockt. Seufzend nehme ich ein Kostüm von der Kleiderstange und lege es auf mein Bett. Ich fahre mit der Hand einmal über den leicht rauen Stoff, dann schlüpfe ich in ein einfaches weißes T-Shirt, steige in den knielangen Rock. Schließlich ziehe ich mir das Jackett über. Es ist meine Agentinnenrüstung. Wenn ich professionell aussehe, kann ich Camille Ives, Künstleragentin, sein. In ihre Rolle schlüpfen. Eine Rolle, die ich selbst sein sollte.

Ich atme tief ein, denn nun muss ich doch in den Spiegel sehen, um sicherzugehen, dass ich dieser Rolle auch gerecht werde. Ich schließe die Augen, positioniere mich, straffe die Schultern. Dann ...

Ich schlucke. Ich sehe mich. Ich sehe auch sie. Aber so ein Kostüm hat Mara nie getragen. Mara hatte farbenfrohe, modische Klamotten, die allesamt umwerfend an ihr aussahen. Deswegen ist das hier einfacher.

Ich fasse meine dunkelbraunen langen Haare zusammen, drehe sie ein und halte sie, als würde ich sie hochstecken. Doch ich entscheide mich dagegen und lasse sie wieder über meine Schultern fallen. Ich wiege den Kopf, versuche mich an einem Lächeln, dann an einem ernsten Blick.

Nachdem ich mich von allen Seiten betrachtet habe, bin ich einigermaßen zufrieden. Ich sehe aus wie Camille Ives, Künstleragentin. Und die bin ich wohl.

»Und bei dir, Liebes?«, fragt Mom. »Was gibt's bei dir Neues zu erzählen?«

»Bei mir ist alles wie immer. Du kennst mich doch.« Ich sage das, als wäre es das Natürlichste der Welt. Aber wenn man sich selbst nicht kennt, kann man eigentlich nicht erwarten, dass andere es tun. »Ich arbeite viel, aber es läuft wirklich gut. Ich versuche gerade, für einen Schauspieler einen Buchdeal klarzumachen, und nehme eine neue Sängerin unter Vertrag.«

»Ich bin so stolz auf dich«, sagt Mom, und ich glaube es ihr, auch wenn es sich anfühlt, als wäre sie auf eine Hülle stolz.

»Danke, Mom, das bedeutet mir viel.« Es sind einfach nur leere Worthülsen. Als hätten wir seit dem Abend vor sieben Jahren keine Sprache mehr. Manchmal ist es besser, aber heute – vielleicht, weil ich von unserer Routine abgewichen bin – ist es schwierig, ein Gespräch zu führen.

Mein Blick fällt auf die gegenüberliegende Wand meines Einzimmerapartments. Dort, wo neben dem Futon, der auf dem Boden liegt, Postkarten an der Wand hängen. Die einzige Dekoration in meinem spartanisch eingerichteten Zimmer, als wäre jede Annehmlichkeit, jeder Schmuck zu viel. Eine der Karten zeigt das Foto eines Jethro-Gedichts.

Der grelle Lärm
meines Schweigens
erstickt die Worte,
die zu sagen
ich nicht imstande bin.

Für ein paar Wochen prangte es mitten auf der Kreuzung Union Street/Fore Street, sodass von morgens bis abends Autos darüberfuhren, bis die Schrift wieder weg war. Ich fand das clever, denn viel effektiver kann man Missachtung nicht illustrieren.

Das Gedicht lebt trotzdem weiter. In den sozialen Medien, an meiner Wand. Und es fühlt sich passend an, dazu einzuschlafen und dazu aufzuwachen und in Momenten wie diesen an den Sinngehalt erinnert zu werden. Es ist mit ein Grund, warum ich das Gespräch jedes Mal auf *sie* bringe. Auf Ma-ra. Auf Mara. Meine Zwillingsschwester. Mit der ich alles geteilt habe. Hoffnungen, Träume, Tagebücher, Klamotten, Identitäten. Wenn sie nicht genug gelernt hatte beispielsweise oder wenn … Der Gedanke bricht ab. Selbstschutz nennt man das wohl. Oder Selbstverleugnung.

»Es ist einfach ein schönes Gefühl, zu wissen, dass man sich um euch keine Sorgen mehr machen muss, weißt du?«, sagt Mom jetzt. »Finanziell, meine ich.«

Emotional ist es eine andere Sache, füge ich in Gedanken hinzu. Aber ich weiß, was sie meint. Wir hatten nie viel Geld. Besonders nach der Scheidung. Dad hat uns zwar unterstützt, aber dann wurde er krank und konnte seinem Beruf nicht mehr nachgehen. Mit Moms Krankenschwesterngehalt reichte es hinten und vorne nicht. Sobald etwas außerplanmäßig teurer war, wurde es zum Problem.

»Hast du denn alles, was du brauchst?«, frage ich. »Du weißt, dass du ...«

»Ja, ja, das weiß ich, Schatz.«

Neben der Tür stehen die schwarzen Pumps, die ich manchmal ins Büro anziehe, wenn meine Rüstung stärker sein muss. Dad hat sie mir damals, als ich schon eine Zeit lang bei ihm wohnte, zur Zeugnisverleihung gekauft, obwohl ich ihn gebeten hatte, es nicht zu tun. Weil Schuhe nun mal bedeutet hätten, dass ich hätte hingehen müssen. Er vergaß es, wie er alles vergaß, und kaufte sie mir trotzdem. Wir lachten drüber, wie wir immer versuchten, darüber zu lachen, und ich ging hin und fühlte mich einsam.

»Mom? Ich muss jetzt auflegen, sonst komme ich zu spät.«

»Hab einen schönen Tag, Liebes. Und vielen Dank für deinen Anruf.«

»Sorry noch mal, dass es gestern nicht geklappt hat.« Höfliche Floskeln. Kein Inhalt.

»Kein Problem, das verstehe ich doch. Bis nächste Woche.«

»Bis nächste Woche.«

Dann legen wir auf, und ich fühle mich noch leerer als vorher.

In der Arbeit kaue ich auf meinem Kugelschreiber herum und ignoriere die Liste der Leute, die ich anrufen muss. Viele Menschen hassen telefonieren. Und ich würde es vielleicht auch hassen, aber ich mag es, wenn ich weiß, dass die Person am anderen Ende kein Bild von mir vor Augen hat. Es ist wie mit der Agentinnenrüstung, das Telefon ist mein Agentinnentarnumhang. Außerdem gefällt es mir, mit Menschen zu tun zu haben, die lauter und bunter sind als ich und absolut sie selbst – wie Mara –, und da wird man unter Künstlerseelen schnell fündig. Das lässt keinen Spielraum für die Frage, wer Camille Ives ist. Ich stelle mich selbst zurück, höre zu, löse die Probleme anderer. Diese Rolle kenne ich noch von früher. Sie spiegelt die Geschwisterdynamik zwischen uns.

Am Telefon bin ich jedenfalls nicht die melancholische, verkorkste Camille Ives. Da bin ich die professionelle, die gut gelaunte Version von mir. Die, deren Stimme ein bisschen höher ist. Deren Lächeln man hören kann. Aber in diesem Moment schlüpfe ich noch nicht in ihre Rolle. Denn in Gedanken bin ich noch beim Gespräch mit meiner Mutter. Bei den Worthülsen. Bei Mara.

»Camille, dein Telefon?« Die Stimme meines Kollegen Daniel reißt mich aus meinen Gedanken, und erst jetzt merke ich, dass das Telefon auf meinem Schreibtisch tatsächlich klingelt.

»O ja, sorry. Ich …« Ertappt lasse ich den angekauten Kugelschreiber in meiner Hand verschwinden.

Daniel schüttelt genervt den Kopf und taucht wieder hinter seinem Bildschirm ab. Doch in dem Moment, als ich abheben will, verstummt das Klingeln.

Daniel ist nett, glaube ich. Anfangs hat er ein paarmal gefragt, ob wir etwas trinken gehen wollen. Aber ich hatte immer eine Ausrede parat. Ich musste mich um meinen Dad kümmern. Ich musste mit meiner Mom telefonieren. Ich fühlte mich nicht so gut. Er hat es nach ein paar Monaten aufgegeben, und ich kann es ihm nicht verübeln. Aber Sozialleben ist eben nicht gerade meine Stärke. Wenn man so lange allein war wie ich, schließt man nicht einfach so neue Freundschaften.

Einen Moment lang sehe ich ihn beinahe schuldbewusst

an. Doch Leute wie Daniel finden schnell Anschluss in einer neuen Umgebung. Leute wie Daniel sind nicht auf Leute wie mich angewiesen, um neue Freunde zu finden. Seine fast weißblond gefärbten Haare fallen ihm in dressierten Wellen in die Stirn. Der übergroße Strickpulli entblößt die linke Schulter, und während er sich konzentriert, spielt er an seinem Lippenpiercing herum. Nein, Leute wie Daniel sind nicht auf Leute wie mich angewiesen.

Um noch einen Moment Ruhe zu haben, lege ich den Hörer kurzerhand neben das Telefon, auch wenn ich aufpassen muss, dass Nina es nicht merkt. Diesen Trick habe ich mir von Daniel abgeschaut. Kurz habe ich den Impuls, ihm das zu sagen. Aber dann entscheide ich mich gegen eine ungeschickte Kontaktaufnahme und für meine eigenen Grübeleien.

Gut, gut. So geht es ihr. Ma-ra. Mara. Man kann nicht ungeschehen machen, was passiert ist. Was ich getan habe. Aber ich hatte immer die Hoffnung, man könne Zeit vergehen lassen, und eines Tages wäre es dann wieder ... okay. Ich weiß, dass ich einen Fehler gemacht habe. Aber wenn ich doch nicht einmal weiß, wer ich bin, wie kann ich dann einen Fehler, den eine vergangene Version von mir gemacht hat, wiedergutmachen? Und wenn ich nicht einmal weiß, welche spektakuläre Person Mara inzwischen ist. Denn während ich schon immer eine Nicht-Person war, war sie schon immer die strahlendste Persönlichkeit, die ich kenne. Kannte.

In diesem Moment pingt eine E-Mail in meinem Postfach auf. *Re: James Percival – Out of the Woods, Kurzgeschichtensammlung* ist der Betreff. Und die Mail stammt von einem gewissen bash@badgerbooks.com.

Ich gehe eigentlich davon aus, dass es eine Absage ist, weil die Kurzgeschichten von James Percival zwar nett geschrieben sind, sich außerhalb von Maine allerdings niemand für ihn interessiert, aber da ich meinen Arbeitstag irgendwann wohl oder übel beginnen muss, lege ich den Hörer wieder aufs Telefon und öffne die Mail.

Liebe Camille Ives,

leider habe ich Sie telefonisch nicht erreicht. Meine
Kollegin Katie Harrington hat mir die Leseprobe und das
Exposé der Kurzgeschichtensammlung Ihres Klienten
James Percival weitergeleitet, die ich mit großem
Interesse gelesen habe. Ich selbst bin mit *Maine Suspect*
nicht vertraut, aber rein literarisch betrachtet, handelt es
sich um ein wirklich schönes Projekt, sodass ich mich
über das komplette Manuskript freuen würde.
Vielleicht haben Sie ja außerdem Lust, sich mal auf einen
Kaffee zu treffen. Ich würde gerne mehr über Ihre Agentur
und Ihre Arbeit erfahren, da wir immer auf der Suche
nach spannenden neuen Stimmen sind – zumal aus
Portland und Umgebung.
Ich freue mich auf Ihre Nachricht.

Mit den besten Grüßen
Bash (Hanlon)
Lektor, Badger Books

5

Bash

Im *Great Beers* empfangen uns das gewohnte Zwielicht sowie die beiden Stammgäste, die immer hier sind. Boozy Suzie (der Spitzname ist selbst gewählt) sitzt in ihrer engen schwarzen Lederhose und einem bauchfreien Spaghettiträgertop an der Bar, während der dicke Ed sich an einem Spielautomaten zu schaffen macht. Hinter der Bar steht Gert, die eigentlich Gertrude heißt, und spielt Candy Crush.

Die Bar, so ranzig sie ist, ist unsere Stammkneipe, weil sie im Erdgeschoss von Coulters Warehouse untergebracht ist. Es dauerte geschlagene sechs Monate, bis er sich traute, einen Fuß hineinzusetzen. Denn die Fenster sind und bleiben bis in alle Ewigkeit mit Halloween-Deko von vor ungefähr zwei Jahrzehnten geschmückt und dahinter mit ehemals schwarzen, aber vom Sonnenlicht ausgeblichenen Tüchern verhängt, sodass man nur durch das kleine Fenster in der Tür einen Blick ins Innere erhaschen kann. Und auch dann erkennt man nur blinkende Billigbier-Reklame und einen Tresen, dem man seine Klebrigkeit von ferne ansieht. Coulters Plan war es, der Bar zu kündigen und ein gepflegtes Deli oder eine kleine Biobäckerei herzulocken. Doch nachdem Gert ihm ihre Lebensgeschichte erzählt und Coulter ein paarmal zu oft »mein Junge« genannt hatte, bekam er – ganz Coulter-untypisch – ein schlechtes Gewissen, trank – ganz Coulter-untypisch – ein Bier mit ihr und dazu einen Schnaps zur Desinfektion, weil er Gerts Hygienestandards nicht vertraute.

Wir setzen uns wie immer an den Tisch, der am weitesten von Eds Spielautomaten entfernt ist, weil das Klingeln und Tuten nur schwer zu ertragen ist. Coulter geht an die Bar und bestellt je ein Bier für Louise und mich und eine Coke Zero für sich. Im *Great Beers* gibt es eigentlich keine Coke Zero, weswegen Coulter sie höchstpersönlich vorbeibringt und sicherstellt, dass sie in einer sauberen Ecke des Kühlschranks aufbewahrt wird. Bezahlen tut er sie dann trotzdem noch ein zweites Mal.

»Na, Kinder?«, fragt Gert, als sie die Getränke an unseren Tisch bringt. »Louise, schön, dich auch mal wieder zu sehen!« Sie stellt sich hinter Louise und macht Anstalten, ihre Schultern zu massieren. Louise schließt die Augen und seufzt.

»Wenn es jetzt zu den Getränken standardmäßig Massagen gibt, komme ich sogar in der Mittagspause«, sagt sie.

»Welche Mittagspause?«, fragt Coulter und zieht eine Augenbraue hoch. Denn wir alle drei essen mittags am Schreibtisch. Coulter und ich, weil wir offenbar Workaholics sind, und Louise, weil sie früher gehen muss, um Philomena abzuholen.

»Wir brauchen so schnell wie möglich Ersatz für Mrs Pavlidis«, sage ich, denn auch ohne Mittagspausen wird es schwierig, ihre Arbeit aufzufangen.

»Wir brauchen überhaupt mal eine funktionierende Assistenz«, sagt Coulter. »Ich verstehe nicht, warum ihr alle so ein Drama darum macht. Meine Terminplanung kriege ich gerade noch selbst hin. Und dann übernehmen Katie und Vikram halt für ein paar Wochen die Bestellungen und Buchungen und ein bisschen mehr Admin.«

»Katie und Vikram sollen aber auch etwas lernen«, wirft Louise ein.

»Ja, und hier lernen sie, dass es Konsequenzen hat, wenn man einen Scheißjob macht.«

Ich schüttle den Kopf und nehme einen Schluck von dem sehr mäßigen, aber immerhin eiskalten Bier.

»Was?«, fragt Coulter.

»Nichts, ist schon gut.« Aber es ist nicht gut. Und ich weiß, dass Coulter das weiß.

»Komm schon, Hanlon, gib's mir. Was ist dein Problem?« Er verschränkt abwartend die Arme vor der Brust und funkelt mich aus seinen stechend blauen Augen an.

»Nicht so wichtig.«

»Bash?« Louise taxiert mich nun ebenso.

»Ich ...« Ich sehe von Coulter zu Louise und wieder zurück. Meine zwei besten Freunde, mit denen ich mich unter gar keinen Umständen streiten will.

»Er kann es nicht«, stellt Coulter fest.

»Komm schon«, fordert Louise mich auf.

Ich schweige und verbinde mit dem Finger Kondenswassertropfen auf der Tischplatte zu einer abstrakten Form.

»Sag es.« Louise' Tonfall wird eindringlicher. Sie weiß, wie schwierig Konflikte für mich sind.

»Lass ihn«, beschwichtigt Coulter.

»Nein, ich will, dass er sagt, was los ist.«

»Louise, bitte ...« Ich will einfach nur einen entspannten Feierabend haben und nicht derjenige sein, der die Stimmung ruiniert.

»Ein einziges Mal in meinem Leben will ich sehen, wie du nicht mit deiner Meinung hinterm Berg hältst, Bash.«

Ich lächle sie müde an. »Es ist nichts. Okay?«

»Ein einziges Mal will ich sehen, dass du die Dinge nicht hinunterschluckst.« Sie sagt es jetzt leiser, und der veränderte Tonfall macht, dass auch Coulter aus seiner herausfordernden Haltung erwacht und ein bisschen weniger man-spreadet.

»Ich schlucke die Dinge nicht hinunter.« Ich mache sie vielleicht mit mir selbst aus. Das ja. Aber wenn man sein Leben lang in Deckung gehen musste, um bloß nicht negativ aufzufallen, weil die bloße Existenz schon negativ auffiel ... wer will es mir verdenken?

»Du bist sauer, weil Coulter Mrs Pavlidis vergrault hat und wir jetzt mehr Arbeit haben, ohne dass wir auch nur im Ansatz in diese Entscheidung miteinbezogen wurden, stimmt's?« Ich wiege unentschlossen den Kopf hin und her.

»Du findest, ich hätte mich ein einziges Mal zusammenreißen und nachsichtig mit ihr sein können, statt so ein Fass aufzumachen, weil sie meine Grenzen nicht respektiert hat«, stellt Coulter fest.

»Dich nervt es, dass Coulters Spleens dem Team schaden.«

»Und vermutlich auch, dass ich eine alte Frau gekränkt habe.«

»Guter Punkt, Coulter«, sagt Louise anerkennend.

»Du findest, ich bin ein Arsch.«

»Noch besserer Punkt!«

»Du auch, Louise, oder?«, fragt Coulter.

»Absolut. Zu hundert Prozent. Ich würde Bash bei jedem einzelnen Punkt zustimmen, aber ich kenne seine Meinung leider nicht.« Sie seufzt theatralisch, und ich verdrehe die Augen.

Louise kennt mich. Kennt mich wie sonst nur Evie und damals vielleicht Laura. Sie weiß, wie schwierig das Aufwachsen als iranischstämmiges Adoptivkind in einer Kleinstadt war, während eine konservative Regierung mal mehr, mal weniger gerechtfertigte Kriege im Nahen Osten führte. Sie weiß, wie wichtig – wie notwendig – es für mich war, nie etwas falsch zu machen. Niemandem einen Grund zu geben, Anstoß an mir zu nehmen. Wenn du an der Highschool »Osama« nach einem der übelsten Terroristenanführer überhaupt genannt wirst, überassimilierst du dich. Ganz automatisch. Du wirst der Star des Footballteams, du bekommst gute Noten, du datest die zukünftige Homecoming-Queen und lässt dich von ihr betrügen, ohne auch nur einmal mit der Wimper zu zucken. Und trotzdem darfst du dir keinen Fehltritt erlauben. Jemals.

»Ich ...«, setze ich an, weil ich weiß, dass Louise und Coulter so nicht sind. Dass *ich* so nicht mehr bin. Angewiesen auf Akzeptanz von Teenagern und auf das Wohlwollen von Lehrern, die ganz besonders darauf achteten, ob ich auch jeden Morgen die Nationalhymne mitsang.

Louise nickt mir auffordernd zu. Coulters Mundwinkel zuckt.

»Ich sehe das auch so, ja.«

»Na endlich«, sagt Coulter. »War das so schwer?«

Ja, war es, aber das muss ich ihm nicht unter die Nase reiben.

»Es tut mir leid, dass es mit Mrs Pavlidis so eskaliert ist«, sagt Coulter, und anscheinend ist dies der Abend, an dem wir alle über unseren Schatten springen. »Ich bleibe dabei, sie hat sich unprofessionell verhalten. Und ich werde meine Ansprüche und *Spleens*, wie Louise es nennt, nicht runterfahren. Aber es tut mir leid, dass wir deswegen mehr Arbeit haben.«

»Wow«, sagt Louise. »Wie erwachsen seid ihr denn?«

»Ganz so, als hätten wir einen Verlag gegründet oder so. Ist jetzt alles wieder gut?«, fragt Coulter, hebt sein Glas, und wir stoßen mit ihm an. »Gott sei Dank. Dann können wir uns jetzt vielleicht einer Intervention widmen.«

»Intervention?«, frage ich.

»Deine Obsession mit Jethro, Mann.«

Ich stöhne. »Es ist keine Obsession.«

»Du treibst dich in Foren herum.«

»Weil ich glaube, dass es eine riesen Sache für Badger Books sein könnte.«

»Du schreibst ihm mitten in der Nacht Nachrichten. Glaubst du, das wirkt vertrauenerweckend? Nein, Bash, das wirkt obsessiv.«

»Ich hatte einen Scheißabend, okay? Und ich dachte ...«
Doch ich erinnere mich nicht mehr, was ich eigentlich dachte.

»Laura?«, fragt Louise, und ich nicke. Sie weiß es ohnehin.

»Fuck, Bash, du musst da echt aufpassen!«

»Und selbst?«, gebe ich zurück. »Wer telefoniert jeden Tag mit einem gewissen Bestsellerautor, der gerade in L.A. das Drehbuch zu seiner Romanverfilmung schreibt?«

»Das mit Cy und mir ist etwas ganz anderes. Er ist mein bester Freund seit ... seit ich so was wie beste Freunde habe.«

»Und Laura ist meine Freundin«, sage ich.

»Sie ist deine Ex«, konstatiert Coulter, der nichts davon hält, mit Verflossenen Kontakt zu haben. Coulter hat nicht einmal lange genug Kontakt zu seinen Sexualpartnerinnen, um sie Verflossene nennen zu können.

»Und Ex-Freundinnen können nicht zu Freundinnen werden? Was ist dann das mit uns beiden?« Ich funkle Louise herausfordernd an. Denn wir waren zwar nie wirklich zusammen, aber eine Weile lang sind wir regelmäßig miteinander im Bett gelandet. Ich wollte mir beweisen, dass ich über Laura hinweg war, sie wollte sich beweisen, dass sie casual Sex haben konnte, weil sie zu lange unglücklich verliebt gewesen war. Es war für uns beide out of character, aber für uns beide gut. Und es hat noch kein einziges Mal zu Komplikationen geführt.

»Doch«, sagt Louise. »Ex-Freundinnen können Freundinnen sein. Aber nicht, wenn es so eine einseitige halb toxische Pseudofreundschaft ist wie bei euch.«

»Es ist keine ...«

»Sie hat dich betrogen. Sie ist immer noch mit dem Kerl zusammen. Sie ruft dich nur an, wenn es ihr schlecht geht. Sie erzählt dir, wie viel besser du für sie wärst ...«

»Stimmt ja auch«, sage ich. Ebenso wie ich besser für Louise gewesen wäre als Tommy, Philomenas Dad. Denn obwohl sich niemand von uns ein Leben ohne Philomena vorstellen kann, war die Tatsache, dass Tommy weder in der Lage war, Kondome zu benutzen, noch darüber zu sprechen, dass er dazu nicht in der Lage war, für Louise alles andere als einfach.

»Du hast dich seither nicht mehr wirklich auf jemanden eingelassen, weil du immer denkst, dass sie ihn eines Tages verlässt und zu dir zurückkommt.«

»Nein.« Ich sage es mit mehr Vehemenz als beabsichtigt.

»Nein?«, fragt Louise und sieht mich mit diesem forschenden und gleichzeitig amüsierten Blick an, in den ich mich hätte verlieben können, wenn ... ja, warum zur Hölle eigentlich nicht?

»Das ist es nicht. Ich will sie nicht zurück. Ich will nur ...« Mich nicht mehr zum Narren halten lassen.

»Du brauchst Sex«, konstatiert Coulter. »Keine Ex-Freundin in einem anderen Bundesstaat, die dich nachts vollheult, keine Obsession mit einem Street-Poet-Phantom.«

In diesem Moment geht die Tür der Bar auf, und wir drehen alle den Kopf. Denn das passiert äußerst selten. Eine Gruppe junger Frauen tritt ein, laut kreischend, offensichtlich bereits betrunken.

»Seid ihr bereit für die zukünftige Mrs Sherman?«, ruft eine, und ihre Freundinnen antworten mit einem lauten »Woooohooooo!«

»Ihr macht mir Kopfschmerzen«, sagt Gert in genervtem Tonfall.

Diejenige, die die zukünftige Mrs Sherman ist, wie man an ihrem Bauchladen und einem Tüllschleier auf ihrem Kopf erkennt, schiebt die Unterlippe vor. »Ein Drink?«

»Was willste denn haben?«, fragt Gert.

»Weißwein.«

»Würd ich dir nicht raten«, sagt Gert, und wir müssen lachen. Denn der Wein im *Great Beers* ist noch schlechter als das Bier.

»Hm«, macht die Braut. »Willst du mir was abkaufen?« Sie hält Gert eine Auswahl an bunten Tütchen hin, eindeutig Kondome.

»Nee, Kleine, lass mal«, sagt Gert.

»Hier!« Auf einmal winkt Coulter. »Ich kaufe dir ein Kondom ab.«

»Was soll das?«, frage ich, weil Coulter mit Sicherheit genug Kondome hat.

47

»Du brauchst Sex. Und es ist wichtig, dass man vorbereitet ist. Also, wie viel kostet eins?«, fragt er an die zukünftige Mrs Sherman gewandt.

»Zwei Dollar«, sagt sie.

»Was ist das denn für ein Wucher?« Coulter schnaubt.

»Ich brauch das Geld.«

»Also gut. Was tut man nicht alles für das Sexleben seiner Freunde.« Er seufzt, gibt ihr zwei Dollar und sucht dann eine Kondompackung für mich aus. »Bitte schön«, sagt er und schiebt mir das rote Tütchen hin, während der Junggesellinnenabschied die Bar kichernd verlässt.

»Du hast 'nen Knall«, sage ich. »Ich brauche vor allem Schlaf, wenn ich ehrlich bin.«

In diesem Moment gähnt Louise. »Wie wir alle.«

»Ich bin topfit«, sagt Coulter und nimmt einen Schluck Coke Zero.

»Louise und ich also.« Ich nicke Richtung Tür, auch wenn ich weiß, dass ich zu Hause noch ein bisschen über Encore Artists recherchieren werde, um mich auf meinen morgigen Termin mit Camille Ives vorzubereiten. »Fährst du zu dir oder zu deinen Eltern?«

»Zu meinen Eltern. Phil schläft jetzt schon.«

»Teilen wir uns ein Uber?« Meistens komme ich mit dem Fahrrad zur Arbeit. Zu Fuß läuft man etwa eine halbe Stunde, was auch in Ordnung ist. Mein Auto lasse ich fast immer stehen, weil es nicht das zuverlässigste ist. Und das ist noch untertrieben. Ich habe es mir mit einem Ferienjob und jahrelangen Nachhilfestunden in so ungefähr jedem Fach und mit der Hilfe meiner Eltern zu meinem sechzehnten Geburtstag gekauft. Es war schon damals eine Schrottkarre, und der Verkäufer konnte sein Glück nicht fassen, dass er dieses Auto losgeworden war. Aber mein Dad, der gerne an Autos herumschraubt, bekam den Wagen zumindest für eine gewisse Zeit richtig fahrtüchtig. Bis ich glaubte, meinen Umzug nach Maine mit diesem Auto bewältigen zu müssen. Das war das erste Mal, dass es liegen blieb. Und es folgten ein paar zu viele Male, sodass ich dringend ein neues bräuchte.

»Ich fahr euch«, tönt es leicht lallend durch die Bar, und Ed und Suzie brechen in schallendes Gelächter aus.

»Vielleicht ein andermal, Ed«, sagt Louise und umarmt Coulter. »Verschreck bitte bis morgen früh keine weiteren Angestellten mehr, okay?«

»Das kann ich, glaube ich, versprechen.« Coulter lacht leise, und Louise wirft ihm noch einen letzten mahnenden Blick zu.

Gerade, als wir die Bar verlassen wollen, kommt Coulter noch hinterher. »Du hast was vergessen, Hanlon«, sagt er und steckt mir das bescheuerte Kondom zu.

6
Camille

Wir sind im *Busy Bean*, einem kleinen Café am Hafen, verabredet. Die Wände sind mit hellem Holz verkleidet, Künstler aus Portland stellen ihre Bilder aus, stylische nackte Glühbirnen an langen schwarzen Kabeln beleuchten den freundlichen Raum. An einer mit weißer Kreide beschriebenen Schiefertafel werden alle möglichen Sandwiches, Kuchen und Kaffeekreationen angeboten, und weil an keinem der Tische jemand sitzt, der aussieht, wie ich mir Bash Hanlon vorstelle – oder auch nur aufblickt, als ich das Café betrete –, beschließe ich, mir schon mal einen Kaffee zu holen und mich an einen kleinen Tisch am Fenster zu setzen.

Aus Lautsprechern dringt leise Gitarrenmusik an meine Ohren, ich nippe an meinem Cappuccino und blicke zwischen den sich die Fensterrahmen hochrankenden Pflanzen hindurch auf die Straße. Bei jedem Passanten denke ich, es könnte Bash Hanlon sein. Ich stelle mir einen mittelalten Typen mit Kaffeeatem und Lederflicken an den durchgewetzten Ellbogen seines karierten Jacketts vor. Jemand mit klugem Gesicht. Jemand mit Lachfältchen um die Augen.

Gegen die leichte Nervosität ziehe ich ein Notizbuch aus meiner Tasche, die ich über die Stuhllehne gehängt habe, und lege es vor mich. Dann einen Kugelschreiber darauf. Dann daneben. Dann ändere ich leicht den Winkel. Ich will professionell wirken, aber nicht zwanghaft.

Kurz schlage ich das Notizbuch auf, blättere zur Ablenkung durch mein Gekrakel. Ideen, Inspirationen, alles Mögliche, was mir so einfällt. Hier und da To-do-Listen, auf denen ich Dinge abhake. Es ist chaotisch, wie mein Inneres. Und für die Welt unsichtbar. Wie ...

In diesem Moment wird die Tür geöffnet, und ein junger Mann tritt ein. Schwarze, ordentlich frisierte Locken. Bei genauerer Betrachtung erkenne ich eine einzige weiße Strähne darin. Sie fällt mir auf, weil es eins dieser Details ist, die die Welt interessant machen. Er trägt einen grau melierten Strickpullover und dunkle Jeans. Und er sieht sich um, als wäre er verabredet.

Sein Blick fällt auf mich, und ich bin fast versucht, wegzusehen. Schließlich bin ich für ein Arbeitsmeeting hier, nicht für ein Tinder-Date, auf dem ich nichts zu sagen weiß, weil ich nicht über mich selbst sprechen kann. Aber er fixiert mich, legt fragend den Kopf leicht schief. Dann formen sich seine Lippen zu einem vorsichtigen Lächeln, und er kommt auf mich zu.

»Camille?« Seine Stimme ist tief und warm.

Kurz will ich *Kennen wir uns?* fragen, dann dämmert mir, dass dieser Kerl Bash Hanlon ist. Und weder ist er mittelalt – maximal Mitte zwanzig – noch, glaube ich, würde mich sein Kaffeeatem stören. Nur das Kluge erkenne ich sofort in seinen Augen.

»Bash Hanlon?« Zögerlich stehe ich auf, wische meine Hand unauffällig an meinem Rock ab, ehe ich sie ausstrecke, um seine zu schütteln. Seine Hand ist warm und trocken und groß und der Druck genau richtig. Das in Kombination mit der Tatsache, dass Bash Hanlon so jung ist, bringt mich für einen Augenblick aus dem Konzept. Trotz meiner Agentinnenrüstung bestehend aus Pumps und Kostüm, das sich wie ein tatsächliches Kostüm, wie eine Verkleidung anfühlt. Aber in dieser Verkleidung bin ich sichtbar, weil die unsichtbare Camille erst darunter beginnt.

»Freut mich sehr«, sagt er mit seiner warmen Stimme und lächelt. Er hat große, dunkelbraune Augen mit langen Wimpern. Und seine Lippen haben diesen perfekten Schwung, besonders, wenn er lächelt.

»Mich auch«, sage ich und erwidere sein Lächeln.

»Ich hole mir eben auch noch was zu trinken, dann können wir loslegen.« Er nickt Richtung Tresen, ich nicke einfach in die Gegend.

»Klar. Ich warte hier.« Als gäbe es einen anderen Ort, an dem ich auf ihn warten könnte.

Während er die Tafel studiert, setze ich mich wieder, nehme einen Schluck Kaffee, weil mein Mund trocken geworden ist.

»Willst du auch ein Glas Wasser?«, fragt Bash und deutet auf einen Wasserspender, in dem Zitronenscheiben und Minze schwimmen.

»Gern«, sage ich, weil ich mal gelesen habe, dass Leute einen sympathischer finden, wenn sie einem einen Gefallen tun dürfen.

Während Bash Wasser zapft, sehe ich, dass er tatsächlich Flicken an den Ellenbogen hat. Aber in meiner Vorstellung von ihm hatte es etwas Onkelhaftes. An diesem realen Bash Hanlon ist nichts onkelhaft, sondern alles irgendwie ruhig. Und warm. Und schön. Und intelligent.

Kurz darauf setzt er sich mir gegenüber. Wieder lächelt er. Mit seinen Lippen mit dem perfekten Schwung und mit seinen dunklen Augen mit den langen Wimpern. Wieder erwidere ich es. Es fühlt sich ganz natürlich an. Ganz einfach.

»Schön, dass es geklappt hat«, sagt er, und obwohl das auch eine leere Floskel sein könnte, nehme ich sie ihm irgendwie ab. »Ich habe mir mal angesehen, wen ihr alles in eurem Portfolio habt. Beeindruckend.«

»Danke«, sage ich. »Aber das ist das Verdienst von meiner Chefin. Nina Galinski, die Gründerin von Encore.«

»Wie lange bist du schon Agentin dort?«

»Seit anderthalb Jahren«, sage ich. »Am Anfang habe ich eher kleine Klientinnen und Klienten betreut. Lokale Persönlichkeiten. Wie James Percival. Aber so langsam vergrößere ich meinen Pool an Künstlern.«

»Wonach suchst du genau?«, fragt er, und sein Interesse ist so echt, dass ich mich beinahe geschmeichelt fühle.

»Ich suche immer etwas, das heraussticht aus der Masse. Es ist schwer zu beschreiben.« Etwas wie die weiße Strähne in Bash Hanlons sonst schwarzen Haaren.

»Ich weiß genau, was du meinst«, sagt er. »Bei Badger Books suchen wir auch nach Texten und Stimmen, die herausstechen. Die besonders sind. Es geht uns um Geschichten, aber auch um die Person dahinter. Wir sind klein, aber deswegen auch persönlicher. Und hinter jedem Projekt, das wir einkaufen, steht der gesamte Verlag. Das gesamte Team. Wir sind zwar noch ziemlich jung, wir haben Badger Books erst vor zwei Jahren gegründet, aber ...« Er schüttelt den Kopf. »Sorry, ich will dich nicht volllabern.«

»Nein, nein, das ist super spannend.« Und ich meine es so. Ihn darüber reden zu hören, die Leidenschaft, mit der er über seinen Job spricht, gefällt mir. »Mich interessiert es«, schiebe ich hinterher.

Er sieht von seiner Tasse auf und mir direkt in die Augen. Für den Bruchteil einer Sekunde will ich wegschauen, aber dann merke ich, dass ich es nicht kann. Dass mich seine dunklen Augen festhalten, und ich muss schlucken. Es ist ein Blick, der mir durch und durch geht. Der durch meine Rüstung hindurchgeht und von dem ich mir wünsche, dass er sieht, was darunter ist. Oder dass er darunter etwas sehen könnte. Es ist ein so intensiver Moment, dass ich eine Gänsehaut kriege.

Und dann lächelt er erneut sein warmes Lächeln und sagt: »Und mich interessierst du.« Er räuspert sich. »Also, ich meine du und deine Projekte. Wie beispielsweise *Out of the Woods*.«

Ich bin immer noch perplex über die Art und Weise, wie mich dieser fremde Mann angesehen hat. Als wüsste er etwas über mich, das ich nicht einmal selbst weiß. Als hätte er etwas Echtes entdeckt unter all den Schichten, mit denen ich über die Jahre wohl irgendwie versucht habe, mich selbst zu überdecken.

In diesem Moment fällt mir auf, dass Bash aufgehört hat, zu sprechen, und mich ansieht. Jetzt wieder auf eine normalere Weise, auch wenn es immer noch ein schöner Blick ist aus seinen schönen Augen, ich ihn immer noch überdeutlich auf mir spüre. »Ich ... ähm ... ich habe dir das komplette Manuskript mitgebracht, falls du ...« Ich beginne, in meiner Tasche zu kramen. Mir ist so warm. Warum ist mir so warm? Endlich kriege ich den Papierstapel zu fassen, ziehe ihn heraus und schiebe ihn Bash hin. »Bitte schön.«

»Danke«, sagt er mit der Stimme, die wärmer ist als meine Körpertemperatur. »Das ist großar...« Dann bricht er ab.

Ich sehe auf. Sehe ihn an. Er blickt starr auf James Percivals Manuskript. Dann beginnt er zu blättern.

»Das ist ...« Er hebt den Blick. »Camille, das ist was anderes. Das sind ...« Er blättert weiter. Liest. Ich verstehe nicht, was er meint. »Camille.« Die Art, wie er meinen Namen sagt, verursacht erneut Gänsehaut. »Vertrittst du etwa Jethro?«

Und in diesem Moment ist mir nicht mehr nur warm, mir ist heiß. Und kalt gleichzeitig.

7

Bash

»Shit«, sagt sie. »Das ... o nein. Das war ein Versehen. Du darfst das nicht ... Verdammt!« Hektisch nimmt sie mir die Seiten mit den Gedichten aus der Hand und stopft sie zurück in ihre Tasche. Dann zieht sie einen weiteren Papierstapel hervor. »Hier, das ist das Manuskript. Das andere ... ähm ...«

»Ich habe es nie gesehen«, sage ich, auch wenn ich innerlich gerade mehr als aufgeregt bin. Camille vertritt Jethro? Was für ein abgefahrener Zufall ist das denn! Aber die Agentur hat schließlich einige Street Artists unter Vertrag. Und Jethro ist aus Portland. Da liegt die Verbindung nahe. Ich hätte nur nicht gedacht, dass er eine Agentur *hat!*

»Danke.« Camilles Blick huscht durch den Raum, als hätte sie Sorge, dass irgendjemand gehört haben könnte, über wen wir sprechen. »Ich ... bekomme echt Probleme, wenn das jemand mitkriegt. Ich ...«

»Keine Sorge. Von mir erfährt niemand etwas.« Ich senke meine Stimme. »Es ist nur ... Ich bin ein großer Fan von Jethros Arbeiten. Ich habe schon ein paarmal versucht, ihn zu kontaktieren, weil ich gerne ein Buch mit ihm machen würde. Und dass du ...« Ich schüttle den Kopf, weil ich es nicht ganz glauben kann. »Dass du seine Agentin bist, ist einfach der krasseste und beste Zufall, den ich je erlebt habe, weil ...«

»Stopp«, sagt Camille. Sie sagt es streng, als würde sie keine Widerrede dulden. »Du hast das nie gesehen, hast du gesagt. Deswegen sprechen wir auch nicht weiter darüber.«

»Aber ...« Ich habe so viele Fragen. Ist er auf sie zugekommen? Hat sie ihn entdeckt? Weiß sie, wer er ist? Doch sie kennt mich nicht. Sie weiß nicht, dass ich ein vertrauenswürdiger Mensch bin, der auf keinen Fall jemals etwas tun würde, was Jethro schadet. Was *irgendjemandem* schadet, wenn man ehrlich ist. Der Dinge richtig und richtige Dinge macht. Das kann sie nicht wissen. »Ich bin wirklich sehr diskret«, sage ich, was ein ziemlich lahmer Versuch ist, Camille von meinen Qualitäten zu überzeugen, und eher klingt, als würde ich ihr eine Affäre vorschlagen.

Sie lacht ein bisschen unsicher. »Das kann sein, aber ...« Nun ist sie diejenige, die den Kopf schüttelt.

»Ist das Kind nicht ohnehin schon in den Brunnen gefallen?«, frage ich. »Ich habe das, was ich nicht gesehen habe, gesehen. Ich werde niemandem davon erzählen. Aber ich wüsste so gern, ob es die Chance gibt, etwas mit ihm auf die Beine zu stellen. Für meinen Seelenfrieden gewissermaßen.«

»Nein«, sagt Camille, und mein Herz sinkt. »Nein, Jethro hat nicht vor, ein Buch zu schreiben.«

»Oh«, entfährt mir. »Und das ist definitiv?«

Sie atmet tief ein. »Ich vertrete ihn noch nicht lange«, sagt sie und schiebt ihre Kaffeetasse einen Zentimeter nach rechts. Dann wieder zurück. »Es ist heikel, weil seine Anonymität auf jeden Fall gewahrt werden muss.«

»Das verstehe ich.«

»Wir sind gerade noch dabei, herauszufinden, wie eine Zusammenarbeit überhaupt aussehen könnte, weißt du? Und wenn ich jetzt schon darin versage, ihn zu schützen ...« Sie redet schnell, ihre Stimme überschlägt sich fast.

»Camille«, unterbreche ich sie. »Es ist alles gut. Es ist nichts passiert.«

Sie fährt sich hektisch durch die dunklen Haare, als wäre

sie nicht gewohnt, sie hochgesteckt zu tragen. Einzelne Strähnen lösen sich und fallen ihr ins Gesicht. Es sieht schön aus. Lockerer. Und für einen kurzen Moment habe ich eine leise Ahnung, wer sie ist, wenn sie keine Agentin ist. Wer Camille Ives zu Hause sein könnte. Doch dann ist sie wieder ganz die Professionalität in Person. Und auch das steht ihr.

»Vielleicht kannst du ihm ausrichten, dass ich ein großer Fan bin. Und falls er doch mal ein Buch machen möchte, falls er noch mehr Menschen erreichen will, falls er als mehr als ein Street Poet gesehen werden will ... Ich würde mich sehr geehrt fühlen, wenn er Badger Books in Erwägung ziehen würde. Mehr nicht.«

Sie sieht mich an. Mit den gelösten Strähnen, die ihr Gesicht einrahmen. Ein hübsches Gesicht. Im Moment ein etwas ängstliches, aber immer noch sehr hübsch. Unsere Blicke treffen sich, wie schon gerade eben, als sie sich regelrecht ineinander verhakt hatten. Und wieder meine ich zu sehen, dass irgendwas nicht stimmt. Irgendwas nicht richtig ist. Irgendwas unter ihrer Schale schlummert.

Kann ich, als jemand, der über die Jahre ein Meister darin geworden ist, seine tatsächlichen Gefühle vor der Welt zu verbergen, diese Dinge auch in anderen sehen? Sie hat braune Augen. Dieselbe Farbe wie ihr Haar. Und diese Augen wirken, als wollten sie mehr sagen als die Worte, die aus Camilles Mund kommen. Ich wüsste zu gern, was.

Schließlich löst sie ihren Blick von meinem, aber mir kommt es beinahe widerwillig vor. Dann murmelt sie: »Was, zur Hölle.«

»Was meinst du?«, frage ich.

»Ich dachte, wir würden einfach einen Kaffee trinken, über Encore, deinen Verlag und die Buchbranche plaudern. Stattdessen passiert mir so ein Scheiß, und dann siehst du mich an, als würdest du mich ...« Als würde ich sie *was?* Doch sie sagt nichts mehr.

»Dann reden wir über meinen Verlag«, sage ich, damit sie

aufhört, sich Gedanken zu machen. Denn das muss sie nicht. Um das Gespräch wieder auf eine ungezwungenere, entspanntere Ebene zu bringen, entscheide ich mich für eine kleine Anekdote. »Willst du wissen, woher der Name Badger Books kommt?«

Sie sieht auf. Ein bisschen scheu fast, weil ihr die letzten Minuten wirklich und wahrhaftig zugesetzt haben. Dann nickt sie.

»Als klar war, dass wir einen Verlag gründen würden, hat Coulter ein Warehouse ...«

»Wer ist denn wir?«, unterbricht sie mich noch ein bisschen zögerlich, aber ich habe den Eindruck, als würde sie sich wieder etwas entspannen.

»Zwei Freunde und ich«, sage ich. »Wir sind eigentlich alle für alles verantwortlich. Aber zusammen mit Louise – Louise Calahan – bin ich vor allem für die inhaltliche Ausrichtung zuständig. Und Coulter kümmert sich hauptsächlich um die finanziellen Aspekte. Coulter Barnett.«

»Der mit dem Warehouse.«

»Genau. Er hat ein Warehouse gekauft, damit wir Räumlichkeiten haben. Wir haben es selbst renoviert und für unsere Zwecke ausgebaut. War eine krasse Zeit. Sehr intensiv. Hat uns auch als Freunde noch mal enger zusammengeschweißt – und manchmal auch fast auseinandergebracht.« Ich lache. »Wir haben hin- und herüberlegt, wie wir unseren Verlag nennen wollen. Ohne Namen fühlte es sich die ganze Zeit noch irgendwie wie ein Traum an, weißt du? Unkonkret. Und dann tauchte Badger auf.«

»Ein Dachs?«

»Fast.« Ich lächle. »Ein Streifenhörnchen. Aber kein gewöhnliches, sondern eins mit einer sehr besonderen Färbung. Schwarz, weiß und grau.«

»Wie niedlich!«

»Fanden Louise und ich auch. Also haben wir angefangen, es zu füttern. Coulter ist ausgeflippt. Er mag es gern sauber und ›ungezieferarm‹, wie er es genannt hat. Aber Louise hat das Streifenhörnchen weiter gefüttert und ihm den Namen Badger gegeben. Und eines Tages, als wir alle vollkommen erledigt auf dem Boden lagen, hat Badger am Fenster gekratzt, weil er Lust auf Nüsse hatte. Und da sagt sie: ›Badger Books, das ist unser Name.‹ Es hat sich richtig angefühlt, auch wenn Coulter immer noch behauptet, er wäre einfach zu müde gewesen, um sich dagegen auszusprechen.«

»Das ist eine sehr coole Geschichte«, sagt Camille.

»Deswegen ist unser Logo ein Dachs. Warte, ich habe dir was mitgebracht.« Ich ziehe ein Buch aus meiner ledernen Umhängetasche und lege es vor sie. »Damit du siehst, was wir so machen.«

Sie nimmt das kleine, in Leinen gebundene Hardcover mit dem Titel *Where Evil Hides* von Ariana Guidry in die Hand. Das Cover – eins unserer schönsten – zeigt das gemalte halbe Gesicht einer Frau, die einen mit weit aufgerissenem Auge anstarrt.

»Ariana hat gerade einen Preis gewonnen. Sie schreibt über ihre Jugend in Texas. Ich würde es nicht unbedingt als comfort read bezeichnen. Ihre Sprache ist unfassbar intensiv. Roh und ehrlich, aber gleichzeitig sehr subtil, wenn das Sinn ergibt.«

Sie blickt kurz auf und nickt. Dann schlägt sie es auf und liest die ersten Sätze.

»Ihr zweites Buch erscheint nächstes Frühjahr.«

»Auch bei Badger Books?«, fragt sie.

»Ja, auch bei uns. Die meisten unserer Autorinnen und Autoren sind ziemlich zufrieden mit unserer Arbeit. Im Rahmen unserer Möglichkeiten versuchen wir, jeden Wunsch umzusetzen. Denn wir haben ja auch nichts davon, wenn die Leute, die das Kapital unseres Verlags sind, sich nicht mit dem Endprodukt identifizieren können. Als kleiner Verlag haben wir außerdem ein bisschen mehr Spielraum, weil unsere Strukturen nicht festgefahren sind. Das ist vielleicht auch etwas, das für das Projekt mit James Percival interessant ist.« Und für ein eventuelles Projekt mit Jethro, füge ich in Gedanken hinzu, denn jetzt, wo ich einen indirekten Kontakt zu ihm habe, scheint ein Buch mit seinen Gedichten auf einmal in greifbare Nähe gerückt. Auch wenn ich sehr wohl gehört habe, was Camille gesagt hat.

»Das klingt alles sehr spannend. Aber ich fürchte, ich muss mich jetzt leider verabschieden«, sagt Camille unvermittelt. »Anschlusstermine.«

Ich bin mir nicht sicher, ob sie vielleicht einfach nur einen Vorwand braucht, um das Treffen, das eine für sie so unangenehme Wendung genommen hat, zu beenden. Aber ich spiele mit. »Selbstverständlich. Wir sind ja auch schon eine Weile hier.« Ein Blick auf die Uhr sagt mir, dass wir uns gerade mal eine halbe Stunde unterhalten haben. »Es hat mich sehr gefreut, Camille Ives, Künstleragentin.« Ich strecke ihr die Hand hin.

»Mich auch, Bash Hanlon, Lektor«, erwidert sie und schüttelt meine Hand. Ihre ist, wie auch bei der Begrüßung, angenehm kühl. Noch einmal treffen sich unsere Blicke, aber diesmal ist es, als würden sie sich nur kurz streifen.

Dann steckt sie Ariana Guidrys Buch in ihre Tasche und verlässt mit einem letzten Winken das Café. Ich blicke ihr nach, halb in der Hoffnung, sie würde sich noch einmal umdrehen. Aber natürlich ist sie professionell genug, um so einen Quatsch zu lassen.

8

Bash

Ich drücke die Klinke der schweren Eisentür, die von unserem Dachs-Logo geziert wird, und will sie aufschieben, da fällt mir ein, dass sie ja immer noch kaputt ist und sich sowohl von innen als auch von außen gerade nur mit Schlüssel öffnen lässt. Also krame ich ihn aus der Tasche und schließe auf. Auf den ersten Blick sehe ich, dass sich das gesamte Team um Zaras Schreibtisch versammelt hat. Sie haben die Köpfe zusammengesteckt und reden durcheinander.

»... gefallen die Farben.«

»... Proportionen noch nicht so ganz.«

»... Titel größer?«

Offenbar geht es um einen neuen Coverentwurf. Oft arbeiten wir mit Agenturen zusammen, aber manchmal macht Zara die Cover auch selbst, vor allem, wenn die Autorin oder der Autor schon sehr genaue Vorstellungen hat, die sich zufälligerweise auch mit unseren Ideen decken. Dann ist es oft leichter, wenn die Kommunikation nicht erst über verschiedene Stationen laufen muss.

»Was schauen wir uns an?«, frage ich und stelle mich schräg hinter Katie, weil sie die Kleinste ist und ich so den besten Blick habe.

»Das Sid-Barriero-Cover«, sagt Louise.

Sid ist ein komplizierter Debütautor, den Louise vor einem Jahr entdeckt hat. Wir ziehen sie oft damit auf, dass sie eine Schwäche für anstrengende, von Zweifeln geplagte Schriftsteller hat, mit denen sie über das normale Maß hinaus an den Texten – und ihrer psychischen Stabilität – arbeitet. Da zahlt es sich aus, dass sie am Anfang des Studiums mit dem Gedanken gespielt hat, Therapeutin zu werden. Doch dann wurde sie schwanger und musste sich für einen Weg entscheiden, weil die Kapazitäten für all ihre Kurse schlichtweg fehlten. Ich bin froh, dass es die Literatur geworden ist, aber manchmal frage ich mich, ob sie ihre Entscheidung bereut. Ob sie nicht lieber gut verdienenden, Burn-out-geplagten Geschäftsmännern dabei zuhören würde, wie sie über ihre Kindheit in weißen, wohlhabenden Vororten erzählen, und dafür ein wesentlich höheres Gehalt hätte. Aber immer, wenn ich sie ansehe, denke ich, dass sie eigentlich glücklich aussieht. Vielleicht ist das aber auch einfach nur ihr Gesicht.

»Ich habe drei Entwürfe, die ich ihm schicken kann«, sagt Zara. »Wenn ihr damit happy seid«, fügt sie hinzu und wendet den Kopf.

»Ich finde sie alle gut.« Louise beugt sich über Zaras Schulter und schnappt sich die Maus, um noch einmal durchzuscrollen. »Das erste ist mein Favorit. Die Farben versetzen mich sofort in die Siebziger, die Gesichter sind schemenhaft, aber trotzdem erkennbar. Nur die Schrift finde ich auf dem zweiten besser.«

Sie scrollt runter, und obwohl ich kein Experte auf dem Gebiet bin, weiß ich sofort, was sie meint. Die Serifen auf dem ersten Cover lenken zu sehr vom Hintergrund ab. Die schlichtere Schrift kontrastiert den Retro-Eindruck perfekt.

»Das dritte geht in eine ganz andere Richtung, aber ich hatte eine Idee und dachte, wenn Sid mit Menschen auf dem Cover doch nicht glücklich ist, könnte man es auch mit einer Schriftlösung probieren.« Zara ruft das letzte Cover auf.

Es ist eine ganz andere Richtung. Schlichter, die Farben gedeckter. Die Schrift überzieht das gesamte Cover und verschwimmt mit abstrakten Formen.

»Das finde ich richtig gut«, sage ich. »Die anderen beiden auch, aber das hier, ich weiß nicht, es ist erwachsener, ernster. Ich habe in *Under the Moon, Over the Bridge* bislang nur reingelesen, aber für mich trifft das den Ton besser.«

»Der historische Aspekt kommt aber nicht so raus«, wirft Vikram ein, der das Buch gelesen hat.

»Und der ist Sid wichtig.« Louise scrollt noch mal nach oben. »Kannst du die Schrift hier noch mal anpassen, Zara? Und dann schicken wir Sid das erste und das dritte?«

Zara nickt. »Klaro.«

»Und jetzt zu dir!« Louise dreht sich zu mir um, als wäre ihr eben erst aufgefallen, dass ich auch anwesend bin. »Wie war der Termin?«

»Gut«, sage ich. »Glaube ich zumindest.« Ich denke an Camilles Panik, ich könnte irgendjemandem von Jethro erzählen. Das werde ich nicht tun, aber dennoch merke ich, wie mein Puls in die Höhe schnellt, wenn ich mir vorstelle, wie nah ich ihm bin.

»Du glaubst?«, fragt Coulter, in der Hand seinen Rubik's Cube. »Heißt das, du hast uns in Wahrheit bis auf die Knochen blamiert?«

»Nein, es lief wirklich gut. Camille ist nett, interessiert, auch wenn ich nicht weiß, wie viele Buchprojekte sie vermitteln wird.«

»Keine Sorge«, sagt Louise. »Es gibt genug eingebildete Schauspieler auf der Welt, die glauben, die Welt warte nur auf ihre literarischen Ergüsse.«

»Aber ob wir die dann wollen?«, werfe ich ein. »Jedenfalls haben Camille und ich uns gut verstanden.«

»Camille«, wiederholt Coulter ihren Namen und schiebt bunte Reihen auf seinem Würfel hin und her.

»Ich werde jetzt das komplette Manuskript lesen, das Camille mir mitgegeben hat.« Fast wären es Jethros Gedichte gewesen.

»Camille«, sagt Coulter erneut.

»Ich habe Camille Arianas Buch gezeigt, und sie schien ganz angetan von der Ausstattung, dem Design – von unserer ganzen Philosophie.«

»Camille.« Coulter nickt.

»Hat bei dir gerade was ausgesetzt, Coulter?«, fragt Louise.

»Warum?« Er grinst.

»Weil du jetzt dreimal den Namen Camille gesagt hast.«

»Frag mal Bash.«

»Hä?«, macht Louise, und auch ich sehe Coulter fragend an.

»Bash hat ihren Namen vier Mal gesagt. Er hatte einen professionellen Termin, und alles, was ich höre, ist Camille, Camille, Camille.«

»So heißt sie eben«, sage ich.

»Du meinst wohl: *So heiß ist sie eben*«, korrigiert Coulter. »Ich habe sie gegoogelt.«

»Nicht jeder ist wie du.« Ich verdrehe seufzend die Augen.

»Ja, leider. Die Welt wäre so ordentlich, wenn ihr euch alle ein Beispiel an mir nehmen würdet.« Er nickt Richtung Kwans Schreibtisch, auf dem sich Tassen stapeln. »Und viel mehr Frauen würden am Abend befriedigt einschlafen. Frauen wie Camille beispielsweise.«

»Hast du das auch manchmal, Bash?«, fragt Louise an mich gewandt. »Dass du dich fragst, was, um Himmels willen, dich geritten hat, dich mit Coulter anzufreunden?«

»Mehrmals täglich«, sage ich und lache. »Aber es ist auch egal. Es ging heute um ein gemeinsames Projekt, und sie kann noch so hübsch sein, man vermischt nicht Privates und Geschäftliches.«

»Aber sie *ist* also hübsch?«, fragt Coulter.

»Ja, ja, sie ist hübsch«, gebe ich zu, aber auch wenn Coulter der Meinung ist, das Leben bestehe zur Hälfte daraus, Frauen dazu zu bringen, seinen Namen zu stöhnen, und Louise findet, ich solle endlich mal wieder ernsthaft daten, damit jemand mein Herz nehmen kann, um darauf herumzutrampeln, weiß ich, dass ich das Verhältnis zu Jethros Agentin um keinen Preis, für keinen Orgasmus und für keinen Herzschmerz der Welt gefährden werde.

Nach Feierabend radle ich nach Hause. Ich mache einen kleinen Umweg über meinen Lieblings-Take-away-Chinesen, um mir etwas zum Abendessen zu holen. Es ist bereits dunkel, sodass ich die Herbstfarben der Blätter an den Bäumen, die den Indian Summer in New England zur schönsten Jahreszeit der Welt machen, nicht mehr sehe. Bald schon wird es zu kalt fürs Fahrradfahren sein, deswegen genieße ich, wie die frische Luft meine Lungen füllt und meinen Kopf umweht. Als würde sie den Stress der Arbeit, die Sorge um Evie, die Gedanken an Möglichkeiten und Herausforderungen, an Agentinnen und Street Poets einfach wegblasen.

Ich gähne, als ich die Tür zu dem Wohnkomplex öffne, in dem ich in einer kleinen Zweizimmerwohnung lebe. Es ist ein anonymes Haus, auf jedem Stockwerk befinden sich links und rechts vom Aufzug sechs Studios und kleine Apartments. Ich kenne meine Nachbarn kaum, man nickt sich zu, wenn man sich beim Müllschacht oder im Aufzug trifft, aber ansonsten bin ich froh darüber, dass ich meine Ruhe habe. Wenn nicht gerade der Hund von Nummer 508 den ganzen Tag vor sich hin jault, weil er mal wieder allein zu Hause gelassen wurde.

Im fünften Stock empfängt mich ein ausgestorbener Hausflur. Aus der 501 dringen die gedämpften Geräusche eines laufenden Fernsehers. Ansonsten ist es still. Ich sperre die Tür auf und betrete meine dunkle Wohnung. Nach einem anstrengenden Tag mit vielen Meetings und Entscheidungen, die bezüglich des neuen Programms gefällt werden müssen, ist die Ruhe zu Hause eine Wohltat für meinen müden Kopf.

Ich schalte das Licht ein, ziehe meine Schuhe aus, hänge meinen Mantel an die Garderobe. Mit Coulter kann ich, was die Ordentlichkeit angeht, beileibe nicht mithalten, aber ich achte darauf, dass meine Wohnung sauber und gepflegt aussieht. Hier und da liegen Bücher- oder Papierstapel. In der Spüle steht manchmal noch das Frühstücksgeschirr, und in meinem Schlafzimmer befindet sich der obligatorische Klamottenstuhl, aber ansonsten brauche ich ein wenig Ordnung. Abgesehen von meinem Bücherregal, das leider aus allen Nähten platzt, weswegen ich die Struktur, die es mal hatte, vor Jahren aufgegeben habe und inzwischen nur noch stopfe. Als ich Katie neulich davon erzählt habe, hat sie sich fast an ihrem Lunch verschluckt. Offenbar empfand sie es als ein Sakrileg. »Wahrscheinlich brichst du auch Buchrücken!«, stieß sie entsetzt aus, und ich sagte zu dem Thema aus Gründen des Selbstschutzes nichts mehr.

Aus der schwarzen Plastiktüte ziehe ich die Box mit den gebratenen Nudeln, hole aus einer Schublade Stäbchen und nehme mir eine Flasche Wasser aus dem Kühlschrank. Mit dem kompletten Manuskript von James Percival setze ich mich an den Tresen und beginne zu essen. Und zu lesen. Doch ich kann mich nicht wirklich konzentrieren. Camille Ives' Gesicht blitzt immer wieder vor meinem inneren Auge auf. Ihr sorgenvoller Blick, aber auch dieser intensive, als würde sie mir erlauben, etwas mehr von ihr zu sehen.

Coulter hat recht. Natürlich ist sie hübsch. Aber sie ist auch etwas anderes. Tief. Mehrschichtig. Das trifft es vielleicht am besten. Ich weiß nicht, was die Schichten sind. Was in der Tiefe ist. Aber ich sehe, *dass* sie da sind. Weil es sich ein bisschen anfühlt, wie in einen Spiegel zu blicken. Und ich wüsste gerne, wer sie abseits dieser Maske aus Professionalität ist.

Kurz entschlossen ziehe ich mit meinem Essen und dem Manuskript auf die Couch um. Manchmal hilft ein Ortswechsel, um noch letzte Kraftreserven zu mobilisieren. Aber die weichen Polster bewirken nur, dass mich die Müdigkeit nun vollends überkommt. Kurz will ich meine Füße auf den

Couchtisch legen, aber sofort habe ich die Stimme meines Dads im Kopf, der Evie und mich jedes Mal ermahnt hat, die Füße runterzunehmen. Was ich tat. Evie nicht.

Evie. Wie automatisch greife ich nach meinem Handy und öffne den Chat mit ihr.

Weißt du noch, wie Dad immer geschimpft hat, wenn du die Füße auf dem Couchtisch hattest?, schreibe ich, obwohl ich weiß, dass sie nicht antworten wird.

Es ist ein seltsames Gefühl, gar nichts mehr über ihr Leben zu wissen. Sie hat schon immer ihr eigenes Ding durchgezogen. Aber wenn es schiefging, war ich da. Oder Mom und Dad. Oder wir alle. Jetzt ...

> Willst du mal wieder telefonieren?
> Es ist auch okay, wenn du nichts erzählst.

Ich schicke auch die zweite Nachricht ab. Scheiße, sie fehlt mir.

Als wäre es ein Reflex, als wäre Evies mangelnde Responsivität irgendwie mit Jethros mangelnder Responsivität verknüpft, öffne ich die Instagram-App und tippe auf meine Direktnachrichten. Ich fühle mich unendlich lächerlich dabei. Wie auch schon bei den Kontaktversuchen mit Evie. Sie will ihre Ruhe, er will seine Ruhe.

Ich tippe auf den einseitigen Chatverlauf und will mir gerade ein paar gebratene Nudeln in den Mund schieben, während er lädt. Doch dann lasse ich sie von den Stäbchen einfach wieder zurück in die Box fallen. Denn unter meiner letzten Nachricht steht: *Vor zwei Stunden gesehen.*

9
Jethro

Ich sehe mich hektisch um. Immer wieder wende ich den Kopf, ducke mich hinter Autos, Mülltonnen, was immer mir als Deckung dienen kann. Ich harre aus, atemlos. Lausche in die Nacht, doch es ist kein Geräusch zu hören. Bilde ich mir das nur ein?

In einer Bewegung, die Schleichen und Rennen in einem ist, schaffe ich es zum nächsten Block. Im Schatten eines Hauseingangs versuche ich, meinen Herzschlag zu beruhigen. Etwas ist anders als sonst, aber ich weiß nicht, ob es nur ein Gefühl ist oder ob da tatsächlich jemand meine Spur aufgenommen hat.

Ich habe Bash Hanlons Nachrichten gelesen. Ist das der Grund für meine Paranoia heute Nacht? Und er hat geschrieben, dass er ein großer Fan von mir ist. Falls ich doch mal ein Buch machen, falls ich noch mehr Menschen erreichen wolle, falls ich als mehr als ein Street Poet gesehen werden wolle, würde er sich sehr geehrt fühlen, wenn ich Badger Books in Erwägung zöge.

Die Straßenlaternen kommen mir heute Nacht greller vor als sonst. Meine Bewegungen unruhig. Fahrig. In dieser Stimmung passieren Fehler, das weiß ich. Ohne darüber nachzudenken, berühre ich meinen Oberschenkel, genau dort, wo sich die Narbe befindet.

Es war eine Nacht wie diese. Zu hell, zu riskant. Ich konnte nicht schlafen, weil mein Kopf voller Gedanken an sie war. An das, was hätte sein können. Und dann kam das unbedingte Verlangen, die Gedanken hinauszuschreien. Mein Schreien ist das Sprayen, und so zog ich mir meine schwarzen Klamotten an, setzte meine Maske auf und verschmolz mit der Nacht. Dachte ich.

Aber ich war unaufmerksam. Ich stand unter Strom und hatte keinen Blick für meine Umgebung. Und dann waren sie auf einmal da. Zwei Typen, die vielleicht gar nicht wussten, wen sie vor sich hatten. Denn damals hatte ich kaum fünfzigtausend Follower. Aber selbst wenn sie mich nicht kannten, waren sie auf Ärger aus, das war offensichtlich.

»Schau mal, ein Phantom«, sagte der eine, der andere lachte. Sie kamen näher, und ich rannte und sie hinterher.

Es war eine breite, verlassene Straße in einem Industriegebiet. Weiß der Henker, was sie dort zu suchen hatten. Kleine Drogendeals vermutlich. Ich musste ein Versteck finden, denn die Sicherheit belebterer Straßen war in weiter Ferne. Aber wo sich verstecken, wenn die Verfolger einem auf den Fersen sind und sehen, wohin man sich wendet?

In so einer Situation trifft der Körper die Entscheidungen, der Verstand übergibt einfach. Und mein Körper rannte schneller, als er je gerannt war, und schlug sich irgendwann ins Gebüsch. Hinter dem Gebüsch wartete ein Maschendrahtzaun, der einen Schrottplatz begrenzte. Mein Körper kletterte darüber und fand Schutz für mich und ihn. Die beiden Typen rüttelten eine Weile daran, beschlossen aber, dass es ihnen zu viel Aufwand war, mich weiter zu verfolgen.

Erst als ich eine halbe Stunde später aus meinem Versteck in einem zerbeulten Auto auftauchte, bemerkte ich, dass mich mein Bein kaum noch hielt. Auf dem schwarzen Stoff konnte man das Blut nicht sehen, aber mein Oberschenkel glänzte feucht.

Wahrscheinlich hätte ich genäht werden müssen. Wahrscheinlich wäre die Narbe deutlich kleiner oder gar nicht existent. Aber seither erinnert sie mich daran, dass ich vorsichtig sein muss.

Heute ist mein Verstand mit anderen Dingen beschäftigt. Er spiralt in einem fort Gedankenstrudel vor sich hin. Menschen erreichen, ja. Das möchte ich. Aber Gesehen-Werden ist das Problem, weil ich es nicht kann und doch will. Denn natürlich ist da eine Sehnsucht nach Anerkennung. Anerkennung meiner selbst.

Meine Anonymität würde gewahrt werden. Aber wie? Wie geht das? Dafür muss ich eine Lösung finden. Müssen *wir* eine Lösung finden. *Camille und ich* müssen dafür eine Lösung finden, auch wenn es sich seltsam anfühlt, das zu denken.

Ich schüttle den Kopf und stoße ein lautloses Seufzen aus. In diesem Zustand fühle ich mich nicht sicher genug. Und diesmal ist es dann doch mein in Gedankenspiralen verlorener Verstand, der die Entscheidung trifft, bevor er sich wieder auf meinen Körper verlassen muss. Dabei *kann* er sich auf meinen Körper verlassen. Umgekehrt war das in der Vergangenheit leider nicht immer der Fall. Denn den Verstand kann man, anders als den Körper, nicht so leicht trainieren. Nicht durch Work-outs fit machen, sodass man schneller rennt als andere, besser klettert als andere ...

Obwohl ich mich über mich selbst ärgere, verfalle ich nach ein paar Schritten Richtung zu Hause in einen joggenden Schritt. In den engen schwarzen Klamotten falle ich so am wenigsten auf, auch wenn um diese Zeit niemand auf dem Eastern Promenade Trail unterwegs ist. Auch keine potenziellen Verfolger, die meine Identität lüften wollen. Die ich mir vermutlich aber nur einbilde. Irgendwo habe ich neulich in einem Forum gelesen, ich müsse eine bekannte Persönlichkeit sein, weil die Geheimniskrämerei sonst keinen Sinn ergeben würde. Ich war kurz davor, mit einem Fake-Profil zu kommentieren, dass Jethro vielleicht einfach keine Lust hat, wegen Vandalismus Strafe zu zahlen, habe es mir dann aber verkniffen.

Einen langen Augenblick verharre ich am Wasser, das leise gegen das Ufer plätschert, und blicke auf das schwarze Meer hinaus. Ich atme den Geruch nach Salz und Seetang ein, fülle meine Lungen komplett, atme vollständig aus, dann wieder gierig ein, obwohl mich die Joggingstrecke eigentlich nicht wirklich angestrengt hat. Aber es ist, als wäre ich durstig nach Luft. Durstig nach diesem Gefühl, am Leben zu sein, das ich tagsüber kaum je habe. Das sich eigentlich nur dann einstellt, wenn ich schreie. Und wenn ich schreien sage, meine ich sprayen. Die Unsichtbarkeit meines Daseins bringt es mit sich. Und dieser Gedanke führt mich zurück zur Sichtbarkeit eines Buchs. Ein Buch kann nicht von der Stadt übermalt werden. Langsam verblassen, weil zu viele Autos Tag für Tag darüberfahren.

Und doch scheint mich die Möglichkeit eines Buchs zu hemmen, obwohl mein Gedicht seit Tagen fertig in meinem Kopf wartet.

Das Leben ist
eigentlich
zu kurz und
zu schade und
zu wild
für alles, was nicht
Du und ich ist.

Es ist kurz, es ist prägnant. Es bricht mir das Herz, aber es muss raus. Nur eben nicht heute Nacht.

Der Gedanke an ein Buch fühlt sich für einen Moment an, als würde ich Luft holen. Doch dann versinke ich wieder im Bekannten.

Neulich habe ich von einem Verhaltensexperiment mit Ratten gelesen, die immer, wenn sie durch eine Tür gegangen sind, einen Stromschlag bekommen haben. Dann hat man ihnen eine zweite Tür angeboten, doch sie sind weiter durch die erste gegangen, weil das Bekannte, auch wenn es Schmerz war, weniger Angst gemacht hat als das Unbekannte. Ein Buch würde bedeuten, die zweite Tür einen Spalt aufzuziehen. Bedeutet womöglich, gesehen zu werden. Vielleicht ist die Paranoia von heute Nacht wirklich nichts anderes als eine Vorahnung.

Wieder lege ich die Hand auf die Narbe auf meinem Bein, dann hole ich noch einmal tief Luft und laufe weiter am Ufer entlang, begleitet vom Klang des Wassers.

In meinem Tempo brauche ich eine halbe Stunde nach Hause. Und obwohl es nachts kühl wird, bin ich verschwitzt, als ich die Wohnungstür aufschließe.

Ich schleiche mich nach drinnen, schalte nicht einmal das Licht ein. Stattdessen stopfe ich die verschwitzten Klamotten tief in meine Wäsche und stelle mich kurz unter die Dusche, um mir den Schweiß und die Enttäuschung abzuwaschen. Darunter treten Erschöpfung und eine alles verschlingende Müdigkeit zutage.

Doch sobald ich mich hingelegt habe, will der Schlaf nicht mehr kommen. Mein Geist ist hellwach. Ich höre meinem eigenen Herzen beim Schlagen zu. Wenigstens weiß ich so, dass ich lebendig bin, und doch fühlt es sich nicht so an. Weil diese Nacht nicht du und ich ist, denke ich.

10

Bash

Ich starre auf die Worte in der E-Mail und kann für einen Moment oder auch zwei – oder auch tausend – nicht fassen, was ich dort lese.

»Okay«, entfährt mir, und ich merke selbst, wie hohl und nicht von dieser Welt ich klinge.

Sofort taucht Louise' Kopf hinter ihrem Monitor auf. »Hm?«

»Okay«, wiederhole ich noch mal, diesmal etwas lebendiger. Dann stoße ich langsam die Luft aus.

»Bash? Alles in Ordnung?«

Ich nicke. Kann nichts tun, als auf die E-Mail zu starren.

»Schlechte Nachrichten?«

Das Nicken wird zu einem Kopfschütteln. »N...ein. Ehrlich gesagt ... überhaupt nicht. Im ... Gegenteil.«

»Bash?« Vikram klopft am Türrahmen. »Ich hab hier ein paar Angebote für die Reparatur der ...«

»Nicht jetzt, Vikram. Ich kümmere mich später. Ich ... kann gerade nicht.« Ohne von der Mail aufzusehen, winke ich ab. Das ist sonst nicht meine Art, aber ich habe gerade keine Kapazitäten für kaputte Türen.

»Okay, kein Ding.« Er dampft wieder ab.

Jetzt sehe ich auf und Louise an. Sie hat die Stirn gerunzelt, ihr Gesicht ein einziges Fragezeichen. »Kannst du kurz kommen und mir sagen, ob ich mir das einbilde?«, frage ich, obwohl ich weiß, wie bescheuert das klingt. Aber das hier ist so groß, so gewaltig, dass ich mir selbst nicht traue.

»Klar.« Sie steht auf, kommt um meinen Schreibtisch herum und beugt sich über meine Schulter.

»Lies das«, sage ich mit einem Glucksen in der Stimme.

»*Hi Bash*«, liest Louise. »*Ich habe mit Jethro gesprochen, und wir würden gerne ein Buchprojekt mit euch in Erwägung ziehen.* Bitte waaaaas?«, unterbricht sie die Lektüre, aber ich bedeute ihr, weiterzulesen. »*Die Entscheidung ist natürlich nicht final, aber wir (oder besser gesagt ich) würden uns gerne anhören, was Badger Books uns bieten kann – nicht nur finanziell, sondern auch im Hinblick auf Jethros Anonymität.* Was zur Hölle, Bash?«

»Also siehst du es auch?«

»*Bitte behandle diese unverbindliche E-Mail dennoch mit Diskretion. Uns ist aber natürlich bewusst, dass ihr intern über das Thema sprechen müsst. Viele Grüße, Camille.*« Louise' Stimme ist mit jedem Wort lauter und höher geworden. »Bash, what the fuck?«

»Dann steht das da wirklich«, sage ich vollkommen erschlagen von allem, auf die beste Weise.

»Das steht da wirklich«, wiederholt sie. »Und wie das da steht! Alter, wie krass ist das!« Wenn Louise aufgekratzt ist, hört man ihr immer an, dass der Umgangston, mit dem sie aufgewachsen ist, ein bisschen rauer ist. Rau, aber immer liebevoll. Wenn sie aufgekratzt und wenn sie wütend ist.

»Ich weiß nicht, was ich sagen soll ...« Ich bin immer noch überfordert von der Situation.

»Vielleicht füllst du erst mal ein paar Lücken?«, fragt Louise. »Oder warte«, sagt sie, noch ehe ich zum Sprechen ansetzen kann. Sie geht zur offenen Tür und krakeelt »Coulter?« in den Hauptraum.

»Warum rufst du ihn nicht kurz an?«

»Weil er es hasst, wenn man nach ihm ruft«, entgegnet Louise. »Aber das hat er davon, dass er da oben alleine hockt. Coulter!«

»Brüll nicht so«, hört man Coulters Stimme. »Was ist denn los?«

»Komm runter.«

»Ich arbeite.«

»Das hier ist wichtiger. Komm.«

Man hört seine Schritte auf der Metalltreppe, und im nächsten Moment steht Coulter in der Tür und dreht wie immer an seinem Rubik's Cube herum. »Ich hoffe, ihr habt einen guten Grund, um mich vom Q2 der Jahresplanung abzulenken.«

»So sexy das klingt, Coulter«, sagt Louise, »das hier ist noch ein bisschen sexier.«

»Mach die Tür zu«, weise ich ihn an.

»Oh, ich mag es, wenn du dominant bist«, erwidert er grinsend, schließt aber die Tür. Ich kann nicht einmal die Augen verdrehen, so phänomenal von der Rolle bin ich.

»Also, Bash«, sagt Louise. »Dann füll mal Lücken.«

»Oder auch das um die Lücken herum.« Coulter setzt sich auf einen freien Stuhl.

»Ich habe mich doch neulich mit Camille getroffen. Camille Ives.«

»Camille«, wiederholt Coulter grinsend und vervollständigt die gelbe Fläche seines Würfels. »Ich erinnere mich.«

»Und es hat sich herausgestellt, dass Camille nicht nur die Agentin von James Percival ist – da würde ich übrigens gerne ein Angebot machen. Nichts zu Großes, aber weil er in Maine doch ziemlich bekannt ist, darf es auch nicht frech werden, also, Coulter, wenn du da mal einen Moment hast, können wir vielleicht ...«

»Bash«, unterbricht mich Louise.

»Oh, okay. Sorry. Also, es stellte sich heraus, dass Camille Ives Jethro vertritt.«

»Nein!«, entfährt es Coulter.

»Doch.«

»Und bist du direkt gekommen?«

»Ha, ha«, sage ich lahm. »Nein. Aber ich habe ihr gesagt, dass ich ein großer Fan ...«

»Fanboy«, korrigiert Coulter.

»Halt doch mal die Klappe«, ermahnt ihn Louise.

»... dass ich ein großer Fan bin und auch schon ein paarmal versucht habe, wegen eines Buchprojekts Kontakt zu ihm aufzunehmen.«

»Indem du super needy in seine DMs geslidet bist.«

»Sie hat es abgeblockt«, sage ich, ohne auf Coulter einzugehen. »Meinte, er hätte kein Interesse. Aber gerade habe ich eine Mail von ihr bekommen, in der steht, dass sie sich anhören wollen, was wir ihnen bieten können.«

»Okay?«, sagt Coulter. Sonst nichts. Offenbar ist er nun doch überrascht.

»Und du laberst über ein Angebot für James Percival.« Louise schüttelt den Kopf.

»Das muss absolut unter uns bleiben fürs Erste.« Ich sehe Louise und Coulter eindringlich an.

»Meine Lippen sind versiegelt«, sagt Coulter. »Kenne eh niemanden außer euch.«

»Meine auch«, verspricht Louise.

»Auch erst mal nichts zu den anderen, okay?«

Beide nicken.

»Krass, Mann.« Coulter steht auf und klopft mir auf die Schulter. »Jetzt kannst du Jethro *und* Camille klarmachen. Zwei auf einen Streich.«

Ich lache. Denn jetzt kann ich Camille natürlich noch weniger *klarmachen*, um es mit Coulters Worten zu sagen. Jetzt wird es richtig ernst.

»Such mal ein paar ähnliche Titel raus. Mit Zahlen. Dann jagen wir die durchs System und sehen, was wir zusammenkriegen«, sagt Coulter. »Gut gemacht, Mann. Bin beeindruckt.« Er schiebt die letzten Reihen des Rubik's Cubes an ihren Platz.

»Danke«, sage ich einigermaßen verwirrt, denn es ist noch nie vorgekommen, dass Coulter irgendjemandem ein Kompliment gemacht hätte, das nicht zweifelhaft war.

11
Camille

Fünfundsechzigtausend Dollar. Das steht da. Fünfundsechzigtausend. Eine Sechs, eine Fünf und drei Nullen. Zahlbar in zwei Raten, die erste Rate wird fällig bei Vertragsabschluss, die zweite bei Manuskriptabgabe. Und Bash schreibt darunter:

Ich weiß, wir können nicht mit den Big Players mithalten. Ich hoffe trotzdem, dass ihr unser Angebot in Erwägung zieht. Lass mich wissen, wenn du oder Jethro noch irgendwelche Fragen oder Sorgen habt, mit denen ich euch helfen kann.

Ich sehe vor mir, wie Bash sich durch seine Haare streicht. Durch die kleine weiße Strähne. Und ich würde am liebsten zum Telefonhörer greifen, den ich mal wieder neben das Telefon auf meinem Schreibtisch gelegt habe, um die E-Mail in Ruhe lesen zu können. Und dann noch mal. Und dann noch mal.

Mein Herz rast. Fünfundsechzigtausend Dollar.

Meine Sorge gilt immer noch Jethros Anonymität, aber diese Angst wird bleiben. Sie ist ja auch da, wenn er nachts durch die Straßen huscht. Es ist eine Sorge, mit der man in meiner, in seiner Position leben muss. Ich weiß das. Aber diese Chance ist das Risiko wert. Hoffe ich.

Als ich höre, dass sich Ninas Schritte meinem Schreibtisch

nähern, lege ich schnell den Hörer auf, und im nächsten Moment klingelt auch schon das Telefon.

»Camille Ives, Encore Artists?«, melde ich mich, und sofort wünschte ich, ich hätte den Hörer neben dem Telefon liegen lassen. Denn die aufgebrachte Stimme von Sarah Banks, einer Jazzsängerin, dringt an mein Ohr, und ich weiß jetzt schon, dass ich einige Feuer werde löschen müssen. Aber mit Bashs E-Mail und dem Angebot von Badger Books im Hinterkopf bin ich gegen alles gewappnet.

Gegen fast alles. Denn heute ist Freitag, und freitags besuche ich Dad im Pflegeheim. Sooft ich kann, gehe ich hin, aber manchmal fehlt mir die Zeit, manchmal die Kraft. Nur den Freitagsbesuch habe ich noch nie ausfallen lassen.

Dads Zustand ist ein bisschen wie eine Lotterie mit lauter traurigen Losen. Es gibt Tage, an denen weiß er, dass ich seine Tochter bin, auch wenn ihm selten klar ist, welche. Es gibt Tage, da hält er mich für Mom und weint, weil er sich die Schuld für die Scheidung gibt – was nicht von der Hand zu weisen ist. Schließlich hat er sich dazu entschieden, mit seiner Sekretärin fremdzugehen. Aber ich grolle ihm deswegen nicht mehr. Fehler sind menschlich, auch wenn manche nicht wiedergutzumachen sind, wie ich selbst sehr wohl weiß. Die Person dahinter hat aber manchmal trotzdem eine zweite Chance verdient.

»Wie geht es ihm heute?«, frage ich, als ich auf dem Korridor zu Dads Zimmer, das seine komplette Rente und Ersparnisse auffrisst, Schwester Kirsty treffe.

Kirsty schüttelt den Kopf. »Er ist schlecht gelaunt.«

Ich seufze. »Dann schauen wir mal, ob ich dagegen was ausrichten kann.«

Oft ist Dads schlechte Laune auf einen klaren Moment zurückzuführen. Wenn er auf einmal merkt, dass etwas nicht stimmt. Dass er Dinge können sollte, dass er Dinge wissen sollte. Sich an Dinge erinnern sollte. Wenn sein Alzheimer gnädig ist, lässt es ihn vergessen, dass er früher ein anderer war.

Ich öffne behutsam die Tür und höre sogleich einen erstickten Schrei der Frustration. Dad sitzt auf seinem Bett, die Ecke seiner Decke im Mund, und wippt vor und zurück.

»Hi Dad.« Ich nähere mich ihm behutsam. »Goo goo g'joob.« Das ist unsere Begrüßung. Eigentlich seine. Ein Zitat aus seinem Lieblingslied – *I Am the Walrus* von den Beatles.

Doch er schüttelt nur den Kopf und schlägt mit der Faust auf die Matratze, dass es staubt.

»Kein guter Tag, was?«, frage ich. Ich würde mich gern neben ihn setzen, ihn umarmen. Aber solange ich nicht weiß, ob er mich erkennt, ist das keine gute Idee. »Willst du mir erzählen, was passiert ist?«

Wieder gibt er diesen beinahe infantilen Laut der Wut von sich. Dann hebt er den Blick und sieht mich an. Der Blick aus seinen früher so wachen, schlauen Augen ist glasig.

»Ich bin's, Camille«, sage ich. »Deine Tochter.«

Er nickt und nimmt mit einer langsamen Bewegung die Decke aus dem Mund und wischt seine Zunge dann am Handrücken ab. »Mara?«

»Nein, Camille. Aber Mara gibt es auch, das stimmt. Das ist meine Schwester.« Es tut weh, ihren Namen aus seinem Mund zu hören. Nicht, weil ich ihn im Gegensatz zu ihr besuche, was ich ihr nie übel nehmen würde. Sondern weil ich mir wünschen würde, dass wenigstens mein Dad mich sieht. Wenigstens der Mensch, zu dem ich gezogen bin, nachdem Moms und Maras Wohnung kein Zuhause mehr für mich sein konnte. Aber er kann natürlich nichts dafür. So ist das eben bei Alzheimer. Als Erstes verschwindet das Kurzzeitgedächtnis. Die Tatsache, dass ich ihn besuche beispielsweise. Aber Mara sieht er oft klar vor sich.

»Camille«, wiederholt er, sieht mich an, nickt dann erneut.

»Darf ich mich zu dir setzen?«

»Erzähl mir von ihr«, sagt er.

»Von ... Ma-ra?«

Er klopft neben sich aufs Bett, und ich setze mich. Er nimmt meine Hand in seine Hand und presst einen etwas zu feuchten Kuss darauf. Doch er entlockt mir ein Lächeln.

»Mara geht es gut«, sage ich. *Gut, gut.*

»Sie besucht mich.« Das tut sie nicht, aber ich lasse ihn in dem Glauben.

»Das ist schön.«

Dad nickt begeistert. »Spielt Musik.«

»Ja, sie ist Bratschistin.«

»Heute bist du da.«

»Ist das auch okay?«

»Klar.«

»Mara spielt in einem Orchester«, sage ich und denke daran, wie ich früher mit Mom zu ihren Schulkonzerten gegangen bin. »Sie ist die beste Musikerin dort. Und alle lieben sie, weil sie so nett ist. Und schön.« Dabei weiß ich nicht einmal, ob es stimmt, auch wenn ich mir nicht vorstellen kann, dass sie auf einmal nicht mehr nett ist. Und schön. Das war sie immer. Nett. Und schön. Und es hat mich schon als Kind gewundert, dass man identisch aussehen kann, aber trotzdem ist die eine schön und die andere irgendwie nicht. Wahrscheinlich stimmt es, und wahre Schönheit kommt tatsächlich von innen.

»Wann kommt Lizzy wieder?«

»Bestimmt bald. Sie muss gerade viel arbeiten.« Letzteres ist keine Lüge. Mom arbeitet immer. Aber sie kommt Dad wenig überraschend kaum besuchen. Das letzte Mal war sie an Weihnachten da. Ich habe gefragt, ob sie mitkommen würde, und sie hat Ja gesagt, weil sie ein guter Mensch ist. Und weil sie Dad auch verziehen hat. Aber das bedeutet natürlich nicht, dass sie ihren Ex-Mann dauernd im Pflegeheim besuchen will. Es bedeutet nur, dass sie mit der Vergangenheit ihren Frieden geschlossen hat. Vielleicht frage ich sie bei Gelegenheit mal, wie viele Jahre es bei ihr gedauert hat.

»Ich kann doch arbeiten«, sagt Dad, und ich klopfe ihm auf die Schulter.

»Wenn du wieder gesund bist«, erwidere ich. »Dann kannst du arbeiten, und Mom ruht sich aus.«

Am Anfang habe ich ihn in solchen Momenten korrigiert. Wobei, ganz am Anfang wusste er selbst, dass er nicht mehr als Jurist würde arbeiten können. Und sosehr es ihn frustrierte, er ließ sich davon nichts anmerken. Im Gegenteil, er versuchte, mir, so gut es ging, Normalität zu geben, obwohl für uns beide wenig normal war in der Zeit. Er verlegte alles, und ich musste ihn sogar daran erinnern, die Tür abzuschließen. Später dann, Schuhe anzuziehen. Das war der Moment, in dem er die Frustration nicht mehr verbergen konnte, weil er vergaß, dass ich für meinen Abschluss lernen musste. Nach meinem Abschluss wurde es zu einem Vollzeitjob, sich um Dad zu kümmern, bis ich der Sache allein nicht mehr gewachsen war. Und seither ist er hier. Bei Schwester Kirsty und Schwester Astrid und all den anderen, die sich um ihn kümmern.

Astrid war auch diejenige, die mir sagte, ich solle ihn ruhig in seiner Welt lassen, weil er sonst den Schmerz des Vergessens und den Schmerz des Verlusts jedes Mal wieder neu erleben würde. Erst fühlte es sich falsch an, ihn anzulügen. Aber inzwischen ist es zur Routine geworden. Dieses Zimmer, obwohl es für Dads Krankheit und den Verfall desjenigen Menschen steht, der mich bei sich aufgenommen hat, als nicht einmal ich selbst mich noch haben wollte, ist der Ort, an dem wir uns beide belügen. Hier habe ich Mara und er eine Frau. Ich habe Eltern, die zusammen sind, und er zwei Töchter, die sich lieben.

»Ich habe große Neuigkeiten«, sage ich jetzt, um das Thema auf unverfänglicheres Terrain zu lenken.

»Du hast einen Freund?«

»Nein.« Ich lache, obwohl es vielleicht nicht unbedingt zum Lachen ist. Denn schließlich kann einen niemand um seiner selbst willen mögen, wenn man nicht einmal weiß, wer man ist. »Aber ich habe einen großen Buchvertrag ausgehandelt.«

»Du schreibst ein Buch?«

»Erinnerst du dich an Jethro?« Natürlich nicht. Ich habe ihm zwar ab und zu von ihm erzählt, aber diese Dinge kann er sich nicht merken.

»Er schreibt Gedichte.« Oder er kann doch? Ich kriege eine Gänsehaut.

»Genau. Und ein kleiner Verlag aus Portland will die Gedichte verlegen.«

»Sind sie gut?«

»Die Gedichte?« Ich zucke mit den Schultern. »Die Menschen lieben sie, deswegen können sie nicht ganz verkehrt sein, oder?«

»Kannst du eins auswendig?«

Ich nicke. Räuspere mich. Ich kann fast alle auswendig, und kurz frage ich mich, ob das für Bash auch gilt.

»*Dich zu vergessen ist Schmerz.*
Mich zu vergessen ist Schmerz.
Vergessen zu werden ist –
Doch die größte Erleichterung ist es,
das Vergessen zu vergessen.«

»Wer hat dich vergessen?«, fragt Dad.

»Mich?« Doch dann begreife ich, dass er nicht mehr weiß, dass wir über Jethro gesprochen haben. »Nein, nein, da geht es nicht um mich. Es geht um den Street Poet, von dem ich gerade erzählt habe, weißt du?« Dabei wäre es tatsächlich schön, jemandem anvertrauen zu können, dass Mara mich vergessen hat. Dass ich mich vergessen habe. Und dass ich mir manchmal wünschte, wie Dad das Vergessen zu vergessen.

12
Bash

»Hey Evie. Hier ist Bash. Haha, das weißt du natürlich. Aber inzwischen ist es so lange her, dass du vielleicht vergessen hast, wer ich bin. Sorry, ich meine es nicht als Vorwurf, falls das so rüberkam. Ich würde mich nur einfach freuen, mal wieder was von dir zu hören. Egal, was ist, okay? Ich bin gerade auf dem Weg ins Büro nach einer ziemlich schlaflosen Nacht. Denn ich habe gestern eine E-Mail von einer Agentin bekommen und bin irgendwie immer noch aufgekratzt deswegen, weil, wenn alles klappt, dann wird das ein richtig cooles Projekt. Richtig cool, was rede ich da. Es wird episch, Evie, absolut episch! Und meine Aufregung muss irgendwohin, deswegen kriegst du jetzt eine viel zu lange Sprachnachricht, die du dir vielleicht eh nie anhören wirst. Aber irgendwie hoffe ich doch, dass du es tust. Weil ich auch irgendwie hoffe, dass du weißt, dass … hm. Dass ich immer da bin. Keine Ahnung, ob was vorgefallen ist, wo auch immer du bist. Oder ob was mit Mom und Dad war. Zumindest haben sie nichts in die Richtung gesagt. Und wahrscheinlich ist ja auch alles in Ordnung, und du hast nur einfach so ein richtig aufregendes Leben in Europa und keine Zeit, an deinen ollen Bruder zu denken, der dich vermisst. Keine Sorge, du musst es nicht zurück sagen. Aber … ach Evie. Es wäre schön, dich mal wiederzusehen. Und wenn es nur ein Videocall ist. Dann erzähle ich dir von dem epischen Projekt und der Agentin, die nebenbei bemerkt absolut umwerfend ist. Und ein bisschen heiß in den Momenten, in denen sie die Agentin raushängen lässt. Hahaha. Das willst du nicht wissen, schätze ich. Aber du hörst die Nachricht ohnehin nicht weit genug. Egal. Wie auch immer. Das ist alles ziemlich aufregend, und ich wollte dir davon erzählen und dir sagen, dass du dich melden kannst. Nicht musst. Okay. Tschüss. Evie.«

Ich schicke meine Sprachnachricht ab, sehe ihr dabei zu, wie sie hochgeladen wird. Sehe die beiden Häkchen, die mir sagen, dass sie zugestellt werden konnte. Noch einen Moment verharrt mein Blick auf ihr, dann sperre ich das Display, lasse mein Handy in der Hosentasche verschwinden und überquere den Zebrastreifen an der Ecke Union Street/Fore Street, wo vor einiger Zeit mal ein Gedicht von Jethro zu sehen war. Solange es da war, hat es mich von dieser grauenhaften Parfümwerbung abgelenkt, die seit Jahren die Plakatwand neben der Straße ziert. Ein Mixed-Race-Couple. Darüber der verlogene Schriftzug »Liebe kennt keine Grenzen« und der Parfümflacon mit dem Namen *Amour sans Frontières*. Was wohl Ärzte ohne Grenzen davon halten, dass ihr Name für Parfüms verwendet wird?

Doch das Gedicht ist weg. Die Werbung ist immer noch da. Und ich weiß, es hat keinen Sinn, darauf zu warten, dass Evie sich meldet. Dennoch ist jedes Mal die Hoffnung da, dass sie online kommt und anfängt, eine Nachricht zu schreiben. Es sind nur drei Punkte, aber sie würden mich so glücklich machen. Und Mom und Dad. Wenn ich ihnen erzählen könnte, dass sie sich gemeldet hat, würde auch ihnen ein Stein vom Herzen fallen.

Ich war immer das Vorzeigekind von uns beiden. Gut in der Schule, engagiert, darauf bedacht, meine Beliebtheit bei jeder sich bietenden Gelegenheit zu steigern. Evie ist immer angeeckt. In der Schule, zu Hause. Unsere Eltern hatten lange

Sorge, dass ich die Tatsache, dass ich adoptiert bin, überkompensiere. Dabei ging es darum nie. Ich habe mich nie weniger geliebt oder weniger zugehörig gefühlt. Mom und Dad sind genauso meine Eltern wie Evies. Sie haben oft gesagt, dass ich ihr Wunschkind war und Evie dann die schönste Überraschung, die sie sich vorstellen konnten, weil sie jahrelang dachten, sie könnten keine Kinder kriegen.

Eine Überraschung ist Evie geblieben. Niemand weiß je, wann oder was man als Nächstes von ihr hört. Aber wenn man etwas von ihr hört, ist es, als würden Weihnachten und Geburtstag zusammenfallen, weswegen ich natürlich mein Handy wieder aus der Tasche ziehe, um einen kurzen Blick darauf zu werfen, als ich auf der anderen Straßenseite angekommen bin. Kurz macht mein Herz einen hoffnungsvollen Satz, aber dann sehe ich, dass die Nachricht, die aufleuchtet, von Coulter ist.

Hier ist was komisch. Komm!, schreibt er, und ich beschleunige meinen Schritt.

Als ich in die Preble Street abbiege, wundere ich mich bereits über die vielen Passanten, die unterwegs sind. Diese Gegend ist normalerweise nicht sonderlich belebt. Ein paar Creative Hubs in alten Warehouses, leere oder halb leere Bürogebäude, Autowerkstätten, ein Supermarkt und ein Fitnessstudio – das ist so das Aufregendste zwischen der kleinen Bucht Back Cove im Norden und der Somerset Street im Süden. Und dazwischen wir. Badger Books.

Doch heute scheint es irgendein Sonderangebot bei Hannaford zu geben. Oder ein Jahr Gratismitgliedschaft bei Fit for you. Oder … Freibier bei *Great Beers?* Ich verlangsame meine Schritte, denn die Menschen versammeln sich – ist das möglich? – im Eingangsbereich vor Coulters Warehouse.

Ich runzle die Stirn. Ein paar Meter gehe ich noch, dann bleibe ich endgültig stehen. Es besteht kein Zweifel, die Leute strömen zu uns. In einem großen Pulk stehen sie vor der Eingangstür des Warehouses. Einige haben ihre Handys gezückt, andere drängeln. Immer wieder löst sich jemand aus der Menschentraube und tritt den Rückweg an.

»Alter«, höre ich auf einmal eine Stimme von der anderen Straßenseite. »Da bist du ja endlich. Was geht da bitte ab?«

Ich drehe mich um, und dort, an einen Baum gelehnt, steht Coulter in Jogginghose und durchgeschwitztem T-Shirt. »Ich habe keine Ahnung. Hast du mal gefragt?«

»Ich war Joggen. Als ich los bin, war alles normal, jetzt sind diese Irren da und versperren mir seit einer halben Stunde den Weg zur Dusche. Und du weißt, wie sehr ich es hasse, verschwitzt zu sein.« Er schüttelt sich.

»Was kann das sein?« Weiterhin beobachte ich, wie Menschen sich unserem Gebäude nähern.

»Offensichtlich haben wir zufällig den am stärksten riechenden Scheißhaufen vor der Tür, auf den die Fliegen zusteuern«, sagt Coulter. »Wenn sie nicht verschwinden, rufe ich die Polizei.«

»Oder wir schauen einfach selbst, was da vor sich geht?«, schlage ich vor, weil ich es ein bisschen drastisch finde, gleich die Cops einzuschalten. Und weil ich meinen Kontakt zur Polizei gerne auf ein Minimum beschränke. Sobald die Menschen eine Uniform tragen, sehen sie in mir einen Staatsfeind, und ich muss alle möglichen Register ziehen, um sie vom Gegenteil zu überzeugen. Meinen breitesten Midwest-Akzent auspacken. Der freundlichste, höflichste, zuvorkommendste Bürger werden. Hoffen, dass wir das ein oder andere Sportsteam gemeinsam haben – was wir meistens haben, weil ich keine Präferenzen habe und trotzdem die Aufstellungen aller Football-, Baseball- und Basketballteams im Umkreis auswendig kenne, um mich für den Fall der Fälle in einen Red-Socks-, Patriots- oder Boston-Celtics-Fan zu verwandeln.

»Äh, Leute?« Louise kommt flankiert von Kwan und Katie die Straße hoch. »Was ist denn hier los?«

Ich zucke mit den Schultern. »Das fragen wir uns auch.«

»Ich rufe jetzt die Polizei«, sagt Coulter erneut, und Louise' Blick flackert für den Bruchteil einer Sekunde zu mir. Sie weiß, dass ich gerade die Namen aller Quarterbacks in New England durchgehe. »Das ist mein verdammtes Warehouse. Ich will duschen, nicht mich zwischen hundert Verrückten durchdrängeln, die offensichtlich denken, bei uns gäbe es was umsonst. Was geht denn ab?« Er zückt sein Handy, und noch ehe mir eine Alternative einfällt, sagt er: »Coulter Barnett hier. Vor meinem Haus haben sich Menschen versammelt, und ich möchte sie bitte augenblicklich entfernt haben.«

Ich seufze, und Kwan schenkt mir ein mitfühlendes, wissendes Lächeln.

Coulter hält die Hand vors Mikro und adressiert nun wieder uns. »Was würdet ihr sagen, wie viele sind das? Siebzig? Hundert?«

»So um den Dreh«, sagt Kwan.

»Zwischen siebzig und hundert, schätzen wir.« Er spricht jetzt wieder in sein Handy. »Nein, sie sind nicht aggressiv. Sie hängen einfach nur hier ab und fotografieren meine Wand oder so. Danke, Officer. Vielen Dank.« Er legt auf. »Sie schicken jemanden.«

»Ich glaube immer noch, wir sollten selbst schauen, was da los ist«, sage ich.

»Ja, dann mach das doch, Bash. Dann drängle dich durch die Menge und schau selbst, wie perfekt ein Ziegel auf dem anderen steht.«

Aber ich mache es nicht, weil auch ich dieses Schauspiel einfach zu seltsam finde. Fünf Minuten später haben sich auch Anna und Vikram zu uns gesellt – ebenfalls mit fragenden Mienen. Und nach weiteren zwei Minuten biegen drei Streifenwagen in die Preble Street ein. Mir wird beim Anblick der blinkenden Lichter ein bisschen mulmig, aber ich lasse mir nichts anmerken. Auch nicht, als Coulter ihnen winkt und daraufhin einer der Officers, ein hochgewachsener Mann mit Schnurrbart und schweren Stiefeln, auf uns zukommt.

Ich lächle und widerstehe dem Drang, meine Hände in die Hosentaschen zu stecken oder meine Arme zu verschränken. Sie müssen zu jeder Zeit sehen, wo meine Hände sind und dass ich nichts darin halte, was missverstanden werden könnte.

»Mr Barnett?«, fragt der Cop, und Coulter tritt einen Schritt vor.

»Hier, Sir.«

»Das ist Ihr Gebäude?«

»Jawohl.«

»Und Sie haben nichts mit diesem Auflauf zu tun?«

Coulter lacht. »Solange die nicht hier sind, um mir beim Duschen zuzusehen« – er zupft an seinem verschwitzten Shirt –, »bin ich unschuldig, Sir.«

»Dann wollen wir mal sehen, was dort vor sich geht.« Er nickt seinen Kollegen zu, und gemeinsam nähern sie sich der Menge.

Ob aus Neugierde oder aufgrund der Tatsache, dass sich die Situation nun lösen wird, folgen wir in ein paar Metern Entfernung.

»Gehen Sie aus dem Weg!«, bellt der Cop. »Was ist das hier für ein Auflauf?« Durch seine Uniform hat er ohnehin Autorität. Seine laute Stimme lässt die Menschen sich augenblicklich umdrehen. »Platz da! Was tun Sie hier?«

Ein paar Leute reden durcheinander, immer noch haben wir keine Ahnung, was hier los ist.

»Haben Sie schon mal etwas von Unruhestiftung gehört?«, fragt nun ein anderer Polizist.

»Oder Landfriedensbruch? Sie befinden sich hier auf privatem Besitz. Sie haben zwei Minuten, Herrschaften, um das Gelände zu verlassen. Sonst sehen wir uns gezwungen, Ihre Personalien aufzunehmen.«

Noch haben nicht alle begriffen, dass die Polizei aufgetaucht ist, aber immer mehr Menschen lösen sich aus der Menge und machen, dass sie davonkommen.

»Habe ich mich unklar ausgedrückt?«, bellt er weiter. »Machen Sie, dass Sie hier wegkommen, wenn Sie keinen Ärger wollen!«

Das wirkt, der Menschenauflauf bewegt sich, und wie automatisch treten wir näher. Die Menschen stieben auseinander, hetzen in die eine oder die andere Richtung. Ein paar recken nach wie vor ihre Köpfe, halten mit dem Handy auf die Wand, machen ein Foto. Wir bahnen uns hinter den Polizisten einen Weg nach vorne, können bislang nichts erkennen, weil immer noch zu viele Leute dort sind. Doch es lichtet sich.

Hier und da schnappe ich ein Satzfragment auf.

»... berührt mich ...«

»... Messages gehen mir einfach immer nah ...«

»... mein erster Jethro ...«

Und mein Herz setzt einen Schlag aus. Ich ahne, nein, ich weiß bereits, was hier los ist.

»Louise«, flüstere ich, weil sie direkt neben mir geht. »Ich glaube ...« Ich schlucke. Denn in diesem Moment geben die Letzten den Blick auf die Wand frei. Ich sehe, was dort steht, lese die Worte

Wie lange willst du noch
auf deine Angst hören,
bis du verstehst,
dass nicht die Welt,
sondern deine Angst
die Bedrohung ist?

und höre Coulters »Das kann doch nicht dein Ernst sein, Bash.«

»Ich glaube das nicht«, sage ich, als wir endlich in unserem Büro angekommen sind. »Das ist unmöglich!« Mein Kopf, auf den ich mich normalerweise verlassen kann, weil er ziemlich gut darin ist, Zusammenhänge schnell zu begreifen, und in der Lage, einigermaßen kluge, kritische Gedanken zu fassen, versteht ums Verrecken nicht, was passiert ist.

Louise lacht. »Du hast den großen Jethro angelockt.«

»Und er hat mein Haus vandalisiert«, sagt Coulter.

»Das ist Kunst, Coulter«, meldet sich Anna zu Wort.

»Ich habe nicht darum gebeten, die Kunst an meiner Fassade zu haben, oder?«

»Krieg dich ein.« Louise klopft ihm auf die Schulter. »Geh erst mal duschen, dann sieht die Welt schon wieder ganz anders aus.«

»Ich soll das gemacht haben?« Ich bin immer noch zu perplex, um einen klaren Gedanken zu fassen.

»Na ja, du hast ihn immer wieder angeschrieben. Du hast seine Agentin kennengelernt. Du hast ihnen ein Angebot gemacht ...«

»Wir!«, korrigiere ich.

»Denkst du, es war ein Zufall?«

»Wenn du verantwortlich bist, Bash, schuldest du mir ein paar Tausend Dollar für die Fassadenreinigung!«, hört man von oben.

»Niemand reinigt hier irgendwas, außer du dich selbst«, sagt Louise.

Coulter grummelt noch irgendwas, verschwindet aber in sein Loft.

Ich lasse mich auf eins der Sofas sinken und nehme am Rande wahr, dass sich Louise zu mir setzt. Ich soll das gemacht haben? Jethro, den ich seit über einem Jahr ausfindig zu machen versuche, soll auf mich reagiert haben? Meine eigene Schwester kriegt es nicht hin, mir ein kurzes Lebenszeichen zu schicken, aber ich treffe zufällig eine Agentin, und dann sprayt der bekannteste Street Poet der Welt ein Gedicht an die Fassade unseres Verlagsgebäudes?

Das ist unglaublich.

»Louise, das kann nicht sein. Das ist ein Zufall. Oder ein Missverständnis. Oder ein kranker Scherz von Coulter.«

»Du glaubst, er würde sein eigenes Haus besprayen?« Sie lacht. Dann hält sie mir ihr Handy hin. »Überzeug dich selbst.«

Ich nehme es entgegen und starre auf das Instagram-Bild, das Louise geöffnet hat. Es ist ein schneller Schnappschuss des Gedichts. Die Lichtverhältnisse sind schlecht, sodass man genau hinschauen muss, um die Buchstaben zu entziffern. Einundvierzigtausend Likes innerhalb von vier Stunden. *Wie lange willst du noch auf deine Angst hören ... Angst wovor?*

»Aber was bedeutet es, Louise?« Inzwischen haben sich auch Vikram und Anna zu uns gesetzt. Kwan reicht mir eine Tasse mit dampfendem Kaffee, die ich wie mechanisch entgegennehme.

»Offensichtlich hat er Angst vor etwas, aber findet, es ist an der Zeit, die Angst zu besiegen, oder?« Vikram hat mir das Handy aus der Hand genommen und liest das Gedicht noch mal.

»Du hast selbst Literaturwissenschaft studiert, Bash«, sagt Louise. »Du weißt, was es bedeutet.«

»Es kann aber auch sein, dass sich kein tieferer Sinn dahinter verbirgt.« Nicht alles muss interpretiert werden. »Manchmal geht es um allgemeine Wahrheiten.«

»Hast du nicht gesagt, das Besondere an Jethros Kunst ist, dass es sich sowohl anfühlt, als sei es ein intimer Blick in seine Seele, als auch, dass es so allgemeingültig ist, dass es mit der Welt resoniert?«, fragt Louise. »Doch, das musst du gewesen sein, weil du der Einzige in meinem Umfeld bist, der so viel über Jethro redet.« Sie grinst mich an.

Ja, das klingt nach mir. Aber ... »Nimmt er das Angebot an?«

»Welches Angebot?«, fragt Anna.

»Vielleicht checkst du mal deine Mails.« Die Tür oben ist wieder aufgegangen, und ein wie frisch aus dem Ei gepellter Coulter kommt die Metalltreppe herunter. »Wie lange willst du noch auf deine Angst hören, Alter.« Er lacht. Die Dusche hat seiner Stimmung sichtlich gutgetan.

Ich schüttle den Kopf, um zu überspielen, dass ich nervös

bin. Wenn ich nach außen zeige, dass ich nicht damit rechne, eine positive Antwort von Camille zu bekommen – noch dazu so schnell –, kann ich die Enttäuschung besser kaschieren. Dann ziehe ich mein Handy aus der Hosentasche, entsperre es, öffne mein Mail-Programm. Mein Herzschlag beschleunigt sich, denn ich habe tatsächlich eine E-Mail von Camille.

Lieber Bash,

danke für das Angebot und euer Verständnis für die heikle Situation. Jethro würde diesen Schritt gerne mit euch wagen. Wollt ihr mir einen Vertragsentwurf zukommen lassen?

Liebe Grüße
Camille

Ich sehe auf und in die erwartungsvollen Gesichter der anderen.

»Und?«, fragt Louise.

»Camille hat mir geschrieben.« Meine Stimme klingt in meinen Ohren seltsam belegt.

»Camille«, echot Coulter, und sobald ich meinen Verstand nach all diesen wahnwitzigen Entwicklungen wieder beisammenhabe, fängt er sich mal eine.

»Wir sollen Verträge aufsetzen.«

»Dann ist ja jetzt alles klar«, sagt Coulter. »Du *bist* schuld an dem ganzen Chaos. Also sieh zu, dass dieser international bekannte Street Poet unsere Verträge auch unterschreibt. Ich kann nicht gut mit Ablehnung und lasse dich das Gedicht sonst mit den Fingernägeln von meiner Wand kratzen, klar?«

»Wie bitte?«, fragt Vikram, und Anna keucht: »Was?«

Doch ich kann nur ein mechanisches »Klar« murmeln. Und im nächsten Moment frage ich mich, wie man Verträge unterschreiben kann, wenn man seine Identität verbirgt.

13
Camille

»Um ehrlich zu sein, Camille, kann ich es immer noch nicht glauben«, sagt Bash. Bash Hanlon, der mir wieder im *Busy Bean* gegenübersitzt. Heute trägt er einen dunkelbraunen Strickpullover und sieht genauso warm und genauso klug aus wie bei unserem ersten Treffen. Und während er den Kopf schüttelt, als könne er nicht fassen, dass Jethro ein Buch mit ihm machen will, strahlt helle Freude aus seinen dunklen Augen. »Ich habe dir ja schon gesagt, dass ich wirklich ein großer Fan seiner Arbeit bin – inhaltlich und performativ –, und als ich deine E-Mail gelesen habe, also … das hat mich umgehauen, deswegen …« Er spricht jetzt schneller, als wäre es ihm fast ein bisschen unangenehm, dass er so ein Fan von Jethro ist. Und das wiederum finde ich erstaunlich charmant.

»Mich hat es auch umgehauen«, sage ich, und mir fällt auf, dass sein Lächeln breiter wird, als ich seinen Wortlaut übernehme. Als wäre das hier ein Flirt. Aber das ist es nicht. Das kann es nicht sein, weil ich Camille Ives, Künstleragentin, bin. Und er Bash Hanlon, Lektor und Mitgründer eines Verlags und dahinter außerdem eine vollständige Person. »Ich hätte nicht gedacht, dass ein Buchprojekt überhaupt eine Option für ihn ist. Wie gesagt, wir arbeiten noch nicht so lange zusammen, aber ich hatte das Gefühl, dass selbst die Existenz einer Agentin für ihn eigentlich ein zu hohes Risiko darstellt. Aber dein Argument mit der Sichtbarkeit hat ihn überzeugt. Außerdem natürlich, dass ihr ihm Anonymität garantiert. Und die künstlerische Freiheit. Die ist ihm sehr wichtig.«

»Selbstverständlich. Also bezüglich der künstlerischen Freiheit kann ich hundertprozentig versprechen, dass wir uns raushalten werden. Ich biete mich als Sparringspartner an, aber Jethro hat absolut freie Hand. Wir würden nichts verfälschen wollen. Natürlich wissen wir, dass es andere, größere, finanzstärkere Verlage gibt, die sich um Jethro reißen würden. Wir sind uns absolut im Klaren, dass er unser Star wäre und wir von seiner Bekanntheit profitieren würden. Aber gleichzeitig können wir dadurch eben garantieren, dass seine Anonymität gewahrt bleibt.«

»Wie genau?«, frage ich, denn das ist wohl der wichtigste Punkt, den es zu klären gibt. Jethro *muss* anonym bleiben.

»Niemand bei Badger Books hat ein Interesse daran, Jethros Namen preiszugeben.«

»Stopp«, sage ich. »Niemand bei Badger Books wird Jethros Namen je erfahren.«

»Okay?« Bash sieht mich irritiert an. »Das Problem ist nur, dass er den Vertrag unterschreiben muss. Das geht nicht mit Pseudonym, sonst ist der Vertrag nicht rechtskräftig. Und dann steigt Coulter mir aufs Dach.«

Ich nicke. »Ich weiß. Aber keine Sorge, wir haben bereits eine Lösung. Ich habe eine Vollmacht, um in seinem Namen Verträge abzuschließen. Die Vollmacht ist bei einem Anwalt hinterlegt, der bestätigen wird, dass ich in der Lage bin, an Jethros Stelle zu unterzeichnen.«

»Das müssen wir prüfen«, sagt Bash. »So einen Fall hatten wir noch nicht, und Coulter ...«

»Klär das mit Coulter«, erwidere ich, denn natürlich ist dies ein etwas ungewöhnlicher Fall. Aber eine andere Lösung ist mir auf die Schnelle nicht eingefallen.

»Wenn wir uns in legalen Bahnen bewegen, spricht nichts dagegen, auch wenn ich ihn persönlich sehr gern mal getroffen hätte. Aber ich verstehe natürlich, dass das nicht geht.«

Ich nicke erneut, nehme einen Schluck Wasser, stelle das Glas wieder ab. Natürlich würde er sich freuen, ihn zu treffen. Natürlich wäre es schön, wenn es so einfach wäre. Aber aus offensichtlichen Gründen ist es das nicht.

»Darf ich fragen, warum wir?«, fährt er fort und durchbricht damit die Stille, die kurz zwischen uns entstanden ist. Ob sie ihm unangenehm war? »Warum ich? Was reizt Jethro an Badger Books mehr als an einem Big Player? Random House, Harper Collins? Hachette? Warum ein kleiner Indie-Verlag?« Er überspielt seine Enttäuschung gut.

Mit dieser Frage habe ich gerechnet und mir eine hoffentlich überzeugende Antwort zurechtgelegt. »Wie hast du das neulich gesagt? Bei euch steht hinter jedem Projekt der gesamte Verlag. Uns ist natürlich klar, dass Jethro bei anderen Verlagen auch eine besondere Position genießen würde. Aber er ist ein ... wie soll ich sagen ... besonderer Charakter. Und die Vorstellung eines kleinen Verlags, der hinter ihm steht – noch dazu aus Portland –, ist ihm sympathischer. ›Greifbarer‹, hat er gesagt, wenn das Sinn ergibt.«

»Das Phantom Jethro will also etwas Greifbares?«, fragt Bash. »Er hat Humor.«

Ich lache. Vielleicht ein bisschen zu laut, aber Bash scheint es nicht aufzufallen. »Wie gesagt, er ist ein besonderer Charakter.«

»Genau so habe ich ihn mir vorgestellt«, sagt Bash und lächelt. Und ich lächle wie automatisch mit. Seine Begeisterung ist ansteckend.

»Glaub mir, keine Vorstellung, die du von ihm haben könntest, wird ihm gerecht«, erwidere ich und studiere ganz genau seine Reaktion. Er neigt ganz leicht, aber doch ruckartig den Kopf, hebt die Augenbrauen, als würde er gern mehr hören. Aber das geht natürlich nicht. Ich schulde Jethro absolute

Diskretion. »Aber er ist in Portland tief verwurzelt. Deswegen kommt für ihn eine große Verlagsgruppe mit einem schicken New Yorker Bürokomplex nicht infrage. Er sagt, das hat ihn noch nie interessiert.«

»Warum jetzt?«, fragt Bash, und für einen kurzen Augenblick irritiert es mich, dass er derjenige ist, der die Fragen stellt. Ich sollte Fragen haben. Aber Bashs Präsenz beantwortet eine nach der anderen, ohne dass ich sie stellen muss. Seine ruhige Art nimmt mir die Sorge. Sorge um meinen Klienten natürlich.

Und anders als auf seine letzte Frage habe ich mir hierfür keine Antwort zurechtgelegt. »Das kann ich dir nicht sagen.«

»Weil du es nicht weißt oder weil du es nicht kannst?«

Ich presse die Lippen aufeinander, wiege den Kopf hin und her. Sein Blick macht, dass ich gern etwas sagen würde. Aber dieses »etwas« wäre bereits zu viel. »Du hast sein Gedicht gelesen, nehme ich an?«

»Das an unserem Gebäude?« In seinen Augen blitzt etwas auf.

»Ja.«

»Ich habe es ungefähr hundertmal gelesen«, gibt er zu. Anderen wäre so eine Information vielleicht unangenehm, doch Bash wird nicht einmal rot.

»Dann hast du deine Antwort«, erwidere ich. »Manchmal hält das Leben Überraschungen für uns bereit – und manchmal sind wir es selbst. In diesem Fall ... hat Jethro sich wohl selbst überrascht.«

»Und mich«, sagt Bash.

»Und mich.«

Wenig später verabschieden wir uns vor dem Café. Ich bin sowohl erleichtert, das Treffen gut über die Bühne gebracht zu haben, als auch auf gewisse Weise enttäuscht, dass sich unsere Wege hier trennen. Körperlich enttäuscht, wie mir auffällt. Gibt es so etwas überhaupt? Aber nach der Umarmung, die mich fast ein bisschen überrascht hat, spüre ich es ganz deutlich.

»Also dann«, sage ich ein bisschen zu leise für meinen Geschmack. Die Künstleragentin Camille Ives kann das eigentlich souveräner.

»Bis bald.« Bash hebt die Hand, ich setze mich in Bewegung. Er lacht. »Musst du auch Richtung Zentrum?«

»Äh ... ja!«

»Dann haben wir wohl denselben Weg.« Er schließt zu mir auf und passt sich wie selbstverständlich meinem Tempo an. »Bist du eigentlich ursprünglich aus Portland?«, fragt er. Er ist wirklich gut darin. Konversation auch abseits von Professionalität.

»Ich bin in Portland geboren und aufgewachsen.« Jethro und ich, denke ich und blicke zu ihm auf. »Ich bin hier zur Schule gegangen.« Hatte Freunde, hatte eine halbwegs intakte Familie. Hatte eine Zwillingsschwester. Dann hatte ich lange nichts mehr, und jetzt schließe ich Buchverträge mit attraktiven Lektoren, die kluge Augen haben und mich in diesem Moment anlächeln, als gelte ihre Wärme tatsächlich mir und nicht der Tatsache, dass ich nach außen einen berühmten Street Poet vertrete. »Und du?«

Er schüttelt den Kopf. »Ich bin zum Studium hergekommen und dann geblieben. Ich mochte die Atmosphäre, die Gemächlichkeit gepaart mit Lebendigkeit. Hier kann man wirklich gut leben.«

Ich nicke. Denn inzwischen ist auch mein Leben ein gutes Leben in dieser Stadt. Auf einer Halbinsel inmitten der Casco Bay. Mit den vorgelagerten Inseln Great Diamond Island und Peaks Island. Es ist keine große Stadt, aber wie Bash sagt, eine lebendige Stadt. Ich liebe die Redbrick-Häuser in Downtown, den Old Port und die Waterfront mit ihren trendy Bars und Cafés. Schicke Restaurants reihen sich an Boutiquen, Delis und kleine Brauereien. Ich verstehe, warum Menschen wie Bash hierherkommen und bleiben.

Wir nähern uns dem belebten Zentrum. Oft laufe ich nach Feierabend allein durch die kleinen Gassen, um ein bisschen an dieser Lebendigkeit, am Leben – das der anderen – teilzuhaben. Fahrräder klappern auf dem Kopfsteinpflaster. Über uns sind die Straßen mit Wimpeln, Girlanden und Lichterketten geschmückt. Vom Hafen weht eine kühle Brise herauf, die nach Meer, frischem Fisch und Herbst duftet.

Manchmal stelle ich mir vor, wie es wäre, wenn diese Sache nicht passiert wäre. Wenn Mara und ich gemeinsam Teil von all dem sein könnten. Dann wüsste ich, wer ich bin, weil ich mich von ihr abgrenzen könnte. Aber diese Grenzen sind verschwommen. Damals, weil wir damit spielten, bis es Ernst wurde. Heute, weil ich nicht weiß, wo ich beginne. Und wer Mara ist. Was Bash wohl sieht, wenn er mich so anblickt?

Mara hatte immer alles, und ich habe sie so sehr dafür bewundert. Sie war musikalisch, sportlich, beliebt. Ich war an ihrer Seite, habe zu ihr aufgesehen, doch sie wollte davon nichts wissen. Sie hat mich auf dieselbe Stufe gestellt, hat mir Platz gemacht auf ihrem Podest. Anfangs fiel es mir noch schwer, aber je öfter wir zu ein und derselben Person wurden, desto einfacher wurde es.

Wir biegen von der engen, belebten Wharf Street auf die Union Street ab. Ich will sie bereits überqueren, schaue nach links und rechts. In Gedanken bin ich schon einen Schritt weiter. Doch als ich auf die Straße trete, kommt aus dem Nichts auf einmal ein Auto mit quietschenden Reifen vor mir zum Stehen. Bash zieht mich zurück, der Fahrer hupt, und ich stehe mit pochendem Herzen und zitternden Knien neben ihm, spüre seine Hand an meinem Arm.

»Vorsicht«, sagt Bash und klingt ganz sanft.

»Ich habe ihn gar nicht kommen ...« Manchmal denke ich, vielleicht bin ich nach wie vor so unsichtbar wie neben Mara. Oder wie in den Jahren danach, als ich es tatsächlich versuchte. Denn es ist schwierig, wieder sichtbar zu werden, wenn man versucht hat, mit der Welt zu verschmelzen. Genauso schwierig, wie man selbst zu werden, wenn man lieber jemand anderes wäre.

»Er ist viel zu schnell gefahren.« Bash schaut mich an, als würde er überprüfen wollen, ob es mir gut geht. Sieht mich an, als würde er mich sehen. Doch was genau sieht er? Etwas, das mir ähnelt?

Das Beste wäre, man wäre man selbst. Bliebe man selbst. Das ist ein Gedanke, der mir schon oft gekommen ist. Wie in Jethros Gedicht.

Sieh dich an.
Mit allen Fehlern.
Sieh dich an.
Und liebe es.
Versuch es wenigstens.

Aber es sagt sich so leicht. Sprayt sich so leicht. Die Realität sieht anders aus.

»Ich hasse diese Werbung«, sagt Bash in diesem Moment, und ich sehe ihn fragend an. Er zeigt auf eine Werbetafel über der Straße. »Liebe kennt keine Grenzen.« Er schnaubt. »Was für eine Lüge, oder?«

Ich zucke mit den Schultern. »Wahrscheinlich.«

»Ich weiß auch nicht, warum sie mich so aufregt. *Amour sans Frontières* ... Seit Jahren hängt sie da. Das Parfüm gibt es schon gar nicht mehr.«

»Vielleicht kommt bald was Neues. Irgendein Pay-TV-Sender. Oder eine Sportwettenfirma.«

»Alles. Ich nehme alles. Aber ich habe die Hoffnung inzwischen aufgegeben.« Er lacht. »Oder Konzerte.« Ich deute auf eine Plakatwand neben uns. Verschiedene Veranstaltungen sind dicht an dicht plakatiert. Kleine Konzerte in Clubs, ein Zirkus, der in die Stadt kommt. Und – ich bleibe wie angewurzelt stehen – ein Plakat des New York Philharmonic Orchestra. Sinfonia concertante für Violine und Viola von Wolfgang Amadeus Mozart. Solobratschistin Mara Ives. Und ich greife mir wie automatisch an mein Herz.

»Du gehst sicher viel auf Konzerte in deinem Job, oder?«, fragt Bash. Dennoch nicke ich wie mechanisch. »Das stelle ich mir ziemlich cool vor. Oder ist es wie bei mir mit dem Lesen, und irgendwann wird es einfach zur Arbeit?«

Ich würde gern antworten. Würde gern irgendetwas sagen. Aber meine Kehle ist wie zugeschnürt. Es ist ein so merkwürdiges Gefühl. Ich habe den Drang, ihm zu erzählen, dass das meine Schwester ist, die im Merrill Auditorium als Solistin auftreten wird. Aber gleichzeitig steht es mir nicht zu. Ich kenne Mara Ives nicht mehr. Ich kannte sie so gut wie mich selbst. Besser als mich selbst. Und jetzt kehrt sie für ein Konzert zurück in ihre Heimatstadt, und ich erfahre davon auf einem Plakat. Das sagt alles. Und dieses »Alles« trifft mich mit voller Wucht. Wie ein fester Hieb in die Magengrube. Wie eine schallende Ohrfeige ins Gesicht. Wie ein Faustschlag in die Fresse. Nicht einmal Mom hat mir davon erzählt.

Immer noch blicke ich starr auf das Plakat. Meine Finger würden gerne über ihren Namen streichen. Aber das ist eine Art von Nähe, die mir nicht gebührt. Und in diesem Moment verändert sich etwas an Bashs Haltung.

»Moment mal«, sagt er. »Mara Ives?« Er spricht ihren Namen einfach aus. Als wäre es das Einfachste auf der Welt. »Seid ihr verwandt?«

Ja!, will ich erwidern. Will ich schreien. *Ja, sie ist meine Schwester, und ich wäre so gerne stolz auf sie, aber das steht mir nicht zu.* Und dennoch bin ich es. »Ja«, sage ich. »Ma-ra ist meine Schwester.« Falls ihm die Pause zwischen den beiden Silben auffällt, lässt er es sich nicht anmerken.

»Das ist ja toll.«

»Ich muss leider …« Ich halte es keine Sekunde länger aus, dieses Plakat mit ihrem Namen zu sehen. Es ist, als würde der Stachel der Vergangenheit immer weiter, immer tiefer in mich hineingebohrt, je länger ich hier stehe.

»Oh, ja, natürlich«, sagt Bash und umarmt mich erneut, doch diesmal kann mein Körper nicht reagieren. Er ist zu sehr mit der Tatsache beschäftigt, dass meine Schwester nach Portland kommt. Und ich sie nicht sehen kann.

Mit zitternden Händen und wackligen Knien setze ich meinen Weg nun allein fort. Vom Wasser weht ein kühler Herbstwind durch meine Haare. Im Wind kann ich normalerweise atmen. Kann ich frei sein. Als würde er direkt in den Kopf hineinblasen und Fragen, Zweifel, Selbst wegfegen. Aber immer wieder sehe ich Maras Namen auf dem Poster. Fühle das Stechen in meiner Brust. Das Stechen, das ich immer habe, wenn ich zu viel an sie denke. Aber dieses hier ist anders. Ist persönlicher. Ist näher. Ist plötzlicher. Weil es von außen kommt und nicht mehr nur aus mir selbst.

Zu meiner Rechten geht die Sonne langsam unter und tunkt die ehemaligen Hafengebäude in ein fahl oranges, kühles Herbstlicht. Nach dem heißen Sommer kann man die Kühle nun beinahe schmecken. Die Blätter der Bäume am Straßenrand verfärben sich langsam in alle möglichen Gelb- und Rotschattierungen.

Der bunte Herbst in New England ist eigentlich meine liebste Jahreszeit. Nicht nur, weil man nach den Hitzewellen aufatmen kann – und die Natur gleich mit –, sondern weil er mir jedes Jahr vor Augen führt, dass Veränderung möglich ist. Man kann sich wandeln. In ein neues Gewand hüllen. Oder einfach alles abwerfen, was man mit sich herumgetragen hat. Die Projekte mit Bash geben mir dasselbe Gefühl. Seine Präsenz in meinem Leben hat etwas so Erfrischendes. So Beruhigendes. Er ist wie der Herbst. Wie ein goldener Herbst.

Und dann kommt die Vergangenheit und zerrt einen zurück. Nicht nach vorn, wo die Veränderung warten würde. Es ist wie ein Gummiband. Ich kann strampeln, so viel ich will, irgendwann werde ich zurückgerissen. Autos rauschen an mir vorbei, einige von ihnen zu dicht, aber ich passe auf. Denn wenn ich es nicht tue, tut es niemand. Außer Bash in diesem einen kurzen Moment. Für den Autofahrer war ich unsichtbar, aber er hat mich festgehalten.

Mein Apartment befindet sich am äußersten Rand des West End, neben dem Highway-Kreuz, hinter dem die Interstate den Fore River nach South Portland überquert. Eine Wohnung, deren Adresse Mara nicht einmal kennt. Ebenso wenig wie ich ihre kenne. Und ich weiß nicht, ob ich mich in den letzten Jahren schon einmal weiter von ihr entfernt gefühlt habe.

Ich erinnere mich noch daran, wie wir früher mit Dad ab und zu zum Portland Lighthouse gefahren sind. Wie wir aufs Meer sahen und nach Schiffen Ausschau hielten. Wie wir unser Picknick gegen Möwen verteidigten. Erinnere mich an die Sonntagsfrühstücke. Daran wie Dad *I Am the Walrus* mitsang, Rührei auf meinen und seinen Teller gab, Spiegeleier auf Maras und Moms und dabei »I am the eggman, you are the eggman« sang. Er zeigte auf mich oder Mara, die dann »I am the walrus, goo goo g'joob« antwortete. Damals, als alles noch in Ordnung und in unserer Familie genug Liebe für alle war. Und dann an Frühstücke ohne Dad. Niemand sang mehr. Aber trotzdem machten wir das Beste daraus. Mara, Mom und ich.

Bis Mara irgendwann immer weniger Zeit hatte, weil der Bratschenunterricht, die Tanzstunden und die Nebenjobs, mit denen sie sich alles finanzierte, als Dad nicht mehr bezahlen konnte, Priorität hatten. Bis sie mich zum ersten Mal bat, eine Englischprüfung für sie zu schreiben, weil sie nach Boston zu einem Wettbewerb musste. Es ist, als würde mein Gehirn gegen diese Entfernung ankämpfen mit all den Erinnerungen, die auf einmal auf mich einprasseln. Dagegen ist selbst Bashs Bild machtlos.

Ein Schauer überläuft mich, als ich daran denke, wie beeindruckt sie von den achtundneunzig Prozent war, die ich für sie erreicht hatte. Es war das erste Mal, dass ich dachte, dass es nicht das Schlechteste war, zu Hause zu bleiben und Bücher zu lesen, und wenn es für Mara war.

Und jetzt denke ich, dass es so knapp war. Dass wir uns genauso gut heute beide für sie hätten freuen können. Dass wir gemeinsam ihre Erfolge hätten feiern können. Dass ich Bash stolz von ihr hätte erzählen können. Wenn dieser eine Moment nicht gewesen wäre. Ein Moment der Schwäche. Ein Moment des Zufalls. Ein Moment, in dem ich für den Bruchteil einer Sekunde dachte, jetzt würden sich all meine tiefsten Sehnsüchte erfüllen. Und wie dieser Moment dann alles kaputt gemacht hat.

14
Camille

»Die Tür ist leider kaputt. Normalerweise kann man sie tagsüber ohne Schlüssel öffnen, aber wir haben gerade keine
Assistenz, und da ist die Reparatur irgendwie bislang liegen
geblieben. Auf meinem Schreibtisch.« Bash grinst.

Er wirkt ein bisschen nervös. Vielleicht liegt es an der privaten Natur, die unser Spaziergang hatte. Vielleicht haben
wir eine Grenze überschritten, als ich ihm erzählt habe, dass
Mara meine Schwester ist. Aber ich lasse mir nichts anmerken
in meiner Agentinnenrüstung, die mir das Gefühl vermittelt,
eine souveräne und professionelle Version meiner selbst zu
sein. Es war ein Schock, ihren Namen zu sehen, aber als Agentin funktioniere ich, egal, wie bitter das Leben drum herum
schmeckt. Eigentlich habe ich mir vor Jahren bereits geschworen, nicht mehr in Rollen zu schlüpfen, nur noch Ich zu sein.
Aber wer nicht weiß, wer er ist, der muss sich hinter Rollen
verstecken.

Ich nicke. »Glaub mir, das kenne ich nur zu gut.«

Er schließt die Tür auf, und wir betreten die Räumlichkeiten von Badger Books, wo ich heute den Vertrag für Jethro
unterzeichnen werde. Normalerweise würde ich eine digitale
Unterschrift bevorzugen, aber weil dieses Projekt heikler ist,
bin ich extra in den Verlag gefahren.

Vor uns eröffnet sich ein riesiger loftartiger Raum mit Sitzecke, Küchenzeile und Arbeitsinseln. Trotz der Größe strahlt er eine ungemeine Gemütlichkeit aus. Und Intelligenz. Ich sehe zu Bash, auf den das ebenso zutrifft.

»Ich stelle dir alle vor, Camille.« Die Art, wie er meinen Namen sagt, sorgt dafür, dass sich die Härchen auf meinem Arm aufrichten. Denn das bin ich. Camille. Nicht Ma-ra, sondern Ca-mille. »Diese beiden« – Bash nickt in Richtung zweier Mitarbeiter an ihren Schreibtischen – »sind der Grund, dass hier nicht alles vor die Hunde geht. Katie und Vikram, unsere Trainees.« Dann deutet er auf einen jungen Mann weiter hinten. »Kwan, unser Vertriebsmanager, und Anna.«

»Hi, ich mache hier das Marketing«, sagt die junge Frau.

»Freut mich«, sage ich und hebe die Hand zum Gruß.

»Hier haben wir unsere Kaffeeküche. Willst du einen? Ist nichts Besonderes, nur Filterkaffee.«

»Nein, danke. Aber ein Wasser vielleicht?«

Bash nickt und gießt aus einer Flasche aus dem Kühlschrank ein Glas ein, das er mir reicht. »Hier halten wir unsere Teammeetings ab.« Er deutet auf die Sitzecke aus gemütlich aussehenden Sofas. »Und das ist ...« Von hinten haben sich Schritte genähert.

»Mein Name ist Coulter Barnett.« Ein großgewachsener Kerl in Hemd und schwarzem Jackett tritt auf uns zu, in der Hand einen Rubik's Cube. Er hat die Haare zu einem strengen Man-Bun zurückgebunden und schenkt mir ein strahlend weißes Lächeln.

»Das ist Camille. Jethros Agentin«, sagt Bash, während ich Coulter Barnetts Hand schüttle.

»Herzlich willkommen in den bescheidenen Hallen von Badger Books«, sagt Coulter und macht eine Handbewegung durch den Raum.

»Alles andere als bescheiden.« Ich erwidere sein Lächeln.

»Wo sitzt deine Agentur noch mal?«, fragt er. »Hattest du eine weite Anreise?«

»Ich bin auch aus Portland«, sage ich.

»Wie praktisch. Aber ergibt natürlich Sinn. Bash hat erzählt, dass Jethro so etwas wie ein Lokalpatriot ist.«

»Das stimmt«, sage ich und nicke. »Er ist hier geboren und aufgewachsen und ...« Zu spät fällt mir auf, dass ich keine Details aus Jethros Leben ausplaudern sollte.

»Kennt ihr euch schon länger?«, fragt Coulter.

»Unser Verhältnis ist rein beruflich«, sage ich und hoffe, dass ich damit seine neugierigen Fragen im Keim ersticke.

»Also ist er auf dich zugekommen?«

Statt einer Antwort kriegt er von mir ein weiteres Lächeln, doch dieses hier sagt, dass die Agentin Camille Ives das Gespräch für beendet erklärt.

Bash versteht den Wink. »Lass uns mal nachsehen, ob Louise inzwischen fertig telefoniert hat. Die Dritte im Bunde. Und dann ...«

»... unterschreiben wir den Vertrag«, sage ich entschlossen.

Bash nickt. Sein Blick trifft meinen Blick. Seine Augen strahlen. Dieser Deal bedeutet ihm viel, das sieht man. Mir auch, aber aus anderen Gründen. Es ist mein erster Buchdeal. Doch ich will es mir nicht anmerken lassen. Deswegen stelle ich mich aufrechter hin, straffe die Schultern und folge Bash dann mit selbstbewussten Schritten ans andere Ende des Raums.

Er klopft an eine Tür und öffnet sie. Man hört eine Frauenstimme. »Dann unterschreib nicht. Dann nimm dir die Zeit, die du brauchst.« Sie klingt sanft. »L. A. ist stressig genug. Und wenn du jetzt sofort eine Deadline im Nacken hast, hilft das dem kreativen Flow auch nicht.« Wenn Streicheln einen Klang hätte, wäre es die Stimme dieser Frau. »Ja, das sagt man über mich.« Sie lacht leise. »Louise ›die Weise‹ Calahan.«

»Gib mir eine Sekunde«, flüstert Bash, dann streckt er seinen Kopf in den Raum.

»Warte mal kurz«, sagt Louise offenbar ins Telefon. Dann zu Bash: »Ist sie schon da?«

»Wir würden kurz Hallo sagen, wenn es dir passt.«

»Ja klar.« Sie wendet sich wieder ihrem Telefonat zu. »Cy? Ich muss Schluss machen. Wir haben heute wichtigen Besuch.«

Bei ihren Worten stiehlt sich ein kleines Lächeln auf meine Lippen. Wichtiger Besuch? Ich? Es fühlt sich auf eine vorsichtige Weise ermächtigend an.

»Ich ruf dich heute Abend an, wenn Phil schläft. So gegen halb neun? Halb sechs deine Zeit? Oder gehst du da mit bedeutenden Menschen was trinken? ... Nein, sag das nicht ab. ... Weil es wichtig sein könnte. ... Na, okay. Ich ruf dich an. Bis später. ... Ich dich auch. ... Bye.«

Im nächsten Moment schiebt Bash die Tür ganz auf, und ich blicke in ein Büro mit zwei Schreibtischen. An den Wänden stehen Regale, die bis obenhin mit Büchern und Papierstapeln befüllt sind.

»Camille, darf ich vorstellen, die dritte Mitgründerin von Badger Books und einer der besten Menschen, die ich kenne, Louise Calahan.«

»Hör schon auf«, sagt Louise und kommt auf mich zu, um meine Hand zu schütteln. »Freut mich sehr, Camille.«

»Hast du etwa nicht gerade stundenlang deinen besten Freund gepampert?«, fragt Bash.

Louise seufzt, sieht mich an und sagt: »Künstlerseelen, habe ich recht?«

Ich hebe fragend die Augenbrauen.

»Louise' bester Freund ist Cy Bellamy. Und er ist gerade in einer ... Krise?«

»*Der* Cy Bellamy?«, frage ich, denn ich habe letztes Jahr sein Buch gelesen. Mehrfach. »*The Gentle Art of Losing your Mind* hat mich umgehauen«, sage ich. »Ich habe es in einer Phase gelesen, in der ich genau diese Geschichte gebraucht habe, glaube ich.« Es muss ja niemand wissen, dass die Phase, in der ich die Geschichte zweier Menschen, die die Welt nicht ertragen und deswegen beschließen, gemeinsam wahnsinnig zu werden, mein Leben ist.

»Wie wir alle«, sagt Bash und verdreht scherzhaft die Augen.

»Jedenfalls ist er gerade in L.A., um mit zwei absoluten Hollywood-Ikonen am Drehbuch zu arbeiten.«

»Das Buch wird verfilmt?«

»War vor zwei Wochen groß im Newsletter von *Publishers Weekly*«, sagt Louise. »Aber genug von Cy. Es freut mich sehr, dass du hier bist. Keiner hier hätte gedacht, dass sich Bashs kleine Obsession irgendwann mal auszahlt.« Sie lacht, und ein Blick zu Bash sagt mir, dass ihm ihre Wortwahl nicht gefällt. Und das wiederum gefällt *mir*, weil es zeigt, dass ihm wichtig ist, wie ich ihn sehe.

»Ist das dein Schreibtisch?«, frage ich, um das Thema zu wechseln. Am Monitor hängen ein paar Post-its, die mit einer sehr feinen Handschrift beschrieben sind. Papierstapel türmen sich auf beiden Seiten und verdecken beinahe ein gerahmtes Foto von Bash mit einer blonden jungen Frau. Mir fällt es dennoch auf, und aus irgendwelchen bescheuerten Gründen, die mit Naivität, Weltverleugnung, verlogener Hoffnung und was nicht sonst noch alles zu tun haben, bin ich für den winzigsten Augenblick enttäuscht. Und diesmal ist es nicht nur mein Körper. Diesmal spüre ich es tiefer.

»Äh, ja.« Bash macht schnell Anstalten, die Papiere zu ordentlicheren Stapeln zusammenzuschieben. »Und hier haben wir ...« Er zieht eine Mappe hervor. »... die Verträge.«

»Gehen wir in den Konferenzraum?«, fragt Louise, und auf Bashs Nicken hin folge ich den beiden in einen kleinen, ebenfalls mit Bücherregalen ausgekleideten Raum, in dessen Mitte eine Tischinsel steht. Coulter schließt sich uns wieder an, und als wir alle vier sitzen und Bash mir die Mappe hinschiebt, fühle ich mich ein bisschen wie in einem von zwei Hollywood-Ikonen geschriebenen Film.

»Es ist deutlich spektakulärer, wenn man nicht einfach digitale Verträge per Mail rausschickt und ein paar Stunden später das unterzeichnete PDF-Dokument automatisiert zurückbekommt«, konstatiert Coulter.

»Das kannst du laut sagen«, entgegne ich.

Ich schlage die Mappe auf, ziehe drei identische Verträge heraus, die mit silbernen Büroklammern zusammengehalten werden.

»Ich habe nichts mehr verändert«, sagt Coulter. »Der Inhalt ist der, auf den wir uns geeinigt haben.«

»Aber nimm dir trotzdem Zeit, alles in Ruhe noch mal durchzugehen«, sagt Bash.

»Ja, natürlich.« Coulter verschränkt die Hände hinter seinem Kopf. »Wir haben Zeit.« Aber er lässt keinen Zweifel daran zu, dass er viel beschäftigt ist.

Dennoch gebe ich mich professionell. Ich blättere die Seiten durch, lasse meinen Finger über Worte wie *Übersetzungsrecht*, *Honoraransprüche*, *Manuskriptablieferung* oder *Freiexemplare* wandern. Der Vorschuss ist der vereinbarte, die Honorarbeteiligung leicht über dem Branchendurchschnitt, um auszugleichen, dass der Vorschuss nicht mit Großverlagen mithalten kann.

Als ich bei der letzten Seite angekommen bin, reicht Bash mir einen Kugelschreiber. Er lächelt, ich nehme ihn entgegen, lächle ebenso, weil dieser Moment besonders ist. Besonders für Badger Books, aber auch besonders für mich. Und für Jethro.

Ich atme ein, setze den Stift auf das Papier, dort, wo mein Name steht. Daneben hat Coulter Barnett bereits unterzeichnet. Dann schreibe ich meinen Namen auf die Linie. *Camille Ives.* Und dann noch einmal auf den zweiten Vertrag. *Camille Ives.* Und auf das dritte Exemplar. *Camille Ives.*

15

Bash

»Herzlich willkommen bei Badger Books, Jethro«, sage ich. Was ich eigentlich meine ist: *Heilige Scheiße, wie geil ist es bitte, dass wir Jethro unter Vertrag genommen haben!*, aber dies ist ein professioneller Rahmen, und ich möchte wirklich verhindern, dass Camille direkt nach Unterzeichnung einen schlechten Eindruck von mir bekommt. Ohnehin will ich nicht, dass sie einen schlechten Eindruck von mir bekommt, weil unter dem Bash, der immer und überall das Richtige tut, auch ein Bash ist, der auf einer deutlich instinktiveren Ebene handeln wollen würde, aber das ist ein anderes Thema.

»Der größte Deal in der noch jungen Geschichte von Badger Books«, sagt Coulter. »Ich habe den hier im Kühlschrank gefunden, falls ihr wollt?« Er holt unter dem Tisch eine Flasche Sekt hervor, die noch von Annas Geburtstag übrig ist.

Ich blicke zu Camille. Ihre Mundwinkel, die die meiste Zeit über ernst und fast ein bisschen streng gewirkt haben, heben sich zu einem Lächeln. Auch das Strenge steht ihr. Das Professionelle. Aber wenn sie für einen kurzen Augenblick loslässt, ist es, als würde sich ganz viel bei ihr lösen. Und das wiederum löst bei mir etwas *aus*. Instinkte eben. Oder Triebe. Jedenfalls nichts, was hierhergehört.

Dennoch habe ich mich vorhin darüber geärgert, dass sie

offensichtlich das Bild von Evie und mir gesehen hat. Weil wir uns so überhaupt nicht ähnlich sehen, würde niemand den Schluss ziehen, dass wir Geschwister sind. Ich war kurz davor, das Missverständnis aufzuklären, aber wie, um Himmels willen, hätte ich das tun sollen, ohne zu suggerieren, dass ich hoffe, dass es sie interessiert, ob ich Single bin oder nicht? Denn natürlich hoffe ich das nicht einmal. Nicht aktiv. Nicht bewusst. Schließlich muss ich professionell bleiben.

»Was meinst du?«, frage ich jetzt, während Louise aufsteht, um Gläser zu holen.

»Ja, okay, klar«, sagt Camille, und selbst ihre Zustimmung ist noch professionell und beinahe vornehm zurückhaltend. Ich hoffe wirklich, wir haben kein zu chaotisches Bild abgegeben in unserem Warehouse mit kaputter Tür, ohne Assistenz, mit Billigsekt und emotionalen Krisen von Bestsellerautoren, die wir nicht einmal unter Vertrag haben.

Coulter lässt den Korken knallen und schenkt ein, während Louise »Woooo« ruft und in die Hände klatscht. Und auch mir fällt eine Last von den Schultern. Die Sorge, dass auf den letzten Metern noch etwas schiefgehen könnte, hat mich in den letzten Nächten mehr Schlaf gekostet als die Arbeit, Evie und Laura zusammen.

»Auf Jethro«, sage ich und erhebe mein Glas. »Bitte richte ihm unsere allerbesten Grüße aus. Wir sind wirklich, wirklich froh, dass er jetzt Teil von Badger Books ist.« Es fühlt sich surreal an, das zu sagen.

»Auf Jethro«, wiederholt Camille und lächelt wieder. »Er lässt übrigens natürlich auch grüßen.«

»Hast du das gehört, Bash?«, sagt Coulter. »Jethro lässt dich grüßen! Na? Macht das was mit dir?«

»Halt die Klappe.« Doch in diesem Moment ist es mir sogar egal, dass Coulter mich aufzieht. Und dass Camille dabei ist. Dass sie Jethro vielleicht sogar erzählen wird, dass meine Kollegen von Obsession und Ähnlichem sprechen. Denn schließlich ist diese Obsession oder was auch immer der Grund, warum wir alle hier sind.

Camille stößt mit mir und Louise an, Coulter öffnet sich eine Coke Zero und prostet uns ebenfalls zu.

»Und du betreust eigentlich Künstlerinnen und Künstler aus allen möglichen Bereichen?«, fragt Louise an Camille gewandt.

Camille lächelt ihr professionell distanziertes Lächeln. »Das hier ist eine Premiere, ja.« Sie nickt von den Regalen zu den Verträgen.

Louise nickt. »Das klingt richtig spannend.«

»Ist es.« Camille nippt an ihrem Glas.

»Vermutlich auch anstrengend.« Louise zwinkert ihr zu. »Mit den vorhin erwähnten Künstlerseelen kennst du dich dann wohl jedenfalls bestens aus.«

»Das kann man so sagen, ja.« Es ist offensichtlich, dass Camille nicht über ihre Klienten sprechen will, und wenn sie alle so speziell sind wie Jethro, darf sie das vermutlich auch gar nicht. »Und woher kennst du Cy Bellamy?«, fragt sie, und ich bin mir ziemlich sicher, dass sie absichtlich das Thema weg von sich lenkt.

»Wir sind Kindheitsfreunde«, sagt Louise. »Meine Mom hat als Haushälterin bei den Bellamys gearbeitet, und ich war oft dabei.«

»Holm muss ein ziemlicher Stinkstiefel sein«, flüstert Coulter übertrieben laut.

»Coulter!«, ermahnt ihn Louise. Denn ebenso wenig wie Camille mit beinahe fremden Verlagsmitarbeitern über ihre Klienten sprechen kann, sollte Louise Interna aus einer der bekanntesten Schriftstellerfamilien des Landes ausplaudern. Oder von Coulter ausplaudern lassen. Doch dann zuckt sie mit den Schultern. »Es ist vermutlich ohnehin kein Geheimnis, dass alte, intellektuelle Patriarchen, die Millionen Bücher verkauft haben, ein bisschen schwierig sein können.«

»Und jetzt gelingt seinem Sohn mit dem Debüt gleich so

ein Aufschlag. Das muss für Holm die ultimative Bestätigung sein, nehme ich an.« Camille wirkt nicht, als wäre sie überrascht oder als würde sie Cys Vater verurteilen.

»Na ja«, sagt Louise, und Camille sieht sie fragend an. »Die beiden haben ... nicht unbedingt das beste Verhältnis.«

»Oh.«

»Ist eine ziemlich tragische Geschichte. Aber ist ebenfalls kein Geheimnis, deswegen kann ich es wohl erzählen.« Louise fährt sich durch die rotblonden Haare. »Cys älterer Bruder Corbin hat sich vor ein paar Jahren das Leben genommen. Das hat die Familie schwer getroffen, wie du dir denken kannst. Und seither ist es kompliziert.«

Camille macht ein betroffenes Gesicht. »Das wusste ich nicht.«

»Oh?«, fragt Louise. »Das war damals groß in der Presse. So vor fünf Jahren.«

»Da war ich wohl noch ein bisschen zu jung.«

»Ich kenne die Geschichte auch nur von dir, Louise«, sage ich, weil Camille kaum älter als vierundzwanzig sein kann. Und selbst ich, der ich immer ambitioniert war, wusste bis zur Mitte meines Studiums nicht, dass es mich mal in die Verlagswelt verschlagen würde. Der Wunsch kam erst zusammen mit Louise. Und dann Coulter. Nicht jeder liest seit Jahren regelmäßig die Branchenpresse wie Louise.

»Aber ich will die Stimmung nicht ruinieren. Noch eine Runde?« Louise wedelt mit der noch halb vollen Sektflasche.

»Vielleicht sollte ich besser ...«, setzt Camille an. Sie sieht von ihrem Glas zu Louise und dann zu mir.

Ich würde mir wünschen, sie bliebe noch auf ein Glas. Nicht nur, weil wir gerade einen Vertrag unterschrieben haben. Nicht nur, weil sie ein guter neuer Kontakt ist. Sondern auch, weil ich sie gerne ansehe. Ihre Professionalität, aber auch das, was darunterliegt und von Zeit zu Zeit für den Bruchteil einer Sekunde durchblitzt.

»Na schön. Ein Glas noch«, sagt sie dann, und ich kann

nichts dagegen tun, dass es den Instinktteil in mir freut. Ehrlich freut.

Über die Bellamys kommen wir auf die Bücher zu sprechen, die wir in letzter Zeit gelesen haben, und Camille erzählt, dass sie in Ariana Guidrys Buch reingelesen hat. Louise ist ganz begeistert und holt zwei Novellen – leinengebunden mit Lesebändchen – von Samantha Roth, deren Schreibstil ähnlich schwermütig und gleichzeitig gewichtig ist.

»Die werde ich mir mal ansehen«, sagt Camille.

»Nein, nein, ich schenke sie dir. Nimm sie mit. Wir haben hier genug Exemplare herumliegen.«

»Bist du sicher?«

»Natürlich!«

»Danke«, sagt Camille, und ich meine das, was unter der Professionalität liegt, diese echte Schicht, kurz aufblitzen zu sehen.

Je länger wir beisammensitzen, je mehr halb unangebrachte Kommentare von Coulter Camille kontert, je mehr Fragen Louise stellt und nicht beantwortet bekommt, je mehr Blicke Camille und ich zufällig austauschen, desto gelöster wird die Stimmung. Camille lacht ein paarmal. Sie lacht nicht laut. Aber ich lache mit, weil ihr Lachen ansteckend ist. Das hier ist nun nicht mehr ein rein professioneller Raum. Es ist der Ort, an dem wir uns kennenlernen. Die Gründer von Badger Books und die Agentin Camille Ives. Sie ist jetzt Teil von uns. Und damit ein Teil von unserem Leben, denn so ist das, wenn die Arbeit das Leben ist. Es fühlt sich an wie ein Schlupfloch meiner Verstand-versus-Instinkt-Misere, und ich kann nicht behaupten, dass es mir missfällt.

Gerade erzählt Louise, dass sie wie Camille gebürtige Portlanderin ist. »Mein Dad ist Fischer. Seit ich denken kann, ist er jeden Morgen mit seiner Crew in die Casco Bay rausgefahren.«

»Und du, Coulter?«, fragt Camille, aber Coulter tut so, als hätte er sie nicht gehört.

»Coulter kommt aus einem kleinen Ort eine Stunde nördlich von hier. Mechanic Falls«, sage ich.

»Ist so scheiße, wie es klingt«, schaltet er sich nun doch ein, macht aber keine Anstalten, noch etwas dazu zu sagen.

»Er ist wie ich zum Studium hergezogen.«

»Aber Bash kommt im Gegensatz zu mir aus einer richtig schicken Gegend.« Coulter klopft mir übertrieben auf die Schulter.

»Aus einem Vorort von Chicago.«

»Wie im Bilderbuch«, sagt Coulter.

»Ja, an Weihnachten vielleicht.« Während des Studiums kam Coulter in drei aufeinanderfolgenden Jahren an Weihnachten zu uns, weil seine Mom einmal im Krankenhaus, einmal bei ihrer Schwester war und sich im dritten Jahr mit irgendeiner Krankheit angesteckt hatte, die sonst nur Kinder kriegen und gegen die Coulter nicht geimpft war. »Aber während der restlichen elf Monate im Jahr ist es eine sehr normale Gegend mit normalen Menschen.« Normalen Familien, normalen Problemen. Und mit mir, dessen Probleme immer ein bisschen anders waren.

»Nur deine Schwester hat echt genervt.«

Obwohl er gerade Evie beleidigt hat, könnte ich Coulter in diesem Moment umarmen, auch wenn er dann ausrasten würde. Denn das ist die perfekte Vorlage, um das Missverständnis mit dem Foto aufzuklären. »Sie ist ein paar Jahre jünger als ich. Vielleicht hast du vorhin das Foto auf meinem Schreibtisch gesehen? Das ist Evie.«

Camille nickt. Ihre Mundwinkel zucken kaum merklich. Oder? Vielleicht habe ich es mir auch nur eingebildet.

»Coulter und Evie waren ... noch nie gut kompatibel«, sage ich. »Sie ist eher chaotisch, er mag es gern ordentlich.«

»*Eher chaotisch*«, äfft Coulter mich nach. »Die Frau lässt keinen Stein auf dem anderen.«

»Du hast sie ewig nicht gesehen.« Und ich auch nicht.

»Manche Dinge ändern sich nicht«, sagt Coulter.

»Manche schon«, erwidert Camille, und in ihrem Gesicht glaube ich zu lesen, dass sie es sich zumindest wünschen würde.

16

Bash

»Du solltest sie um ein Date bitten.«

Coulter, Louise und ich sitzen kurz nach Feierabend auf unserer Sitzecke. Eigentlich wollten wir Bewerbungen für die Stelle der Assistenz besprechen, aber Coulter hat offensichtlich andere Pläne.

»Warum das denn?«, frage ich und versuche, beiläufig zu klingen.

»Weil du sie offensichtlich gut findest und wir bereits festgestellt haben, dass du Sex brauchst.«

»*Du* hast das festgestellt. Ich kann mich nicht daran erinnern, dass ich dir recht gegeben hätte. Mir geht's gut.«

»Aber du streitest nicht ab, dass du sie gut findest?« Jetzt mischt sich auch noch Louise in diese dämliche Unterhaltung ein.

»Ich finde sie interessant. Als Agentin. Als Kontakt für Badger Books.« Als ... nein.

»Und du findest, dass sie sehr hübsch ist«, sagt Coulter und grinst.

»Aber das spielt keine Rolle.«

»Wenn es um Sex geht, spielt es schon eine Rolle, ob man sich gegenseitig attraktiv findet.«

»Es geht nicht um Sex.«

»Aber das sollte es.« Er legt den Rubik's Cube, den er soeben gelöst hat, auf den Couchtisch.

»Und ich glaube, sie wäre auch nicht abgeneigt.« Warum ist Louise auf Coulters Seite?

»Seit wann bist du bitte die Expertin auf diesem Gebiet?«

»Louise ist auf dem Gebiet der Enthaltsamkeit Expertin. Aber Philomenas Existenz beweist, dass sie weiß, auf was sie verzichtet. Also hat sie natürlich eine starke Meinung.« Coulter verschränkt die Arme, als wäre alles gesagt.

Hilfe suchend blicke ich zu Louise, doch die zuckt mit den Schultern. »Er hat nicht ganz unrecht.«

Ich verdrehe die Augen. »Ich werde sicher keinen wichtigen Arbeitskontakt fragen, ob wir Sex haben wollen.« Auch wenn sich bei dem Gedanken etwas in mir regt. Etwas, was da nicht sein sollte.

»Das wäre in der Tat nicht ratsam«, sagt Coulter. »Mit der Tür ins Haus fallen kann man nur, wenn nichts davon abhängt.« Das ist nämlich Coulters Masche. Mit der Tür ins Haus fallen. Und er hat erstaunlicherweise sehr viel Erfolg damit. Nur bei Louise konnte er damit nicht landen. »Aber sie kennenlernen, eine gute Zeit haben, schauen, worauf es hinausläuft ...«

»Und dann endet es in einer Katastrophe, und wir verlieren Jethro.« Ich weiß nicht einmal, warum ich überhaupt Argumente hervorbringe. Mit Camille auszugehen steht nicht zur Diskussion. Und das hat nichts damit zu tun, dass da nicht vielleicht doch so was wie Anziehung sein könnte. Es wäre nicht das Richtige. Und ich tue das Richtige. Immer. Auch wenn mein Körper das anders sieht.

»Hand aufs Herz, wie lange ist es bei euch beiden her?« Coulter legt den Kopf schief.

»Inwiefern ist das für die Besetzung der Assistenzstelle relevant?«, frage ich.

»Also ich hatte gestern Sex.«

»Und inwiefern ist *das* relevant?«

»Es macht mich – und sie – zu einem ausgeglicheneren Menschen. Und du, mein lieber Bash, bist nicht ausgeglichen. Im Gegenteil. Du bist on edge.«

»Weil ich zu viel arbeite und nicht genug schlafe.«

»Und rate mal, was mit dem Schlaf helfen könnte.«

»Wenn der Sex allerdings zu einem Kind führt, hilft er auf lange Sicht nicht mit dem Schlaf«, wirft Louise ein.

»Sieben Monate«, sage ich.

»Sieben Monate was?«, fragt Coulter.

»Sieben Monate hatte ich keinen Sex.« Ich weiß nicht einmal, warum ich es laut ausspreche. Es ist nicht so, dass das unnormal wäre für jemanden, der Single ist und nicht viel datet, weil er für die Arbeit lebt.

»Sieben Monate?« Coulter sieht aus, als hätte ich gerade verkündet, dass Evie einen unbefristeten Arbeitsvertrag als seine persönliche Assistentin unterschrieben hat. »Du weißt schon, dass man daran sterben kann, oder?«

»An zu wenig Sex?«

Coulters Augen sind weit aufgerissen, und er nickt mechanisch. »Dein Schwanz bringt dich um.«

»Ich bin mir ziemlich sicher, dass das nicht der Fall ist«, sage ich lachend.

»Vielleicht bringt *mein* Schwanz dich um. Er nimmt so was ziemlich persönlich.«

»Mach nicht so ein Drama draus. Wenn ich die Richtige kennenlerne, werde ich auf jeden Fall genug Sex mit ihr haben, das verspreche ich.«

»*Die Richtige?* Alter, da wäre es fast weniger verstörend, du würdest es mit Gert treiben.« Coulter verzieht das Gesicht, weil Gert sehr weit von seinem Typ Frau entfernt ist. Schlank, perfekt gestylt und abgesehen vom Kopf absolut haarlos. »Louise, hilf mir!«

»Ich glaube, dazu sollte ich vielleicht keine Meinung haben«, sagt Louise.

»Warum? Sag bloß, du hast auch so eine Durststrecke.«

»Ich habe eine kleine Tochter.«

»Das macht die Sache komplizierter, aber ...«

»Wir sollten uns wirklich die Bewerbungen ansehen.«

»Wechselst du das Thema?«

»Diese hier finde ich ganz vielversprechend.« Louise schiebt uns den Ausdruck eines Lebenslaufs hin. Ihr Gesicht glüht.

»Bin ich echt der Einzige von uns dreien, der so was wie Triebe hat?«, fragt Coulter und nimmt die Bewerbung entgegen, während ich meine Triebe weit wegschiebe.

Louise beißt sich auf die Unterlippe. Natürlich hat auch sie Bedürfnisse. Aber ich bin mir ziemlich sicher, dass sie seit Philomenas Geburt nur wenig Kapazitäten für Sex hatte. Zumindest hat sie mir nichts mehr darüber erzählt, während das früher – sowohl vor als auch nach unserer kurzen romantischen Verirrung – ziemlich normal war.

»Die ist schon mal raus.« Offenbar hat Coulter Louise' Reaktion auch bemerkt und wechselt jetzt endlich von sich aus das Thema.

»Warum?«

»Weil sie in einem halben Jahr ihren Abschluss macht und dann andere Ambitionen hat, als Titel im System anzulegen und Kaffee nachzukaufen.«

»Vielleicht will sie aber auch wirklich in die Buchbranche, und da wäre der Job bei uns doch ein gutes Sprungbrett.«

»Wir brauchen niemanden, der ein Sprungbrett will. Wir brauchen jemanden, der Konstanz und Zuverlässigkeit ins Team bringt, sonst sitzen wir in sechs Monaten wieder hier. Ich hoffe nur, bis dahin hattet ihr mal wieder Sex.«

Bevor Coulter das Gespräch wieder in diese Richtung lenkt, schreite ich ein. »Ich finde auch, dass sie auf den ersten Blick ziemlich ideal wirkt. Aber Coulter hat recht. Das Risiko ist zu groß.«

»Hier habe ich einen Studienanfänger«, sagt Louise. »Der ist also auf jeden Fall ein paar Jahre dabei.«

»Kann aber nur zehn Stunden pro Woche arbeiten.« Ich

deute auf die Passage in seinem Anschreiben. »Das ist besser als nichts, aber zwanzig Stunden waren unser Minimum, oder?«

»Außerdem scheint er nicht einmal die einfachsten Office-Befehle zu kennen. Wie ist das denn bitte formatiert?«, fragt Coulter. »Next!«

Louise gibt uns zwei Bewerbungen. Die eine von einer älteren Dame, die Coulter an Mrs Pavlidis erinnert, die andere von einer jungen Frau mit Highschool-Abschluss, die aber bereits im Betreff ihrer E-Mail *Bagder Books* schreibt.

»Kann ich die ältere Frau noch mal sehen?«, fragt Coulter genervt, sortiert die Bewerbung aber sofort wieder aus.

»Das war's leider bislang.« Louise verzieht bedauernd den Mund.

»Echt? Mehr kam da nicht?«, frage ich, denn die Anzeige ist jetzt schließlich seit ein paar Wochen draußen.

»Na ja, doch. Aber das ist die Vorauswahl, die Vikram getroffen hat.«

»Dann will ich nicht wissen, wie die anderen Bewerbungen aussahen«, stöhnt Coulter.

»Also laden wir wieder niemanden ein? Und wenn wir es für den Übergang doch mit der ersten probieren?«

»Ich bin dagegen. Zeitverschwendung«, sagt Coulter.

»Ich bin dafür.« Louise kramt nach der betreffenden Bewerbung. »Bash?«

»Ich ...« Doch weiter komme ich nicht, denn Coulter springt auf einmal auf.

»Shit.«

»Was?«

»Der Vertrag.«

»Welcher Vertrag?« Ich habe keine Ahnung, wovon er spricht.

»Der Jethro-Vertrag. Er ist noch nicht rechtskräftig.«

»Hä?«

»Was redest du?«, fragt Louise.

»Ich habe die Vollmacht vergessen.« Coulter lässt sich zurück aufs Sofa sinken. »Camille hätte mir die Vollmacht geben müssen. Denn ohne sie haben wir einfach nur einen von Camille Ives unterschriebenen Vertrag.«

»Du, Coulter Barnett, hast etwas vergessen?« Louise lacht.

»Wir alle, wenn man ehrlich ist«, sagt Coulter.

»Du bist für die Verträge zuständig, Coulter. Du hast einen Fehler gemacht!« Louise' Stimme klingt triumphal, während sich in mir Ernüchterung breitmacht.

»Weil ihr beide vor Aufregung wie Flummis herumgehüpft seid. Kein erwachsener Mensch kann sich da konzentrieren.«

»Gib es zu!«

Es ist nichts passiert, sage ich mir. Es war nur ein Versehen. Es hat nichts zu bedeuten. »Ich kläre das so schnell wie möglich«, sage ich.

»Ich kann auch ...«, bietet Coulter an.

»Ja, lass Coulter seinen Fehler geradebiegen. Bitte!«

Aber es ist mein Deal. Camille ist mein Kontakt. Camille. Ihr Name macht, dass ich mich beruhige. Denn Jethro und sie werden es sich ja nicht über Nacht anders überlegen. Sie wollten zu Badger Books. Jethro *wollte* das Buch mit uns machen.

»Ich kümmere mich«, sage ich und stehe auf.

»Und die Assistenz?«, fragt Louise, während ich bereits den Raum halb durchschritten habe.

»Bin dagegen«, rufe ich, dann entsperre ich mein Display.

17
Jethro

Ich ziehe mir meine schwarzen Klamotten an. Ich muss raus, den Kopf freikriegen. Doch heute Nacht werde ich nicht als Jethro aktiv sein. Heute Nacht werde ich laufen, um nicht nachzudenken. Ich werde vor der erneuten Entscheidung weglaufen und hoffen, dass es morgen immer noch die richtige war.

Camille hat heute den Vertrag unterschrieben, was sich beängstigend, aber gut anfühlt. Dass die Vollmacht vergessen wurde, lässt ein Schlupfloch für meine Gedanken zu. Sie strömen hindurch und werden zu einer großen grauen Masse, die sich als noch größeres ABER manifestiert.

Entscheidungen getroffen zu haben, ist befreiend. Man kann aufhören, zu grübeln. Denn Grübeln lähmt. Lähmt den Verstand, lähmt Ideen. Die Möglichkeit zu haben, eine Entscheidung zurückzunehmen, ist daher ein doppeltes Gedankengefängnis.

Draußen ist die Luft frisch und klar. Mein Atem bildet kleine Wölkchen in der Dunkelheit. Und ich laufe. Laufe Richtung Wasser, Richtung Fore River, der hinter der Casco Bay Bridge ins Meer mündet.

Neben dem Fore River Parkway Trail verläuft die Schnellstraße, auf der auch um diese nachtschlafende Zeit genug Verkehr herrscht, um das Plätschern des Wassers zu übertönen.

Aber es stört mich nicht. Die Gewissheit, dass ich allein bin, dass ich atme, laufe, mir meines Körpers gewiss bin, erdet mich. Das Gefühl meiner Laufschritte beruhigt meinen Geist. Und die Tatsache, dass ich heute Nacht nicht auf der Hut sein muss, gibt mir die Möglichkeit, einfach zu sein. Ein Privileg, das ich mir sonst nicht herausnehmen kann.

Ich blicke nicht nach links oder rechts. Ich blicke nicht zurück. Wobei man sich ohnehin nicht umschauen sollte, denn wer sich umschaut, macht sich verdächtig. Doch manchmal kann ich nicht widerstehen. Wenn die Sehnsucht nach Sicherheit größer wird als die Vernunft. Dabei weiß ich, dass es keine Sicherheit geben kann. Sicherheit gibt es erst, wenn ich aufhöre. Und selbst dann werde ich mich immer fragen, ob Menschen es wissen. Oder ahnen.

Ein einsamer Jogger kommt mir entgegen. Er trägt eine Stirnleuchte gegen die Dunkelheit. Nicht jeder verschwindet gern, verschmilzt gern mit der Nacht. Manche Menschen wollen gesehen werden.

Seine schnellen Schritte und sein Keuchen verklingen langsam hinter mir, während ich meinen Weg fortsetze. Ich weiß nicht, wie weit ich laufen muss, um meinen Kopf auszuschalten. Ich weiß nur, dass ich nicht zu Hause sein kann, wo ich mich bis zum ersten Tageslicht im Bett wälzen würde, um dann die Entscheidung für mehr Sichtbarkeit zurückzunehmen – oder auch nicht.

18

Bash

Seit ein paar Tagen habe ich nichts mehr von Camille gehört, und dieser Umstand macht mich nervös. Auf verschiedenen Ebenen. Ich habe Sorge, dass Jethro es sich noch einmal anders überlegen könnte. Ich habe Sorge, dass Coulter mich dann dazu verdonnert, seine Fassade zu reinigen – einfach, weil er angepisst ist. Und ich habe Sorge, dass mein Interesse an Camille tatsächlich über ein professionelles hinausgehen könnte. Und dass es ihr nicht so geht. Auch wenn mein Kopf weiß, dass es für alle die einfachere Lösung wäre.

Ich habe ihr angeboten, bei ihr in der Agentur vorbeizukommen, um die Vollmacht zu holen. Oder sie noch mal im *Busy Bean* zu treffen. Natürlich ist sie auch bei Badger Books immer willkommen. Aber abgesehen von einer knappen E-Mail, dass sie sich so bald wie möglich melden würde, kam nichts mehr. So häufig wie in den letzten Tagen habe ich mein E-Mail-Postfach nur damals aktualisiert, als ich auf Collegezusagen gewartet habe. Und auch heute noch habe ich Evies genervtes »Jetzt chill doch mal« im Ohr.

Es ist bereits nach neun Uhr, als ich den Haustürschlüssel aus meiner Ledertasche fische. Coulter und ich saßen noch bis weit nach Feierabend an Kalkulationen. Fast hätten wir uns richtig in die Haare gekriegt, weil ich die Zahlen, die Coulter als Grundlage nehmen will, jedes Mal viel zu konservativ finde. Aber natürlich sind wir ein kleiner Verlag. Natürlich haben wir nicht die Durchschlagskraft im Handel. Deswegen weiß ich, dass Coulter recht hat. Aber wenn man gute Bücher machen will, geht es eben nicht nur ums Geld. Sondern es geht auch ums Bauchgefühl. Um diesen Kitzel, wenn man ein Manuskript findet, das einen komplett überzeugt. Coulter ist da weniger leidenschaftlich, aber vermutlich macht uns genau das zu einem so guten Team.

Der Aufzug befindet sich gerade im sechsten Stock, wie mir die Anzeige über den verbeulten Türen mitteilt. Ich drücke den Knopf, und er setzt sich ruckelnd nach unten in Bewegung. Kurz darauf öffnen sich die Türen mit einem leisen Pling, und ich betrete das hell erleuchtete Innere.

Auf dem Weg nach oben lehne ich mich an den Spiegel und schließe schon mal kurz die Augen. Vielleicht gehe ich heute früh ins Bett. Vielleicht lasse ich die beiden Leseproben, die sich in meiner Tasche befinden, für den Moment einfach ungelesen. Ich könnte mir die Reste vom Take-away, die sich noch in meinem Kühlschrank befinden, aufwärmen, ein Glas Wein dazu trinken und dann auf der Couch einschlafen. Oder ich mache mir ein schnelles Sandwich und gehe sofort ins Bett.

Im fünften Stock plingen die Türen wieder. Ich trete auf den mit beigem Teppichboden ausgelegten Flur, spiele mit dem Schlüssel in meiner Hand, blicke auf zu meiner Wohnungstür mit der messingfarbenen 507 – und erstarre.

Mein Herz schlägt schnell, meine Beine werden für den Bruchteil einer Sekunde weich. Und dann durchströmt mich eine Wärme, die eine Mischung aus Erleichterung und Glück ist. Denn vor meiner Tür – an meiner Tür – liegt jemand. Eine junge Frau. Sie liegt auf dem Rücken, die Beine an die Tür gelehnt, den Kopf in den Flur gestreckt. Neben ihr ein ziemlich schmutziger Rucksack. Sie trägt eine bunte Wollmütze auf den blonden Haaren und einen roten, leicht abgewetzten Mantel.

Ihre Augen sind geschlossen, aus den großen Kopfhörern dringt leise Musik, und ihr Kopf wippt im Takt. Unwillkürlich wandert meine Hand nach oben an meine Brust, dorthin, wo mein Herz sitzt und schlägt. Schnell schlägt. Für sie. Für meine Schwester. Für Evie.

Einen Augenblick stehe ich einfach nur da und betrachte sie. Umarme mit meinem Verstand die Gewissheit, dass sie da ist. Dass sie lebt. Dass es ihr offenbar gut geht. Eine Million Gedanken rasen durch meinen Kopf, aber erst einmal bleibt keiner lange genug, um ihn zu Ende zu denken.

Mom anruf-
Evie ist bei m-
Was ist mit Eur-
Wieso jet-
Wieso hat sie nicht gea-
War es meine Nachr-
Aber die habe ich doch erst vorh-
Sie sieht aus wie sie.
Dieser Gedanke bleibt.
Sie sieht aus wie sie.
Wie sie selbst.
Und sie ist hier.

In diesem Moment schlägt sie die Augen auf, erblickt mich – aus ihrer Perspektive auf dem Kopf stehend. Ihre Lippen verziehen sich zu einem Lächeln, ihre Beine klappen zur Seite, und sie rappelt sich auf. Mit einem Satz ist sie auf den Beinen, dann springt sie auf mich zu und in meine Arme.

»Hiiiiiiii!«, quietscht sie.

Ich vergrabe mein Gesicht in ihren Haaren. Rieche den muffigen Geruch ihres Mantels, halte sie fest. Sie ist hier.

»Du zerquetschst mich«, sagt sie nach ein paar Sekunden, in denen ich sie offenbar etwas zu fest umarmt habe.

»Sorry«, murmle ich, immer noch überwältigt von der Tatsache, dass meine Schwester hier ist statt in Europa.

»Lass dich anschauen, Bash!« Sie sieht auf, legt den Kopf

schief, fährt mir einmal durch die Haare. Dann nimmt sie mein Kinn in die Hand und dreht meinen Kopf einmal nach links, dann nach rechts. »Ja, so siehst du aus, Bashir Hanlon«, sagt sie, und ich muss lachen, weil das genau der Gedanke ist, den ich auch bei ihrem Anblick hatte. »Wie geht's?«, fragt sie dann.

»Äh ...« Ich bin noch zu überrumpelt, um auf eine so normale Frage zu antworten. »Wie es mir geht?« Ich schüttle den Kopf, als könne ich so sicherstellen, dass Evie keine Einbildung ist. »Wie geht es *dir*?«

»Gut«, sagt sie breit grinsend und zuckt mit den Schultern. »Mir geht's doch eigentlich immer gut.«

»Du ... hast dich monatelang nicht gemeldet.« Ich müsste das nicht sagen. Ich weiß es, sie weiß es. Ich weiß, dass sie sich vermutlich schlecht gefühlt hat deswegen, auch wenn sie es nie zugeben würde. Sie weiß, dass ich mich schlecht gefühlt habe, weil ich mir Sorgen gemacht habe. Ich weiß, dass sie sich deswegen schlecht gefühlt hat und trotzdem nicht aus ihrer Haut konnte.

»Ja, ich weiß. Ich musste mich um ein paar Dinge kümmern.«

»Dinge?«

»Jawohl!« Sie nickt übertrieben.

»Erzählst du's mir?«

»Kann ich auf deiner Couch pennen?«

»Natürlich«, sage ich, meine Stimme ganz sanft, in meinem Kopf tausend Fragen.

»Wollen wir dann vielleicht reingehen? Ich bin schon eine ganze Weile da, und deine Nachbarn haben angefangen, komisch zu schauen.«

»Seit wann denn?«

Sie zuckt wieder mit den Schultern. »Irgendwann am Nachmittag.«

»Warum hast du nicht Bescheid gesagt?«, frage ich, während ich die Tür zu meiner Wohnung aufschließe.

»Ich wollte dich überraschen.«

»Das hast du.« Ich muss den Kopf noch mal drehen, um mich zu vergewissern, dass sie wirklich und wahrhaftig vor mir steht.

»Gute Überraschung?«

»Sehr gute.« Sehr überraschende Überraschung vor allen Dingen.

»Ich wusste es.« Sie strahlt. Dann nimmt sie ihren Rucksack, der mir ein bisschen klein vorkommt dafür, dass das ihr Gepäck aus Europa sein soll, und schiebt sich an mir vorbei in die Wohnung.

Sie betritt mein Wohnzimmer, dreht sich einmal um die eigene Achse. Dann lässt sie sich auf meine Couch fallen. »Schön hast du's«, sagt sie und legt die Füße, die noch in ihren dicken Wanderstiefeln stecken, auf meinen Sofatisch. Wie früher zu Hause.

»Na ja.« Ich kann nicht anders, als sie anzusehen. Anzustarren beinahe. Das hier ist so surreal! »Ich habe dir geschrieben«, sage ich, immer noch bewegungsunfähig.

»Ich weiß.« Sie zieht sich die bunte Wollmütze vom Kopf. Darunter kommen sehr ungekämmte Haare zum Vorschein.

»Mom und Dad machen sich Sorgen. *Ich* habe mir Sorgen gemacht.«

Sie nickt, kneift die Lippen zusammen und senkt den Blick. »Surprise, ich hab's mal wieder verbockt.« Ihr Tonfall wird ein bisschen zerknirschter.

»Was hast du verbockt?«

»Das mit euch.«

»Erzählst du mir, was los war?«

»Na, die Dinge, um die ich mich kümmern musste.«

»Warum bist du hier, Evie?«

»Warum bist du noch halb im Hausflur? Komm endlich rein und mach die Tür zu. Hast du was zu essen?«

Ich schließe die Tür hinter mir und ziehe mir die Schuhe an der Garderobe aus. »Ich kann uns gleich was machen.«

»Sehr gut. Ich bin am Verhungern!«

»Wann hast du das letzte Mal gegessen?«

Wieder zuckt sie nur mit den Schultern.

»Wann bist du angekommen?«

Sie blickt sich im Zimmer um und sagt nichts.

»Evie!« Ich kann nichts dagegen tun, dass meine Stimme lauter wird.

»Welche Laus ist dir denn über die Leber gelaufen?«, fragt sie.

»Ich will wissen, was das hier ist«, sage ich weniger bestimmt, als ich müsste.

»Ich kann auch wieder gehen.« Das ist so typisch für sie. Dass sie sofort präventiv den Rückzug antritt.

»Nein!« Da ist mehr Vehemenz in meiner Stimme als beabsichtigt. »Nein«, wiederhole ich sanfter. »Bitte nicht.«

»Dann sei nicht so.«

»Darf ich nicht wissen, wie es kommt, dass du auf einmal hier auftauchst? Ohne Vorwarnung?«

»Ich bin hier. Reicht das nicht?«, fragt sie. Auf einmal leise.

Ich seufze. Denn natürlich reicht es, dass sie da ist. Aber wer sagt mir, dass sie nicht morgen wieder verschwindet? Dass sie nicht auf der Flucht vor dem Gesetz ist? Dass sie nicht irgendeinen Mist gebaut hat? Dass nicht heute Nacht ein paar Freunde von ihr in meiner Wohnung einfallen, weil die auch einen Platz zum Schlafen brauchen? Wie viel Zeit habe ich?

»Lass uns erst was essen.« Sie erhebt sich von der Couch, Mantel und Mütze lässt sie dort. Auf dem Weg zur Küchenzeile steigt sie aus ihren Stiefeln, die an Ort und Stelle stehen bleiben. Mitten im Raum. Dann öffnet sie den Kühlschrank. »Gebratene Nudeln? Jackpot!« Sie nimmt eine der Pappboxen heraus, öffnet sie, zieht eine Schublade nach der anderen auf, bis sie Besteck gefunden hat, und schaufelt sich dann noch auf dem Weg zurück zur Couch drei volle Gabeln in den Mund. »Mmmmhhh«, macht sie.

»Ich habe auch eine Mikrowelle, falls du ...«

»Keine Zeit«, sagt sie mit vollem Mund und lässt sich zurück aufs Sofa fallen. Gab es im Flugzeug nichts zu essen? Ist sie als blinder Passagier mitgeflogen?

»Willst du was trinken? Ein Glas Wasser?«

Sie nickt begeistert und schluckt eine weitere Gabel voll Nudeln herunter, ohne dass sie sie nennenswert gekaut haben könnte.

Ich hole zwei Gläser aus dem Schrank, schenke uns Wasser ein. Eins stelle ich vor Evie und eins vor den Sessel, auf den ich mich setze. Dann sehe ich Evie beim Schlingen zu und warte auf einen guten Moment, um einen erneuten Anlauf zu starten, ihr aus der Nase zu ziehen, was sie hierherbringt.

»Vermutlich solltest du Mom und Dad Bescheid geben, dass ich da bin, oder?«, fragt sie, nachdem sie eine weitere ungekaute Gabel Nudeln heruntergewürgt hat.

»Wäre das für dich in Ordnung?« Denn ehrlich gesagt will ich zu Hause anrufen, seit ich sie gesehen habe.

»Klar. Solange sie nicht völlig ausflippen.« Sie grinst mich an.

Das kann ich ihr natürlich nicht garantieren, dennoch zücke ich mein Handy und schreibe eine Nachricht an Mom, dass Evie überraschend bei mir aufgetaucht ist, bei bester Gesundheit zu sein scheint und ich mich melde, sobald sich die Situation hier geklärt hat.

Evie ext währenddessen ihr Wasser. Dann wischt sie sich mit dem Handrücken über den Mund, seufzt und sagt: »Jetzt geht's mir besser.« Sie zieht die Beine an ihren Körper, umschlingt sie mit den Armen und legt den Kopf schief. »Ich freu mich, dich zu sehen, Bash.«

»Ich freu mich, *dich* zu sehen«, erwidere ich. »So sehr.«

Sie strahlt. »Das ist gut, weil ich würde gern eine Weile bleiben.«

»Bleiben? Du? Hier? In Portland?« Ich kann die Überraschung in meiner Stimme nicht verbergen.

»Ja. Ich glaube, es wird Zeit für was Neues, weißt du? Europa ist toll. Aber in den letzten Monaten hatte ich ab und zu so ein komisches Gefühl. So was wie ... keine Ahnung ... Heimweh?«

»Du? Hattest Heimweh?«, entfährt es mir.

»Klingt komisch, oder?« Sie lacht. »Und versteh mich nicht falsch. Die Leute in Paris werden mir fehlen.«

»Du warst in Paris?« Mein letzter Stand war Barcelona.

»Hab ich das nicht erzählt? Ja, ich hab in Spanien ein Model kennengelernt. Supersüßer Mensch, wunderschön. Alter Falter. Sie hatte sich gerade von ihrem Freund getrennt. Ein Spanier. Irgend so ein alter Sack, der sie scheiße behandelt hat. Also hat sie alle Zelte abgebrochen, um sich in Paris zu beweisen. Und ich bin spontan mit. Zehn Stunden in ihrem kleinen Auto. Danach haben wir uns zwar aus den Augen verloren, aber du kennst mich, ich hatte noch nie Probleme, mich irgendwo zurechtzufinden.«

»Und was hast du in Paris gemacht?«

»Ich hab mir einen Job gesucht, ich hatte ein paar Dates mit schicken Franzosen ... Ich hab Wein getrunken und Käse gegessen.«

»Und jetzt bist du hier.«

»Jetzt bin ich hier.«

»Weil du Heimweh hattest.«

»Exakt.«

»Aber du hast nie in Portland gelebt«, werfe ich ein.

»Was nicht ist, kann ja noch werden«, sagt sie frech und wackelt mit den Augenbrauen.

»Ich glaube dir kein Wort.«

Ihre Miene verändert sich nicht. »Na ja, du kennst mich halt. Kann's dir nicht wirklich verübeln.«

»Also willst du mir stattdessen sagen, was wirklich los ist?«

»Ich hab ein Stipendium für die University of Southern Maine bekommen und will endlich was aus mir machen.«

Ich pruste. »Evie?«

»Keine Ahnung, Bash. Was ist so verkehrt daran, seinen Bruder sehen zu wollen? Wieso brauche ich dafür einen tieferen Grund?«

Weil sie mir monatelang nicht einmal auf eine Nachricht antworten konnte, würde ich gern sagen. Weil sie nicht einfach auf meiner Fußmatte liegen kann, ohne mir zu erklären, warum. Aber ich weiß, dass es zwecklos ist. Evie erfüllt keine Erwartungen. Selbst wenn die einzige Erwartung eine Antwort auf meine Fragen wäre.

»Und wo willst du wohnen?«, frage ich.

»Ich bin gerade erst angekommen, und du hast jetzt schon Angst, dass du mich nicht mehr loswirst?« Wieder lacht sie.

Mein Blick flackert zu ihren Stiefeln. Zum Rucksack, der ebenfalls mitten im Raum steht. Zu ihrem fleckigen Mantel auf meiner hellen Couch.

»Ja, ja, keine Sorge, ich räume gleich zusammen. Ich hatte nur ...«

»... Hunger«, beende ich ihren Satz, und sie nickt. »Und du hast dir nichts zu essen geholt, weil ...?«

»Weil ich keine Kohle habe, okay?« Sie klingt genervt, weil sie die Scham überspielen will. »Und ich weiß, dass du das schon geahnt hast. Aber keine Sorge, ich werde dir nicht auf der Tasche liegen.«

»Du kannst mir auf der Tasche liegen, Evie.« Denn auch, wenn da immer noch viele Fragezeichen sind, bin ich einfach froh, sie zu sehen. Gesund, unversehrt, in meinem Wohnzimmer.

»Ich werde morgen gleich mit der Jobsuche anfangen. Kann ich einen Schlüssel haben? Damit deine Nachbarn nicht irgendwann die Bullen rufen, weil ich dauernd vor deiner Tür abhänge?«

Ich lache. »Kannst du. Ich gebe dir meinen. Aber verlier ihn bitte nicht, ich habe nur den einen.«

»Natürlich nicht«, sagt sie, obwohl sie in ihrem Leben schon mehr Schlüssel verloren hat, als ich besessen habe. Dann gähnt sie, streckt sich und rollt sich auf dem Sofa in Embryonalstellung zusammen.

»Das ist eine Ausziehcouch«, sage ich.

»Glaub mir, das ist das bequemste Bett, das ich seit Tagen hatte.«

Ich hebe fragend die Augenbrauen, aber sie reagiert nicht. Dann sage ich: »Wäre mir trotzdem lieber, wir würden ein Laken draufziehen.«

»Streber«, sagt Evie, setzt sich aber auf und beginnt, die Kissen auf den Boden zu legen.

Wir beziehen gemeinsam die Couch, eine Decke, ein Kissen. Im Badezimmer erhasche ich einen Blick auf ihre vollkommen ausgefranste Zahnbürste, werfe sie kurzerhand in den Müll und gebe ihr eine frische. Und während ich wenig später aus meinem Bett eine weitere Nachricht an Mom und Dad schreibe, in der ich ihnen versichere, dass alles in Ordnung ist und ich morgen anrufen werde, höre ich, dass Evie beim Pinkeln die Tür offen gelassen hat. Wie schön.

»Gute Nacht«, sagt sie dann.

»Gute Nacht.« Ich drehe mich auf die Seite und schalte das Nachttischlicht aus.

So viel also zu meinem Plan, endlich mal genug zu schlafen. Ich weiß jetzt schon, dass ich viel zu aufgekratzt bin. Und Evie geht es offenbar genauso, denn ein paar Minuten später höre ich ihre Stimme.

»Bash?«

»Hm?« Ich setze mich halb auf. In der Dunkelheit erkenne ich Evies Silhouette in meiner Tür. Ihre nackten Beine, das weite T-Shirt.

»Danke, dass ich hier sein darf. Im Park wurde es langsam echt kalt.«

»Im Park?«

»Ich bin schon seit ein paar Wochen hier.«

»Bitte was?« Jetzt bin ich wieder hellwach. »Du bist seit ein paar Wochen hier und hast nichts gesagt?«

Ich sehe, dass sie mit den Schultern zuckt. »Ich schätze, ich hab mich wohl irgendwie schlecht gefühlt, weil ich mich nicht gemeldet hatte und ...«

»Du hast im Park geschlafen«, wiederhole ich noch mal für mein schlaftrunkenes Gehirn. »Evie, weißt du, wie gefährlich das ist? Noch dazu für eine junge Frau?«

»Scheiße, oder? Dass man als Frau immer Angst haben muss?«

Natürlich ist das scheiße, aber das ist gerade nicht der Punkt. »Ich will, dass du das nie wieder machst, hörst du? Egal, was passiert, du kannst immer zu mir kommen. Immer!«

»Ich weiß.«

»Ich liebe dich, aber du bist echt bescheuert.«

»Ich weiß.« Einen Moment lang hört man nichts. Dann sagt sie: »Ich werde mir trotzdem einen Job suchen, damit ich mir ein eigenes Zimmer irgendwo leisten kann.«

»Alles klar.«

»Irgendwo in der Nähe, meine ich.«

»Wegen deines Stipendiums.«

»Genau, ja.« Sie gluckst leise. »Wegen des Stipendiums.«

19
Camille

Über Nacht ist eine plötzliche Kälte über Maine hereingebrochen, und so bin ich dankbar, als ich dem kalten Oktoberwind, der mir entgegenschlägt, im Inneren des Gebäudes entfliehen kann.

Ich nehme den Aufzug in den dritten Stock, wo Bash mir bereits die Tür aufhält. Beim Anblick der weißen Strähne in seinen schwarzen Locken, dem Strickpulli mit Zopfmuster und seiner aufrechten Statur hellt sich meine Miene augenblicklich auf. Auch er lächelt. Lächelt mich an. Und für einen kurzen Moment lasse ich den Gedanken zu, wie schön es wäre, es würde wirklich mir gelten. Mir als Person. Wer auch immer sie ist.

»Hi!«, sage ich, als er mir mit einer Geste bedeutet, einzutreten. Es fühlt sich viel vertrauter an als beim letzten Mal, und ich muss mich daran erinnern, in welcher Funktion ich hier bin. »Danke für eure Geduld. Mir ist dieses Versäumnis wirklich unangenehm.«

»Ach was.« Er winkt ab. »Willst du was trinken? Wasser? Der billige Sekt vom letzten Mal ist leider alle.«

In diesem Moment kommt Coulter die Metalltreppe nach unten. Augenblicklich ist der Raum erfüllt von seinem starken Parfüm. Und auch sonst sieht er sehr herausgeputzt aus.

»Coulter war es übrigens unangenehmer als dir. Normalerweise übersieht er diese Dinge nicht.« Bash grinst, und Coulter zeigt ihm den Mittelfinger.

»Hi Camille«, sagt er dann. »Bye Camille.« Und damit rauscht er aus der Tür, die hinter ihm ins Schloss fällt.

»Er hat ein Date«, sagt Bash als Erklärung. »Und er hasst es, später als fünfzehn Minuten vorher im Restaurant zu sein.«

»Er kommt absichtlich zu früh?«, frage ich.

»Wenn er den Laden noch nicht kennt, ja. Dann inspiziert er erst alles auf seine Hygienestandards.«

»Oh«, mache ich.

»Keine Sorge, er kommt klar.«

»So wirkt er«, erwidere ich, denn Coulter scheint mir tatsächlich ein sehr aufgeräumter, organisierter Mensch zu sein. »Aber es ist nicht seine Schuld, dass wir die Vollmacht vergessen haben. Es wäre meine Aufgabe gewesen, die Unterlagen vollständig beisammenzuhaben.« Erst jetzt fällt mir auf, wie das klingt, und ich rudere schnell zurück. »Was ich natürlich hatte. Ich ... habe es einfach vergessen.« Hektisch suche ich jetzt in meiner Tasche nach den Papieren.

Ich sollte in Bashs Gegenwart nicht so unruhig sein. Wie wirkt denn das? Sicher nicht wie eine Agentin, die mit allen Wassern gewaschen ist. Dabei bin ich das. Hier in meiner Rüstung bin ich Camille Ives, Künstleragentin, die gerade den Deal ihres Lebens abschließt und Jethros Karriere in neue Sphären katapultieren wird – oder sein Leben ruinieren. Eins von beidem. Aber auf gewisse Weise macht Bashs Ruhe mich unruhig. Zappelig. Kribbelig.

»Wie gesagt, kein Problem. Jetzt ist ja alles da.«

Endlich finde ich, wonach ich gesucht habe, ziehe den Umschlag aus meiner Tasche und die Papiere aus dem Umschlag. »Bitte.« Ich reiche Bash die Unterlagen.

Er nickt, nimmt sie entgegen und bedeutet mir, auf dem Sofa Platz zu nehmen, während er alles durchgeht. »*Vollmacht zum Vertragsabschluss*«, liest er leise und folgt mit seinem

Finger den Zeilen. »*Die Bevollmächtigte: Camille Ives, Künstleragentin. Der anonyme Vollmachtgeber: Jethro, dessen Identität in dieser Vollmacht weder offenbart noch offengelegt wird. Die bevollmächtigte Partei ist ermächtigt, Verträge im Namen des anonymen Vollmachtgebers abzuschließen und Transaktionen durchzuführen, wie sie in einer separaten, vertraulichen Vereinbarung zwischen den Parteien detailliert beschrieben sind. Diese Vollmacht wird gemäß den geltenden Gesetzen des Bundesstaates Maine erteilt und beruht auf einer schriftlichen, vertraulichen Vereinbarung zwischen den Parteien.* Gezeichnet Camille Ives und Dr. Rupert Wright, Notar.« Er blickt auf. »Perfekt. Ich danke dir.« Kurz neigt er den Kopf. »Weißt du, ich hatte schon Sorge, Jethro würde es sich noch einmal anders überlegen.«

Ich lache. Ein bisschen zu laut. Dann sage ich leiser: »Ich ehrlich gesagt auch.«

»Aber so war es nicht.«

»Nein.« Ich schüttle den Kopf. »Er steht zu seinem Wort.«

Bash nickt, dann reibt er sich über die Augen, die ein bisschen müde aussehen.

»Auch einen langen Tag gehabt?«, frage ich.

»Meine Schwester.« Bash zuckt mit den Schultern. »Ich habe neulich von ihr erzählt.«

»Sie hält dich vom Schlafen ab?«

»Indirekt. Sie stand gestern einfach vor meiner Tür. Besser gesagt, lag. Auf dem Boden im Hausflur. Und jetzt wohnt sie bei mir. Oder eher: haust. Ich freu mich, dass sie da ist, aber ich weiß einfach nicht, was sie hier macht.«

»Na, dann solltest du nach Hause gehen und sie fragen.« Ich erhebe mich, obwohl ich gerne noch mehr über Bashs Schwester erfahren hätte. Oder über Bashs Familie. Oder seine Arbeit. Oder darüber, was er heute zu Mittag gegessen hat, einfach nur, weil ich seiner Stimme zuhören will.

Bash nickt und steht ebenfalls auf. »Noch mal danke, dass du die Unterlagen vorbeigebracht hast.« Er zieht mich in eine schnelle Umarmung, die sich wie immer sowohl unpassend als auch ganz und gar passend anfühlt. Wie kann denn so was sein?

»Sehr gern«, sage ich, da lässt er mich wieder los, und für einen Augenblick wirkt er ebenso überrumpelt von unserer plötzlichen körperlichen Nähe wie ich, obwohl wir uns ja bereits umarmt haben. Aber heute ist es ... anders. Als wären wir gehemmt, aber hätten dennoch keine Wahl. Dann schnappt er sich seinen beigen Mantel von der Garderobe, wickelt sich einen Schal um. »Nach dir«, sagt er und öffnet die Tür. Oder versucht es zumindest. »O nein«, entfährt es ihm.

»Was?«

»Die Tür!« Er rüttelt daran, doch sie geht nicht auf.

»Ach ja, man kann sie nur mit dem Schlüssel öffnen.« Das hatte Bash mir bei meinem ersten Besuch gesagt.

»Wir haben ... ich habe es immer noch nicht geschafft, mich darum zu kümmern.« Er schlägt sich mit der flachen Hand gegen die Stirn. »Und Evie hat meinen Schlüssel.«

»Äh ...«, mache ich, »kann uns sonst jemand aufmachen?«

»Ich rufe Coulter an.« Er zückt sein Handy und wählt eine Nummer. Ich höre das Freizeichen, dann eine Stimme, die sagt, dass die Nummer vorübergehend nicht erreichbar ist. »Shit.« Er blickt mich entschuldigend an. »Okay, Evie«, sagt er dann. »Wehe, du gehst nicht ran.« Er hält sich wieder das Handy ans Ohr, doch diesmal wird er direkt zur Mailbox durchgestellt. »Kann diese Frau ein einziges Mal erreichbar sein!«, sagt er und tippt eine schnelle Nachricht. »Ich könnte es noch bei Louise versuchen.«

»Aber?«

»Sie wohnt nicht gerade um die Ecke und hat heute einen Abend mit ihrer Tochter.« Er seufzt. »Sorry, Louise.« Wieder wählt er eine Nummer.

»Leg auf«, sage ich.

»Hm?« Er lässt das Handy sinken, doch nach wie vor hört man das Freizeichen.

»Leg auf. Stör sie nicht.« Auf einmal fühle ich den Stoff seines Mantels unter meiner Hand. Ich berühre ihn. Gehemmt, aber als hätte ich keine andere Wahl.

»Aber ...«

»Ich habe heute nichts mehr vor.« Wie eigentlich jeden Abend. »Gönn ihr die Zeit. Wir warten einfach darauf, dass sich Coulter oder deine Schwester zurückmelden. Kein Problem. Also für mich. Wenn du noch etwas ...« Plötzlich werde ich rot, weil es natürlich ganz schön vermessen ist, zu denken, dass es für Bash genauso in Ordnung ist wie für mich, hier eingesperrt zu sein.

»Bist du sicher?« Er sieht so zerknirscht aus, dass ich hektisch nicke.

»Ja, ja, natürlich. Das ist wirklich kein Problem. Und vielleicht läuft Coulters Date ja mies, und er kommt bald wieder.« Aber irgendwie wäre es auch okay, wenn es gut liefe.

»Coulters Dates laufen nie schlecht«, sagt Bash.

»Dann muss er mir mal sein Geheimnis verraten.« Ich lache. Ein bisschen zu laut. Schließlich habe ich schon lange keine Dates mehr. Wenn man sich nie sicher sein kann, um wen es dem Kerl geht, ist es schwer, so etwas wie Lust oder Begehren zu empfinden.

»Gründliche Recherche und ein Regelkatalog im Vorfeld«, sagt Bash. Im ersten Moment will ich losprusten, aber dann merke ich, dass Bash keinen Witz gemacht hat.

»Im Ernst?«

»Im Ernst.«

»Und wer steht auf so was?«

»Offensichtlich viele.« Er zuckt mit den Schultern. »Es ist mehr eine Transaktion von Körperlichkeit.«

»Oh, okay.«

»Keine Sorge, Louise und ich sagen ihm oft genug, was wir davon halten.« Es wirkt, als wolle er sichergehen, dass ich weiß, dass er anders ist.

»Wenn es für beide Parteien in Ordnung ist ...«

Er nickt. »Ja, ja, na klar, das meinte ich nicht, also ... ich verurteile niemanden.«

Ich habe das Gefühl, er glaubt, ich würde mich von ihm verurteilt fühlen. Denkt er, dass ich so drauf bin wie Coulter? Dieses Gespräch ist mir auf einmal richtiggehend unangenehm, während es gleichzeitig auf gewisse Weise aufregend ist. Dass Bash und ich hier im Verlag zusammen eingesperrt sind und über Consent sprechen, macht etwas mit mir.

»Kann ich dir jetzt vielleicht etwas anbieten?« Er durchquert den Raum mit langen Schritten und öffnet den Kühlschrank. »Wasser, Coke Zero?« Er dreht sich um und grinst. »Die gehört eigentlich Coulter, und niemand darf sie anrühren, aber in Anbetracht der Umstände ...«

»Coke Zero also«, sage ich und erwidere Bashs amüsierten Gesichtsausdruck, obwohl die Tatsache, dass Bash, Louise und Coulter so gute Freunde sind, die sich gemeinsam ihren Traum vom eigenen Verlag erfüllt haben, meine innere Leere und Einsamkeit auf einmal schmerzhaft anwachsen lässt. Unwillkürlich denke ich an Mara. »Hast du ein gutes Verhältnis zu deiner Schwester?«, frage ich und nehme einen Schluck Cola gegen die plötzlich aufkommende Enge im Hals.

»Sie ist der wichtigste Mensch in meinem Leben«, sagt Bash, und die Enge nimmt zu. »Ich glaube, sie findet mich auch ganz okay, aber bei Evie weiß man nie. Sie tut, was sie will.«

»Aber dass sie jetzt bei dir ist, zeigt doch, dass du ihr wichtig bist, oder?«, frage ich. Mara ist derweil emotional so weit weg, dass ich nicht einmal weiß, wo sie genau wohnt. Dass ich nicht einmal wusste, dass sie ein Konzert in meiner Heimatstadt spielt. In unserer Heimatstadt.

»Oder dass sie einen Ort zum Schlafen braucht. Aber nein, du hast schon recht. Wir mögen uns ziemlich gern. Nur ist die Dynamik manchmal ein bisschen ... einseitig.«

»Wie meinst du das?«, frage ich und setze mich zurück auf den Platz auf dem Sofa, auf dem ich auch vorhin schon war.

Bash setzt sich über Eck, sodass wir uns ansehen können. Unsere Knie sind nur wenige Zentimeter voneinander entfernt.

»Weißt du, ich habe immer alles dafür getan, nicht negativ aufzufallen. Und Evie ... das Gegenteil.«

»Ich und meine Schwester sind auch sehr verschieden«, sage ich, und im nächsten Moment wünschte ich, ich hätte das Thema nicht auf sie gebracht.

»Die Musikerin?«

Ich nicke. Schlucke. Ohne Coke Zero im Mund. Ma-ra. »Mara. Ja. Aber wir ... haben nicht so richtig Kontakt.« Die Untertreibung des Jahrtausends. Aber ich will nicht ins Detail gehen. Andererseits habe ich abgesehen von meinen Eltern seit Jahren mit niemandem mehr darüber gesprochen. Wenn man etwas nur mit sich ausmacht, übernimmt es das eigene Innere. Das ist zumindest meine Erfahrung. Es wächst einfach in dir. Nährt sich von dir. Von deinen Gedanken. Bis alle Gedanken nur noch dieser Sache gelten. Und wenn es ein Ventil gäbe, vielleicht könnten dann andere Gedanken wieder präsenter sein. »Vor ein paar Jahren ist etwas vorgefallen.« Ich spiele am Deckel meiner Cola-Flasche herum. Bash nicht anzusehen, macht es einfacher. Und schwerer.

»Du musst nicht darüber sprechen«, sagt er, und ihn nicht anzusehen, ist auf einmal das Schwerste, was ich mir vorstellen kann. Also hebe ich den Blick.

Ich würde gerne erzählen, was passiert ist. Nicht unbedingt ihm, sondern irgendjemandem. Jemandem, der nicht jedes Mal daran erinnert wird, dass meinetwegen auch noch das letzte bisschen Familie auseinandergebrochen ist, wie Mom. Jemandem, der nicht im nächsten Moment vergessen hat, dass ich nicht Mara bin, wie Dad. Und Bash ist hier. Aber gleichzeitig arbeiten wir zusammen. »Ich habe richtig Mist gebaut. Und seither sprechen wir nicht miteinander.«

»Oh«, macht er, aber er wirkt nicht, als würde er urteilen. Natürlich, er kennt ja auch nicht das gesamte Ausmaß der Katastrophe. Das In-Rollen-Schlüpfen. Das Nicht-wieder-heraus-Finden. Das Sich-selbst-Verleugnen und -Verlieren und -Vergessen. »Aber ich bin mir sicher, ihr kriegt das wieder hin.«

Ich zucke mit den Schultern. »Das hoffe ich seit sieben Jahren.«

Er verschluckt sich fast an seiner Cola. »Seit sieben Jahren?«

Ich nicke. Jetzt kann er sich ungefähr vorstellen, wie sehr ich es verkackt habe. Jetzt kann er urteilen, und wir können gemeinsam zu einem professionellen E-Mail-Umgang zurückfinden.

»Also warst du da ... siebzehn? Achtzehn?«

»Sechzehn«, korrigiere ich.

»Okay.« Einen Moment lang verharrt sein Blick irgendwo auf seinen Knien. Oder meinen Knien. Dann hebt er ihn, bis er in meinem Gesicht angekommen ist. »Was auch immer passiert ist, du warst doch noch ein halbes Kind, Camille!«

20

Bash

Sie zieht fragend die Brauen zusammen. Ihr Kopf legt sich leicht schief. »Wie meinst du das?«, fragt sie. Sie spricht langsam, als kämen die Worte nicht automatisch aus ihrem Mund, sondern als müsse sie sie herauspressen.

»Na ja, mit sechzehn baut doch jeder Mal Mist.« Abgesehen von mir, denke ich. Und dann, obwohl ich nicht einmal weiß, warum, sage ich: »Abgesehen von mir.« Ich lache leise. Fast ein bisschen beschämt.

»Abgesehen von dir?«, fragt sie sichtlich erleichtert über den Fokuswechsel.

»Wenn man so aussieht« – ich deute auf mein Gesicht –, »ist es besser, nicht anzuecken.«

»Wie meinst du das?« Ich bin mir ziemlich sicher, dass sie weiß, wie ich es meine. Dass sie einfach das Gespräch weiterhin weg von sich lenken will.

»Ich bin zwar hier aufgewachsen, in einem weißen Vorort mit weißen Eltern und einer weißen Schwester, bin auf eine weiße Highschool gegangen, aber die Tatsache, dass ich ursprünglich aus dem Iran bin, bedeutet, dass ich es mir nicht leisten kann, die falsche Art Aufmerksamkeit auf mich zu lenken. Da spielt es in dieser Gesellschaft keine Rolle, ob man noch ein Junge ist. Ob Osama Bin Laden aus dem Irak ist und nicht aus dem Iran. Wenn du meine Haarfarbe hast und meinen Bartwuchs und mein Gesicht, warten sie nur darauf, dass du dir einen Sprengstoffgürtel umschnallst. Überspitzt gesagt. Deswegen war ich ein ziemlich mustergültiger Schüler.«

»Was war das Schlimmste, was du je gemacht hast?«, fragt Camille und lässt keinen Spielraum, zurück auf sie und ihre Schwester zu kommen.

»Ich habe mir mal fünf Dollar bei meiner Mom geliehen. Ohne zu fragen. Aber ich habe sie am nächsten Tag zurückgelegt.«

»Im Ernst?« Camille lacht, und es klingt so schön. »Du hast nie einen Schokoriegel mitgehen lassen?«

»Und Gefahr laufen, dass die Cops verständigt werden?« Ich schüttle den Kopf.

»Du hast nie ... keine Ahnung ... gelogen?«

Ich denke einen Augenblick nach. »Wenn, dann nur sehr unbedeutende kleine Notlügen. Beispielsweise ist es schon vorgekommen, dass ich behauptet habe, Coulter würde mir nicht auf die Nerven gehen, obwohl er das sehr wohl tut. Die meiste Zeit.« Ich werfe einen schnellen Blick auf mein Handy. Doch weder er noch Evie haben sich zurückgemeldet. Und ich kann nicht behaupten, dass es mich stört.

»Hast du nie was kaputt gemacht und es dann auf deine Schwester geschoben?«

»Nein.«

»Wow«, sagt Camille, und das Grinsen auf ihrem Gesicht wirkt so echt, dass ich für einen Augenblick erschrecke. Und sie vielleicht auch ein bisschen, denn ihre Miene wird schnell wieder professionell. »Ich habe etwas kaputt gemacht, das meiner Schwester gehört hat.« Sie sagt es leiser. Anscheinend hat meine Offenheit etwas bei ihr bewirkt. »Und damit unser Verhältnis.«

»Aber man kann die Dinge doch ersetzen«, werfe ich ein.

»Vertrauen nicht«, erwidert sie.

»Das stimmt vielleicht. Wenn ich an Evie denke, die mit

meinem Schlüssel unterwegs ist, wird mir auch ein bisschen mulmig.« Ich lache. »Wer weiß, was sie anstellt. Aber ich könnte mir nie vorstellen, sie nicht mehr in meinem Leben haben zu wollen.« Und Camille ist eine Person, der jede Menge Leute vertrauen. Sie kümmert sich um die Karrieren von Künstlern. Von komplizierten, sensiblen Individuen. Sie kommen zu ihr, weil sie wissen, dass sie bei ihr in guten Händen sind. Sogar Jethro, der geheimnisvollste Kerl von allen. Doch bevor ich es ausspreche, räuspert sie sich.

»Menschen sind verschieden«, sagt sie. »Und manche Fehler wiegen schwerer als andere.«

Ich will etwas erwidern. Etwas Positives. Etwas, das macht, dass sie sich nicht mehr schlecht fühlt wegen einer Sache, die Jahre her ist. Die sie vielleicht getan hat, aber als sie noch jemand ganz anderes war. Wenn ich an mich selbst mit sechzehn denke, wenn ich den Bash mit dem Mann vergleiche, der ich heute bin ... Es ist sonnenklar, dass man Menschen nicht an ihrem Teenager-Selbst messen kann. Doch in diesem Moment knurrt Camilles Magen.

»Hast du Hunger?«, frage ich, obwohl es offensichtlich ist.

»Ähm ...« Sie lacht leise. »Ich habe seit heute Morgen nichts gegessen. War ein langer Tag.«

»Sollen wir was bestellen?« Doch im nächsten Moment schlage ich mir die Hand gegen die Stirn. »Ach nein, geht ja nicht.«

Wieder lacht sie. Diesmal etwas lauter. »Ist nicht schlimm.«

»Lass uns mal schauen, was es in der Küche gibt. Ich könnte nämlich auch ein kleines Abendessen gebrauchen.« Ein Blick auf mein Handy sagt mir, dass es bereits nach acht Uhr ist. Und dass sich niemand zurückgemeldet hat.

Camille folgt mir zur Küchenzeile, wo ich den Kühlschrank öffne. Mit einem lang gezogenen »Hmmmmmm« betrachte ich den Inhalt. Dann beginne ich, Dinge herauszuholen. »Ein letztes Stück Marmorkuchen. Der ist allerdings trocken.

Nicht, weil er schon so lange im Kühlschrank war, sondern weil Louise ihn gebacken hat. Kuchen ist nicht unbedingt ihr Haupttalent.«

»Aber er sieht essbar aus«, sagt Camille und nimmt den Teller entgegen.

»Das hier ist der Rest von Annas Mittagessen. Irgendeine Pasta.« Ich hebe den Aludeckel hoch, rieche daran. »Ich glaube, mit Spinat. Und ebenfalls essbar.« Des weiteren finden wir eine etwas dunkle, aber essbare Banane, zwei Avocado- und zwei Gurken-Makis von vorgestern, einen High-Protein-Vanillepudding von Coulter und Joghurt. Im Vorratsschrank außerdem Salzbrezeln, Streifenhörnchen-Badgers Nüsse, von denen ich ein paar auf die Fensterbank lege, und Haferflocken.

»Ich glaube, wir werden satt«, sagt Camille, als wir unsere Ausbeute auf den Sofatisch drapieren.

Wir setzen uns wieder, prosten uns mit einer neuen Runde Coke Zero zu und teilen all die kleinen Restehäppchen, als wären es Tapas. Dabei frage ich Camille noch ein bisschen über ihren Beruf aus, weil ich sie gerne sprechen höre und es unverfänglicher ist als ihre familiären Probleme.

»Und was liebst du daran am meisten?«, frage ich und reiche Camille den Teller mit dem Sushi.

»Das klingt jetzt vielleicht seltsam, aber mir gefällt es, dass ich mit Menschen zu tun habe, die in ihrer Exzentrik und ihrer Extravaganz und ihrer Buntheit kompromisslos sie selbst sind.«

»Das klingt nicht seltsam, das klingt ziemlich nachvollziehbar.« Und klug.

»Und kompliziert. Also diese Menschen. Sie sind sehr kompliziert wegen der Kompromisslosigkeit. Aber auch das gefällt mir. Ich finde es bewundernswert.«

»Ich auch«, sage ich.

»Ich finde es auch an dir bewundernswert.«

Ich lasse die Tüte mit den Nüssen sinken. »An mir?«

»Dass du so in dir ruhst, aber trotzdem hartnäckig bist,

weißt du? Ich finde, das ist eine bemerkenswerte Kombination.«

Ich lache. »Danke, es freut mich sehr, dass du mich so siehst, aber ...«

»Habe ich nicht recht?«

Ich wiege den Kopf hin und her. »Möglich.«

Sie nickt, als würde es sie nicht überraschen. »Ich bin ziemlich gut darin, Menschen zu lesen.«

»Wie kommt es?«

Sie beißt sich auf die Unterlippe. »Vielleicht, um mich selbst zu sehen? Wenn ich andere sehe, kenne ich zumindest die Abgrenzung zu mir, weißt du?«

»Ich bin mir nicht sicher, ob ich dir folgen kann.«

»Wenn ich dich sehe, weiß ich, dass du nicht ich bist.«

»Wenn ich dich sehe, weiß ich auch, dass du nicht ich bist«, sage ich mit gerunzelter Stirn. Was meint sie damit?

»Aber es gibt Personen, bei denen ist das nicht so.«

Jetzt dämmert mir etwas. »Bei deiner Schwester?«

Sie nickt. »Ich sehe sie in mir. Immer. Nur nicht so sehr ihre tollen Seiten.«

»Sondern die schlechten?« Die unversöhnlichen?

»Sie hat keine schlechten Seiten.« Camille schüttelt vehement den Kopf. »Ich sehe das, was ich gerne wäre. Oder gewesen wäre.« Sie blickt mich mit einem müden Lächeln an. »Ich weiß nicht einmal, warum ich dir das erzähle.«

»Vielleicht, weil Resteessen aus dem Kühlschrank verbindet«, schlage ich vor. »Ich habe dir auch einfach von meinen Issues erzählt, ohne zu wissen, warum.«

»Vielleicht, weil Eingesperrtsein verbindet?«

Ich lache. Und sie lacht mit. Und in meinen Ohren passt der Klang ganz wunderbar zusammen. »Und vielleicht, weil es verbindet, wenn man sein wahres Ich unter einer Schale verbirgt«, sage ich, obwohl das viel zu intim ist.

»Was ist denn dein wahres Ich?«, fragt Camille. »Was ist unter der Schale?«

»Hmmm. Gute Frage.«

»Was würdest du tun, wenn du dich nicht an Regeln halten würdest, Bash? Welchen Fehler würdest du machen?«

Unsere Blicke treffen sich. Diesmal will ich wieder direkt in sie schauen. Wissen, was sich unter ihrer Schale verbirgt. Wissen, was für Fehler sie gemacht hat. Und was für Fehler sie machen wollen würde. Deckt sich ein Fehler mit meinem?

»Ich würde ...« Ich schlucke. Ich kann es nicht aussprechen. Wie neulich im *Great Beers* mit Coulter und Louise, als ich nicht sagen konnte, dass ich sauer bin. Da ist eine innere Sperre in mir, die es nicht zulässt, über die Dinge zu sprechen, die der triebhafte, instinktive, emotionale Teil in mir will. Weil Emotionen dazu führen, dass man sich verwundbar macht, irrational wird. Und wenn man irrational ist, macht man Fehler. Und wenn man Fehler macht ...

»Bash?« Sie sieht mich an. Auf eine beinahe wissende Art. Oder ich bilde es mir nur ein. Doch was auch immer in ihrem Blick ist, er macht, dass ich diesen Fehler noch dringender machen will. Dass ich sie küssen will. Meine Finger in ihrem Haar vergraben. Sie an mich ziehen und sie mit meinen Lippen erkunden. Und dann, wenn sie mich lässt, mit meiner Zunge. Ich will meinen Körper gegen ihren pressen, will, dass sie sich nach hinten sinken lässt. Und ich hoffe sehr, dass sie es nicht in meinem Blick lesen kann. Ob Coulter vielleicht recht hat und ich wirklich Sex brauche?

Sie fährt sich durch die Haare, taxiert mich immer noch interessiert. Sie wartet auf eine Antwort. Aber ich kann ihr nicht sagen, was mir durch den Kopf geht, weil das alle möglichen Grenzen übertreten würde. Ihre, meine, professionelle ...

»Ich würde ...«

In diesem Moment verrutscht ihr Blick. Nur für den Bruchteil einer Sekunde sieht sie nach unten und auf meine Lippen. Und auf einmal rast mein Herz. Will sie es? Kann das sein? Wäre es nur meine Grenze?

Ich kann nichts dagegen tun, dass auch ich nun ihre Lippen

ansehen muss. Sie sind dunkelrosa. Nicht voll. Nicht schmal. Etwas dazwischen. Und sie haben dieses kleine Eck unter der Nase, das einen Namen hat, an den ich mich nicht mehr erinnere. Ein perfekter kleiner Schwung, den ich gerne mit meiner Zunge entlangfahren würde, um ihn zu kosten. Offensichtlich dreht mein Gehirn gerade durch.

Zu allem Überfluss öffnen sich Camilles Lippen in diesem Moment ein wenig, als würde etwas herauswollen. Ein kleines Seufzen vielleicht. Oder sie möchte einfach noch einen Schluck von Coulters Coke trinken.

Coulter. Denk an Coulter. Coulter, der nicht an sein Handy geht. Der auf seinem Date ist und vermutlich demnächst in irgendein Hotelzimmer geht, um zu vögeln. Coulter, der findet, ich sollte Sex haben. Und irgendetwas in mir gibt ihm auf einmal recht. *Welchen Fehler würdest du machen?* Und immer wieder mein Blick auf dem Schwung ihrer Lippen.

»Ich würde ...« Ich will es aussprechen. Sagen, dass ich sie küssen würde, auch wenn ich weiß, dass es eine absolute Schwachsinnsidee ist. So lange wollte ich Jethro für dieses Buch gewinnen, und jetzt bin ich kurz davor, alles maßlos zu verkomplizieren. Ich. Bash. Bashir Hanlon. Der nie etwas verkompliziert. Der keine Fehler macht.

Und dennoch habe ich das Gefühl, als würden sich unsere Gesichter annähern. Kaum merklich wandert meins ein paar Zentimeter in ihre Richtung. Und ihres mir entgegen. Oder spinne ich? Bilde ich mir das nur ein? Diese kribbelige, flirrende Stimmung, die auf einmal herrscht? Ist sie real?

»Du würdest ...«, sagt Camille, und jetzt bin ich mir sicher.

»Ich würde ...« Sie küssen. Sag es. Sag, dass du sie küssen würdest. Weil das ein Fehler wäre, der es wert sein könnte, begangen zu werden. »Ich würde dich ...« Ist es leichter, es einfach zu tun, als es auszusprechen? Wenn ich mich nur noch ein bisschen weiter vorbeuge ... Ich meine, ihre Körpersprache ist eindeutig, oder? Nur Ja heißt Ja. Aber das ist ein Ja, oder? Ich will es. Und ich bin mir sicher, sie will es. Wir sind zwei erwachsene Menschen in einer aufgeheizten Situation. Noch zehn Zentimeter. Acht. Sechs.

In diesem Moment klingelt mein Handy.

Ich zucke zusammen. Zucke von Camille weg, als wäre ich gerade aufgewacht. Was tue ich hier?

»Vielleicht werden wir befreit«, sagt Camille und verzieht den Mund zu einem Lächeln. Und auch das würde ich mit meiner Zunge gern kosten, aber der rationale Teil in mir hat wieder die Oberhand.

»Ja«, sage ich, und meine Stimme klingt seltsam hohl.

Ich greife nach meinem Handy, aber meine Bewegungen sind fahrig, und es rutscht durch meine Ungeschicklichkeit vom Tisch. Auf dem Boden klingelt es weiter, mit dem Display nach unten. Mit jeder Vibration schiebt es sich ein paar Millimeter in meine Richtung.

Endlich hebe ich es auf, doch der Name auf dem Display ist nicht Coulters oder Evies. Sondern Lauras.

Laura ruft mich an in dem Moment, da ich eine andere Frau küssen will. Wie schlecht kann Timing sein? Andererseits, vielleicht hat sie mich auch vor einem schlimmen Fehler bewahrt.

»Ich muss da kurz ...« sage ich entschuldigend zu Camille, die immer noch lächelt.

»Klar.« Sie greift nach ihrer Cola und nimmt einen Schluck, während ich mich mit dem klingelnden Handy in der Hand an ihr vorbeistehle.

Ich gehe mit schnellen Schritten in mein Büro, schließe die Tür, um Lauras Privatsphäre zu wahren. Ich bin mir ziemlich sicher, es wäre ihr nicht recht, wenn sie wüsste, dass jemand etwas von ihrer verkorksten Beziehung mitbekommt, auch wenn es nur eine Fremde ist. Eine Fremde, die ich beinahe geküsst hätte.

Mein Finger schwebt über dem grünen Hörer. Doch es passiert nichts. Ich nehme den Anruf nicht entgegen. Ich kann mich nicht daran erinnern, das schon einmal gemacht zu haben. Manchmal verpasse ich Anrufe, weil ich gerade nicht auf mein Handy sehe. Oder Sport mache. Oder was auch immer. Dann rufe ich sofort zurück, sobald ich den Anruf in Abwesenheit sehe. Aber in meinem gesamten Leben habe ich noch nie auf ein klingelndes Telefon gestarrt und bin nicht rangegangen. Schon gar nicht bei Laura. Denn Laura ist meine Freundin. Sie braucht mich vielleicht. Und dennoch lasse ich das Handy klingeln. Weil es nicht meine Verantwortung ist. Weil Laura ihre eigenen Entscheidungen getroffen hat, und – wie Louise nicht müde wird zu erwähnen – diese Entscheidung beinhaltet nicht mich. Es fühlt sich falsch an und gleichzeitig befreiend.

Und dann höre ich Camilles Stimme aus dem Hauptraum. Und eine tiefere. Coulters. Er ist zurück.

21
Jethro

Inspiration für ein Buch ist etwas anderes als Inspiration für ein Graffiti. Letzteres ist Teil meiner Identität. Dazu gehört der Nervenkitzel. Die Aufregung, die sich bereits Wochen vorher in mir breitmacht, wenn ich einen Gedanken zu einem Gedicht heranreifen lasse. Die Anonymität der Dunkelheit macht es leichter, den Ideen keine Grenzen zu setzen. Und so kommen sie von ganz allein.

Die Tatsache jedoch, dass jemand anderes – Bash Hanlon – diese noch rohen Gedanken vorab lesen wird ... dass ich zwar nicht mit meinem Namen und nicht mit meinem Gesicht, sehr wohl aber mit den Erwartungen, die an mich gestellt werden, auf diesem Buch stehen werde, lähmt die Kreativität.

Die Tatsache, dass er nach Titelideen gefragt hat. Nach einer ersten Auswahl der Gedichte, die über Social Media berühmt geworden sind. Nach Wünschen für ein Cover oder einem Illustrator oder einer Illustratorin. All das macht diese Herausforderung zu einer realen Hürde, von der ich nicht weiß, ob ich ihr gewachsen bin. Ich wusste es von Anfang an nicht, aber aus anderen Gründen. Und nun ... sitze ich hier. An meinem Schreibtisch. Und suche in meinem Kopf nach Antworten.

Nicht alle Gedichte, die ich gesprayt habe, werden ihren

Weg in das Buch finden. Aus einigen bin ich rausgewachsen. Andere sind aus einer Laune heraus entstanden, an die ich nicht zurückdenken will. Wut. Enttäuschung. Frustration. Andere wiederum fühle ich trotz Wut, Enttäuschung, Frustration immer noch wie vor ein paar Jahren und möchte sie gerne gedruckt sehen.

Gedruckt ... auch das ist so eine Sache. Wenn man ein Gedicht in den urbanen Raum sprayt, hofft man natürlich, dass es bleibt. Für eine Weile. Aber Graffitis werden übermalt. Werden übersprayt. Werden entfernt. Es ist ein Kreislauf. Während das gedruckte Wort bleibt. Stein versus Papier. Stein, Papier. Schere, Stein, Papier. Rock, Paper, Scissors. Oder in meinem Fall: Rock, Paper, und dann?

In diesem Moment lasse ich den Stift, mit dem ich die ganze Zeit herumgespielt habe, fallen. Ich halte ihn einfach nicht mehr, als hätte etwas ausgesetzt, und er fällt auf meine Tischplatte, kullert ein paar Zentimeter und bleibt dann liegen. Rock, Paper, [...]. Das ist er. Der Titel. Der Titel meines Buchs. Der Stein, der meine Leinwand war. Jetzt das Papier als logische Fortführung. Und dann die Leerstelle der Zukunft. Die Ungewissheit. Die Furcht.

Rock, Paper, [...]. Sofort will ich eine E-Mail schreiben, aber dann entscheide ich, dass ich ihn noch einen Moment nur für mich haben will. Den ersten großen Schritt. Ein Schritt für mich. Ein Schritt zu mir vielleicht. Ein Schritt weg von der Furcht. Oder hin zu ihr, aber auf eine versöhnliche Art. Ein Schritt Richtung Leerstelle.

22

Camille

»Hi Dad!«

Er sitzt im Wintergarten auf einem Schaukelstuhl. Schwester Astrid hat mich gerade hergebracht und räumt jetzt im Hintergrund ein Mühlespiel auf, während ich mich behutsam nähere.

»Hi, ich bin's, Camille.« Ich gehe um den Stuhl herum und vor ihm in die Hocke. Seine Augen wirken glasig, sein Blick schweift in die Ferne, ohne dass es den Anschein hat, er würde wirklich etwas ansehen.

»Mhm«, macht er und fängt an, hektischer vor- und zurückzuschaukeln.

»Ich bin deine Tochter, Dad.« Vorsichtig nähere ich mich mit meiner Hand der seinen. Ich will nicht übergriffig sein, aber Berührung, sagt Schwester Astrid, ist gut für die Bindung. »Camille?«

Sein Schaukeln wird wieder etwas langsamer, und er senkt den Blick, bis er auf mir zu liegen kommt.

»Hi«, sage ich noch mal. Ganz sanft. »Schön, dich zu sehen.«

Er nickt langsam, dann streckt er seine Hand aus und legt sie mir auf den Kopf. »Meine Tochter«, sagt er, und ich nicke und spüre das Gewicht seiner schweren väterlichen Hand auf meinem Haar. »Goo goo g'joob.«

»Goo goo g'joob«, erwidere ich sanft. »Wie geht's dir? Hast du einen guten Tag?«

»Langweilig«, sagt Dad, zieht seine Hand langsam zurück und zuckt mit den Schultern.

»Willst du was machen? Spazieren gehen? Bisschen frische Luft? Oder was spielen?« Dad kann eigentlich nicht mehr spielen, aber ab und zu stellen wir ein Mensch-ärgere-dich-nicht-Spielbrett auf, und er würfelt ein paarmal.

»Mhm«, brummt er wieder, macht jedoch keine Anstalten, sich aus seinem Stuhl zu erheben.

»Also hierbleiben?«, frage ich weiter.

»Magst du Kaffee?«, will er wissen, statt mir eine Antwort zu geben.

»Äh, okay, klar.«

»Bedienung?«, ruft er und schnipst mit den Fingern. Eine Geste, die mir in der echten Welt vor jeder Kellnerin und jedem Kellner peinlich wäre.

Ich sehe mich nach Schwester Astrid um, kann sie aber nirgends mehr sehen. »Soll ich uns welchen holen?«

»Ja, aber den guten.«

»Warte hier«, sage ich und mache mich auf den Weg in die Kaffeeküche. Normalerweise gibt es keinen Kaffee außer der Reihe. Frühstück um sechs Uhr dreißig, Mittagessen um zwölf, Kaffee um fünfzehn Uhr und Abendessen um sechs. Aber meistens machen sie eine Ausnahme, wenn man nett fragt.

So auch heute, und ich kehre mit zwei dampfenden Tassen Kaffee (nicht der gute) zurück in den Wintergarten, wo Dad immer noch in seinem Schaukelstuhl sitzt.

»Sie hatten nur den«, sage ich.

»Hast du trotzdem Trinkgeld gegeben?«, fragt Dad.

»Natürlich.«

»Gut.« Er setzt die Tasse an seine Lippen und kippt den Kaffee in einem Zug hinunter.

»Okay«, sage ich und muss vorsichtig grinsen, weil er offenbar wirklich große Lust auf Kaffee hatte. Und jede dieser

Regungen, alles, was zeigt, dass er noch Wünsche und Bedürfnisse und Lust auf Kaffee hat, erinnert mich daran, dass er
mein Dad ist.

»Langweilig«, sagt er dann wieder und zeigt durch die
Glasscheibe nach draußen.

»Aber manchmal sieht man Rehe«, werfe ich ein.

»Langweilig.«

»Rehe findest du auch langweilig? Soll ich dir was erzählen?«

Er nickt.

»Was willst du hören? Geschichten von früher? Von Mom?
Von ... Mara?«

»Von jetzt. Von dir.«

Das überrascht mich so sehr, dass ich aus Versehen etwas
Kaffee auf meine Hose schütte. »Von mir?«

Wieder nickt er. Dann wendet er den Kopf um, sodass er
mich ansehen kann. »Von dir.«

Aber du weißt, dass ich Camille bin, oder?, will ich fragen.
Doch die Sorge, dass dann herauskommt, dass er eine Geschichte von Mara hören möchte, sticht schmerzhaft in meinem Bauch. Also suche ich fieberhaft nach etwas, das ich ihm
erzählen könnte. Etwas von der Arbeit? Aber das ist auch
langweilig. Vom Herbst, den wir beide früher geliebt haben?
Aber den hat er schließlich vor der Nase. Von Jethro? Aber
dann kommt er wieder durcheinander.

»Ich hätte gestern fast jemanden geküsst«, sage ich, und als
ich es laut ausspreche, kehrt die Erinnerung an den Abend
mit Bash mit einem Mal in aller Schärfe zurück. Die Art, wie
er mich angesehen hat. Die Dinge, die er gesagt hat. So wohl-
tuend und doch so zwecklos. Das, was er mir über sich offenbart hat. Der Fehler, den er machen würde, bei dem es sich
eindeutig um diesen Kuss gehandelt hätte. Und ich hätte ihn
geküsst. Ich wollte ihn küssen, obwohl ich eigentlich niemanden mehr küssen wollte, der mich nicht um meinetwillen küssen will. Aber gestern wäre es mir zum ersten Mal seit langer

Zeit egal gewesen, und ich frage mich, ob es Bashs Blicke sind. Oder seine Wärme. Oder die Ruhe. Oder seine Begeisterung für das, was er tut.

»Einen jungen Mann?«, fragt Dad, und ich war so in Gedanken, dass ich fast vergessen hatte, wo ich bin.

»Ja.«

»Kann er für dich sorgen?«

»Er muss nicht für mich sorgen.« Erstens, weil ich für mich selbst sorgen kann, und zweitens, weil wir uns ja nicht einmal wirklich geküsst haben.

»Ein Mann sollte in der Lage sein, für seine Frau zu sorgen.«

»Früher vielleicht, Dad. Aber die Zeiten haben sich geändert.«

»Ich habe für deine Mutter gesorgt.«

»Das hast du.« Bis er nicht mehr arbeiten konnte zumindest. Für meine Mutter und für uns. Auch nachdem sie ihn rausgeworfen hatte.

»Ist er nett?«

Ich nicke. »Sehr nett.«

»Wirst du ihn wiedersehen?«

»Ja.« Aber die Frage ist, ob die Stimmung zwischen uns dann immer noch so flirrt. Oder ob es der Menge an Coke Zero geschuldet war, die wir getrunken hatten. Oder dem Sushi, das zwar noch gut geschmeckt hat, aber vielleicht doch schon den einen Tag zu lange im Kühlschrank gestanden hatte. Oder er kommt wieder zu Sinnen und stellt fest, dass er eben doch keinen Fehler machen will. Den Fehler, mich zu küssen. Und ein Fehler wäre es. Nicht nur, weil wir professionell bleiben sollten, sondern auch, weil es ihm nicht um mich gehen kann, wo doch nicht einmal ich weiß, wer ich bin.

»Bist du verliebt? Ist er verliebt?«

»Nein.« Ich lache. Aber ich könnte es sein. Ich könnte mich in ihn verlieben, wenn ich es zulassen würde. Und ich würde es wahrscheinlich wollen.

»Deine Mutter und ich, wir sind sehr verliebt.«

»Ich weiß«, sage ich und schlucke. Denn meine Eltern waren wirklich sehr verliebt. Mein Dad hat meine Mom auch geliebt, während er sie betrogen hat. Daran hat Mom nie gezweifelt. Und Mara und ich eigentlich auch nicht. Aber manchmal reicht Liebe nicht. Das wissen wir jetzt alle. Alle außer Dad, der es vergessen hat.

»Manchmal fahren wir zusammen ein Wochenende weg. Nur sie und ich. Das ist in Ordnung, oder?«

»Natürlich.« Ich lege meine Hand auf sein Bein. Es ist dünn. Knochig beinahe. »Mara und ich schauen dann allerdings viel zu viel fern und essen viel zu viel Eiscreme.«

Er lacht. »Das behalte ich für mich.«

Auf einmal beginnt er wieder, schneller zu schaukeln. Seine Atmung beschleunigt sich. Das ist nicht gut.

»Dad?«

Er sagt nichts. Starrt einfach geradeaus und krallt sich in die Armlehnen des Schaukelstuhls.

»Dad!«

»Wo ist sie?«, fragt er.

»Wo ist wer?«

»Lizzy.«

»Sie ist arbeiten«, sage ich. Das stimmt sogar. Mom hat diese Woche Spätdienst.

»Ich will sie sehen!«

»Sie kann nicht einfach aus der Arbeit weg, das weißt du doch.«

»Sie kommt nicht mehr.«

»Was meinst du damit?«

»Sie kommt nicht mehr.« Sein Atem wird noch schneller, und er beginnt jetzt, mit den Händen im Takt seiner Worte auf die Armlehnen zu schlagen. »Sie kommt nicht mehr! Sie kommt nicht mehr!«

»Hey, alles gut. Ich sage ihr, dass sie dich besuchen soll, in Ordnung?« Ich erhebe mich von meinem Stuhl, knie mich vor ihn, versuche, seinen Blick mit meinem festzuhalten, doch er sieht überallhin, nur nicht zu mir.

»Es ist meine Schuld.« Er umklammert seine Armlehnen nun so fest, dass die Knöchel weiß hervortreten. »Meine Schuld.«

»Nein, Dad. Es ist alles gut.« Er soll sich nicht an die Trennung erinnern. Beim letzten Mal, als ihm eingefallen ist, was er getan hat, ging es ihm schlagartig schlechter.

»Meine Schuld«, wiederholt er. »Was ist passiert?« Jetzt führt er seine linke Hand zu seinem Gesicht. Dort, am Daumen, ist die Haut bereits vernarbt. Und bevor ich noch etwas tun kann, beißt er zu. Auf genau die Stelle, auf die er seit Jahren beißt, wenn er merkt, dass er etwas wissen müsste, aber einfach nicht mehr an die Information herankommt.

»Dad, nein.« Ich versuche, behutsam und beruhigend auf ihn einzureden. »Es ist alles gut. Du musst dir keine Sorgen machen, okay?« Gleichzeitig streiche ich ihm über den Arm und versuche vorsichtig, die Hand aus seinem Biss zu befreien.

Ein Laut der Verzweiflung entweicht ihm. Eine Mischung aus Schreien und Stöhnen, gedämpft durch die Hand in seinem Mund, an der nun Spucke hinunterläuft. Bald wird sie sich mit Blut vermischen, wenn er nicht locker lässt.

Ich muss Hilfe holen, aber ich kann ihn nicht allein lassen. Und ich kann auch nicht rufen, weil ihn das nur noch mehr aufwühlen würde.

»Dad? Hey Dad, schau mich an. Ich bin's, Camille. Deine Tochter. Goo goo g'joob. Es ist alles gut, okay? Lizzy kommt bald. Sie muss in der Arbeit noch was fertig machen.« Ich hasse es, ihn anzulügen, aber er soll auch nicht wieder tagelang auf einem Verband herumkauen, in dem sich wer weiß welche Keime festsetzen. »Dad, bitte. Lass los.« Ich streiche ihm über die Wange, ziehe erneut vorsichtig an seiner Hand, doch er beißt zu fest zu. »Ich bin's, Camille«, sage ich wieder, doch er reagiert nicht. »Dad, ich bin Mara.«

Und in diesem Moment sieht er mich an. Sofort entspannen sich seine verkrampften Muskeln, und er öffnet den Mund. Ich nehme seine spuckenasse Hand in meine, sehe die Bissspuren, die seine Zähne hinterlassen haben. Gott sei Dank blutet er nicht.

»Mara«, wiederholt er. Dann kullert eine Träne seine Wange hinab. Und im nächsten Moment auch mir.

Würde ich rauchen, wäre jetzt der Moment, um mir eine Zigarette anzuzünden. Stattdessen atme ich tief ein, bis meine Lungen komplett mit der feuchtkalten Herbstluft erfüllt sind. Dann stoße ich sie langsam wieder aus. Die Sonne ist bereits untergegangen, und im dämmrigen Zwielicht wirken die Lichter der Einrichtung, in der Dad lebt, noch klinischer als ohnehin schon.

Ich wende mich um, blicke nach vorne, auch wenn mein Kopf noch drinnen bei ihm ist. Und bei Schwester Astrid und Schwester Kirsty, mit denen ich über seinen kleinen Anfall gesprochen habe. Beide haben mir versichert, dass ich richtig gehandelt habe. Aber es fühlt sich an wie die größtmögliche Lüge, die ich imstande bin zu erzählen. In Maras Rolle zu schlüpfen, sollte nicht einmal die letzte Bastion sein. Es ist das größte Tabu, das ich selbst habe.

Denn natürlich war es nicht damit getan, dass ich Dad aus seinem Nicht-Erinnerungs-Erinnerungs-Knoten befreie. Natürlich hat er danach Fragen gestellt. Was die Musik macht. Was mein Leben. Warum ich so lange nicht da war. Und ich habe Antworten gegeben. Als Mara. Wie früher. Und wie früher hat es sich angefühlt, als würde ich etwas von mir aufgeben. Nur dass ich heute nicht mehr weiß, was es ist, weil ich mich einfach in mir selbst versteckt habe und nicht mehr herauskomme oder so ähnlich.

Bei Bash wäre ich fast herausgekommen. Zumindest hat es sich so angefühlt. Als würde er mich aus mir selbst herausdestillieren wollen. Als könnte er mit seinem Blick sehen, wo ich bin. Wer ich bin. Und dieses Gefühl ... ist in ein anderes Gefühl umgeschwenkt. In das Gefühl, um meiner selbst willen von ihm geküsst zu werden. Und dann wurde daraus nur noch die Sehnsucht, von ihm geküsst zu werden. Und jetzt denke ich schon wieder daran, obwohl ich mich gerade von meinem kranken Vater verabschiedet habe und weiß Gott andere Prioritäten in meinem Leben haben sollte als eine verpasste Chance, mit einem guten Kerl herumzuknutschen.

Ich stecke meine Hände in die Taschen meines Mantels und gehe die drei Stufen hinunter. Es ist ein langer Fußweg nach Hause, aber der Wind und die kalte Luft tun mir gut. Bringen meinen Kopf hoffentlich zur Ruhe. Vertreiben die Bilder meines Dads, wie er sich in die eigene Hand verbeißt, weil er den Stress und den Schmerz des Vergessens und des Vergessen-Habens nicht mehr erträgt.

Doch es sind weder Wind noch Kälte, sondern andere Bilder, die einfach die Realität dessen, was geschehen ist, überlagern. Statt des glasigen Blicks meines Dads sehe ich Bashs intelligente dunkle Augen vor mir. Statt *Ich bin Mara* höre ich *Wenn ich dich sehe, weiß ich auch, dass du nicht ich bist,* und ich habe keine Ahnung, warum es ausgerechnet dieser Satz ist, der mir in den Sinn kommt. Vielleicht weil Bash so sicher geklungen hat. Als wäre es gar keine Frage, wo man anfängt und wo man aufhört.

Meine Finger beginnen zu kribbeln. Und von meinen Fingern breitet sich dieses Gefühl überallhin aus. Es ist nicht die Kälte, so viel steht fest, denn meine Hände sind warm in meinen Manteltaschen. Es ist das Gegengewicht. Bash als Gegengewicht zur drückenden Last meines Lebens. Camilles Lebens.

Das Kribbeln wächst. Wächst zu einem Sehnen nach diesem Gefühl, das ich mit Bash im Verlagsbüro hatte. Wächst zu einem Bedürfnis. Zu einem tiefen Drang, es wieder zu fühlen. Wieder ein bisschen zu mir zu werden. Ich ziehe mein Handy aus der Tasche und öffne seine letzte E-Mail an mich, um seine Worte gegen die Sehnsucht zu lesen.

Liebe Camille,

Coulter sagt, jetzt ist alles in bester Ordnung, der Vertrag
ist rechtsgültig.
Danke für deinen Besuch. Und entschuldige noch mal, .
dass wir eingesperrt waren.

Viele Grüße
Bash

Wenn man ein bisschen auf einen Kerl steht und gleichzeitig ein Overthinker ist – so wie ich –, interpretiert man in alles etwas hinein. Warum sagt er »Viele Grüße«? Warum nicht
»Liebe Grüße«? Gleichzeitig schreibt er nicht »Hi Camille«,
sondern »Liebe Camille«. Und vermutlich hat nichts von al-
ledem etwas zu bedeuten, weil da zwar ein Moment war zwischen uns, Bash aber das Richtige tun will und wird und deswegen nichts mit mir anfangen wird.
    Und das ist gut, erinnere ich mich selbst. Denn es würde
nicht um mich gehen. Nicht wirklich. Nicht richtig. Es wäre
eine verschwommene Begierde auf jemanden, der ich sein
könnte. Doch wenn das gut ist, warum nagt es dann so in
mir? An mir? Nagt in meinem Kopf, nagt an Wünschen und
Sehnsüchten herum?

23
Jethro

Das hier ist bescheuert. Es ist der Wahnsinn. Ich bin mir sicher, ich sollte das nicht tun. Es ist ein so enormes Risiko, dass ich mir sicher bin, es zu bereuen. Und doch schreibe ich ihm von einer E-Mail-Adresse, die ich mir vor einiger Zeit zugelegt habe, um ... Kontakt zur Welt haben zu können? Vielleicht. Aber ich habe sie noch nie benutzt.

Ehe ich mich's versehe, tippen meine Finger auf das kleine Plus-Symbol. Ich gebe ein »b« in die Empfängerzeile ein. Ein a. Ein s. Ein h. bash@badgerbooks.com.

Hi Bash, schreibe ich. Und dann passiert es. Einfach so.

wenn du mich in Aktion erleben möchtest, wäre Montagabend die Gelegenheit. In South Portland am südlichen Rand von Cash Corner befindet sich ein Parkhaus. Wenn du von oben Richtung Fore River schaust, siehst du eine einzelne Straßenlaterne vor einer weißen Hauswand. Halte ab null Uhr die Augen offen.

Sei diskret. Stell sicher, dass dir niemand folgt. Mach keinen Lärm, sprich nicht mit mir. Sei unsichtbar.

J.

24

Bash

»Wenn es kein Date ist, warum bist du dann so aufgeregt?«, fragt Evie.

»Hör auf, mir Fragen zu stellen.« Denn ich darf mit niemandem darüber reden, dass ich heute Nacht Jethro sehen werde. Eine Weile habe ich mit mir selbst gehadert. Kam die E-Mail von ihm? Was, wenn ich mich zum Narren halten lasse? Was, wenn Coulter sich einen Scherz erlaubt? Aber ich muss es herausfinden.

»Dann gib mir irgendwas!«

»Ich gehe mit einer alten Freundin was trinken, genauso wie du ein Stipendium an der Uni hast, okay?«

»Das sind zwei völlig verschiedene Dinge«, sagt Evie und schiebt einen Stapel mit Büchern, der von Tag zu Tag wächst, beiseite, um Platz für ihr sehr spätes Abendessen zu machen.

»Kaufst du das dann nach?«, frage ich, weil sie natürlich die letzten Nudeln mit Fertigsoße gekocht hat.

»Klar.« Sie grinst. »Genauso, wie du mit einer alten Freundin was trinken gehst.«

Ich seufze. »Bitte räum ein bisschen auf, ja?«

»Es *ist* aufgeräumt.« Wie zum Beweis macht sie ein Eselsohr in das Buch, das aufgeschlagen über der Sofalehne lag, und platziert es auf dem Stapel.

»Und geh noch mal die Wohnungsanzeigen durch.«

»Ich wohne auch so gern mit dir zusammen!«

»Die Einzimmerapartments, Evie.«

Sie kichert. »Ich weiß schon. Keine Sorge. So toll finde ich es nicht, von morgens bis abends von dir zurechtgewiesen zu werden. Nirgendwo hat man seine Ruhe.«

Ich will etwas Tadelndes erwidern, aber sie grinst mich so frech an, dass ich nicht anders kann, als wieder weich zu werden.

»Und jetzt geh und mach dir einen schönen Abend. Und tu nichts, was ich nicht auch tun würde.«

»Glaub mir, Evie«, sage ich, während ich bereits die Tür öffne, »ich würde nicht einmal den Bruchteil der Dinge tun, die du tust.«

Ich höre gerade noch, wie Evie mir »Langweiler!« hinterherruft, dann ziehe ich die Tür von außen zu.

South Portland ist bei diesen Temperaturen zu weit für das Fahrrad, auch wenn die frische Nachtluft meine angespannte Nervosität etwas dämpfen würde. Stattdessen nehme ich mein altes Auto, das mich schon mehr als einmal im Stich gelassen hat. In Momenten wie diesen wünschte ich, ich hätte eine funktionierende Karre, obwohl ich eigentlich gerne Rad fahre. Oder ich wünschte zumindest, ich würde an die Macht von Gebeten glauben, dann würde ich beten, dass es wenigstens nicht auf der Casco Bridge absäuft.

Unter der Woche herrscht um diese Uhrzeit kaum Verkehr auf den Straßen Portlands, viele der Ampeln blinken nur noch gelb, sodass ich abgesehen von einem Stoppschild nicht ein einziges Mal anhalten muss, bis ich es zur Brücke geschafft habe.

Das schwarze Wasser funkelt in der Dunkelheit links und rechts von mir. In der Ferne erkenne ich das Licht des Leuchtturms, der einsam in die Nacht hineinstrahlt. Ich fühle eine seltsame Verbundenheit zu ihm. Er und ich, die einzigen beiden, die um diese Zeit wach sind. Er, ich und Jethro, den ich vielleicht gleich live erleben werde. Als einziger Mensch, den ich kenne. Vielleicht als einziger Mensch jemals – abgesehen von Camille wahrscheinlich.

Mein Herz sollte nicht hüpfen, wenn ich an ihren Namen denke. Oder wenn ich mir vorstelle, dass wir so kurz davor waren, uns zu küssen. Und dann überkommt mich sowohl Erleichterung, dass Laura mich vor einem Fehler bewahrt hat, als auch ein ungeheures Bedauern, weil es vermutlich der beste Fehler gewesen wäre, den man machen kann.

Auf der anderen Seite der Casco Bridge beginnt South Portland. Ich bin nicht oft hier, aber kenne mich einigermaßen aus. In der Dunkelheit bin ich dennoch dankbar für die Handystimme, die mir sagt, dass ich an der Kreuzung links abbiegen soll. Die Ampeln hier sind komplett ausgeschaltet und wiegen sich an den Leitungen, die über die Straße verlaufen, im Wind. Ein Diner preist in Leuchtschrift Vierundzwanzig-Stunden-Stunden-Service an, doch das Innere des Ladens ist stockdunkel und der Parkplatz wie ausgestorben.

Ich folge der Handystimme die Broadway Street entlang, biege dann erneut links ab. Hier befinden sich ein paar Wohnhäuser, ein Supermarkt, und dann kommt das Parkhaus in Sicht, wie es Jethro oder wer auch immer beschrieben hat. Ich setze den Blinker, löse ein Ticket. Die Schranke öffnet sich, und ich fahre hinein. Über das erste Parkdeck, auf dem abgesehen von wenigen vereinzelten Wagen alles leer ist. Auf dem zweiten befinden sich sogar noch weniger Autos. Und bevor ich noch in die oberste Etage komme, fängt der Motor meiner Schrottkarre an zu zittern.

Wahrscheinlich sollte ich dankbar sein, dass er erst jetzt beschlossen hat, den Dienst einzustellen, aber die Aussicht, für den Rückweg ewig lange auf ein Uber warten zu müssen, horrende Parkgebühren, weil mein Auto über Nacht hier stehen wird, und den Abschleppdienst zu zahlen, entlockt mir dennoch ein lautes Seufzen.

Der Wagen rollt gerade so auf einen freien Parkplatz, dann bleibt er stehen. Um sicherzugehen, drücke ich noch einmal auf den Startknopf, doch abgesehen von einem traurigen Husten passiert nichts.

»Immerhin nicht auf der Brücke«, sage ich zu meinem Auto und zu mir gleichermaßen. Dann steige ich aus und sehe mich nach dem Treppenhaus um. Ich folge den grünen Schildern, schiebe eine schwere Glastür auf. Ein leichter Geruch nach Urin schlägt mir entgegen, und ich entscheide mich für die Treppe, statt auf den Aufzug zu warten.

Immer zwei Stufen auf einmal nehmend, beeile ich mich, nach oben zu kommen. Dort erwartet mich eine weitere Glastür, dann trete ich nach draußen. Hier oben ist es windiger als vor meinem Haus drüben in Portland. Ich habe gute Sicht aufs Wasser und die Lichter der Stadt auf der anderen Seite. Langsam nähere ich mich der Mauer und werfe einen Blick nach unten. Und genau wie es in der E-Mail stand, finde ich die einsame Straßenlaterne. Jetzt heißt es warten.

Ich habe den Kragen meines Mantels gegen die Kälte aufgestellt, trotzdem pfeift der Wind durch den Stoff und lässt mich erschauern. Meine Hände halte ich mir vor den Mund, wärme sie an meinem Atem. Wie gerne würde ich mich durch Bewegung warm halten. Aber ich soll mich ruhig verhalten. Und Herumhampeln ist ungefähr das Gegenteil davon.

Ein Motorengeräusch lässt mich zusammenzucken. Irgendjemand scheint seinen Wagen zu dieser nächtlichen Stunde noch abzuholen. Im nächsten Moment sehe ich tatsächlich die Autoscheinwerfer aus dem Parkhaus fahren.

Die Straße unter mir, die sich um die Ecke von Ein- und Ausfahrt befindet, liegt immer noch in völliger Einsamkeit. Ich werfe einen Blick auf meine Handyuhr. Seit fünfzehn Minuten bin ich nun schon hier. Starre auf den Lichtkegel der Straßenlaterne, warte. Irgendwo bellt ein Hund. Einmal meine ich Stimmen zu hören, aber niemand nähert sich.

Fünfundzwanzig Minuten. Ob Jethro es sich anders überlegt hat? Erneut zücke ich mein Handy, um zu überprüfen, ob er oder wer auch immer vielleicht noch mal geschrieben hat. Für einen Augenblick denke ich daran, was ich mit Coulter anstellen werde, wenn sich das wirklich als einer seiner Scherze herausstellen sollte.

Doch dann ist da plötzlich ein Schatten. Ich habe mal irgendwo gelesen, dass Jethro sehr schnell arbeitet. Ich weiß nicht, ob das nur eine Vermutung war oder ob diese Person es wusste. Aber natürlich – wer nicht erkannt, wer nicht gefasst werden will, muss schnell sein.

Der Schatten huscht hinter parkenden Autos entlang. Ich kann ihn nicht lange genug fixieren, um mehr zu erkennen, als dass er komplett in schwarz gekleidet ist und eine Maske trägt.

Dann tritt er in den Lichtkegel. Mein Herz setzt einen Schlag aus, denn alles, was ich je über Jethro vermutet habe, ist in dieser Sekunde widerlegt. Alles, was ich je über ihn gelesen habe. Denn Jethro ist …

25
Jethro

Ich weiß, dass ich beobachtet werde. Ich weiß, dass Bash Hanlon irgendwo dort oben steht und mich sieht. Und dieser Gedanke ist beängstigend und gut gleichermaßen. Er macht, dass ich meine eigenen Bewegungen viel deutlicher wahrnehme. Wie durch die Augen eines Fremden. Er macht, dass meine Finger prickeln wie beim ersten Mal, als ich meine Gedanken nicht zu Papier, sondern zu Stein gebracht habe.

Dennoch darf ich mich von dem Gefühl seines Blicks auf meinem Rücken nicht zu sehr ablenken lassen. Ich muss funktionieren, denn auch wenn es sich anfühlt, als wären da heute Abend nur er und ich, muss ich wachsam sein. Um meinetwillen, um des Buches willen.

Ich ziehe die Stencils aus meinem Rucksack, befestige einen nach dem anderen an der Wand, bis sie das fertige Gedicht ergeben. Der Untergrund ist ideal, nicht zu glatt, nicht zu rau. Er wird die Farbe perfekt aufnehmen.

Aus meinem Rucksack hole ich die Sprühdose. Rosa Farbe auf weißem Untergrund. Ich schüttle sie, das bekannte Klackern ertönt. Gerade will ich loslegen, als ich ein Geräusch höre, das mich für einen Moment innehalten lässt. Ein herannahendes Auto. Doch im nächsten Moment ist es wieder still, und ich setze die Sprühdose erneut an.

26

Bash

... eine Frau! Ich traue meinen Augen kaum. Jethro hat für einen Moment innegehalten, sich nach dem Auto umgesehen, das in einiger Entfernung vorbeigefahren ist. Er ist vorsichtig. Nein, sie, korrigiere ich mich. Sie ist vorsichtig. Denn Jethro ist weiblich. Dieser Gedanke schafft mich, obwohl ich sie nun seit einigen Minuten beobachte. Ihre Bewegungen, die so geschmeidig, so weich, so perfekt choreografiert wirken. Ich kann den Blick nicht von ihr abwenden. Mein Herz hämmert wie wild in meiner Brust, als sie erneut die Sprühdose schüttelt.

Wieder hört man ein Auto, doch diesmal lässt Jethro sich nicht aus der Ruhe bringen. Ich blicke mich kurz um, einfach nur, um sicherzugehen, und sehe Licht. Aber es ist nicht nur das normale Scheinwerferlicht, sondern zusätzlich rotes und blaues Blinken, das für Jethro hinter dem Parkhaus verborgen ist. Dann wird eine Autotür zugeschlagen, und gedämpfte Stimmen dringen an mein Ohr.

Ich blicke zu Jethro. Sie ist bereit, zu sprayen, sieht sich noch einmal um. Ich würde gern etwas rufen, habe aber Angst, die Polizisten damit in ihre Richtung zu lotsen. Hinter dem Parkhaus bewegen sich nun zwei Gestalten mit Taschenlampen Richtung Jethro. Sie kommen näher. Und sie merkt es nicht. Verflucht!

Ich muss sie warnen. Aber wie?

Ein weiterer Blick zurück zeigt mir, dass die Polizisten definitiv in ihre Richtung kommen. Sie leuchten in Einfahrten und Hauseingänge. Und obwohl ich wirklich nicht Gefahr laufen will, ihnen in die Arme zu rennen, fasse ich einen Entschluss. Ich sprinte los, zur Glastür. Im hellen Licht des Treppenhauses rase ich die Stufen hinunter. Eine Etage nach der anderen. Die Polizisten waren langsam unterwegs, sodass ich guter Dinge bin, vor ihnen bei Jethro anzukommen. Gleichzeitig habe ich die Worte aus Jethros E-Mail im Kopf. Denn ich bin mir nun sicher, dass sie von ihr kam. *Mach keinen Lärm, sprich nicht mit mir. Sei unsichtbar.* Aber sie wird doch wohl kaum erwarten, dass ich tatenlos zusehe, wie zwei Cops sie auf frischer Tat erwischen?

Unten angekommen, muss ich mich kurz orientieren. Der Ausgang stellt einen zu großen Umweg dar, aber ich kann über die Betonabsperrung gegenüber der einzelnen Straßenlaterne klettern. Ich renne durch das verlassene Parkhaus, vorbei an den einsamen Autos, bis ich die Kopfseite erreicht habe. Ich stütze mich auf der Mauer ab, und mit einem behänden Satz, der mich selbst überrascht, springe ich darüber. Hinter parkenden Autos ducke ich mich, für den Fall, dass mich jemand beobachtet. Jemand, der die Polizei verständigt hat. Dann sehe ich die Lichtkegel der Taschenlampen am Straßenanfang.

Ohne nachzudenken, renne ich über die Straße. »Jethro«, flüstere ich. »Hey!« Ich versuche, so leise wie möglich zu sein, aber doch laut genug, dass sie mich hört. Sie duckt sich ebenfalls und ist im nächsten Moment verschwunden.

»Stehen bleiben!«, ruft nun einer der Beamten, und Adrenalin rauscht durch meine Adern. Verfluchter Mist, wo soll ich hin? Ich befinde mich nun direkt neben der Straßenlaterne, direkt vor den Schablonen, die Jethro befestigt hat. Doch ich habe keine Zeit, mir das Gedicht, das sie nun nicht mehr sprayen wird, anzusehen, denn ich brauche ein Versteck.

Von Jethro fehlt jede Spur. Ich Esel, was habe ich mir nur dabei gedacht, meinen Posten zu verlassen? Natürlich kann sie auf sich selbst achtgeben. Sie braucht keinen Aufpasser, das hat sie in den letzten Jahren eindrucksvoll bewiesen. In diesem Moment allerdings brauche ich selbst einen, denn ich höre die schnellen Schritte der Cops in meinem Rücken. Sie werden denken, dass ich ... und mit meinem Aussehen ... und wie heißt noch mal der neue Right Fielder der Portland Sea Dogs?

Hektisch blicke ich mich um. Links und rechts stehen Häuser, aber ich kann nicht durch Vorgärten fliehen wie in einem schlechten Hollywood-Film. Ich bin nicht unsportlich, aber jemand wie ich sollte niemals vor Polizisten davonlaufen. Auf jemanden wie mich wird sonst geschossen.

Ich höre, wie sie näher kommen. »Bleiben Sie stehen!«, ruft der eine, aber ich kann nicht stehen bleiben. Ich kann nicht abwarten, bis sie mich sehen, bis sie falsche Schlüsse oder noch schlimmer ihre Waffen ziehen. Doch wegrennen kann ich auch nicht. Ich mache zwei Schritte in die eine Richtung, drehe mich um, raufe mir die Haare. Wo soll ich hin? Was soll ich tun? Ich jogge zwei Meter, halte inne. Verdammte Scheiße!

»Bleib stehen, Mann! Hände über den Kopf, dorthin, wo wir sie sehen können!« Das ist der zweite Polizist, und in diesem Moment überkommt mich die blanke Panik.

»Idiot«, höre ich auf einmal eine Stimme aus einer anderen Richtung. Ein gehetztes Flüstern beinahe nur. Dann eine Hand in meiner Hand. Ich blicke neben mich und erkenne Jethro. »Lauf!«, flüstert sie, und dann zieht sie mich mit sich.

»Stehen bleiben, sonst schießen wir!«, ruft der eine Cop, doch ich denke nicht mehr, ich folge Jethro blind. Denn sie scheint einen Plan zu haben. Natürlich hatte sie den. Wie naiv ich war zu denken, ich müsse sie retten. Und jetzt ist sie diejenige, die mich rettet. Buchstäblich.

Wir rennen, Hand in Hand. Sie gibt die Richtung vor. Die Straße entlang, halb geduckt hinter Autos. Dann nach links einen Kiesweg zwischen zwei Häusern entlang. Zu beiden Seiten werden wir von einem hohen Holzzaun flankiert, aber es ist so dunkel, dass ich kaum etwas erkenne. Unsere gehetzten Schritte auf dem Kies dröhnen überlaut in meinen Ohren. Mein eigener Herzschlag kommt mir vor wie Donnergrollen.

Am anderen Ende des Wegs erreichen wir eine weitere Straße. Ein verbeultes Auto steht am Straßenrand, die Häuser liegen in völliger Dunkelheit.

»Weiter«, keucht Jethro. Sie hat meine Hand inzwischen losgelassen, sieht sich nicht um, rennt. Und ich hinter ihr her.

»Wohin?«, frage ich, doch abgesehen von einem »Shhhhh« erhalte ich keine Antwort.

Und dann verschwindet sie plötzlich in einem Hauseingang. Sie ist einfach weg, als hätte die Dunkelheit sie verschluckt, und ich beeile mich, ihr hinterherzukommen. Die Tür ist angelehnt, und im Hausinneren ist es stockdunkel.

»Zur Seite«, flüstert sie, und ich taste mich an der Wand entlang. Unter meinen Schuhen knirscht zerbrochenes Glas.

Ich höre, wie sie versucht, die Tür zu schließen, wie sie sich mit ihrem Gewicht dagegenstemmt, doch sie geht nicht zu.

»Warte, ich helf dir«, sage ich und trete neben sie. Gemeinsam drücken wir, und endlich hört man, wie das Schloss einschnappt.

Wir stehen dicht beieinander, ohne dass man auch nur irgendetwas erkennen könnte. Ich höre ihren Atem. Er geht schnell. Ebenso wie meiner. Mein Herzschlag wummert nach wie vor ohrenbetäubend laut, das Adrenalin rauscht in meinen Ohren.

»Woher kennst du diesen ...«

»Shhhhhh«, macht sie wieder, und im nächsten Moment spüre ich ihre Hand auf meinem Mund. »Sei still.«

Wir drängen uns in die Ecke neben der Tür. Ich spüre ihren Körper an meinem, ihre Hand auf meinen Lippen, die sie dort lässt, um zu verhindern, dass ich noch mal etwas sage. Ich würde ihr gern versichern, dass sie sich keine Sorgen machen muss, dass die Botschaft angekommen ist, aber das würde bedeuten zu sprechen.

Ihre Brust hebt und senkt sich. Jedes Mal, wenn sie einatmet, berührt sie mich. Jedes Mal, wenn ich einatme, berühre ich sie, so dicht stehen wir voreinander. Die Erleichterung, entkommen zu sein, vermischt sich mit der Angst, doch noch entdeckt zu werden. Und über allem liegt flirrende Aufregung gepaart mit diesem Gefühl, lebendig zu sein. So lebendig, dass man es feiern will. So lebendig, dass es irgendwo hinmuss. So lebendig, dass man auf einmal merkt, wie es in der Hose zuckt. So lebendig, dass man Lust hat. Aufs Leben, aufs Lieben, auf Sex. Und im nächsten Moment spüre ich, wie Jethro ihre Hand langsam von meinem Mund löst, als wäre da nun Vertrauen.

Ihr Atem geht immer noch stoßweise, doch nun klingt er anders. Nicht mehr abgehetzt, sondern aufgekratzt. Erwartungsvoll. Neugierig. Und dann ist nicht mehr ihre Atmung der Grund, warum sich ihr Brustkorb gegen meinen drückt, sondern eine bewusste Bewegung. Ein Entgegenkommen. Ein Aneinanderpressen.

Es ist, als wäre da ein Flirren zwischen uns. Ein Knistern und Kribbeln, das sich entladen muss. In diesem Moment sind all meine Sinne geschärft. Ich spüre mit zehnfacher Intensität, höre potenziert, rieche sie, nur sie. Und dann merke ich, wie sie sich auf Zehenspitzen stellt, mir noch weiter entgegenkommt und mit ihren Lippen meine findet.

Im nächsten Augenblick bin ich wie entfesselt. Ich presse sie mit meinem Körper fester gegen die Wand, umfasse ihren Kopf, der immer noch mit dieser Sturmmaske bedeckt ist, obwohl ich ohnehin nichts sehen könnte. Doch ich lasse sie an Ort und Stelle, teile mit meiner Zunge ihre Lippen und dringe in sie ein.

Ihr entfährt ein leises Keuchen, das bewirkt, dass es in meiner Hose heftiger zuckt. Ich stöhne an ihrem Mund, weil das Bedürfnis, ihr in diesem Moment nahe zu sein, so übermächtig ist. Meine Zunge fährt durch ihren Mund, ringt mit ihrer Zunge, ertastet ihre Zähne, ihren Gaumen. Sie erkundet mich ebenso. Nun schmecke ich auch noch intensiver als je zuvor, und ein Schauer der Lust überkommt mich.

Meine Hand wandert an ihrem Körper hinunter, will ihre Form spüren, ihre Hüfte, ihren Po packen, doch sie dirigiert mich höher und legt meine Hand auf ihre Brust. Sofort beginne ich, sie zu kneten, und auf einmal wird der Kuss noch roher. Noch wilder.

Ich weiß nicht, wer von uns beiden den Impuls gibt, doch plötzlich steht sie mit dem Rücken zu mir, und ich presse mich von hinten gegen sie. Umfasse ihre Brüste mit beiden Händen, küsse ihren Nacken. Unser beider Atem ist nun zu einem gierigen Keuchen geworden, ohne dass ich es gemerkt hätte. Mein Verstand hat sich komplett verabschiedet, und die Triebe haben die Kontrolle übernommen. Und ich lasse sie.

Ich taste nach dem Reißverschluss ihrer Jacke, ziehe ihn auf, fahre mit den Händen unter ihr Oberteil, um mehr von ihr zu spüren. Die heiße Haut ihres Bauchs, ihrer Brüste. Gleichzeitig tastet sie mit der Hand nach meinem Schritt und streicht einmal fest über die Beule in meiner Hose, sodass ich scharf die Luft einsauge.

Ich löse meine rechte Hand von ihrer Brust und fahre damit über ihren Bauch nach unten, unter ihren Hosenbund und in ihren Slip. Meine Finger spreizen ihre Vulvalippen, fahren dazwischen hindurch, finden den Weg in sie. Sie ist warm und so feucht, dass ich automatisch stöhne.

Ich will sie. Mein zuckender Schwanz will sie. Doch ich habe kein ... In diesem Augenblick fällt mir etwas ein, und mich überkommt eine beinahe peinliche Dankbarkeit meinem bescheuerten besten Freund gegenüber.

»Ich ...« Ich weiß, ich sollte nicht sprechen, aber ich muss. »Ich habe ein Kondom im Geldbeutel ...«

»Mach«, flüstert sie, und ich krame in der Dunkelheit

die knisternde Packung hervor, die Coulter der zukünftigen Mrs Sherman im *Great Beers* abgekauft hat.

Im nächsten Moment habe ich sie aufgerissen. Das Kondom ist glücklicherweise richtig rum – denn das hier darf ich nicht verkacken –, und ich rolle es mir über. Dann ziehe ich Jethros Hose hinunter und schiebe mich in einer bestimmten, bestimmenden, kontrollierten und kontrollierenden Bewegung in sie.

Sie ist eng und warm und feucht und fühlt sich unglaublich an um mich. Nun ist sie diejenige, die leise vor Erregung stöhnt, weil mein harter Penis sie ausfüllt.

Und dann beginne ich, mich zu bewegen. In ihr. Ich ziehe mich zurück und stoße zu. Fest und heftig, sodass meine Hüfte an ihren Hintern klatscht. Wir stöhnen im Takt unserer Bewegungen. Es fühlt sich so gut an. So perfekt und richtig. In diesem Moment wird mir bewusst, mit wem ich da gerade vögle, und kurz wird mir bei dieser Erkenntnis schwindelig.

Auf einmal versteift sie sich, und ich halte inne. Da war ein Geräusch. Draußen. Ich schiebe meinen Penis wieder tief in sie, und so bleiben wir stehen. Halten die Luft an in unserer Gier aufeinander.

»Hier sind sie nicht«, sagt jemand, und aus einem Funkgerät hört man eine andere Stimme, doch ich kann nicht verstehen, was sie sagt. »Ja, sie müssen durch die Gärten geflohen sein. Fuck Mann, das war so knapp.«

Ich spüre, wie mein Penis in Jethro zuckt. Spüre, wie sie sich leicht zurückzieht, dann wiederkommt. Wie sie unseren Rhythmus erneut aufnehmen will, nur langsamer und vorsichtiger, weil ein paar Meter von uns entfernt, auf der anderen Seite dieser Tür, ein Cop nach uns sucht.

27

Jethro

Ich bin so voller Lust auf ihn, dass ich es nicht aushalte, ihn nicht zu spüren. Die Tatsache, dass wir nur knapp entkommen sind, die Nähe, die Dunkelheit, sein Geruch ... das alles hat dazu geführt, dass mein Gehirn für einen Moment ausgesetzt hat, und als es wieder aufgewacht ist, steckte sein Finger bereits in mir.

Und jetzt müssen wir eigentlich mucksmäuschenstill sein, damit wir nicht auffliegen, aber ich kann nicht anders, als mich zu bewegen. Als seine Reibung in mir einzufordern, indem ich ihm entgegenkomme.

»Ich gehe zum Wagen zurück«, sagt der Cop vor der Tür, und dann hört man die sich entfernenden schweren Schritte.

Einen viel zu langen Augenblick halten wir noch inne. Dann stößt er wieder zu. Mit neuer Heftigkeit. Mit einer Intensität, die macht, dass mir Hören und Sehen vergeht. Und jetzt bricht es aus uns heraus. Wir sind allein. Niemand ist hier, der uns hören könnte. Und er dringt immer wieder so tief in mich, dass ich kaum in der Lage bin, mich zu halten. Ich stöhne. Erst leise, doch dann kann ich nicht mehr anders und lasse es raus. Er keucht an meinem Ohr, und der Klang seiner Geilheit macht, dass ich mich völlig gehen lasse.

Er reibt an diesem Punkt in mir, der macht, dass ich mich

auflösen will in seinen Armen. Zerfließen will zwischen seinen Stößen. Ich will ihn tiefer und immer tiefer in mir haben, will ihn fester und immer fester spüren.

Ich merke, wie ich mich um ihn zusammenziehe, wie ich schreien will vor Lust.

»Ich komme«, flüstert er atemlos an meinem Ohr. »Sorry, aber ich kann es nicht mehr zurück...«

»Komm«, fordere ich ihn auf. »Komm in mir.«

Und dann kommt er mit ein paar letzten Stößen und einem erleichterten Stöhnen.

Er bleibt noch einen Augenblick an Ort und Stelle, dann zieht er sich aus mir zurück, lässt sich gegen mich sinken und hält mich.

»Oh, wow«, sagt er. »Das war ...« Aber er hat keine Worte für das, was es war. Und ich ebenso wenig. »Krass. Ich meine, du ...«

Langsam kehrt mein Verstand zu seiner normalen Kapazität zurück, und mir dämmert, was eben geschehen ist. Und mit wem. Und dass es gut war. Und dass es mir gefallen hat. Und dass es verflucht noch mal viel zu riskant war und ist.

Ich winde mich unter seinem Körper hervor, ziehe meine Hose hoch. Schließe meine Jacke. Ich trete an die Tür, öffne sie mit einem Ruck und verlasse das Haus.

Ohne mich noch einmal umzublicken, verfalle ich in einen joggenden Rhythmus. Mir ist warm. Entsetzlich warm, obwohl es so frisch ist, dass man den Atem sieht. Ich spüre Bashs Berührung noch überall auf mir. In mir. Und als ich mir sicher sein kann, dass ich weit genug weg bin, ziehe ich mir die Maske vom Kopf, stütze mich mit den Händen auf meinen Oberschenkeln ab und atme.

28
Camille

Er hat mit Jethro geschlafen.

Er hat mit Jethro geschlafen, nicht mit mir.

Er hat mit Jethro geschlafen, ohne auch nur eine Sekunde zu zögern, während er einen möglichen Kuss zwischen uns so lange herausgezögert hat, bis er unmöglich wurde.

Er hat mit Jethro geschlafen, weil Jethro jemand ist. Jethro ist sie selbst. Ohne Kompromisse. Eine Gestalt der Nacht. Unsichtbar – das haben wir gemeinsam. Aber trotz ihrer Unsichtbarkeit hat sie eine eigene Stimme. Während ich dafür Sorge trage, dass andere gehört werden. Dafür gesorgt habe, dass andere gesehen wurden. Die nächste Erinnerung ist schmerzhafter als alles, denn …

Mick Etheridge hat mit Mara geschlafen.

Er hat mit Mara geschlafen, nicht mit mir.

Er hat mit Mara geschlafen, ohne auch nur eine Sekunde zu zögern, und dann hat er mich eine Schlampe genannt. Und krank. Natürlich zu Recht.

Auch Mara nannte mich eine Schlampe. Mom nicht. Mom fragte: »Was hast du getan?«, und klang so enttäuscht, dass ich weinen wollte. Aber ich konnte es nicht sagen, weil ich immer noch betrunken war und selbst nicht verstand, was da passiert war. Und wie es hatte passieren können. Und warum es für einen Moment so richtig war und für alle weiteren Momente, die danach kamen, so bitterfalsch.

Ich war noch ein Kind, hat Bash gesagt. Vielleicht bin ich es noch. Vielleicht bin ich einfach in diesem Moment stehen geblieben. Dem Moment, in dem Mara und ich uns getrennt haben. Dem Moment, in dem ich ausziehen musste.

»Ich habe deinen Dad schon angerufen«, sagte Mom. »Er weiß, dass du kommst.«

Ich konnte nur nicken.

»Sie soll ... meine Klamotten ... dalassen!« Noch heute höre ich Maras Stimme. Sie saß im Wohnzimmer. Ich konnte sie aus dem dunklen Flur nicht sehen, weil Mom mir die Sicht versperrte.

»Kannst du mir das T-Shirt geben?«, fragte Mom.

Mit zitternden Fingern zog ich es mir über den Kopf. Stand entblößt in unserem Flur. Mom schüttelte den Kopf, als würde sie jetzt erst verstehen, dass es dieser Körper war, der das getan hatte. Dieser nackte Körper, der vom Freund meiner Schwester berührt worden war.

»Hier«, flüsterte sie und gab mir ihre Strickjacke. »Den Rest kann Dad abholen.«

»Sie soll ... jetzt gehen!«, schluchzte Mara.

»Bye«, sagte Mom und machte noch mal Anstalten, auf mich zuzukommen, vielleicht, um mich zu umarmen. Aber das erneute Aufschluchzen meiner Schwester ließ sie innehalten.

Ich schulterte die Tasche, drehte mich um und ging. Ich entschuldigte mich nicht einmal, weil ich wusste, dass keine Entschuldigung der Welt diesen Fehler besser machen, geschweige denn wiedergutmachen konnte.

Auf dem Weg nach unten zitterten meine Beine so sehr, dass ich fast stürzte. Im nächsten Moment bereute ich, dass ich mich nicht einfach hatte fallen lassen. Denn ich hatte ein paar Nachrichten von unbekannten Nummern bekommen.

Hey du Schlampe. Darf ich auch mal?

Bock, mit mir zu ficken?

Macht ihr auch Dreier?

Du bist echt das Letzte, aber vielleicht
darf man ihn mal reinstecken?

Du bist einfach nur krank. Lol.

Die Nachrichten hörten nach ein paar Wochen auf. Doch sie
hörten lange nicht auf, wehzutun.

Ich war noch ein Kind. Aber vielleicht machen auch Kinder
unverzeihliche Fehler. Und vielleicht haben diese Fehler einen sehr realen Einfluss auf die Menschen, die sie heute sind,
auch wenn es schon sieben Jahre her ist. Und vielleicht war
der Wunsch, erst nicht mehr man selbst zu sein und dann
Mara zu sein und dann wirklich nie wieder man selbst zu
sein, einfach zu stark, um nicht in Erfüllung zu gehen. Und
dennoch sehe ich sie, wenn ich mich sehe.

Das Schöne war, dass ich in den Momenten, in denen ich
nicht mich und damit nicht Mara gesehen habe, Bash sehen
konnte. Doch jetzt wiederholt sich die Geschichte – in einer
sehr verqueren Weise andersherum, weil ich nun auch ihre
Seite kenne, ohne natürlich je ihren Anspruch auf ihn gehabt
zu haben. Ich kann mich in keine Richtung mehr abgrenzen,
da ich einfach nicht weiß, wo ich anfange und wo die anderen aufhören. Und deswegen habe ich die Internetseite des
Ticketanbieters geöffnet und starre seit geraumer Zeit da-

rauf. Wolfgang Amadeus Mozart. *Sinfonia concertante.* Solobratschistin Mara Ives. Es ist fast ausverkauft. Die günstigsten Tickets kosten hundertfünfzig Dollar. Auf guten Plätzen. Viel zu guten Plätzen, aber wenn man auf der Bühne im Licht steht, kann man keine Personen in der Dunkelheit ausmachen, habe ich mal gehört. Nicht, dass ich es wüsste, denn ich stand nie auf einer Bühne. Stand nie im Licht. Ich war immer die, die aus der Unsichtbarkeit ins Licht aufblickt. Zu der strahlenden Person dort oben.

Ich wollte sie damals sehen, und ich will sie heute sehen. Ihr Strahlen, aber auch meine Dunkelheit, denn dieser Kontrast ist es, der mich ausmacht. Diesen Kontrast muss ich wiederfinden. Diesen Kontrast muss ich festhalten und mich daran entlanghangeln, wenn ich irgendwann wieder ein Bild von mir selbst haben will. Wenn ich will, dass eines Tages jemand sagen kann: Ja, das ist der Mensch, an dem ich Interesse habe. Camille Ives. Nicht Mara. Nicht Jethro. Ob ich es verdiene, ist eine andere Frage.

»Und, wie geht's *ihr?*«, frage ich. Wie immer irgendwann, wenn ich mit Mom telefoniere.

»Gut, gut«, sagt sie. Auch keine Überraschung also.

Schon seit dem Beginn unseres Telefonats überlege ich, ob ich Mom erzählen soll, dass ich mir eine Karte für Maras Konzert gekauft habe. Ich bin mir ziemlich sicher, dass sie es kritisch sehen würde. Vielleicht weil es schmerzhaft ist, sich vorzustellen, was hätte sein können, wenn ich nicht so fundamental verkackt hätte. Wenn sie uns vollkommen losgelöst voneinander betrachtet, ist es vielleicht, als hätte sie zwei verschiedene Leben. Eins mit jeder Tochter.

»Warum hast du mir nicht erzählt, dass sie nach Portland kommt?«, frage ich. Nicht, weil es clever ist, das Gespräch weiterhin um Mara zu stricken. Sondern weil ich mich noch ausgestoßener fühle, wenn ich von Plakaten überrascht werde.

»Ach, Liebes«, sagt Mom, und ich weiß jetzt schon, dass ich

ihre Antwort kenne. *Ich wollte nicht, dass du dich schlecht fühlst.*
»Ich wollte nicht, dass du dich schlecht fühlst.«

»Ihren Namen auf einem Plakat zu sehen, hat ungefähr denselben Effekt«, sage ich.

»Ich wusste nicht, dass sie plakatieren würden. Ich dachte ...« *... es wäre leichter so.* »... es wäre leichter so.«

»Ist schon okay.« Dabei ist es nicht okay. Nichts an dieser Situation ist okay. »Gehst du hin?«, frage ich aus einem masochistischen Impuls heraus. Die Situation ist nicht okay, ich bin nicht okay. Auf mehr als einer Ebene.

»Ich ...« Sie zögert. Weil sie mir nicht erzählen will, dass sie natürlich hingeht. Dass Mara ihr eine Freikarte gegeben hat. »Mara hat mir eine Karte organisiert.«

»Schön«, sage ich. Denke an das Rampenlicht. Denke an Unsichtbarkeit. Jethros selbst gewählte, meine natürliche. Denke an Bash und Jethro. An Bash und mich und dass davon nichts mehr übrig ist. Sein kann. Und es liegt nicht einmal nur an Jethro. Nicht nur. Jethro ist ja nur Ausdruck davon, dass ich nicht gereicht habe und nicht gereicht hätte. »Ich gehe auch.«

»Wie bitte?«, fragt Mom.

Ich schlucke gegen den Kloß in meinem Hals an. Gegen den Kloß, der mir sagt, dass es eine blöde Idee ist. Denn ich weiß, dass ich das machen muss. Dass ich sie sehen muss. Dass ich ihre Grenzen sehen muss, um zu wissen, wo sie endet. *Dass* sie endet. Damit ich weiß, dass ich irgendwo anfange.

»Ich habe mir eine Karte gekauft.«

»Camille, warum denn?«

»Weil sie meine Schwester ist, okay? Weil sie meine verdammte Zwillingsschwester ist.« Auf einmal bricht es regelrecht aus mir heraus. »Und ich weiß, dass sie mich nicht sehen will. Aber das bedeutet eben nicht, dass ich sie auch nicht sehen will. Ich verstehe, dass das für dich hart ist und für sie scheiße oder was auch immer. Aber für mich ist eben auch vieles scheiße, und am beschissensten ist, dass ich keine Wahl habe, weil sie mir verdammt noch mal fehlt, und weil ich mir fehle, und weil sie nun mal hier ist, okay?«

Einen Augenblick lang sagt Mom nichts. Ich höre meinen eigenen Atem, der zu schnell geht. Höre sie schlucken. »Okay«, sagt sie dann. Nichts weiter.

»Okay?« War es tatsächlich so einfach?

»Okay. Wenn du denkst, dass du es kannst? Wenn du den Eindruck hast, dass es das Richtige für dich ist?«

»Die Karte war teuer genug, also wehe, es ist nicht das Richtige.« Ich lache leise. Ein bisschen müde auch. Und Mom stimmt mit ein. Ebenso leise, ebenso müde.

»Ich würde ja sagen, lass uns danach noch was zusammen essen gehen, aber ...« ... *ich bin mit Mara verabredet.* »... ich bin schon mit Mara verabredet.«

»Kein Problem«, sage ich und fühle mich wie die Außenseiterin, die ich bin. »Ich hätte ohnehin keine Zeit.« Warum auch immer ich das sage. Vermutlich, damit Mom mich nicht auch als Außenseiterin sieht.

»Ach? Du gehst gar nicht allein?«

Ich versuche mich an einem überzeugenden Lachen. »Ach was, nein. Mach dir um mich keine Sorgen.«

»Ist es ein Date?«, fragt Mom.

»So was in der Art.«

»Oh, das freut mich für dich! Und was für eine schöne Idee, zusammen in ein Konzert zu gehen.«

»Äh ... ja.«

»Kennt ihr euch schon länger?«

»Wir ...« Verdammt. Ich muss das Thema wechseln. »Nein, noch nicht so lange. Ich war übrigens am Freitag ...«

»Aber ihr mögt euch?«

»... bei Dad.«

»Denkst du, es könnte etwas Ernstes sein?«

»Es geht ihm nicht so gut.«

»Wie heißt er denn?«

»Er hat nach dir gefragt.«

»Nach *mir*?«

»Tut er meistens.«

»Ach so, dein Dad. Ich dachte, dein neuer Freund.«

Neuer Freund? Wie sind wir denn hier gelandet? »Er ist nicht mein ...«

»Aber du nimmst ihn mit ins Konzert deiner Schwester.«

»Zu dem ich deiner Meinung nach gar nicht kommen sollte.«

»Aber da wusste ich ja auch noch nicht, dass du ein Date hast.«

»Mom, es ist kein ...«

»Ich weiß. Casual, oder wie ihr das heute nennt. Situationship.«

»Woher weißt du denn, was eine Situationship ist?«

»Ich bin doch nicht von gestern! Ich habe auch junge Patientinnen und Patienten. Und die erzählen mir von ihrem casual Datingleben. Aber nur, weil es jetzt noch locker ist, heißt das ja nicht, dass es so bleibt.«

»Mom, bitte.«

»Kein Druck von meiner Seite. Ich weiß ja, dass ihr beide Karriere machen wollt. Dass der Beruf an erster Stelle kommt.« Spricht sie gerade in einem Satz von Mara und mir? Sind Mara und ich »beide«? Mir wird heiß und kalt.

»Ja«, sage ich leise.

»Ich will nur, dass ihr glücklich seid.« Da ist es wieder. »Ihr«. Sie und ich. Zusammen. Aus dem Mund meiner Mom klingt es absolut unwirklich.

»Vielleicht lerne ich ihn nach dem Konzert kurz kennen.«

»Aber du bist doch mit Mara verabredet«, sage ich.

»Ja, aber kurz Hallo sagen können wir doch.«

Und dieses »Wir« – dieses sie und Mara – macht, dass ich mich setzen muss, weil meine Knie weich werden.

29
Bash

Seit heute Morgen versuche ich, diese E-Mail zu schreiben. Seit heute Morgen scheitere ich. Nicht nur, weil es keine Erklärung, keine Entschuldigung, keinen nachvollziehbaren Grund dafür gibt, warum ich es auf einmal in einem leer stehenden Haus auf geradezu animalische Weise mit der Autorin des größten Buchprojekts in der jungen Geschichte von Badger Books treiben sollte. Ich, der davor zurückschreckt, eine bezaubernde Frau zu küssen, weil es unser professionelles Verhältnis verändern könnte. Ich, der genau damit dieses Verhältnis vermutlich auf immer und ewig zerstört hat.

Liebe Camille, steht da auf meinem Bildschirm. Der Cursor blinkt hinter dem Komma. Er wartet darauf, dass ich weiterschreibe. Und ich habe es versucht. Habe versucht, meine Gedanken zu sortieren. Irgendwie eine Logik in mein Verhalten zu kriegen.

welchen Fehler würdest du machen, hast du gefragt. Ich wünschte, ich müsste dir heute nicht schreiben, um ihn dir zu gestehen. Vielleicht weißt du es auch längst und hältst mich für das größte Arschloch auf diesem Planeten.

Ja, das bin ich wohl. Ich mache einen einzigen Fehler, und dann muss es aber gleich ein so fundamentaler Fuck-up sein, dass es keinen Weg mehr aus dieser Misere gibt.

»Ich mach dann Feierabend.« Anna streckt ihren Kopf zur Tür rein. »Vikram ist auch gerade gegangen. Kwan ist noch da, bleibt aber nicht mehr lange.«

»Bis morgen«, sagt Louise, und ich hebe meine Hand zum Abschied.

»Macht nicht mehr ewig, ja?«

»Wenn Phils Dad einmal nicht absagt, muss ich das ausnutzen«, sagt Louise, und ich enthalte mich. Denn Anna weiß, dass ich an den meisten Abenden bis nach neun hier bin. Seit Evie mein Wohnzimmer in ein Schmutzwäsche-Bettzeug-Essensreste-allgemeines-Chaos-Zimmer verwandelt hat, noch öfter.

»Habt ihr schon mal was von Spaß gehört?«, fragt Anna mit einem Grinsen und fügt dann mit hörbarer Anerkennung in der Stimme hinzu: »Ihr seid echt der Wahnsinn.« Dann geht sie, und ich widme mich wieder meiner elenden E-Mail.

Ich würde Camille gern schreiben, dass ich seit unserem gemeinsamen Abend bei Badger Books nur daran denken konnte, wie es gewesen wäre, sie zu küssen. Dass mein Herz beim Gedanken an sie schneller schlägt. Dass ich wünschte, wir hätten uns in einem anderen Kontext kennengelernt, weil ich sie so, so, so gerne als die Person kennenlernen würde, in die ich mich wirklich und wahrhaftig verlieben könnte, weil ich es dürfte. Aber wie verlogen klingt all das vor dem Hintergrund, dass im nächsten Moment zum ersten Mal in meinem Leben meine Triebe die Kontrolle über mein Handeln übernommen haben? Und noch verlogener wird es, wenn meine Hose allein beim Gedanken an unser leises Keuchen, an unsere Körper, an Jethros Körper sofort wieder eng wird.

Kann man gleichzeitig auf *zwei* Frauen stehen? Coulter würde diese Frage mit einem überzeugten Ja beantworten. Er würde außerdem mit mir abklatschen, weil ich Sex hatte. Und natürlich weiß ich, dass man Gefühle für mehrere Menschen haben kann. Nur ist das ein Konzept, das in meinem Leben bislang nicht vorkam. Und es ist ein Konzept, das für meine

Situation keinen Sinn ergibt. Ich kann nicht mit einer Autorin schlafen und auf ihre Agentin stehen. Das ist auf jeder erdenklichen Ebene falsch, auch wenn es das ist, was passiert ist. Mir. Ich schüttle den Kopf, lösche den Text, den ich geschrieben habe.

Liebe Camille,

Mehr steht dort nicht mehr. Für einen Moment zögere ich, atme tief ein, dann beginne ich erneut.

ich habe Mist gebaut. So richtig. Und ich weiß, es gibt keine Entschuldigung, keine Erklärung dafür. Es ist meine Schuld, und ich übernehme die komplette Verantwortung. Wenn du nicht mehr mit mir zusammenarbeiten willst, verstehe ich das. Louise wird das Projekt übernehmen.

Dabei habe ich noch gar nicht mit Louise gesprochen. Sie hat definitiv keine Kapazitäten für ein so großes Projekt. Über meinen Monitor blicke ich zu ihr. Sie sieht konzentriert auf ihren Bildschirm. Ab und zu tippt sie etwas. Wahrscheinlich sitzt sie an Klappentexten für das neue Programm. Etwas, das ich auch tun sollte. Stattdessen brüte ich über einer E-Mail, in deren Verlegenheit ich nie, nie, niemals hätte kommen dürfen!

Wieder lösche ich meinen Text.

Liebe Camille,

Ich hasse meinen Cursor. Ich hasse es, dass er auf mich wartet. Vorwurfsvoll blinkend. Ich hasse es, dass ich mich selbst in diese Situation gebracht habe. Ich hasse es, dass ich Camille wahrscheinlich verletze. Ich hasse es, dass die Sache mit Jethro wahrscheinlich eine einmalige war. Ich hasse es, dass ich darüber nachdenke. Dass ich – ausgerechnet ich – mich nicht im Griff hatte. Habe. Ich hasse es alles. Genau das ist der Grund, warum ich keine Fehler machen will. Wollte.

Durch die geschlossene Tür dringen leise Gespräche. Coulter ist offenbar nach unten gekommen. Ist Kwan noch da? Ich dachte, ich hätte ihn gehen hören.

Ich weiß nicht, was ich sagen soll. Ich habe ein verflucht schlechtes Gewissen, weil ich etwas getan habe, das absolut falsch war. Und es tut mir so leid. Camille, es tut mir leid. Es tut mir so, so, so leid. Scheiße. Ich finde dich gut, Camille. Und trotzdem habe ich mit Jethro geschlafen. Und trotzdem finde ich dich gut. Was ist los mit mir?

Diesen Text lösche ich sogar noch etwas schneller als alle vorherigen. Was ist los mit mir? Das ist wirklich eine verdammt gute Frage.

»Keinen Schritt weiter«, hört man nun Coulters Stimme von draußen.

»Du bist so bescheuert.« Das ist eine Frauenstimme. Ein Blick auf die Uhr sagt mir, dass gleich halb acht ist. Alle sollten längst Feierabend gemacht haben.

»Ist das ... Evie?«, fragt Louise.

»Ich habe Nein gesagt!« Coulter wird lauter.

»Und ich habe gesagt, dass du nicht mein Boss bist.« Ja, es *ist* Evie. Aber was macht sie hier?

Louise und ich sehen uns an. Sie zieht fragend eine Augenbraue nach oben, ich zucke mit den Schultern. Gleichzeitig stehen wir auf, um nachzusehen, was draußen vor sich geht.

»Deine Schuhe sind nass und dreckig«, sagt Coulter gerade. Er steht mit verschränkten Armen in der Tür. Hinter seiner breiten Gestalt sehe ich Evies bunte Häkelmütze hervorblitzen.

»Ich will damit ja auch nicht in dein Bett oder so.«

Coulter schnaubt. »In mein Bett würde ich dich nicht mal lassen, wenn du frisch geduscht wärst.«

»In dein Bett würde ich nicht mal gehen, wenn ich sonst im Schlamm schlafen müsste.«

»Das sieht man.«

»Lass mich jetzt durch.«

»Zieh die Schuhe und den Mantel aus.«

»Sei kein Arsch, mein Tag ist beschissen genug.«

»Meiner auch. Und du bist gerade das absolute Lowlight.«

Das ist der Moment, in dem ich einschreite. »Hey, Coulter«, sage ich in beschwichtigendem Tonfall. »Sei mal ein bisschen höflicher zu meiner Schwester.«

»Ja, Coulter, sei mal ein bisschen höflicher zu mir«, sagt Evie und schiebt ihn einfach zur Seite.

Coulter stöhnt. »Wehe, du setzt dich so auf die Couch. Ich warne dich, Hanlon.«

Evie betritt den Raum, und jetzt sehe ich, was Coulter meint. Nicht nur ihre Schuhe, auch ihre Strumpfhose, die heute Morgen schon von einer Laufmasche geziert wurde, und die eine Seite ihres Mantels sind komplett mit braunen Matschflecken überzogen.

»Was ist denn mit dir passiert?« Ich gehe auf sie zu.

»Ich bin ausgerutscht.« Sie verzieht den Mund zu einem Grinsen, jedoch ist es eins, dem man ansieht, dass es erzwungen ist.

»Hast du dich verletzt?«, fragt Louise und macht ebenfalls einen Schritt auf Evie zu. »O Mann, schön dich zu sehen!« Dann umarmt sie sie, ohne auf den Schlamm zu achten. Coulter macht ein würgendes Geräusch.

»Nee, nur bisschen aufgeschürft.« Wie zum Beweis hebt Evie die Hände.

»Du bist also ausgerutscht und dachtest dann, es wäre eine gute Idee, hierherzukommen«, konstatiert Coulter. »Hättest du dich nicht erst waschen können?«

»Sei kein Arsch«, sagt Louise.

»Ich hatte in der Nähe ein Vorstellungsgespräch«, erklärt Evie in süßlichem Tonfall. »Falls es dich interessiert.«

»Tut es nicht«, sagt Coulter.

»Wie ist es gelaufen?«, frage ich, denn ein erfolgreiches Vorstellungsgespräch würde bedeuten, es besteht die Chance, dass Evie sich bald eine eigene Wohnung suchen kann.

»Nicht so gut«, sagt Evie. »Die wollen jemanden mit Marketingerfahrung. Ich hab zwar gesagt, dass ich die habe, aber dann haben sie nachgehakt, und, na ja ... es stellt sich raus, dass es kein Marketing ist, wenn man in Berlin Flyer für einen halb legalen Rave verteilt.«

Coulter schnaubt verächtlich.

»Komm, wir waschen erst mal deine Hände«, sagt Louise und legt ihren Arm um Evie.

»Schuhe ausziehen«, mault Coulter noch, aber Evie zeigt ihm ihren Mittelfinger und lässt sich von Louise zur Toilette bringen. »Deine Schwester ist ...«

»Geh nach oben, Coulter«, sage ich. Mit einem Blick auf die nassen Spuren, die Evies Stiefel auf dem Boden hinterlassen haben, schiebe ich hinterher: »Ich mach das nachher sauber.«

»Natürlich machst du das nachher sauber«, sagt Coulter. »Und bis dahin erzählst du mir, was mit dir los ist.«

»Was meinst du?«

»Du hast seit heute Morgen kaum einen Satz gesagt.«

»Ich bin einfach müde.«

»Du hast mir zwei fehlerhafte Rechnungen geschickt.«

»Weil wir echt eine Assistenz brauchen.«

»Du hast noch keinen einzigen Klappentext ins System eingetragen.«

»Ich hatte andere ...«

»Du hattest Sex.«

»Was?«

»Oder?« Er grinst.

»Nein!«

»Hör schon auf, Bash. Ich kenne dich. Mit Camille?«

Ich schüttle den Kopf. Fahre mir durch die Haare. »Nein, nicht mit Camille.« Aber es hätte mit Camille sein sollen.

»Also hatte ich recht!«, sagt Coulter triumphierend.

»Ich dachte, du wusstest es?«

»Sei nicht albern. Als könnte ich Leuten ansehen, wenn sie Sex hatten. Was denkst du? Dass ich dein Gesicht jeden Tag auf die kleinsten Veränderungen hin studiere?« Er lacht.

»Arsch.«

»Aber gut für dich, Mann. Und ja, jetzt sehe ich es auch. Du siehst entspannter aus. Nicht mehr so verkniffen.«

»Echt?«

»Nein. Was habe ich gerade gesagt? Ich studiere dein Gesicht nicht.«

In diesem Moment kommen Louise und Evie lachend von der Toilette zurück. Sie haben sich bislang nur ein paarmal gesehen, sich aber immer gut verstanden. Und gerade jetzt wirken sie wie zwei Freundinnen, die sich schon ewig kennen.

»Okay Leute, ich geh dann mal«, sagt Coulter mit einem erneuten skeptischen Blick auf Evies matschige Schuhe. »Ihr kümmert euch um die Sauerei hier, ja?«

»Hast du was Schönes vor?«, fragt Louise.

»Ich werde in einem hübschen Hotelzimmer eine hübsche Frau flachlegen.«

Nun ist es Evie, die ein würgendes Geräusch macht.

»Keine Sorge, du wirst nie in diesen Genuss kommen.« Er macht eine Geste an seinem sportlichen Oberkörper entlang und endet in seinem Schritt.

»Nee, ich hab nämlich Standards«, sagt Evie.

»Ach ja?«, fragt Coulter. »Die Geschwister Hanlon überraschen mich heute Abend jeder auf seine Weise.«

Ich werfe ihm einen warnenden Blick zu.

»Was?«, fragt er, obwohl er genau weiß, was ich meine. »Ist es dir unangenehm, dass deine kleine Schwester weiß, dass du sexuell aktiv bist? Vielleicht wäre das eine gute Gelegenheit, sie über Safer Sex und sexuell übertragbare Krankheiten aufzuklären.«

Ich stöhne und schüttle langsam den Kopf. »Danke dafür.« Ich würde gern ein »Wichser« hinterherschieben, aber es kommt mir nicht über die Lippen. Mit fremden Frauen in der Dunkelheit schlafen, das kann ich. Meinen unmöglichen besten Freund mit einem weiteren verdienten Schimpfwort bedenken, nicht.

»Intimhygiene«, sagt Coulter noch und schenkt Evie ein fieses Grinsen. »So wichtig.« Dann verschwindet er endlich, und zurück bleibe ich mit Louise und Evie, die mich beide aus weit aufgerissenen Augen anstarren.

Dann sagt Louise in genau demselben Tonfall: »*Great Beers. Jetzt.*«

30

Bash

Boozy Suzie und Ed sind an ihren angestammten Plätzen, und Ed hat am Spielautomat anscheinend gerade etwas gewonnen, denn das Klimpern der Münzen übertönt den leisen Classic-Rock-Sound aus den billigen Boxen.

»Die nächste Runde geht auf mich!«, ruft er begeistert und reckt seinen fleischigen Arm in die Luft. Dann merkt er, dass gerade Leute zur Tür hereingekommen sind, und räuspert sich. »Äh, also ...«

»Keine Sorge, Ed, die Runde geht auf mich«, sage ich, und sein Mund verzieht sich zu einem halb zahnlosen Lächeln. »Gert?« Sie blickt von ihrem Candy-Crush-Level auf. »Einmal das Übliche für die beiden. Und für uns ... auch, schätze ich.« Dann fällt mir auf, dass Evie noch nie hier war. »Das hier ist übrigens meine kleine Schwester Evie.«

»Hi«, sagt Evie. »Ihr sucht nicht zufällig jemanden für hinter der Bar?«

»Schätzchen«, sagt Gert, »die Bar kann sich nicht mal mich leisten, und ich bin bestimmt billiger zu haben als du.« Sie lacht heiser und fängt an, Bier zu zapfen. »Was ist denn dein Übliches?«

»Du zahlst?«, fragt Evie an mich gewandt, und ich nicke. »Dann irgendwas Starkes«, sagt Evie. »Was, was diesem Tag gerecht wird. Einen doppelten Wodka Cranberry oder auch zwei.«

»Ich mag dich.« Gert stellt ein Bier vor Suzie.

Kurz darauf setzen wir uns an unseren Stammplatz. Ich hatte schon beinahe vergessen, warum wir hier sind, aber als ich Louise' und Evies Blicke auf mir spüre, fällt es mir wieder ein.

»Und?«, fragt Louise. »Willst du uns erzählen, was Coulter gemeint hat?«

»Nicht wirklich«, erwidere ich und sehe kurz zu Evie. Mit Louise über Sex zu sprechen, ist eine Sache. Aber Evie ist meine kleine Schwester. Eigentlich möchte ich nicht, dass sie ...

»Sei nicht so prüde, Bash«, unterbricht sie meine Gedanken. »Ich hab Sex, du hast Sex, Mom und Dad haben wahrscheinlich auch Sex.«

»Eeeewww«, mache ich. »Ich weiß, dass du zumindest der Beweis bist, dass es stimmt, aber Mom und Dad haben keinen Sex. Nicht in meiner Welt.«

»Ich hab sie mal erwischt«, sagt Evie und zuckt mit den Schultern. »Hat mich zwar bis an mein Lebensende traumatisiert, aber bedeutet auch, dass ich es wirklich verkrafte, dass du rumvögelst.«

Louise lacht laut auf. »Bash vögelt nicht rum.«

»Anscheinend tut er es doch«, korrigiere ich und nehme einen Schluck von meinem Bier. »Zumindest so was in der Art.«

»Okay, was?« Louise sieht mich völlig perplex an.

»Vielleicht sind wir doch verwandt«, sagt Evie und prostet mir mit ihrem doppelten Wodka Cranberry zu.

»Evie!«, tadle ich, denn sie mag vielleicht entspannt genug sein, um sich meine Geschichten anzuhören, andersherum gilt das aber nur bedingt.

»Sorry, Bash, aber was glaubst du, habe ich in Europa gemacht? Es mir selbst?« Sie lacht.

Ich lege mir die Hände auf die Ohren und singe »Lalala-lala«, bis Louise mit dem Finger gegen meine rechte Hand schnippt.

»Ich habe einen freien Abend und will diese Geschichte hören. Wenn ich schon kein Leben habe, möchte ich wenigstens an deinem teilhaben.«

»Du hast ein Leben«, sage ich mit Nachdruck.

»Ja, aber keins, das diese Art von Konversation verursacht. Also erzähl jetzt. War es Camille? Es war Camille, oder?«

Beim Klang ihres Namens verknoten sich meine Eingeweide. Wahrscheinlich hätte ich mit Camille schlafen sollen, ja. Aber weil ich ein grenzenloser Vollidiot bin, habe ich es nicht getan. Und stattdessen alles ruiniert.

»War es *nicht* Camille?«, fragt Louise, weil es ihr offenbar zu lange dauert.

»Wer ist Camille?«, will Evie wissen.

»Jethros Agentin«, erklärt Louise. »Super hübsch. Und Bash und sie hatten so einen Vibe ...«

Mehr als einen Vibe, denke ich. *Du dummes Arschloch,* schiebe ich hinterher und schlucke. »Es war nicht Camille.« Ich fahre mir durch die Haare und schüttle den Kopf.

»Okay, krass«, sagt Louise. »Wer dann? Und wie kam es?«

»Ich kann nicht drüber reden.«

»Warum nicht?«

»Weil ...« Ich beiße mir auf die Zunge. Ich würde nichts lieber tun, als Louise erzählen, was passiert ist. »Die Person ist anonym.«

»Nein!«, entfährt es Louise.

»Was?«, will Evie wissen.

»Du hast nicht mit ...«

»Mit weeeem?«

Ich wiege meinen Kopf hin und her. Ich will nicht lügen, aber ich kann auch nicht die Wahrheit sagen, ohne Jethro zu verraten.

»Bash!« Ich kann den tadelnden Unterton in Louise' Stimme hören. Noch nie in meinem Leben habe ich mir einen derartigen Fehltritt geleistet. »Du bist sein Lektor!«

»*Sein?*«, fragt Evie.

»Wie ist das passiert?«

Ich zucke mit den Schultern.

»Ich wusste nicht mal, dass du bi bist.«

»Ich auch nicht!«, sagt Evie.

»Bin ich auch nicht«, erwidere ich und vergrabe das Gesicht in meinen Händen. »Zumindest glaube ich das.«

»Hä?«, macht Louise.

»Oh, gut, jetzt verstehst du auch nichts mehr«, sagt Evie. »Vielleicht können wir dann anfangen, Fragen zu beantworten, statt nur neue aufzuwerfen.«

»Ich habe richtig Scheiße gebaut«, entfährt es mir.

»Ja, das hast du offensichtlich«, sagt Louise. Dann, nach kurzem Zögern: »Und ich bin fast stolz auf dich.«

»Was?«, frage ich und nehme meine Hände vom Gesicht.

»Es wurde allerhöchste Zeit, dass du mal ausbrichst, wenn du mich fragst. Aber das ist ein anderes Thema. Jetzt erzähl erst mal.«

»Allerhöchste Zeit?« Ich kann nur noch verzweifelt lachen. »Das ist eine Vollkatastrophe. Davon mal abgesehen, dass wir ein professionelles Verhältnis haben sollten und das der Grund war, weswegen ich nicht mit Camille ...« Ich breche ab. »Scheiße.«

»Was deeeeenn???«, jammert Evie. »Könnt ihr mich bitte mal einweihen?«

Louise blickt fragend zu mir. Ich zucke die Schultern. »Ja, ich vertraue Evie.«

»Das will ich auch hoffen.«

»Bash hat mit Jethro geschlafen.«

»Haha, ja genau.« Evie prustet. Dann sieht sie mich an. »Nee, oder?«

Wieder zucke ich mit den Schultern. Müder diesmal.

»Alter. Aber eigentlich wolltest du was von seiner Agentin?«
Ich nicke kaum merklich.

»Und du bist sein Lektor?«

»*Ihr* Lektor?«, fragt Louise.

»Jep. Ich hab's voll vermasselt.«

»Und wie war's?«, fragen Louise und Evie wie aus einem Mund.

»Ich erzähle euch gerade, dass ich die epischste Scheiße der Welt gebaut habe, und ihr wollt wissen, wie es war?« Das kann doch nicht ihr Ernst sein.

»Wie episch sie wirklich ist, sehen wir dann.« Louise' Stimme ist ganz ruhig.

»Es war krass«, sage ich dann, und es fühlt sich auf sehr falsche Weise erleichternd an, es auszusprechen. Als würde es jetzt erst real. Als wäre es ein Traum gewesen. Ein aufregender, heißer Traum, in dem ein Teil von mir, der sonst nichts zu sagen hat, die Kontrolle übernimmt. »Jethro hatte mir geschrieben, dass ich ihm an dem Abend bei der Arbeit zusehen dürfe.«

»Das war der Abend, an dem du so gruselig nervös warst, oder?«, fragt Evie. »Der, der kein Date war?«

»Ja.«

»Und *wie* es ein Date war! Ich hab einfach immer recht.«

»Ich habe auf ihn gewartet, und er kam. Nur dass er kein Er war. Sondern eine Sie.«

»Krass«, sagt Louise.

»Jetzt ergibt es auch Sinn, dass die Gedichte so geil sind«, sagt Evie. »Kein Kerl auf der Welt schafft es, dass ich mich so gesehen fühle. Auf *diese* Weise«, schiebt sie grinsend hinterher, und Louise seufzt – vermutlich sehnsüchtiger, als sie es beabsichtigt hatte, denn sie wird ein bisschen rot.

»Dann kam ein Polizeiwagen«, nehme ich den Faden wieder auf. »Und ich hatte Angst, dass sie es nicht mitkriegt. Also bin ich aus meinem Versteck, um sie zu warnen, und wäre um ein Haar selbst geschnappt worden.«

»Shit«, sagt Louise.

»Auf einmal stand sie vor mir und hat mich mit sich gezogen.«

»Sie hat dich gerettet?«, fragt Evie. »Ist sie die coolste Person ever?«

»Wir haben uns in einem leer stehenden Gebäude versteckt. Das hatte sie im Vorfeld vermutlich für eine genau solche Situation ausgecheckt. Zumindest wirkte es so. Und während wir an die Wand gepresst darauf gewartet haben, dass die Luft rein ist ...«

»... habt ihr es miteinander getrieben«, quietscht Evie.

»Schhhhh«, mache ich. »Aber ... ja.«

»Wow.« Nun ist Louise diejenige, die den Kopf schüttelt. »Das ist ...« Sie denkt einen Moment nach. »... wirklich out of character.«

»Es war das erste Mal in meinem Leben, dass ich mich nicht beherrschen konnte«, sage ich. »Ich habe es nicht einmal in dem Moment verstanden. Aber im Nachhinein begreife ich noch weniger, was da passiert ist. Vor allem, weil ich Camille wirklich, wirklich gut fand. Gut finde.«

»Du weißt, dass es Polyamorie gibt?«, fragt Evie. »Ich hatte in Amsterdam was mit drei Kerlen parallel. Alle wussten voneinander. Zwei haben sich sogar mal getroffen. Der dritte war selbst in einer offenen Beziehung. So was ist heutzutage gar nicht mal so ungewöhnlich.«

»In Amsterdam vielleicht«, sage ich. *Für dich,* meine ich.

»Habt ihr euch gedatet?«, fragt Louise. »Du und Camille?«

»Nein.« Weil ich professionell bleiben wollte. »Es gab nur einen Moment, in dem wir uns fast ... und dann hat Laura angerufen.«

»Laura?«

»Aber ich bin nicht rangegangen.«

»Wer bist du, und was hast du mit Bash gemacht?«, fragt Louise. »Camille hat dich dazu gebracht, dass du Laura ignoriert hast?«

Ich nicke und fühle mich sofort schlecht, weil ich mich wenigstens mal hätte zurückmelden können.

»Tut mir leid, aber dann bin ich Team Camille.«

»Es gibt keine Teams, Louise.«

»Ich bin Team Jethro, einfach weil sie badass ist«, sagt Evie.

»Es. Gibt. Keine. Teams.« Ich betone jedes Wort. »Schon deswegen nicht, weil ich es mit Camille offensichtlich vermasselt habe und Jethro vermutlich nie wiedersehen werde.«

»Hab ich was verpasst?«, fragt Evie. »Habt ihr euch ewige Liebe geschworen? Treue bis zum Tod?«

»Nein, natürlich nicht.«

»Darüber gesprochen, dass ihr exklusiv nur euch gegenseitig von Ferne anschmachtet, ohne dass da was passiert?«

»Nein, aber ...«

»Wenn sie schlau ist, vögelt sie auch mit heißen Sprayern.« Evie verschränkt die Arme vor der Brust. »Ernsthaft mal, Bash. Klar ist die Situation ein bisschen merkwürdig, weil ihr diese Ménage-à-trois de travail am Laufen habt ...«

»Was?«, frage ich.

»Einen Arbeitsdreier. Aber alles, was mit Sex zu tun hat, klingt besser auf Französisch. Hat mir dieser Pariser Sternekoch beigebracht.«

Diesmal versucht Louise, ihr Seufzen zu unterdrücken.

»Il savait des trucs ...« Sie sieht Louise' fragende Miene und übersetzt: »Er wusste Dinge ... konnte Dinge ...« Und Louise stöhnt leise. »Jedenfalls ist das natürlich eine etwas spezielle Situation, in der du bist. Aber du hast meiner Meinung nach nichts falsch gemacht.«

»Na ja«, sage ich.

»Dann erzähl mal, was das sein soll.«

»Ich weiß schon, dass du andere moralische Vorstellungen hast als ich. Aber man suggeriert nicht einer Person, dass man Interesse hat, um dann mit einer anderen zu schlafen.«

»Kann aber passieren«, sagt Louise. »Ich verstehe, was du meinst. Aber du hast Camille nicht betrogen. Enttäuscht vielleicht. Aber das ist etwas anderes.«

»Ich enttäusche nicht gern.« Vor allem Menschen, die mir etwas bedeuten.

»Ich weiß.«

»Man schläft außerdem nicht mit einer Autorin, die man betreut.«

»Gibt's die Regel irgendwo schwarz auf weiß?«, fragt Evie.

»Manche Regeln muss es nicht schwarz auf weiß geben, weil der gesunde Menschenverstand einem sagt, dass es falsch ist.«

»Ihr seid beide erwachsen, oder?«, fragt Louise. »Ihr wolltet es in dem Moment beide, oder?«

Ich nicke. »Natürlich, ich würde nie ...«

»Dann ist es vielleicht ein bisschen unangenehm, aber moralisch nicht einmal grauzonig. Mit Camille würde ich an deiner Stelle vielleicht mal sprechen. Aber sorry, ich bin da ganz bei Evie. Ist es unkonventionell? Ja. Macht es die Dinge für dich unnötig kompliziert? Ja. Aber hast du einen unverzeihlichen Fehler gemacht? Sorry, nein.«

»Fühlt es sich trotzdem sehr so an? Ja.«

»Aber du hast die Messlatte auch einfach etwas hoch gehängt, fürchte ich.« Louise greift über den Tisch nach meinem Unterarm und drückt ihn einmal.

»Ich wünschte, ich könnte Mom und Dad davon erzählen«, sagt Evie verträumt. »Einmal nicht die Enttäuschung sein ... Muss das schön sein!«

»Also gibst du zu, dass ...«

»War nur ein Witz, Bash. Du bist immer noch viel zu gut für diese Welt, auch wenn du einmal ausgebrochen bist.«

Ich schüttle den Kopf. Das, was Louise und Evie sagen, ergibt durchaus Sinn. Nur nicht für mich.

»Bist du jetzt eigentlich fertig?«, fragt Evie. »Weil dann würde ich ganz gern auch mal über mich und meine Probleme reden. Hab schon Entzug, weil es in der letzten halben Stunde kein einziges Mal um mich ging.«

Louise und ich lachen. Ich vielleicht etwas zu laut, einerseits froh darüber, dass ich und meine zweifelhaften Handlungen nicht mehr im Fokus stehen, andererseits erleichtert über die Normalität, die uns nun wiederhat.

»Ich brauch echt einen Job, Leute. Und nicht nur, damit du deine Ménage-à-trois auch mal zu dir nach Hause einladen kannst – was du übrigens auch kannst, solange ich da bin, ich hab da kein Problem mit. Aber ich weiß, dass du eins hast, du Klemmi. Sondern weil ich echt gern einen zweiten Wodka Cranberry hätte und keiner hier anbietet, mir noch einen auszugeben.«

»Gert?«, frage ich. »Kriegen wir noch 'ne Runde?«

»Danke«, sagt Evie. »Aber das löst das Problem auf lange Sicht nicht.«

»Seit wann bist du so vernünftig?«, frage ich, weil ich auf einmal das Gefühl habe, dass sich in unserer Geschwisterdynamik etwas verschoben hat.

»Bin ich nicht. Keine Sorge. Aber ich hab mich in Europa dran gewöhnt, mich selbst um mich zu kümmern. Und das war ein ganz gutes Gefühl.«

»Ich habe eine Idee«, sagt Louise. »Aber könnte sein, dass es ein bisschen Vorarbeit unsererseits braucht.« Sie blickt zu mir. »Evie braucht einen Job. Wir haben einen.«

»Wie bitte?«, fragt Evie.

»Die Assistenz?«, frage ich, weiß aber bereits, dass das niemals funktionieren wird. Nicht, wenn Coulter etwas zu sagen hat. Und ob Evie die Richtige für den Job ist, weiß ich auch nicht. Schließlich kenne ich das Chaos, das sie in meiner Wohnung veranstaltet. Weswegen es wirklich schön wäre, sie hätte einen Job ...

»Willst du mich verarschen?«, fragt Evie an mich gewandt. »Bei euch liegt ein Job rum, und du sagst nichts?«

»Ich wusste nicht, ob du ... und Coulter und ...«

»Mit dem werd ich schon fertig«, sagt Evie.

»Das bezweifle ich nicht.«

»Die Frage ist eher, ob er sich drauf einlässt«, sagt Louise. »Aber ich glaube, wir könnten zumindest mal mit ihm sprechen.«

»Ich kann auch gern ein Gesundheitszeugnis mitbringen.« Evie lacht. »Wenn's hilft.«

»Könnte tatsächlich eine gute Idee sein«, sagt Louise und stimmt mit ein.

»Ich hab nicht wirklich eine Krankenversicherung.« Evie sucht meinen Blick. »Meinst du, du könntest mir was leihen?«

»Ich glaube nicht, dass Louise das ernst gemeint hat.« Doch wenn ich ehrlich bin, würde es vielleicht wirklich nicht schaden. »Aber klar, ich leihe dir das Geld.«

»Und dann sehen wir ja, wessen Intimhygiene hier wessen Standards entspricht.«

»Intimhy...«

»Nur ein Witz, Bash, nur ein Witz«, sagt Evie beruhigend, aber ich beschließe, dass ich ihr auch das Geld für einen Termin bei einer gynäkologischen Praxis leihen werde.

31

Camille

»Bitte, Daniel!« Meine Stimme hat sich innerhalb der letzten Minuten von vorsichtig fragend zu panisch flehend geschraubt. »Ich weiß nicht, wen ich sonst fragen soll.«

»Tut mir leid, Camille, aber das Leben ist keine billige RomCom, in der wir auf ein Fake Date gehen und dann happily ever after sind. Denn falls es dir noch nicht aufgefallen sein sollte, ich bin zu hundert Prozent gay. Vielleicht sogar zu zweihundert.« Er sieht nicht einmal von den Papieren auf, die er gerade durchgeht. Irgendein neuer Vertrag wahrscheinlich.

»Ja, ist mir aufgefallen. Und ich will auch gar nicht happily ever after sein. Ich brauche einfach nur jemanden, der mit mir zu diesem Konzert geht, damit meine Mutter nicht merkt, dass ich gelogen habe.«

»Womit wir wieder bei den billigen RomComs wären.«

»Nur, dass es dummerweise mein Leben ist. Also bitte? Liebster Daniel?«

»*Liebster Daniel?*« Er schnaubt und sieht mich nun doch an. »Sorry, Camille, aber es ist ja nicht so, als wären wir Freunde oder so.«

»Ich weiß.« Seit wir zusammen bei Encore arbeiten, habe ich nicht viel dafür getan, dass wir uns besser kennenlernen. Obwohl er es wirklich oft genug versucht hat.

»Und davon mal abgesehen, habe ich am Samstag auch keine Zeit. Normale Menschen haben am Wochenende etwas vor.«

Normale Menschen. Wie das klingt. Als wäre es unnormal, an einem Samstagabend allein zu Hause zu sitzen und zu lesen. Als wäre es unnormal, dass man andere Menschen eher als anstrengend wahrnimmt. Als wäre es unnormal, dass man Angst vor noch mehr Ablehnung hat.

»Und wenn ich dich dafür bezahle?«

Er lacht. »Du musst echt richtig verzweifelt sein.«

»Ich versuche nicht mal, es zu verbergen«, sage ich. »Ich hoffe auf Mitleid.«

»Du hast mein Mitleid, aber ich sage trotzdem Nein.«

»Was kann ich tun, um dich umzustimmen?«

»Such dir einen anderen Tag aus.«

»Aber das Konzert ist am Samstag.«

»Aber ich kann am Samstag nicht.«

»Aber ...«

»Sorry.«

»Aber wen soll ich denn sonst fragen?« Das sage ich mehr zu mir als zu Daniel.

»Einen Freund vielleicht?«

Mir entfährt ein trauriges Lachen. *Einen Freund.* Es ist lange her, dass ich so etwas wie einen Freund hatte.

»Den Freund von einer Freundin?«

Ich schüttle den Kopf. Dasselbe Problem. Man kann keine Freunde oder Freundinnen haben, wenn man nur eine Hülle ist, weil sich jedes Interesse dann wie eine Heuchelei anfühlt. Wie Daniels freundschaftliches Interesse am Anfang. Wie Bashs romantisches Interesse vor ein paar Wochen.

»Hey, ich weiß ja nicht, was bei dir gerade abgeht, und ich kann dir auch wirklich nicht helfen, aber willst du vielleicht drüber reden?« Daniels blonder Kopf taucht neben seinem Monitor auf.

Mein erster Gedanke ist: *Was soll das bringen?* Mein zweiter ist: *Warum sollten dich meine Probleme interessieren?* Mein dritter ist: *Wie krass wäre es, wenn ich tatsächlich mit jemandem sprechen könnte?* Und dann sage ich: »Vielleicht.«

Daniel lacht. »Lass mich wissen, wenn daraus ein *Danke, gern* geworden ist, okay?«

»Wird hier eigentlich auch mal gearbeitet?« Nina rauscht in ihrem roten Mantel mit schwarzem Pelzkragen ins Büro. Sie war zu einem ausgiebigen Brunch mit dem Schauspieler Carson Bryce verabredet, der in den Neunzigern in ziemlich miesen Superheldenfilmen gespielt hat und laut Fotos im Internet immer noch genauso aufgepumpt ist wie damals. Ich bin mir ziemlich sicher, dass sie eine Affäre mit ihm hat. Dass es inzwischen bereits Nachmittag ist, bestätigt die Theorie.

»Gut, dass du da bist, Nina.« Daniel zwinkert mir zu und steht dann auf, um ihr in ihr Büro zu folgen. »Ich habe eine Frage zum Edmond-Vertrag.«

Daniels Stimme wird leiser, als er die Tür hinter sich schließt. Und ich bin wie erstarrt, weil ich mich nicht daran erinnern kann, wann mir das letzte Mal jemand zugezwinkert hat. Es fühlt sich seltsam an. Als hätte er sich mit mir in dem Moment gegen Nina verbrüdert. Als wären wir – die nicht gearbeitet haben – gegen sie – die Chefin – vereint gewesen. Als wäre ich Teil von etwas. Teil von Kollegen. Teil von Daniel und Camille.

Ich weiß natürlich, dass das maßlos übertrieben ist. Denn warum sollten wir auf einmal eine Einheit sein? Aber dieser kurze vertraute Moment hat eingeschlagen. In mich. Wie ein Moment als Meteorit, der einen kleinen Krater in der Hülle, die ich bin, hinterlässt. Aber was, wenn er beim nächsten Mal durchschlägt und unter der Hülle Leere ist?

Als Daniel kurz darauf zurückkommt, bin ich am Telefon mit einem Veranstalter. Er setzt sich und grinst mich an, wie um mir zu sagen, dass er Nina besänftigt hat. Meine Mundwinkel heben sich beinahe automatisch. Und während ich noch versuche, die Konditionen ein bisschen zu verhandeln, fasse ich einen Entschluss.

Fünf Minuten später sage ich: »Daniel? Danke, gern.« Und er nickt wissend.

Wir gehen nach Feierabend in eine Cocktailbar um die Ecke, in der Daniel nach eigenen Aussagen schon ein paarmal war. Ich solle mich von der roten Barbeleuchtung und dem Fake-Mauerwerk nicht abschrecken lassen, der White Russian sei erste Sahne. Daraufhin lacht er laut.

»Wegen Sahne, verstehst du? White Russian?«

Ich nicke, und er hält mir die Tür auf.

Leise Loungemusik dringt an unsere Ohren. Weil es relativ früh ist, sind noch alle Tische frei. Hinter der Bar steht ein junger, gut aussehender Typ und blickt auf, als wir eintreten.

»Setzt euch, wo ihr wollt«, sagt er und lächelt.

»Hier?«, fragt Daniel und zeigt auf einen der Tische. Ein Teelicht in einem Glas steht darauf und beleuchtet die laminierte Klappkarte.

Wir setzen uns, Daniel schiebt mir die Karte hin. Alle Cocktailklassiker, die ich kenne, sind darauf zu finden. Doch am Ende tue ich es Daniel nach und bestelle auch einen White Russian, weil ich neugierig auf die *erste Sahne* bin.

»Schön, dass es endlich mal klappt«, sagt Daniel, als der Barmann wieder weg ist. »Hat auch nur ...« Er sieht scherzhaft auf seine nicht vorhandene Armbanduhr. »Anderthalb Jahre gedauert?«

Ich lache peinlich berührt. »Tut mir leid.«

»Ach was, nicht jeder kann mich mögen.« Er grinst.

»Nein, nein, das ist es nicht«, beeile ich mich zu sagen. »Es hat nichts mit dir zu tun, ich ...«

»Du musst dich echt nicht rechtfertigen.«

»Ich will aber«, sage ich mit Nachdruck.

»Okay?«

»Ich bin nicht so gut darin. Sozialleben. Freunde ...«

»Weswegen du niemanden hast, den du zu deinem Konzert schleppen kannst.«

Ich nicke. »Genau.«

»Aber am Telefon mit deinen Klienten wirkst du total souverän.«

»Aber da bin ich ja auch Agentin.«

»Und? Bist du doch jetzt auch. Nur, dass sie Feierabend hat.«

»Es ist ein bisschen wie eine Rüstung. Eine Persona, zu der ich werden kann.«

»Und die legst du dann einfach ab?«

Ich zucke mit den Schultern. »So ungefähr.«

»Das glaube ich dir nicht.«

»Ist aber so.«

»Und warum sind wir dann jetzt zusammen hier?«

Wieder zucke ich mit den Schultern. Ich kann ihm wohl kaum etwas von dem Meteoritenmoment erzählen. Dann hält er mich für völlig bescheuert. Wenn nicht ohnehin schon.

»Ich glaube, du unterschätzt dich.«

Auf roten Papierservietten werden unsere Drinks vor uns gestellt. Dunkler Kaffeelikör mit einer Sahneschicht obendrauf. Wir prosten uns mit den eleganten Kelchgläsern zu, nehmen einen Schluck, und ich bin froh darüber, dass ich nicht auf seine Annahme reagieren muss.

»Ich glaube, du unterschätzt dich«, wiederholt Daniel, als er sein Glas wieder abstellt. »Ich glaube, du bist ziemlich badass und cool, und nur, weil dir der Sinn nicht danach steht, dauernd mit Leuten abzuhängen, bedeutet es nicht, dass du schlecht darin wärst, ein Sozialleben zu haben.«

»Dass ich keins habe, beweist das Gegenteil.«

»Dass du eins haben *könntest*, beweist das Gegenteil vom Gegenteil.« Mit seinen zwei Zeigefingern zeigt er auf sich. »Obwohl du mich lange genug hast abblitzen lassen, weil du ›mit deiner Mom telefonieren musstest‹.« Er malt dazu Anführungszeichen in die Luft. »Oder ›deinen Dad besuchen musstest‹. Als würde irgendjemand so oft seinen Dad besuchen.« Er lacht.

»Das waren keine Ausreden.«

»Nicht?«

Ich schüttle den Kopf. »Mein Dad ist krank. Und ich besuche ihn jeden Freitag in seinem Pflegeheim.«

»Oh. Sorry.«

»Nicht schlimm.«

»Wenn du ihn donnerstags besuchen würdest, könntest du am Freitag ab und zu mal ausgehen.«

»Aber ich gehe ja ohnehin nicht aus.«

»Aber deine Ausrede war dein Dad. Nicht, dass du nicht ausgehst.«

Ich nicke. Natürlich könnte ich meinen Dad auch an einem anderen Abend besuchen. Aber an einem Freitagabend allein zu Hause zu sitzen, fühlt sich eben noch trauriger an als an anderen Tagen. »Vielleicht hast du recht.«

»Sehr sicher sogar.« Er lacht. »Ich bin das jüngste von vier Geschwistern. Ich hatte jahrelang Zeit, mir Menschen ganz genau aus der Nähe anzusehen. Deswegen bin ich auch ziemlich gut in diesem Freundschaftskram und allgemein Sozialleben.«

»Deswegen liebt Nina dich.«

»Nicht so sehr wie Carson Bryce.«

»Du glaubst auch, dass sie ...«

»Auf jeden Fall!«, sagt Daniel. »Die beiden treiben es wie die Karnickel.«

»Ich wusste es!«, quietsche ich, dann fange ich an zu lachen. Und diesmal kriegt die Hülle vielleicht tatsächlich einen kleinen Knacks, so heftig, wie dieser Moment einschlägt.

»Ich finde übrigens, du solltest dir ein tatsächliches Date für das Konzert organisieren.«

»Und wie, bitte schön, soll ich das machen?« Und wie soll das funktionieren?

»Mach es wie alle anderen Menschen in unserem Alter und lade dir eine App runter.«

Eine App, auf der die Leute mich anhand eines Fotos beurteilen, auf dem ich aussehe wie jemand anderes. Ich schüttle den Kopf.

»Nicht dein Ding?«

»Gar nicht mein Ding.«

»Was *ist* dein Ding?«, fragt Daniel.

Es ist Jahre her, dass mir jemand diese Frage gestellt hat. In der Schule, wenn man in diese Freundschaftsbücher schreiben musste, wurde immer nach Hobbys gefragt. Wobei, Mara wurde gefragt, und die Besitzerin des Buchs hat dann meistens noch hinterhergeschoben »Du natürlich auch, Camille«. Damals habe ich Lesen als Hobby genannt.

»Ich liebe Bücher«, sage ich. »Auch wenn ich nicht mehr so viel zum Lesen komme, wie ich gern würde.«

»Weil du allein zu Hause beschäftigt bist mit ...«

Ich verziehe mein Gesicht zu einer Grimasse.

»Kann es sein, dass du gerne Ausreden findest, Camille?«

Ich schlucke. »Ähm.«

»Ist auch egal. Sorry, wenn ich hier Grenzen überschreite, eigentlich geht es mich gar nichts an. Du musst schließlich damit glücklich sein.«

»Ja.« Mein Nicken ist sehr zögerlich. Denn dass ich nicht glücklich bin, ist so sicher wie das Amen in der Kirche. Aber dass ich nicht glücklich sein *kann*, eben auch. Als verstoßene Hälfte von einem Ganzen. Als Unvollständiges.

»Keine App also.« Ich weiß nicht, ob es der Versuch ist, das Thema wieder auf unverfänglicheres Terrain zu lenken, jedenfalls ist es mir noch unangenehmer als alles andere. »Aber woher kriegen wir dann ein Date für dich?« Er überlegt, und ich vermeide es, ihn anzusehen, pule stattdessen an meiner halb durchweichten Serviette herum. »Wie wäre es mit dem Barkeeper?«

»Äh, nein?« Ich setze das Glas an meine Lippen.

»Oh, ich weiß. Wie wäre es mit diesem cuten Lektor, der James Percivals Buch eingekauft hat?«

Und in diesem Moment, der auch einschlägt, aber auf eine

andere Art als die vorherigen, keuche ich vor Schreck. Doch weil ich einen Schluck White Russian im Mund habe, kriege ich ihn in den falschen Hals und beginne zu husten, bis mir der braune Likör zur Nase herauskommt.

3 2

Camille

Liebe Camille,

ich habe jetzt sicher zwanzig Mal angefangen, diese
Mail zu schreiben, und sie ebenso oft wieder gelöscht.
Ich weiß nicht, was ich sagen soll, ich weiß nicht,
wie ich es sagen soll, und ich weiß nicht einmal, ob ich
vielleicht schon zu spät bin und du bereits mit Jethro
gesprochen hast.
Ich schreibe einfach, wie es ist: Jethro und ich hatten
etwas miteinander. Ich möchte diesen Umstand nicht
weiter kommentieren, hier soll kein Raum für Ausflüchte
oder Erklärungen sein. Ich würde dir nur gern sagen,
dass es mir leidtut, wenn sich dadurch unser Verhältnis
verschlechtern sollte, ich dir in irgendeiner Weise
wehgetan habe und … ganz ohne jedes ›Wenn‹, dass
es mir leidtut.
Wenn ich etwas tun kann, um die Situation zu
entschärfen, lass es mich bitte wissen.

Liebe Grüße
Bash

Ich schlucke. Denn ja, natürlich wusste ich es. Und ja, natürlich hat es wehgetan. Und ja, natürlich macht es die Zusammenarbeit nicht leichter. Aber ich weiß auch, dass vieles von dem, was ich empfinde, meine eigenen Probleme sind. Dass ich niemandem einen Vorwurf machen kann – außer mal wieder mir selbst. Wie immer.

»Ist jemand gestorben?«, fragt Daniel an seinem Bildschirm vorbei.

»Hm?«

»Du hast gerade so herzzerreißend geseufzt, da dachte ich, ich frage mal nach.«

Ich schenke ihm ein – wie ich hoffe – unbekümmertes Lächeln. »Nein, alles in Ordnung.«

»Wir sind jetzt Freunde, Camille. Schon vergessen?«

Wieder trifft es mich unerwartet. Ein weiterer Meteorit. Sowohl das Wort »Freunde« als auch die Tatsache, dass Daniel meinen Namen benutzt. »Sind wir das?« Die Frage kommt wie automatisch. Nicht, weil ich es anzweifeln möchte, sondern weil da Unsicherheit ist.

»Okay, dann nicht«, sagt Daniel und taucht wieder ab.

»Nein, nein, so war das nicht gemeint!« Erst jetzt fällt mir auf, wie das geklungen haben muss.

»Und wie *war* es gemeint?«

»Nur ...« ... *ich hatte so lange keine Freunde mehr, dass ich offensichtlich nicht weiß, wie man sich verhält.*

»Das klingt so unendlich traurig. Aber ich helfe dir, wenn du willst.«

»Was?« Habe ich das etwa laut gesagt? Ein Blick in Daniels mitfühlendes Gesicht verrät mir, dass genau das passiert ist. O Gott, wie peinlich.

»Hey, alles gut. Ist doch okay, wenn du ein bisschen Zeit brauchst. Ich bin eher so der Typ ›überenthusiastisch‹. Wenn dich das überfordert, sag es ruhig.«

»Nein, nein, das überfordert mich überhaupt nicht«, sage ich, weil die Hülle zwar Delle um Delle bekommt, es sich aber so abgefahren gut anfühlt, dass ich mich freiwillig in die Flugbahn der Geschosse werfen will.

»Na, dann frage ich noch mal. Ist jemand gestorben?«

Ich schüttle den Kopf. Beiße mir auf die Unterlippe. Erst gestern Abend haben wir über ihn gesprochen. Daniel hat mir erzählt, dass er Badger Books gegoogelt hat und auf der Webseite auf ein Bild von Bash gestoßen ist. »Es geht um den ›cuten Lektor‹«, sage ich in Daniels eigenen Worten.

»Hast du ihn etwa nach einem Date gefragt?«

»Was? Nein!« Ich merke, wie mir Hitze ins Gesicht schießt. »Er hat mir nur diese Mail geschickt.«

»Was schreibt er?« Daniel macht Anstalten, aufzustehen, und ich verdecke reflexartig den Bildschirm mit der Hand.

»Er ... ähm ... hatte was mit einer Klientin von mir.«

Daniel schlägt sich die Hände vor den Mund. »Nein!«

»Doch.« Ich zucke mit den Schultern.

»Und jetzt?«

»Na ja, sie sind beide erwachsen, schätze ich. Es ist ja nicht so, als wäre da etwas zwischen uns gewesen.« Ein bisschen vielleicht. Aber nichts Ausgesprochenes. Nichts Verbindliches.

»Und warum schreibt er dir das?«

Wieder zucke ich mit den Schultern. »Weil er sich deswegen mies fühlt, schätze ich. Er entschuldigt sich und sagt, wenn er etwas tun kann, um die Situation zu entschärfen, soll ich es ihn wissen lassen.«

»Na, perfekt!«

»Was ist denn daran perfekt?«

»Er soll dich zu diesem Konzert begleiten.«

Mir entfährt ein ungläubiges Prusten. »Sicher nicht.«

»Warum denn nicht?«

»Er hatte was mit meiner Klientin. Und ich werde sicher nicht Berufliches und Privates vermischen.«

»Ääääääh«, macht Daniel und zeigt auf sich. »Du wolltest mich mitnehmen.«

»Ja, aber wir ... sind Freunde«, sage ich leise, weil es sich seltsam anfühlt, es selbst auszusprechen.

»Du drehst es dir so hin, wie du es gerade brauchst, oder?« Er lacht. »Du warst verzweifelt genug, um mich bezahlen zu wollen wie einen schwulen Callboy, der dir nicht mal einen Orgasmus verschaffen wird.«

»Daniel!«

»Ist doch wahr. Und er hat offenbar keine Probleme damit, Berufliches und Privates zu mischen. Sonst hätte er diese Mail gar nicht erst schreiben müssen, oder?«

Er *hatte* Probleme damit. Doch. Als es um ihn und mich ging. Als es um mich ging.

»Es ist doch vollkommen egal, was er mit anderen treibt. Hauptsache, du musst nicht allein zu diesem Konzert.«

»Und wie verzweifelt sehe ich dann aus?«

»So verzweifelt wie die Protagonistinnen in diesen Rom-Coms. Aber die kriegen am Ende alle ein Happy End, oder?«

Ich seufze. Nicht ganz so herzzerreißend wie vorhin vermutlich. Eher resigniert.

Und dann schreibe ich:

Lieber Bash,

ja, ich wusste davon. Und ja, ich war im ersten Moment überrascht. Aber ihr seid beide erwachsene, mündige Menschen, die hoffentlich klug genug sind, das Buchprojekt nicht durch diesen Zwischenfall zu gefährden. Vielen Dank für dein Angebot, die Situation zu entschärfen. Von meiner Seite aus ist das nicht notwendig. Solltest du allerdings am Samstagabend wider Erwarten nichts vorhaben – ich hätte eine Konzertkarte übrig, die ich sonst verkaufen muss.

Viele Grüße
Camille

Ohne lange darüber nachzudenken, schicke ich die E-Mail ab.

»Wenn er Nein sagt, versinke ich im Erdboden«, murmle ich.

»Wenn er absagt, gehe ich mit dir«, sagt Daniel.

»Jetzt auf einmal?« Ich stöhne. »Dein Ernst?«

»Mein voller Ernst. Freundschaft 101: Freunde helfen sich aus unangenehmen Situationen.«

»Freundschaft 101: Freunde bringen sich offenbar auch in unangenehme Situationen.« Denn es ist zu spät, um die E-Mail wieder zurückzurufen.

»Du lernst so schnell«, sagt Daniel, und ich will gerade etwas erwidern, doch in diesem Moment fliegt Ninas Bürotür auf, sodass wir schleunigst so tun, als wären wir beschäftigt.

33

Bash

»Nur über meine Leiche«, sagt Coulter. »Wobei, nein. Ich würde als Zombie wiedererwachen und immer noch vehement Nein sagen.«

»Sei nicht albern, Coulter.« Louise versucht, auf dem Weg zur Küchenzeile mit ihm Schritt zu halten. Aber Coulter ist sauer. Oder vielleicht nicht einmal das, aber er empfindet es jedenfalls als unter seiner Würde, über einen derart hanebüchenen Vorschlag überhaupt zu diskutieren.

»Wir brauchen Unterstützung. Katies und Vikrams Projekte bleiben auf der Strecke, weil sie so viel kompensieren müssen. Die Tür ist immer noch nicht repariert.«

»Das ist meine Schuld«, sage ich. »Ich muss mir die Angebote ansehen, die Vikram eingeholt hat.«

»Aber du hast anderes zu tun!«

Ich nicke. Natürlich hat Louise recht. Doch mir war von Anfang an klar, dass man Coulter nicht von Evie überzeugen würde. Die beiden können sich nicht riechen. Eigentlich überraschend, dass Evie keine Würgegeräusche gemacht hat, als Louise die Sache mit der Assistenz vorgeschlagen hat. Ob meine kleine Schwester langsam so etwas wie erwachsen wird?

»Es kamen noch mal ein paar Bewerbungen rein. Da wird

jemand dabei sein«, beharrt Coulter, nimmt seine Tasse aus dem Schrank und füllt schwarzen Kaffee hinein.

»Die, die du uns weitergeleitet hast?«, fragt Louise. »Ich habe sie mir gestern Abend noch angesehen und kann dir jetzt schon sagen, dass niemand davon infrage kommt. Bash und ich könnten hier und da vielleicht ein Auge zudrücken, aber ich kenne jemanden, der das nicht kann. Und das bist du, Coulter.«

»Tse«, macht Coulter.

»Tut mir leid, aber du hast es mit Mrs Pavlidis nicht geschafft, du wirst es auch mit der ehemaligen Tanztherapeutin, die in ihrem Abbinder eine animierte Katze hat, nicht schaffen. Evie ist perfekt. Sie ist schlau, sucht einen Job, möchte für längere Zeit in Portland bleiben.«

Kurz will ich einhaken und Louise darauf hinweisen, dass man sich bei Evie nicht sicher sein kann, aber wir brauchen nun mal wirklich eine Assistenz für das Team. So unberechenbar sie auch ist, sie wäre eine große Unterstützung. Und sie könnte aus meiner Wohnung ausziehen.

»Louise hat recht«, sage ich voller Überzeugung. »Wir können es uns nicht leisten, noch länger zu warten. Wir gehen alle auf dem Zahnfleisch.«

»Auf entzündetem Zahnfleisch, das schon fast komplett zurückgegangen ist«, wirft Louise ein, und Coulter verzieht angewidert den Mund. »Sorry, Coulter, ist so.«

»Sie war neulich zehn Minuten hier und hat schon mehr Unruhe gestiftet als Vikram und Katie und eure peinliche Fixierung auf das Streifenhörnchen zusammen.«

Vikram und Katie tauschen einen etwas verwirrten Blick aus, und ich beeile mich, ihnen mit einem leichten Kopfschütteln zu signalisieren, dass es hier nicht um sie geht.

»Ich kenne sie ja nicht. Und ich weiß auch nicht, ob meine Meinung relevant ist. Aber es gibt doch ohnehin eine Probezeit, oder?«, sagt Kwan. »Wenn es nicht funktioniert, könnte man ihr doch immer noch kündigen.«

»Ja, genau. Der kleinen Schwester vom Chef«, sagt Coulter. »Für wie blöd haltet ihr mich? Wenn ihr sie einmal hier reingeschleust habt, werde ich sie nie wieder los. Noch eine Parallele zum Streifenhörnchen.«

»Es hat einen Namen!«, sagt Louise tadelnd.

»Äh, Leute«, unterbricht Anna, »wieso funktioniert mein Mailprogramm nicht mehr?«

»Ich wollte auch schon was sagen, dachte aber, das wäre nicht der richtige Moment. Ich glaube, meine Word-Lizenz ist abgelaufen«, sagt Katie.

»Wie bitte?« In ein paar Schritten bin ich bei ihr. Sie öffnet eine Datei. Sofort taucht eine Fehlermeldung auf. »Wie kann das denn sein?«

»Oh, shit, ich glaube, da kam eine Mail.«

»Coulter?!« Louise sieht ihn fassungslos an.

»Ich dachte, Mrs Pavlidis hätte irgendwo fälschlicherweise ihre Mail-Adresse angegeben und würde jetzt jede Menge Spam bekommen. Das kam mitten in die Sache mit dem Jethro-Vertrag rein. Soll keine Ausrede sein, aber das ist mir dann wohl durchgerutscht.«

»Und jetzt haben wir kein Office-Paket mehr?«, fragt Anna.

»Das erklärt auch, warum ich heute noch keine einzige Mail bekommen habe.« Obwohl ich einige dringende Rückmeldungen erwarte. Unter anderem von Camille, die auf meine Entschuldigung noch nicht geantwortet hat.

»Ich kümmere mich darum«, sagt Coulter. »Sorry, Leute.«

»Gäbe es doch nur jemanden, den wir einstellen könnten, um sich um solche Dinge zu kümmern ...«, sagt Louise mit einem Seufzen. »Wie schön wäre das Leben.«

Coulter knurrt. »Ich habe gesagt, ich kümmere mich.«

»Aber das müsstest du nicht, wenn du ...«

»Louise, ich weiß, du bist ein Nagetier- und Menschenfreund. Und ich weiß, du magst Evie. Aber ich nicht, okay? Und sie mich auch nicht. Wir sind nicht kompatibel.«

»Wir sind auch nicht kompatibel, Coulter«, sagt Louise.

»Und trotzdem reiße ich mich jeden Tag einfach ein bisschen zusammen, damit das hier funktioniert.«

Selbst von Katies Schreibtisch aus sehe ich, dass Coulter die Augen verdreht.

»Und Bash. Er würde es natürlich nie zugeben, aber er geht auch Kompromisse ein. Deinetwegen.«

»Halt mich da bitte raus, Louise.« Obwohl sie recht hat. Und obwohl ich wirklich meine Wohnung zurückmöchte.

»Q. E. D.«

»Ich regle jetzt den Office-Mist. Und dann will ich zu diesem Thema nichts mehr hören, klar?« Coulter nimmt seine Tasse – die, die unter keinen Umständen jemals in die Spülmaschine darf – und durchschreitet den Raum zur Metalltreppe.

»Du bist so ein dickköpfiger Arsch, ey«, sagt Louise.

»Und du bist eine nervige Philanthropin, die am liebsten die ganze Welt retten würde. Tu dich mit der Hippiefrau mit dem Katzen-Abbinder zusammen. Ich wette, ihr kriegt es hin, durch Ausdruckstanz Weltfrieden herzustellen oder so.«

»Idiot«, entfährt es Louise, während Coulter nach oben verschwindet.

»War abzusehen«, erwidere ich.

»Ist dir das so egal?«, fragt Louise. »Es ist deine Schwester, über die er so denkt.«

»Ich werde seine Meinung nicht ändern. Ich weiß, wenn ich auf verlorenem Posten kämpfe. Und die beiden ... die kamen einfach noch nie klar.« Außerdem hat Coulter vielleicht nicht ganz unrecht. Evie *ist* eine Chaotin. Sie *ist* unzuverlässig. Aber gleichzeitig hat auch sie eine Chance verdient, hier auf eigenen Beinen zu stehen. »Gib mir einen Moment«, sage ich dann, und ohne zu wissen, was ich tue, folge ich Coulter nach oben.

Ich höre Louise noch »Viel Erfolg«, sagen, aber ohne jede Hoffnung in der Stimme. Dann klopfe ich an Coulters Bürotür.

»Ja?«, fragt er, und ich öffne die Tür und trete ein.

Coulters Büro ist das Gegenteil von Louise' und meinem. Es ist penibel aufgeräumt. Selbst die paar Manuskripte, die Coulter betreut, liegen säuberlich gestapelt im Regal. Keine einzige Seite ragt hervor. In einer Ecke steht ein Gummibaum, auf dessen Blättern nicht ein Staubkorn liegt. Der Schreibtisch ist leer, abgesehen von einem Stiftehalter, in dem sich fünf identische schwarze Stifte befinden, und einem Notizzettelhalter, von dessen Vorrat Coulter sich noch kein einziges Mal bedient hat, weil Notizzettel Chaos bedeuten. Und seinem Rubik's Cube natürlich.

»Hey, können wir kurz reden?«, frage ich. Mein Herz pocht schnell, Konfrontationen sind einfach nicht mein Ding. Was rede ich, ich vermeide sie, als hinge mein Leben davon ab.

»Tut mir echt leid, dass mir das durchgerutscht ist. Und du weißt, ich hasse es, mich zu entschuldigen. Aber das war richtig dämlich.«

»Darum geht es nicht.«

»Nicht?«

»Oder, na ja, doch irgendwie. Denn es ist dir durchgerutscht, weil du überlastet bist. Wie ich. Wie Louise. Wir brauchen eine Assistenz.«

Coulter stöhnt. »Nicht du auch noch.«

»Glaub mir, ich bin der Erste, der zugibt, dass Evie in der Vergangenheit nicht immer einfach war. Und dass es ein gewisses Risiko birgt, ihr diesen Job zu geben. Aber sie ist hier. Sie ist motiviert. Sie kann uns helfen, den Stress einigermaßen in den Griff zu kriegen.«

»Sie ist ein zusätzlicher Stress*faktor*.«

»Du redest über meine Schwester. Das ist dir klar, oder?«

»Mein Beileid.« Doch als er meinen mahnenden Blick bemerkt, sagt er: »Sorry. Sie und ich, das geht einfach nicht gut.«

»Ich weiß, dass du das so siehst, aber gib der Sache eine Chance. Kwan hat recht. Es *gibt* eine Probezeit. Und wenn du währenddessen irgendwann ein Veto einlegen willst, dann ...«

»... feuerst du sie?« Auf Coulters Gesicht zeichnet sich ein diabolisches Grinsen ab.

»Du bist so ein Scheusal.«

»Man tut, was man kann.«

»Aber ja, wenn du unzufrieden mit ihr bist, feuere ich sie. Allerdings auf eine weniger unterhaltsame Weise, als du dir das vielleicht vorstellst.«

»Dein Ernst?«

»Wenn das ein Deal ist, auf den du dich einlässt?«

»Weil du deine Wohnung wieder für dich willst, oder?«, fragt Coulter. Der Fuchs.

»Auch, aber nicht nur. Ich wünsche mir, dass es jemanden gibt, an den ich Mails mit einem Arbeitsauftrag weiterleiten kann, ohne ein schlechtes Gewissen zu haben, weil anderes auf der Strecke bleibt. Weswegen ich gerade alles selbst mache. Weswegen ich jeden Abend bis halb elf hier sitze. Weil ich zu Hause zu nichts komme, weil Evie dort ist.«

Coulter nickt. »Ich sehe das Problem.«

»Wir würden sie beide lösen. Mit nur einem kleinen Entgegenkommen deinerseits.«

»Ich werde das mit Sicherheit bereuen. Aber gut, auf deine Verantwortung. Stell deine verrückte Schwester ein, wenn es dich glücklich macht. Aber vergiss bei der Einarbeitung nicht, ihr die Hausregeln einzubläuen.«

»Danke, Coulter«, sage ich und mache Anstalten, auf ihn zuzugehen, um ihm auf die Schultern zu klopfen.

»Schon gut, Mann.« Er winkt ab. »Lass mich jetzt mal bitte kurz diese bescheuerte Lizenz erneuern, damit Evie deine Arbeitsaufträge auch bekommt.«

Ich nicke. »Klar. Und noch mal danke.«

»Hau schon ab.«

Und das tue ich. Ich schließe die Tür hinter mir, und als ich auf die Treppe trete, stelle ich fest, dass von unten alle Augen auf mich gerichtet sind.

»Und?«, fragt Louise.

Ich recke meinen Daumen nach oben.

»Dein Ernst? Wie hast du ... oh, wow! Das ist ja ... Yesssss!«
Sie bricht in einen etwas gedämpften Jubel aus, und Anna,
Kwan, Vikram und Katie stimmen mit ein.

»Shhhhhh«, mache ich aus Sorge, dass Coulter es sich
gleich noch mal anders überlegt, weil wir ihn gestört haben.

Doch er tut nichts dergleichen, sodass ich Evie anrufe und
ihr die guten Neuigkeiten erzähle. Sie ist ganz aus dem Häus-
chen, bedankt sich sicher zwanzigmal bei mir und verspricht,
dass wir diese Entscheidung nicht bereuen werden. Ganz so
optimistisch bin ich noch nicht, aber auch wenn es nicht hin-
haut, haben wir jetzt wenigstens eine Übergangslösung.

Zurück an meinem Schreibtisch stelle ich fest, dass Coulter
seinen Job gemacht hat, denn ich habe sechzehn neue E-Mails.
Zwei davon sind von Camille. Eine beinhaltet das fertige Manuskript von Jethros Buch. Die andere ...

34

Bash

»Diesmal ist es aber ein Date, oder?«, fragt Evie. Sie lehnt in meiner Schlafzimmertür. Die eigentlich geschlossen war.

Ich wiege langsam den Kopf hin und her, während ich mir das dunkelrote Hemd zuknöpfe. »Es wäre eins, wenn die Sache mit Jethro nicht passiert wäre, denke ich.« Aber jetzt bin ich mir nicht ganz sicher. Tue ich Camille einen Gefallen? Oder stört es sie weniger, als ich angenommen habe? Oder will sie mich über die Brüstung des ersten Rangs schubsen? Aber nein, das Ticket, das sie mir weitergeleitet hat, ist fürs Parkett.

»Vielleicht wollen sie einfach alle was von dir abhaben«, schlägt Evie vor, und ich verziehe den Mund. »Kann doch sein? Wenn es nur um Sex geht ...«

Aber die Momente zwischen Camille und mir waren eben genau das Gegenteil. Da ging es nicht um Sex, da ging es um eine Verbindung. Das, was ich immer haben wollte. Zwischen Jethro und mir – da ging um Sex. Und offensichtlich war es das, was ein anderer Teil von mir unbedingt wollte.

»Jetzt zerdenkst du es wieder, oder?«, fragt Evie. »Und du bereust, und du fühlst dich mies. Statt dich einfach auf einen guten Abend mit deiner Flamme zu freuen.«

»Sie ist nicht ...« Doch wem mache ich etwas vor? Sie *war*.

definitiv meine Flamme. Ist es vermutlich nach wie vor, wenn ich sie erst einmal sehe. Und dann werde ich mich innerlich verfluchen, weil ich so ein Esel war und mich nicht getraut habe, die letzte Distanz zu überwinden. Weil ich dachte, ich tue das Richtige. Vielleicht sollte ich meinen moralischen Kompass tatsächlich mal checken lassen.

»Keine Krawatte.« Evie schüttelt den Kopf, als ich Anstalten mache, eine aus dem Schrank zu ziehen. »Ernsthaft, das sieht zu förmlich aus. Hemd, Jeans, Sakko, gute Schuhe.«

»Seit wann bist du denn Expertin für kultivierte Dates?« Doch als ich mir die Krawatte hinhalte, merke ich, dass Evie recht hat.

»Haha, denkst du, ich knutsche immer noch auf Skateparks mit irgendwelchen Sechzehnjährigen?« Sie lacht. »Aber immerhin gibst du zu, dass es ein Date ist.«

»Immerhin gibst du zu, dass es ›irgendwelche Sechzehnjährigen‹ waren.«

Sie schnaubt. »Und falls es dich interessiert, ich war in Mailand eine Zeit lang mit einem sehr kultivierten Mann aus. Mit dem war ich in der Scala. *Da* könntest du meinetwegen eine Krawatte tragen.« Gerade will ich sagen, dass es mich eigentlich nicht interessiert, weil ich für meinen Geschmack ohnehin schon viel zu viel aus Evies Liebesleben weiß, da fährt sie fort. »Hach, Giorgio. Was für ein italienischer Zaddy.«

»Zaddy?« Ich bin mir sicher, dass ich nicht fragen sollte.

»Ein sexy Daddy. Also ich habe ja wirklich keine Daddy Issues, aber für Giorgio würde ich mich auf Sigmund Freuds Couch legen, das kannst du mal wissen.«

»Evie, bitte.«

»Sei doch nicht immer so zugeknöpft. Apropos, den obersten Knopf machst du bitte auf.«

»Kann ich mich vielleicht einfach in Ruhe für meine Ver-ab-re-dung fertig machen?« Ich betone jede Silbe, damit sie nicht wieder mit dem Date anfängt.

»Ich versuche nur, zu helfen.«

»Du würdest helfen, indem du das Wohnzimmer aufräumst.«

»Hatte ich ohnehin vor.«

Als ob, will ich sagen, aber ich schlucke es hinunter. Am Montag unterschreibt sie ihren Arbeitsvertrag, dann kann sie sich auf Wohnungssuche begeben. Solange gibt es keinen Grund, den Haussegen zu gefährden. Doch als würde sie es ahnen, trollt sie sich ins Wohnzimmer, und kurz darauf höre ich, wie sie tatsächlich Geschirr spült.

Ich ziehe mir meine schicken schwarzen Schuhe an. Dann werfe ich einen Blick in den Spiegel. Hemd, Sakko, Jeans, gute Schuhe. Wie Evie gesagt hat. Ich nicke. Und dann öffne ich den obersten Hemdknopf.

Das Merrill Auditorium ist Teil der City Hall. Vor dem imposanten grauen Steingebäude mit den beiden Seitenflügeln tummeln sich bereits elegant gekleidete Konzertbesucher. Mittelalte Damen unterhalten sich, lachen. Ein älterer Herr begrüßt seine Anfang zwanzigjährige Tochter – oder seine Freundin, wie mir beim Gedanken an Evie und Giorgio einfällt – mit einer innigen Umarmung. Doch je länger ich die beiden beobachte, desto sicherer bin ich mir, dass er ihr Vater ist, sodass ich mich erleichtert abwende.

Ich bin nervös. Nervös, weil ich mit Camille verabredet bin, für die ich auf dem besten Wege war, Gefühle zu entwickeln. Gute Gefühle. Schöne Gefühle. Gefühle, von denen ich dachte, sie wären falsch. Und die, da bin ich mir inzwischen sicher, gar nicht falsch gewesen wären.

In diesem Moment erblicke ich sie. *Gar nicht falsch* ist auf einmal die Untertreibung des Jahrhunderts. *So was von absolut richtig* trifft es eher. Sie trägt ihre Haare hochgesteckt, eine Strähne hat sich gelöst, und sie versucht gerade, sie gegen eine Windbö hinter ihr Ohr zu streichen. Unter dem schwarzen Mantel blitzt der Saum eines Kleids oder Rocks hervor, und ich ertappe mich bei dem Gedanken, dass ich wissen will, was von beidem es ist.

Inzwischen hat sie den Kampf gegen die Strähne aufgegeben und sieht sich um. Mir fällt auf, dass sie lange Ohrringe trägt, die ihr Gesicht wunderbar einrahmen. Das hier ist eine andere Camille als die Agentin. Es ist eine selbstbewusste, stolze Frau, die auf eine andere Weise schön ist als die professionell-distanzierte.

Ich hebe meine Hand und mache zwei Schritte in ihre Richtung, um auf mich aufmerksam zu machen. In diesem Moment erblickt sie mich, und ihr Gesicht hellt sich auf. Sie lächelt mich an, kommt auf mich zu, dann beginnt das Lächeln zu verblassen, als wäre ihr gerade eingefallen, wer ich bin und was ich getan habe.

»Hi«, sagt sie nur noch wenige Meter von mir entfernt. Im Licht, das aus dem Gebäude fällt und sich mit der Straßenbeleuchtung vermischt, wirkt sie beinahe zerbrechlich. Zerbrechlich und immer noch stark, auch wenn ich nicht einmal weiß, wie diese Kombination logisch möglich ist.

»Hi«, erwidere ich und mache Anstalten, sie zu umarmen. Doch sie hebt ihre Arme nicht, also lasse ich meine wieder sinken, just in dem Moment, da sie sich doch dazu entschließt, die Geste zu erwidern.

Etwas unsicher ziehe ich sie an mich, ihre Haare streifen meine Wange, und ich atme ein, weil ich hoffe, ihren Geruch wahrnehmen zu können.

»Hi«, sage ich noch mal, dann lösen wir uns wieder voneinander, und ich wünschte, der Moment hätte länger gedauert, auch wenn ich nicht weiß, was ich mir davon versprochen hätte.

Wir sagen nicht viel, als wir das Foyer betreten, das von den Gesprächen der anderen Konzertbesucher erfüllt ist. Wir geben unsere Mäntel ab und finden den Eingang zu unseren Plätzen. Ein Mann in roter Uniform scannt die Tickets und weist uns dann in die richtige Richtung.

Der Zuschauerraum summt vor Stimmen, und wir bahnen uns den Weg in die Mitte der Sitzreihe, wo noch zwei freie Plätze sind. Wir sitzen so weit vorne, dass man einen perfekten Blick auf die Bühne hat. Bislang ist sie noch menschenleer, doch auf den Stühlen werden schon bald die Musikerinnen und Musiker der New Yorker Philharmoniker Platz nehmen. Und eine von ihnen ist Camilles Schwester.

»Das sind wirklich gute Karten«, sage ich mit einem anerkennenden Nicken zu Camille. Es ist das erste Mal, dass wir mehr austauschen als Höflichkeitsfloskeln und »Entschuldigung«, weil wir einander an der Garderobe im Weg standen. »Du musst mir noch sagen, was du dafür von mir bekommst.«

»Ich ...« Camille bricht ab, dann schüttelt sie den Kopf. »Ach was, du bist eingeladen.«

»Aber ...«

»Im Ernst, Bash, ich bin froh, dass du so kurzfristig mitkommen konntest, sonst wäre die Karte ohnehin verfallen.« Ich will noch etwas erwidern, doch Camille legt mir die Hand auf den Arm, sieht mich an und schüttelt den Kopf. Und es ist nicht so sehr ihr Kopfschütteln, sondern die Tatsache, dass die Wärme ihrer Berührung langsam durch mein Hemd sickert, die mich schweigen lässt, bis die Lichter gedimmt werden und die Gespräche der anderen ebenfalls verebben.

Die in schwarz gekleideten Musikerinnen und Musiker betreten nacheinander die Bühne. Sie tragen ihre Instrumente, begeben sich an ihren Platz, nicken sich zu oder tauschen noch kurz ein paar Worte aus. Einige blättern in ihren Noten. Die Stimmung flirrt so kurz vor dem großen Konzert. Ich kann es beinahe spüren. Als alle sitzen, erhebt sich jemand, der Oboist spielt einen Ton. Dann beginnen sie alle, ihre Instrumente zu stimmen. Zunächst klingt es unsauber, doch nach und nach verschmelzen sie alle zu einem Ton. Und auf einmal wird es still.

Ein älterer Herr im schwarzen Anzug betritt die Bühne, und das gesamte Orchester erhebt sich, während Applaus aufbrandet. Er schüttelt die Hand des Geigers, der vorhin schon aufgestanden ist. Dann geht es los.

Das erste Stück spielen sie ohne Solisten oder Solistin. Die Musik nimmt mich völlig gefangen. Es klingt leicht, mühelos, jedoch gleichzeitig schwer und gewichtig. Und die ganze Zeit bin ich mir der Nähe zu Camille bewusst, die mich auf andere Art einnimmt als die Nähe zu Jethro. Jethros Nähe ist wie der erste Atemzug, nachdem man zu lange unter Wasser war. Camilles Nähe ist das Floß, das einen auf dem Wasser hält.

Kurz darauf ist das erste Stück vorbei. Wir applaudieren. Und dann betreten zwei junge Damen mit ihren Instrumenten nacheinander die Bühne. Als Einzige tragen sie kein Schwarz, sondern die erste ein rosafarbenes fließendes Kleid, die zweite ein enges türkisfarbenes und eine farblich passende Blume in ihrem dunklen Haar. Und dann drehen sie sich zum Publikum, um sich zu verbeugen, und mir bleibt fast das Herz stehen, denn ich sehe Camille.

Um mich zu vergewissern, dass ich nicht gerade meinen Verstand verliere, blicke ich zu der jungen Frau neben mir. Camille. Sie sitzt stockssteif auf ihrem Platz, die Augen weit aufgerissen, die Lippen bebend.

»Hey«, flüstere ich. »Seid ihr Zw...« Doch noch ehe ich zu Ende sprechen kann, nickt sie und wischt sich eine Träne aus dem Augenwinkel. »Oh, wow, ich hatte keine Ahnung!«

»Das ist Mara«, flüstert Camille, sieht mich an und lächelt kaum merklich. Dann wendet sie sich wieder nach vorne, und ich tue es ihr gleich, denn die Musikerinnen und Musiker machen sich bereit, der Dirigent hebt erneut die Arme, dann geht es los.

35
Camille

Ich kann den Blick nicht von ihr abwenden. Da steht sie, meine Schwester. Nur ein paar Meter von mir entfernt. Sie geht vollkommen auf in der Musik, so wie es schon immer war. Ihr gesamter Körper fühlt mit, bewegt sich mit. Und auf einmal bin ich wieder fünfzehn Jahre alt und sitze neben meiner Mom in der Aula unserer Schule, sehe Mara, wie sie allein auf der Bühne steht und spielt. Alle wussten, dass sie den Talentwettbewerb gewinnen würde, aber darum ging es ihr nicht. Sie wollte einfach nur spielen.

Ich hätte alles dafür getan, einen Wettbewerb zu gewinnen. So ist das vielleicht, wenn man kein Talent hat, in dem man aufgehen kann. Dann wünscht man sich eben Sichtbarkeit durch Auszeichnung. Mara hatte Sichtbarkeit durch sich selbst. Und ich hatte ihren Schatten, in dem ich mich verstecken konnte. Nun ist es ihr Schatten, der mich verschluckt.

Und trotzdem ist da so viel Liebe. Und Angst. Und bittere Gewissheit. Liebe für uns. Angst, sie verloren zu haben. Bittere Gewissheit, mich verloren zu haben.

Während alldem sehe ich sie, höre sie spielen. Und es hilft, auch wenn es brennt wie die Hölle. Sie zu sehen, bedeutet, zu wissen, wo ich anfange.

Auf einmal ertönt neben mir ein leises Zischen. Ich wende

mich um und merke, wie sich etwas aus meiner Hand windet. Dann schüttelt Bash seine Hand aus und verzieht sein Gesicht zu einer entschuldigenden Grimasse. Habe ich etwa seine Hand genommen? Und zu fest gedrückt? Ich spüre, wie mir Hitze ins Gesicht schießt. Gott sei Dank ist es so dunkel, dass Bash es nicht sehen kann.

Ich mag unbewusst nach seiner Hand gegriffen haben – warum er sie mir nicht sofort entzogen hat, weiß der Himmel –, aber jetzt spüre ich noch ihre Wärme. Spüre ihre Konturen genau in meiner Hand. Spüre, dass ich zu fest gedrückt habe und doch nicht fest genug, denn meine Hand will mehr von seiner Hand. Das ist eindeutig.

Erinnerungen werden laut. Erinnerungen an Nähe, an ihn. Doch bevor die Bilder zu lebendig werden können und Dinge in meinem Kopf wecken, die heute Abend in ihrem Dämmerzustand bleiben sollten, richte ich meinen Fokus wieder auf die Bühne. Auf die Musik, die mir durch und durch geht, weil sie wild und bewegend und intensiv ist, ja. Aber vor allem, weil meine Schwester, deren Abbild ich bin, sie spielt.

Ich verbiete mir jeden weiteren Ausflug in die Vergangenheit. In die junge und auch in die nicht so junge. Kurz schließe ich die Augen, weil ich denke, dann ist es leichter, diese Gefühlsüberforderung zu ertragen. Doch ich muss Mara ansehen. Ihr Gesicht, ihren Körper, der fast genauso aussieht wie meiner.

Als der letzte Ton verklungen ist, merke ich zunächst nicht, dass es auf einmal still geworden ist, weil ich so sehr damit beschäftigt bin, mich auf Mara und mich und die Tatsache zu konzentrieren, dass ich nicht sie sein kann, weil sie dort oben steht, im Licht. Und ich hier unten sitze. In der Dunkelheit.

Applaus brandet auf, und erst jetzt verstehe ich, dass das Konzert vorbei ist. Wie benommen blicke ich neben mich, sehe, wie Bash klatscht, tue es ihm wie mechanisch nach. Ich applaudiere meiner Schwester, wie sie es verdient hat. Sie strahlt, verbeugt sich, strahlt weiter, und ich kann nichts dagegen tun, dass meine Mundwinkel die ihren spiegeln. Doch gleichzeitig spüre ich auch, wie Tränen meine Wangen hinunterlaufen. Vor Stolz. Vor Sehnsucht. Vor emotionaler Verwirrung, weil so vieles gleichzeitig in mir passiert. Und dann ist da Bash neben mir, der ebenfalls Ausdruck dessen ist, was bei mir nicht stimmt. Oder nie gestimmt hat. Diese Abgrenzung zu anderen, deren logische Konsequenz sein muss, dass ich allein bin.

»Das war toll«, sagt Bash in den Applaus hinein. »Wirklich, deine Schwester ist ... wow!«

Ich nicke. »Ja«, sage ich, aber das Klatschen und die Bravorufe übertönen meine Stimme, die durch den Kloß in meinem Hals erstickt wird.

Wenig später bewegen wir uns mit der zäh fließenden Masse aus dem Konzertsaal nach draußen. Das helle Licht im Gang, die noch unverbrauchte Luft, Bashs Hand, die wie zufällig meine streift, all das bewirkt, dass ich aufwache. Aus einer Trance aus Traurigkeit, Erinnerung und Selbstversicherung. Auf einmal nehme ich meine Umgebung wieder wahr. Nehme mich selbst wahr. Den Mann neben mir. Die unbewusste Berührung unserer Hände weicht einem sehr bewussten Verschränken meiner Arme.

»Ist dir kalt?«, fragt Bash. »Soll ich unsere Mäntel holen?«

Und weil ich mir nicht vorstellen kann, neben ihm in der Schlange zu stehen, ohne dass ich von sich widersprechenden Gefühlen innerlich aufgefressen werde, nicke ich. »Danke, das wäre toll.«

Obwohl es draußen so kalt ist, dass man den Atem sieht, stelle ich mich auf den Vorplatz. Ich lehne mich an eine Laterne, blicke von draußen ins beleuchtete Innere und sehe den Menschen dabei zu, wie sie sie sind. Wie sie miteinander sind. Das Zusehen liegt mir. Das Außen-vor-Sein. Das Nicht-Teil-von-etwas-Sein. Und dann denke ich an Daniel, der auf einmal mein Freund sein will. Ich will das auch. Und ich denke an Bash und Badger Books und wie willkommen ich dort war.

Und wie dann alles so kompliziert wurde, dass niemand es je wird entwirren können. Und wie ich heute hier mit Bash bin. Und dann fällt mir der wahre Grund ein, warum ich ihn gebeten habe, mitzukommen, und ich ziehe mein Handy aus der Handtasche und schalte es ein, um zu sehen, ob meine Mom sich gemeldet hat.

In diesem Moment tritt Bash mit unseren Mänteln über dem Arm nach draußen. Er erblickt mich, lächelt. Und wie vorhin bei Mara spiegeln meine Mundwinkel die seinen. Sein Lächeln wird breiter und meins für einen kurzen Augenblick auch. Es ist ganz leicht, wenn man vergessen kann, was passiert ist. Aber das kann ich nicht. Darf ich nicht. *Will* ich nicht. Weil es schön war. Aber doch falsch. Bash hat es gewusst. Und dann trotzdem ...

»Ich dachte, du wartest drinnen.« Er lächelt einfach weiter. »Hier.« Er hält mir den Mantel auf, sodass ich nur noch mit den Armen hineinschlüpfen muss. Es ist eine aufmerksame Geste, die macht, dass es kurz in meinem Inneren sticht. »Noch mal danke, dass du mich mitgenommen hast, Camille.« Mein Name klingt schön aus seinem Mund. »Und wie toll, dass du also mit deiner Schwester geredet hast. Das freut mich so für dich!«

»Hat's dir gefallen?« Ich wechsle einfach das Thema – mit rauer Stimme, weil ich so wenig gesprochen habe.

»Sehr. Das Konzert und auch, na ja, dass ich mit dir hier war.«

Wieder sticht es. »Sorry, dass ich deine Hand ... ich habe es irgendwie unbewusst gemacht, weil ich meine Schwester ...«

»Ich hatte keine Ahnung, dass ihr eineiige Zwillinge seid. Und dass ihr euch ausgesprochen habt. Ihr hattet euch eine Weile nicht gesehen, oder wie war das?«

»Ja, genau.«

»Seid ihr jetzt noch verabredet? Ich will auf keinen Fall stören, aber ich dachte, falls du noch Zeit hast, könnte ich dich als Dankeschön ...«

»Meine Mom ist hier auch irgendwo. Ich würde ihr kurz Hallo sagen, wenn das okay ist. Aber dann gerne. Meine Schwester hat sicher etwas anderes vor.« Dass Mara nicht einmal weiß, dass ich hier bin, muss ich ihm nicht auf die Nase binden. Er weiß ohnehin schon zu viel über die ganze Sache.

»Okay«, sagt er, das Lächeln immer noch auf seinen schönen Lippen. Die mich fast geküsst hätten. Die Jethro geküsst *haben*. Bei diesem Gedanken kriege ich eine Gänsehaut meinen gesamten Rücken hinauf bis in meinen Nacken.

Auf einmal vibriert das Handy in meiner Hand. Eine Nachricht von meiner Mom.

»Sie kommt gleich raus«, sage ich zu Bash. »Wir treffen sie vorne an der Ecke.« Ich nicke Richtung Straße, und gemeinsam machen wir uns auf den Weg.

Ich habe keine Ahnung, wie sich diese Situation gestalten wird. Mom denkt, Bash ist mein Date. Meine Hände denken, Bash ist mein Date. Mein Kopf und Bash wissen es besser, weil diese Situation so zerfahren und überkomplex ist.

»Camille!« Mom steht vor einem unscheinbaren Seiteneingang und winkt, wie sie immer winkt. Sie trägt eine übergroße Jacke, die sie noch zierlicher wirken lässt. Die braungrauen Haare reichen ihr gerade mal bis zum Kinn. Als wir uns das letzte Mal gesehen haben, waren sie länger. Aber das ist nun auch schon ein paar Monate her. »Hi, mein Schatz.« Sie breitet die Arme aus und zieht mich an sich. Sie riecht nach Mom. Nach zu Hause und Familie, bevor alles meinetwegen zerbrochen ist.

»Hi«, sage ich in ihre Haare hinein.

»Schön, dich zu sehen.« Sie schaut mich an mit einem Blick, aus dem Neugierde, aber auch Besorgnis spricht. Als versuche sie, herauszufinden, ob das Konzert etwas mit mir gemacht hat. Das hat es, da bin ich mir sicher. Allerdings weiß ich in diesem Moment noch nicht, was es ist.

Nun flackert ihr Blick zur Seite. »Und Sie sind die Begleitung meiner Tochter?« Sie strahlt Bash an.

»Bash«, sagt Bash und streckt meiner Mom seine Hand hin. Die Hand, die ich vorhin zu fest gedrückt habe. »Bash Hanlon. Freut mich sehr.«

Mom zwinkert mir verschwörerisch zu und nickt anerkennend, und ich hoffe inständig, dass Bash keine Ahnung hat, was in sie gefahren ist.

»Hat es Ihnen gefallen?«, fragt sie Bash. Mich nicht. Wahrscheinlich ist es besser so.

»Sehr. Sie haben eine wirklich beeindruckende Tochter.«

Tochter. Nicht Töchter. Singular. Und Mom nickt. Weil auch sie Mara beeindruckend findet. Natürlich.

»Das muss ein stolzer Moment für Sie als Mutter sein.«

»Ich habe nicht so oft Gelegenheit, Mara spielen zu sehen. Deswegen, ja, es ist immer etwas ganz Besonderes.«

Ich habe einen Frosch im Hals, will mich aber auf keinen Fall räuspern, weil es sonst so wirkt, als würde ich Mom und Bash in ihrer Lobrede auf Mara bewusst unterbrechen. Und sie haben ja recht. Das weiß ich schließlich. Es ist auch nicht so, dass ich eifersüchtig bin. Nur weil wir gleich aussehen, bedeutet es nicht, dass wir auch die gleichen Fähigkeiten oder Charaktereigenschaften haben. Da ist kein Neid. Keine Eifersucht. Aber das sehr deutliche Gefühl der Distanz. Nicht nur der räumlichen, sondern auch – ich schlucke – der innerlichen. Als mir das bewusst wird, schlägt mein Herz auf einmal unregelmäßig wild. Es ist, als würde ich mich ein Stück weit lösen.

»Und woher kennen Sie sich?«, fragt Mom gerade.

»Wir arbeiten zusammen. An zwei Projekten. Ich bin Lektor bei einem kleinen Verlag, und Camille ...«

»Mitgründer«, korrigiere ich und frage mich im selben Augenblick, ob ich damit bezwecken will, dass Mom von meinem Fake Date beeindruckt ist.

»Sie haben einen Verlag gegründet?« Es scheint jedenfalls zu funktionieren. Großartig, jetzt wird sie Bash für immer in Erinnerung behalten und mich bei jedem Telefonat fragen, wie es dem »netten jungen Mann mit dem Verlag« geht. Was eigentlich »aus dem netten jungen Mann mit dem Verlag« geworden ist.

»Zusammen mit zwei Freunden, ja«, sagt Bash. »Camille hat zwei unserer Autoren unter Vertrag, so haben wir uns kennengelernt.«

»Wie schön, wenn man zusammenarbeitet und sich so gut versteht«, sagt Mom.

Bash sieht von ihr zu mir, lächelt und blickt dann zu Boden. »Das kann man wohl sagen.«

Die Tür hinter Mom wird geöffnet, und ein paar Leute treten heraus. Sie tragen Instrumentenkästen, unterhalten sich lachend. Und auf einmal wird mir mulmig. Ist das etwa der Künstlereingang? Bedeutet das ...

Die Tür geht abermals auf, und weitere Menschen kommen hindurch. Und dann bleibt mein Herz stehen, denn ich sehe sie. Mara. Meine Schwester, deren Gesicht ich jeden Morgen im Spiegel anschaue und das ich doch seit Jahren nicht mehr gesehen habe.

Ich will sie umarmen. Auf sie zustürmen, ihren Namen rufen. Den Namen, der mir so oft nur schwer über die Lippen kam. Ich will sagen, dass sie mir gefehlt hat, aber eben nur halb, weil sie ja immer da war. Immer bei mir. Ihr Bild, das mein Bild war. Will ihr zujubeln, weil sie so großartig gespielt hat, dort oben auf der Bühne im Licht.

Doch dann erblickt sie mich, und ihr Gesicht verändert sich. Ist nun nicht mehr das, was ich im Spiegel sehe. Das, was ich auf der Bühne gesehen habe. Nun ist es ein erschrockenes. Kurz denke ich, sie will einen Schritt auf mich zumachen. Um mir eine Ohrfeige zu verpassen? Um mich zu schütteln? Was bedeutet dieser Blick? Doch da dreht Mom sich um.

»Mara, Schatz!« Auch sie nennt sie Schatz. Wie früher. Da macht sie immer noch keinen Unterschied. »Du warst großartig!« Sie läuft auf sie zu, wie ich es nicht getan habe, und umarmt sie. Und Mara lässt sie. Nicht nur das, sie erwidert die Umarmung.

»Schön, dich zu sehen«, sagt sie, und seit sieben Jahren höre ich zum ersten Mal ihre Stimme. »Und ...« Sie wendet den Kopf in meine Richtung, aber ich kann nur daran denken, dass ich so für andere klinge.

Dann merke ich, dass ich gegen etwas stoße. Oder gegen jemanden, denn als ich aufsehe, blicke ich in Bashs Augen. Er legt einen Arm um mich, wie um mich zu halten, und ich spüre, wie ich gegen ihn sinke. Nur ein ganz kleines bisschen. Vielleicht noch ein bisschen mehr. Vielleicht könnte ich die Augen schließen, weitersinken und einfach in ihn hinein.

Dieser Gedanke bringt mich zur Vernunft, denn das Letzte, was ich brauche, ist, er zu werden. Als wäre das überhaupt möglich. Was für ein Unsinn, Camille.

»Gehen wir?«, frage ich, aber ich bin heiser, weil der Frosch in meinem Hals immer noch da ist. Wieso habe ich mich nicht geräuspert?

Aber Bash versteht mich trotzdem. »Sollen wir nicht erst noch deiner Schwester Hallo sagen?«

»Nein«, sage ich. Es ist immer noch ein Krächzen. »Nein, wir gehen. Sofort.«

Und dann stolpere ich mehr, als ich laufe, in irgendeine Richtung, dankbar darüber, dass Bash an meiner Seite ist. Wenn ich umfalle, dann nach rechts. Gegen ihn. In ihn hinein. Egal. Alles egal.

36

Bash

»Ist alles in Ordnung?«, frage ich.

Camilles überstürzter Aufbruch hat mich vollkommen überrascht. Nicht einmal von ihrer Mom habe ich mich verabschiedet. Das schlechte Gewissen lässt mich noch einmal zurückblicken, doch es sind inzwischen zu viele Musikerinnen und Musiker vor dem Eingang, sodass ich weder Camilles Mom noch ihre Zwillingsschwester ausmachen kann.

»Hey, Camille?« Ich fasse sie behutsam am Arm, versuche, sie zu bremsen. Was ist hier los?

»Sorry.« Sie sagt es so undeutlich, dass ich Schwierigkeiten habe, sie zu verstehen, macht sich los, setzt ihren schnellen Gang fort, der fast wie eine Flucht wirkt.

»Was ist denn?«

Sie schüttelt den Kopf. Weitere Strähnen haben sich aus ihrer Frisur gelöst.

»Okay, du willst nicht drüber reden. Das ist in Ordnung. Aber ... ähm ... soll ich dich besser allein lassen, oder willst du Gesellschaft?« Ich weiß nicht, was das Richtige ist.

Sie zuckt mit den Schultern und stößt dann lautstark die Luft aus. »Fuck.« Auf einmal bleibt sie doch stehen. Sie dreht sich weg von mir, geht leicht in die Hocke, stützt ihre Hände auf die Oberschenkel. »Fuck.«

Ich stehe ungefähr einen halben Meter von ihr entfernt. Ich könnte sie berühren, wenn sie es wollte. Könnte ihr eine Hand auf die Schulter legen. Würde es gern. In Ermangelung von irgendetwas, das ich tun kann, ohne vielleicht Grenzen zu überschreiten, räuspere ich mich verlegen und verlagere das Gewicht von einem Fuß auf den anderen – und wieder zurück.

Camille atmet. Durch die Nase ein, durch den Mund wieder aus. Hat sie eine Panikattacke? Das kenne ich von Laura, wenn ihr Leben ihr so sehr den Stinkefinger zeigt, dass sie es nicht mehr aushält und rechts ranfahren muss, um die Panik wegzuatmen.

»Ich bleibe hier, bis du mir sagst, dass ich gehen soll, okay?« Laura hilft es zumindest, wenn ich da bin. Und doch habe ich sie beim letzten Mal ignoriert. Um Camilles willen. Und jetzt bleibe ich. Trotz der unausgesprochenen Dinge zwischen uns. Der Sache mit Jethro, die ich nicht rückgängig machen kann – und nicht rückgängig machen wollte, selbst wenn ich es könnte.

Ich gehe einen Schritt in ihre Richtung und vor ihr in die Hocke, um ihr Gesicht zu sehen. Sie hat die Augen geschlossen. Doch dann nickt sie.

»Ja, bitte bleib.«

»Natürlich«, sage ich leise. »Natürlich.«

Wieder nickt sie. Dann öffnet sie die Augen. »Ich habe damit nicht gerechnet, weißt du?«

»Womit?«

»Mara so nah zu sein. Ich wusste, ich würde sie auf der Bühne sehen. Und dann hat meine Mom darauf bestanden, mein Date kennenzulernen. Woher hätte ich denn wissen sollen, dass sie sich am Künstlereingang treffen möchte?«

»Du wolltest ihr nicht so nah sein?«, frage ich. Hat Camille vorhin nicht gesagt, sie hätten sich ausgesprochen? Oder habe ich es nur angenommen?

Sie schüttelt den Kopf und sagt: »Doch.«

»Willst du drüber reden?«, frage ich. »Vielleicht noch ein Stück gehen?«

Sie wirft einen Blick auf ihre hohen Schuhe, die nicht aussehen, als wären sie für einen Spaziergang gemacht. Wieder schüttelt sie den Kopf und sagt: »Ja.«

Camille richtet sich wieder auf, sieht mich an. Sie versucht sich an einem Lächeln, das so gründlich misslingt, dass ich ihren Schmerz beinahe selbst spüren kann. Was auch immer ihr Schmerz ist.

Gleich um die Ecke ist Lincoln Park, ein eingezäunter Grünstreifen, der so klein ist, dass er den Namen eigentlich nicht verdient. Dennoch steuern wir nun genau darauf zu, während Camille nach Worten sucht oder sich vor Worten drückt. Ähnlich wie ich, nur dass sie etwas hat, worüber sie sprechen könnte. Mein Kopf hingegen stolpert zwischen Gedanken der Schuld und dem dringenden Bedürfnis hin und her, Camille nah zu sein. Beides ist in diesem Moment nicht das Richtige.

Jetzt am Abend ist der Park fast vollkommen ausgestorben. Eine ältere Dame kommt uns mit ihrem Hund entgegen, der ein neonleuchtendes Halsband trägt, sodass man ihn schon von Weitem sehen kann. Wind rauscht in den Blättern der Bäume, löst einige, die auf die Erde hinuntertanzen. Es ist eine fast gespenstische Stimmung.

»Ich dachte, wenn ich sie sehe, weiß ich wieder, wer ich bin«, sagt Camille auf einmal ins Blätterrauschen hinein. »Mom hat mich gewarnt. Sie wusste, dass es keine gute Idee war. Aber wenn man nie sich selbst, sondern immer nur jemand anderen sieht – noch dazu jemanden, der einen vergessen hat –, verliert man sich. Und dann verliert man vielleicht irgendwann den Verstand.« Sie lacht, doch es klingt müde. »Cy Bellamy könnte einen zweiten Band über mich schreiben. *The Not So Gentle Art of Losing your Mind.*«

Ich würde gern irgendetwas Hilfreiches sagen. Aber mir fehlen noch zu viele Informationen. Sie hat in der Vergangenheit einen Fehler gemacht. Das weiß ich. Sie hat offenbar immer noch keinen Kontakt zu ihrer Schwester. Aber was hat das alles zu bedeuten?

»Und es hat auch funktioniert, weißt du? Sie auf der Bühne zu sehen, hat die Verhältnisse irgendwie wieder zurechtgerückt. Sie im Licht, ich im Schatten. So war es immer. Ich hatte nur gehofft, dass wir uns, wenn wir uns eines Tages wiedersehen, um den Hals fallen würden. Ja, das war naiv. Aber so bin ich wohl. Naiv. Immerhin weiß ich das jetzt. Denn das ist etwas, das nur mich ausmacht. Die begabte Mara und die naive Camille. Yay.« Sie klingt so sarkastisch, dass sich meine Nackenhaare aufstellen.

»Ich meinte nicht, dass du nicht ...« Auf einmal fühle ich mich schlecht, weil ich vorhin genau das zu ihrer Mom gesagt habe.

»Aber es stimmt. Und es ist ja auch nichts dabei. Es gibt eben diese Menschen, die alles haben. Und es gibt die, die hart dafür arbeiten müssen, *irgendetwas* zu haben. Und das ist okay. Ich missgönne ihr nichts, Bash. Wirklich nichts. Ich wünschte einfach nur, ich müsste mir selbst ihre Vergebung nicht so sehr missgönnen.«

»Was ist passiert, um Himmels willen?«, frage ich. »Was kannst du getan haben, dass Mara dich aus ihrem Leben verbannt hat? Für immer?«

»Ich bin zu ihr geworden.« Sie zuckt mit den Schultern. Fast, als würde sie es abtun. Aber die Tragweite dessen, was sie sagt, ist dennoch greifbar.

»Was sagst du denn da? Du bist doch nicht zu ihr geworden. Du bist doch ein eigener Mensch.«

»Ich bin zu ihr geworden«, wiederholt sie. »Wir wollten das beide. Am Anfang. Sie, weil sie zu viele Verpflichtungen außerhalb der Schule hatte und keine Kapazitäten, all die Tests nachzuschreiben. Und ich, weil ich auch mal gesehen werden wollte.«

»Also hast du so getan, als wärst du deine Schwester, um

Tests für sie zu schreiben?« Ich muss verhindern, dass mir irgendetwas von dem, was Camille mir erzählt, entgeht. Sie spricht so leise. Und so schnell, dass ich höllisch aufpassen muss, nichts zu verpassen. Denn jedes Wort ist wichtig.

»Immer wieder, ja. Immer öfter. Wir haben beide das bekommen, was wir wollten.«

»Dann habt ihr also ein bisschen geschummelt. Da ist doch nichts dabei.«

»Kennst du das, wenn man auf einmal etwas bekommt, von dem man nicht wusste, dass es einem gefehlt hat? Und die Tatsache, dass man es jetzt weiß, macht die Leere vorher nur noch umso greifbarer?«

Für den Bruchteil einer Sekunde denke ich an Jethros Körper an meinem. Daran, dass ich ausgebrochen bin für diesen einen Abend. Diesen einen Moment in dem leer stehenden Haus. Doch dann vertreibe ich die Erinnerung, um wieder ganz bei Camille zu sein. »Ich glaube, ich weiß, was du meinst.«

»Und dann kann man es nicht mehr aufgeben. Im Gegenteil, man braucht mehr davon, um die Leere zu kompensieren.«

Mehr von ihr? Mehr von Jethro? Ich spüre, wie sich etwas in mir regt. Aber nein, darum darf es jetzt nicht gehen. Ich bin immer noch ich. Bash. Der das Richtige tut.

»Ich bin immer öfter zu Mara geworden. Immer öfter auch ohne, dass sie mich darum gebeten hatte. Ich habe ihre Klamotten getragen. Ihr Parfüm benutzt. Die Haare so getragen wie sie, während sie mit Jugendorchestern auf Tour war. Ich bin auf Partys gegangen, auf denen ich sonst nur als ihre Begleitung gewesen wäre. Ich hatte Freundinnen. Richtige Freundinnen. Nicht nur Maras Freundinnen, die mich geduldet haben, weil Mara mich dabeihaben wollte. Sie dachten, ich wäre sie, aber für mich hat das damals keinen Unterschied gemacht.«

Es tut mir weh, Camille so über ihre Jugend sprechen zu

hören. Meine Jugend war auch davon geprägt, eine Rolle zu spielen. Eine Rolle, die die Gesellschaft von mir erwartet hat. Oder eher: von der ich wusste, dass die Gesellschaft sie nicht erwartet, weswegen ich sie erfüllen musste. Ich weiß also, was es bedeutet, nicht kompromisslos man selbst sein zu können. Aber ich weiß nicht, was es bedeutet, es nicht zu wollen.

»Mara hat mich irgendwann erwischt und gesagt, dass wir damit aufhören müssen. Sie hat mich beschworen, es nicht mehr zu tun. Nicht mehr ihre Identität zu stehlen. Ich habe es verstanden. Natürlich, man kann ja nicht einfach das Leben von jemandem klauen. Und ich habe es auch nur noch selten gemacht, nur, wenn es einen Grund gab. Wenn ich einsam war. Mara hat es mitbekommen und wurde wütend. Sie hat alles Mom erzählt. Die ganze Sache mit den Tests, die ich für sie geschrieben hatte. Wir haben beide Hausarrest bekommen, aber ich bin mir sicher, Mom war wütender auf mich als auf Mara.«

»Warum sollte sie wütender auf dich gewesen sein? Du wolltest doch nur helfen.«

»Was man will und was man dann tut, sind zwei Paar Schuhe, wie du jetzt weißt. Und Mom hatte einfach keine Kraft, sich auch noch mit den Problemen ihrer Teenagertöchter herumzuschlagen. Sie konnte die Miete kaum zahlen, weil Dad krank wurde und auf einmal nicht mehr arbeiten konnte.«

»Das tut mir leid.«

»Sie hat mir die Schuld gegeben, dass es aus dem Ruder gelaufen ist, und so war es ja auch. Maras Plan war schließlich gut gewesen.«

Für sie selbst, würde ich gern sagen, aber es steht mir nicht zu, über Mara zu urteilen.

»Und dann kam Mick.«

»Wer war Mick?«

»Der Junge meiner Träume. Und Maras erster Freund.« Wieder ist da dieses frustrierte, müde Lachen. »Natürlich, wir mussten auch noch denselben Geschmack haben.«

»Willst du von ihm erzählen?«

»Nein.« Doch sie nickt. »Er war eine Klasse über uns und war irgendwie während der Sommerferien von einem unscheinbaren Kerl zum Mädchenschwarm geworden. Keine Ahnung, wie das passiert ist. Und natürlich war er in Mara verliebt. Und natürlich sie auch in ihn. Und natürlich war die ganze Schule eifersüchtig, vor allem ich. Auf ihn, weil er jetzt Mara hatte. Auf Mara, weil sie ihn hatte. Und dann bat sie mich doch noch ein letztes Mal, sie zu werden, weil sie sonst einen wichtigen Englischtest versäumt hätte. Mick wartete hinterher vor dem Klassenzimmer auf mich und fragte mich, ob ich mit ihm auf eine Party kommen wollte. Ob Mara mit ihm auf eine Party kommen wollte.«

»Aber sie war du. Oder du warst sie.«

»Ich war nicht nur sie. Ich war außerdem nicht schnell genug oder nicht rational genug oder nicht loyal genug meiner Schwester gegenüber, um eine Ausrede zu erfinden. Ich bin auf diese Party gegangen. Ich habe Alkohol getrunken. Und ich habe mit Mick geschlafen.« Sie hält kurz inne. »Er hat mit Mara geschlafen, aber ich mit ihm. Und als wir fertig waren, hat er gemerkt, was für eine abgefuckte Scheiße ich gebaut hatte.«

»Oh, Camille!«

»Sag das nicht, als hätte ich Mitleid verdient.«

»Aber ...«

»Er hat es Mara sofort erzählt. Sie war am Boden zerstört. Und Mom wusste sich nicht anders zu helfen, als mich zu Dad zu schicken. So. Jetzt kennst du die ganze elende Geschichte.«

»Danke, dass du sie mir erzählt hast«, sage ich, habe aber das dumpfe Gefühl, dass alle Beteiligten hier Fehler gemacht haben, während nur Camille immer noch unter der Situation leidet. Ihre Schwester hat sie ausgenutzt. Mick hat mit ihr geschlafen. Ihre Mutter hat eine für sich sehr bequeme Lösung des Problems gefunden. Und Camille hat sich verloren.

»Ich wette, jetzt bist du froh, dass du nicht mich, sondern Jethro geküsst hast, was?«

Der abrupte Schwenk hin zu unserer chaotischen Geschichte lässt mich wie angewurzelt stehen bleiben. »Nein«, murmle ich. Denn das eine hat mit dem anderen nun wirklich nichts zu tun. »Nein.« Ich wiederhole es noch mal lauter.

»Und eigentlich wollte ich niemandem mehr etwas vormachen. Ich habe es mir selbst versprochen, weißt du? Es hat mein Leben einmal ruiniert, es darf kein zweites Mal passieren. Und trotzdem ...« Sie räuspert sich. Ich vermute, sie räuspert sich gegen die Tränen an.

»Aber wem machst du denn etwas vor?«

»Ich habe dir nicht einmal gesagt, dass ich dich heute eingeladen habe, weil meine Mom mein Date kennenlernen wollte. Dabei hatte ich kein Date. Ich wollte einfach nur Mara spielen sehen. Da hast du es. Ich habe eine zweite Karte gekauft und dein schlechtes Gewissen ausgenutzt, um meiner Mom etwas vorzuspielen.«

»Aber das machen wir doch alle«, sage ich. »Wir alle spielen unseren Eltern eine bessere Version von uns vor.« Alle außer Evie vielleicht.

»Eine bessere Version«, wiederholt Camille. »Du an meiner Seite machst mich also zu einer besseren Version.«

»So meinte ich das nicht.«

»Ich weiß.« Ihre Schultern sacken herab. »Darum geht's auch gar nicht.«

»Worum geht es dann?«

»Darum«, sagt sie. Dann kommt sie auf mich zu und presst ihre Lippen auf meine.

Sie fühlen sich weich an. Und warm. Und wundervoll. Genau so habe ich sie mir vorgestellt. Wobei, nein, es ist noch viel besser als in meiner kühnsten Fantasie. Es ist, als würden Puzzleteile automatisch an ihren Platz gerückt. Sie passen perfekt. Ihre Lippen und meine Lippen.

Sie löst sich von mir, ich will sie an mich ziehen. Doch sie sagt noch ein letztes Mal: »Fuck!« Dann läuft sie davon.

37

Jethro

Ich spüre seinen Körper an meinem. Wenn ich ehrlich bin, spüre ich ihn seit jener Nacht. An mir und in mir. Ich rieche seinen Duft, ich schmecke seinen Mund, ich höre sein Keuchen. Erinnerungen aufzufrischen, ist gefährlich, weil das Verlangen und die Sehnsucht dann stärker werden als die Vernunft.

Ich weiß, ich kann ihn nicht haben. Nicht komplett. Nicht als ich und er. Weil ich mich ihm nicht zu erkennen geben kann. Aber ich kann ihn auch nicht *nicht* haben. Und während ich nicht aufhören kann, über die Nacht nachzudenken, während ich seine Lippen auf meinen schmecke und fühle, kribbelt mein gesamter Körper. Von den Zehenspitzen bis in die Haare. Da ist ein Zerren und Ziehen in mir, ein Brennen unter der Haut und ein Rütteln an meinem Herzen, das unerträglich ist, aber unerträglich schön.

Es war klar, dass ich wieder einmal nicht würde schlafen können. Ich habe ohnehin einen leichten Schlaf, weswegen ich die Nacht nur mag, wenn ich unterwegs bin. Aber mit den Empfindungen in meinem Körper und allem, was sich zugetragen hat, mit den Bildern, vergangenen und gegenwärtigen, lechzt mein Kopf nach Ablenkung. Und die Ablenkung findet er ausgerechnet in der Erinnerung an die nervenkitzelnde, herzrüttelnde Nähe zwischen uns. Es ergibt gar keinen Sinn, und doch ergibt es so viel Sinn.

Das Ziehen und Zerren schwillt an. Ich spüre es genau. Wie es mächtiger und stärker wird. Stärker als ich. Wie ich dabei immer schwächer werde. Ich und mein Wille, vernünftig zu sein. Wir schrumpfen gemeinsam. Werden verdrängt von alles verzehrender Sehnsucht, bis sie die Kontrolle übernimmt. Ich wehre mich nicht mehr, ich *kann* mich nicht mehr wehren.

Es ist das erste Mal, dass Jethro eine Instagram-Nachricht verfasst. Das erste Mal, dass Jethro nach menschlichen Bedürfnissen handelt, statt eine reine Kunstfigur zu sein, die erst in ihrer Unsichtbarkeit sichtbar wird.

Doch unsichtbar werde ich bleiben. Unsichtbar *muss* ich bleiben. Deswegen kann ich ihn nicht haben. Nicht komplett. Nicht als ich und er. Aber wenn ich ihn auch nicht *nicht* haben kann, muss ich es auf diese Weise probieren.

38

Bash

Seit Jethros Nachricht funktioniere ich wie auf Autopilot. Ich denke nicht. Ich ergebe mich in meine eigenen Handlungen, die sich nicht anfühlen, als wären sie meine. Aber es ist mir physisch nicht möglich, ihr zu widerstehen. Mein Unbewusstes hat übernommen mit all seinen Wünschen und Gelüsten. Mit all dem Unterdrückten, das in mir geschwelt hat.

> Gib mir deine Adresse. Ich komme um 20 Uhr zu dir.
> Verbinde deine Augen. Wenn du mich siehst, ist es vorbei.

Auf dem Heimweg vom Büro spüre ich meinen schwarzen Schal überdeutlich um meinen Hals. Den Schal, mit dem ich mir die Augen verbinden werde, sobald Jethro bei mir geklingelt hat. Meine Kehle wird eng vor ungeheurer Lust. Meine Hose ebenso. Meine Finger prickeln, meine Beine fühlen sich an, als würden sie jeden Moment unter mir nachgeben. In meinem gesamten Leben habe ich noch nie etwas so Heißes getan.

Jeder andere Gedanke, der sich einschleichen könnte – ob es falsch ist? Ob ich einen riesigen Fehler mache? Ob ich es bereuen werde? –, ist verstummt, als ich an meinem Wohnhaus ankomme. Gerade, als ich in den Aufzug steige, kommt eine Nachbarin dazu. Sie nickt mir zu, ich erwidere den Gruß, als wäre ich ein aufmerksamer Nachbar und kein notgeiler Typ, der gleich mit einer fremden Frau Sex haben wird. Zum zweiten Mal. Weil da eine sexuelle Anziehung ist, die stärker ist als alles, was er bislang gekannt hat.

Es fühlt sich verboten an. Und gleichzeitig verboten gut. Der Nervenkitzel, das Abenteuer. Wie an dem Abend, als ich zum ersten Mal mit Jethro geschlafen habe. Als wäre der Ausbruch notwendig, um weiter existieren zu können. Als müsste ich diesen Fehler machen – wenn es denn ein Fehler ist –, um andere nicht zu begehen. Als würde mir das Universum diesen Wahnsinn gönnen, ja sogar verordnen.

Ich blicke auf meine Handyuhr. Um genau Viertel vor acht spuckt mich der Aufzug in der fünften Etage aus. Dass mich meine Beine tragen, kommt mir selbst wie ein kleines Wunder vor, aufgekratzt und nervös, wie ich bin. Mit zitternden Händen sperre ich meine Tür auf.

Ich schalte das Licht ein und stöhne. Denn Evie hat natürlich nicht aufgeräumt, wie sie es versprochen hatte. Wahrscheinlich hätte sie auch vergessen, dass ich sie gebeten habe, heute erst spät nach Hause zu kommen, weil ich einen Abend für mich brauche. Erst hatte ich ein schlechtes Gewissen, aber es stellte sich heraus, dass sie ohnehin etwas vorhatte.

In Windeseile sammle ich all ihren Kram zusammen. Die Klamotten, die Bücher – eins über die Theorie des Erzählens, das ich noch nie gesehen habe –, die Essensreste. Es wird wirklich höchste Zeit, dass sie auszieht.

In diesem Moment klingelt es. Jethro ist hier. Sie ist hier, und ich wollte mir eigentlich noch etwas anderes anziehen. Mich frisch machen. Selbst schuld, wenn man nicht rechtzeitig Feierabend macht. Selbst schuld, wenn man seine Schwester auf dem Sofa schlafen lässt. Selbst schuld, wenn man sich mit fremden Frauen zu anonymem Sex verabredet.

Ich nehme die Welt wie in Zeitlupe wahr. Nehme mich

selbst, meine Schritte, meinen eigenen Herzschlag überdeutlich wahr, als ich zum Türöffner gehe und auf den Knopf drücke. Mein Herz schlägt inzwischen so schnell, dass es mich nicht wundern würde, wenn es mir gleich aus der Brust spränge.

Ich höre, wie sich der Fahrstuhl in Bewegung setzt, da fällt mir ein, dass ich mir meine Augen verbinden muss. Weil ich nicht vorhabe, gegen Jethros Regel zu verstoßen, nehme ich meinen Schal und binde ihn mir um den Kopf. Meine Augen schließen sich wie automatisch, aber selbst wenn sie geöffnet wären, würde ich nichts sehen.

In der Schwärze nehme ich meinen Herzschlag noch deutlicher wahr. Mein Atem geht unregelmäßig, fast ein wenig abgehackt, als wäre ich gerannt. Dann klopft es. Drei Mal. Nicht zu fest, nicht zu schwach. Und ich öffne, ohne dass ich etwas sehen kann.

Ich bin mir sicher, Jethro späht erst einmal durch den schmalen Spalt, um sicherzugehen, dass ich ihren Anweisungen Folge geleistet habe.

»Hi«, sage ich und hebe die Hand auf eine – wie ich hoffe – lockere Weise. »Ich ...« Es ist nun eher ein heiseres Flüstern. »... sehe nichts, keine Sorge.«

Ich höre, wie sie ausatmet, und ich möchte mich auf diesen Atem stürzen. Möchte ihn einsaugen. Möchte in ihm aufgehen.

»Komm rein.«

Einen Augenblick lang passiert nichts. Dann spüre ich, wie sie an mir vorbei und in meine Wohnung geht. Ich schließe die Tür, folge ihr, mich an der Wand entlang ins Wohnzimmer tastend.

»Das Bad ist dort.« Ich zeige dorthin, wo ich es vermute. »Falls du was trinken magst, Wasser ist im Kühlschrank. Und das ist mein Schlafzimmer.«

Auf einmal spüre ich Jethros Berührung an meinem Arm, und ich bekomme eine Gänsehaut. Nicht, weil mir kalt wäre, sondern weil jedes Streifen von Jethros Hand einen Schauer der Lust durch meinen Körper jagt.

»Schön, dich zu sehen.« Sie haucht die Worte nur in mein Ohr, und ich stöhne leise, weil ihr Atem meine Haut zum Glühen bringt.

»Schön, dich ... nicht zu sehen«, sage ich mit einem erwartungsvollen Lächeln auf den Lippen.

Sie nimmt meine Hand und zieht mich mit sich. Sie hat die Kontrolle, und ich ergebe mich. Im nächsten Moment betreten wir das Schlafzimmer, und sie schiebt mich gegen das Bett. Sanft drückt sie mich nach unten, sodass ich keine andere Wahl habe, als mich auf die Matratze zu setzen. Meine Finger tasten zur Orientierung nach der Bettwäsche. Sie raschelt leise.

»Bash«, flüstert Jethro, und an der Wärme ihres Atems spüre ich, dass sie ganz nah ist. Meine Hände suchen sie und finden ihre Beine, streichen sie langsam hoch. Dann über ihre Hüfte und ihre Taille. Sie trägt Jeans und einen Pullover, wie ich an dem wollenen Material merke.

Ich taste weiter, spüre ihren Körper, ihre Form. Die Rundungen ihres Hinterns, ihren Rippenbogen. Meine Finger wandern überallhin, und sie keucht leise. Und dann sind ihre Lippen auf meinen Lippen, und ich explodiere innerlich.

Wieder entfährt mir ein Stöhnen, weil meine Nerven zum Zerreißen gespannt sind und meine Sinne alles potenziert wahrnehmen. Ihren Geruch, ihren Geschmack, das Gefühl ihrer Lippen auf meinen Lippen, ihrer Hände in meinen Haaren.

Ich umfasse sie fester, ziehe ihren Körper enger an meinen. Sie positioniert sich über mir, ein Knie links, ein Knie rechts, dann lässt sie sich auf meinen Schoß sinken. Durch den dünnen Stoff meiner Hose spürt sie mit Sicherheit die Beule zwischen meinen Beinen, und tatsächlich, sie beginnt, ihren Körper daran zu reiben, sodass ich Sorge habe, ich könnte bereits kommen, bevor wir auch nur angefangen haben, richtig Sex zu haben.

Aber das hier – die gesamte Situation – ist das mit Abstand Erotischste, Aufregendste, Heißeste, was ich je erlebt habe, und es fällt mir schwer, mich zurückzuhalten.

Ihre Zunge tastet sich in meinen Mund vor, und ich heiße sie willkommen. Umspiele mit meiner die ihre. Und ohne unseren Kuss zu unterbrechen, beginnt sie, mein Hemd aufzuknöpfen. Ebenso langsam, wie sie durch meinen Mund fährt, Knopf für Knopf. Ich keuche in sie, umklammere ihren Körper, weil ich ihr in diesem Moment näher sein will als menschenmöglich.

Gleichzeitig war ich ihr noch nie so nah. Der Sex, den wir in dem leer stehenden Haus hatten, war einer spontanen Gier geschuldet, die wir beide nach unserer Flucht verspürten. Das hier ist sanfter. Zärtlich beinahe. Und es ist geplant, weil wir beide Lust aufeinander haben. Auch wenn ich nicht weiß, ob das bedeutet, dass das hier eine regelmäßige Sache wird, macht die Gewissheit der gegenseitigen Begierde dennoch, dass ich das Gefühl habe, zu schweben.

Ihre Lippen wandern nun mein Gesicht entlang, küssen hierhin und dorthin. Es ist aufregend, nicht zu wissen, wo sie als Nächstes landen werden, dort einen Moment verharren, bis die Stelle, die sie küsst, anfängt zu kribbeln, als hätte sie ein Eigenleben, das Jethros Küsse aufweckt. Sie küsst meinen linken Wangenknochen – ganz sanft. Küsst meinen rechten Wangenknochen – ganz sanft. Küsst meine Stirn – ganz sanft. Fährt mit ihren Fingern immer wieder durch meine Haare, und ich will mich auflösen in ihrer Berührung, weil ich mich gleichzeitig geborgen und gesehen und aufgeheizt fühle.

Langsam streift sie mir das Hemd von den Schultern. Als Nächstes zieht sie mir das T-Shirt, das ich drunter getragen habe, über den Kopf. Meine Lippen finden wieder die ihren, öffnen sie mit einem Kuss, und nun ist es meine Zunge, die sich Zugang zu ihrem Mund verschafft. Ihr Geschmack bringt mich fast um den Verstand, und ich lasse meine Hände unter ihren Pullover wandern, um ihre heiße Haut zu spüren. Sie ist so weich, so zart, und ich fahre mit meinen Handflächen über jeden Zentimeter ihres Körpers, der mir gerade zur Verfügung steht, weil ich nur so ein Bild von ihr zeichnen kann. Vor meinem inneren Auge, das so klar sieht wie noch nie zuvor.

Sie hilft mir, ihren Pullover loszuwerden. Darunter ertaste ich einen Spitzen-BH, der im nächsten Moment auch verschwunden ist, sodass ich nun über ihre weichen Brüste streichen kann. Ich spüre ihre Nippel, die sich unter der Berührung aufrichten, höre sie die Luft einziehen, als ich sanft, aber nicht zu sanft hineinkneife. Sie fühlt sich so gut an. So unfassbar gut, dass ich hier und jetzt wünschte, ich würde nie wieder etwas anderes berühren als sie.

Meine Hände kneten ihr Fleisch, fahren fest über ihren Körper. Mein Penis pocht in meiner Hose, und die Sehnsucht nach ihr wächst ins Unermessliche, obwohl sie direkt hier ist. Direkt an mir. Ihr Körper an meinem, ihre Haut an meiner, ihre Hitze, die sich mit meiner Hitze mischt.

Und dann klettert sie von meinem Schoß. Für einen kurzen Augenblick habe ich keine Ahnung, was als Nächstes passieren wird, bis ich spüre, wie sie sich an meinem Gürtel zu schaffen macht. Mein Penis zuckt so heftig, dass ich aufstöhne. Ich helfe ihr, mich aus der Hose zu befreien, dann ist ihre Hand an meiner Erektion, und gleich darauf umschließen ihre Lippen meine Spitze.

Sie bewegt ihren Mund langsam auf und ab, nimmt meinen Penis tief in sich auf, und es fühlt sich so gut an. So unfassbar gut. So alles umstürzend gut. Mit ihrer Zunge leckt sie einen Lusttropfen ab, und dieses Gefühl raubt mir die Luft zum Atmen, raubt mir den Verstand, raubt mir alles, woran ich je geglaubt, was ich je für Gewissheit gehalten habe.

Ich lasse mich nach hinten sinken, weil ich mich nicht mehr aufrecht halten kann. Meine Beine zittern an Jethros Körper. Ich höre mich keuchen und stöhnen, während sie leicht an mir saugt. Das leise schmatzende Geräusch ihrer Lippen ist das Schönste, was meine Ohren je vernommen haben. Ihre Zunge das Intensivste, was ich je gespürt habe. Alles an und in mir kribbelt und prickelt vor Verlangen.

Eigentlich will ich nicht, dass sie aufhört, doch ich brauche mehr von ihr. Mehr als nur ihren Mund. Mein zuckender Penis hasst mich dafür, aber zwischen zwei tiefen Seufzern sage ich: »Ich will dich. Bitte.«

Ich ziehe sie auf mich, habe den unbedingten Wunsch, ihr ganzes Gewicht auf mir zu spüren. Sie beginnt, sich an mir zu reiben, aber da ist noch zu viel Stoff zwischen uns, sodass ich versuche, mit zitternden Händen den Verschluss ihrer Hose zu öffnen. Ich höre sie leise lachen, weil ich mich vor Lust so ungeschickt anstelle.

»Warte«, flüstert sie, obwohl ich nicht warten kann.

Das Gewicht ihres Körpers verschwindet für einen Moment, und ich höre, wie sie sich die Hose von den Beinen schiebt. Ich beeile mich, es ihr gleichzutun, und dann ist sie wieder da. Nackt. Auf mir. Auf meinem ebenfalls nackten Körper. Und ihre Hitze lässt mich lautstark die Luft ausstoßen, weil sich mein Inneres anfühlt, als würde ich Achterbahn fahren.

Sie reibt sich wieder an mir, und weil alle meine Sinne so geschärft sind, fühlt es sich an, als stünde meine Haut in kalten Flammen. Ich keuche, ihr entfährt ein genussvolles »Mmmmmm«, als meine Spitze zwischen ihre Vulvalippen trifft.

»In meiner Hosentasche ist ein Kondom«, sage ich atemlos, weil ich es nicht mehr erwarten kann, in ihr zu sein.

»Ich hab eins«, flüstert sie, und ich höre, wie sie die knisternde Packung aufreißt, spüre, wie sie es über mich stülpt, nach unten rollt, während ich mich ihr entgegenbäume. Der Latexgeruch versetzt mich zurück in das leere Haus, und meine Vorfreude und Ungeduld schrauben sich ins Unermessliche.

»Ich will dich. Jetzt«, sage ich drängend, und dann fühle ich sie über mir. »O Gott, ja«, entfährt es mir, weil mein Gehirn aufgegeben hat. Ich kann nur noch stöhnen und keuchen und vor Lust Banalitäten von mir geben. »O Gott, ja.« Und dann lässt sie sich auf mich sinken.

Sie ist ganz langsam, sodass ich jeden Millimeter, den sie mich tiefer in sich aufnimmt, spüre. Jeden heißen, feuchten, engen Millimeter ihrer wunderbaren Mitte, in der ich mich auflösen will.

Wir stöhnen beide gleichzeitig, lange und tief, bis ich komplett in ihr bin. Bis zum Anschlag. Bis ich alles von ihr spüre. Und dann beginnt sie, sich zu bewegen. Ebenfalls langsam. Auf und ab. Vor und zurück. Sie lässt ihr Becken kreisen, und für einige Sekunden kann ich nur daliegen und fühlen. Sie. Mich. Unsere Körper. Und alles, was dabei in mir explodiert.

Bei jeder ihrer Bewegungen nach oben will ich sie wieder zurück auf mich pressen. Bei jeder Bewegung zurück auf mich will ich noch tiefer in ihr sein. Und es fühlt sich genau so an. Als würden wir immer mehr verschmelzen, sie und ich.

Meine Finger suchen ihren Körper, ihre Brüste, die so weich, so perfekt in meinen Händen sind. Ich fahre über ihre Seite, halte mich an ihr, sie auf mir, komme ihr nun stoßweise entgegen, sodass sie in mein Stöhnen miteinstimmt. Etwas gehemmt noch. Oder einfach vorsichtig, weil sie mir ihre Stimme nicht preisgeben will, doch sie muss sich keine Sorgen machen. Das hier ist nicht die Realität. Das hier ist ein geschützter Raum nur für uns beide. Es spielt keine Rolle, dass ich nicht weiß, wer sie ist oder wie sie aussieht, weil ich sie auf eine andere, auf eine viel intimere Weise kennenlerne, die alles in den Schatten stellt, was ich bislang an Intimität erlebt habe.

Ich stöhne immer lauter. Ich will ihren Namen stöhnen. Nicht Jethro, sondern ihren echten Namen. Stattdessen gebe ich nur halb animalische Laute von mir, während sie kommt und geht. Schneller jetzt. Fester.

»Wie ... heißt du?«, frage ich keuchend. »Sag mir ... deinen Namen ... bitte.«

»Nein«, flüstert sie, doch das Flüstern mischt sich mit einem leisen Wimmern vor Lust.

»Ich will ... dich hören«, stöhne ich. Will ihre Stimme hören. Ihre Luststimme, aber auch ihre echte Stimme.

»Shhhhh«, macht sie, bewegt sich weiter, immer weiter, immer schneller auf und ab.

»O Gott«, seufze ich, weil es unerträglich ist, ihr so nah zu sein, ohne ihr wirklich nah zu sein. Unerträglich und so aufregend, wie ich es noch nie erlebt habe. »Jethro ...« Es ist nicht ihr Name, aber es ist die Person, mit der ich schlafe, also muss es genügen. »Jethro!«

»Bash«, flüstert sie. Und noch mal: »Bash!«

»Ich will dich ...«

»Und ich will dich«, flüstert sie zurück.

»Ich will dich ... sehen, Jethro.« Sie reitet mich immer heftiger, und ich spüre, dass ich mich nicht mehr lange zurückhalten kann. Dass ich mich in sie ergießen will und werde. Sie soll es spüren. »Ich ... komme gleich. Ich ... kann nicht ...«

»Komm«, flüstert sie.

Und obwohl oder weil ich sie nicht kenne, obwohl oder weil ich nicht weiß, wie sie aussieht, obwohl oder weil ich nicht weiß, wie ihre normale Sprechstimme klingt, komme ich in ihr mit einem Schrei.

39
Jethro

Er ist so schön, wenn er kommt. Und danach. Und währenddessen. Beim ersten Mal war es zu dunkel, um etwas zu sehen. Und er stand hinter mir. Ich konnte ihn nur fühlen, und er fühlte sich großartig an. Jetzt liegt er neben mir in seinem Bett, die Lippen zu einem Lächeln verzogen. Ein Nach-Orgasmus-Lächeln, über das ich gerne etwas schreiben würde. Etwas nur für mich. Vielleicht sogar für ihn, aber wir sollten das hier nicht auf eine tiefere Ebene bringen. Es sollte genau das sein. Sehnsucht unterbrochen von kurzen Momenten der Ekstase.

Es war nie der Plan, danach in seinem Arm zu liegen und ihn anzusehen. Diese Nähe ist gefährlich für mich. Diese Nähe – abwechselnd wattig weich und dann wieder überfordernd elektrisierend. Aber solange ich nicht zu sehr darüber nachdenke, ist sie eben auch alternativlos.

»Küss mich noch mal«, flüstert Bash. Seine Finger suchen mein Haar, streichen hindurch, und ich kriege eine Gänsehaut.

Es ist nicht der Plan, sich in Bash Hanlon zu verlieben, das muss mir klar sein. Der Plan war Körperlichkeit gegen die Sehnsucht, und das bleibt auch so. Alles andere führt zu Komplikationen, die ich nicht mehr in der Lage wäre zu entwirren. Und dennoch komme ich seinem Wunsch nach, ihn zu küssen, weil es auch mein Wunsch ist.

Ich dachte, Nähe würde dazu führen, dass die Sehnsucht gestillt ist. Aber Nähe scheint nur zu Sehnsucht nach noch mehr Nähe zu führen. Menschen, die Ahnung von Nähe und Sehnsucht haben, hätten das vielleicht wissen können. Ich wohl nicht. Und deswegen presse ich meine Lippen auf seine. Umfasse sein Gesicht mit meinen Händen. Sauge diese Nähe zwischen uns in mich auf für den Moment des Abschieds. Für den Moment, in dem ich zurückkehre in mein Leben. Ihn in seinem zurücklasse. Mein unsichtbares, sein erfülltes. Für den Moment der Erkenntnis, dass es ihm nicht um mich geht, weil er mich nicht kennt. Weil er mich nicht sieht. Der Moment, in dem mir bewusst wird, dass ich nur eine Fantasie erfülle.

Und mein Kopf übersetzt diese Gewissheit in ein Gefühl. Und das Gefühl in Worte. Und diese Worte werde ich irgendwo in der Stadt hinterlassen, damit er sie sieht. Noch heute Nacht. Wenn wir wieder getrennte Wege gehen. Die ganze Welt soll sie sehen, er soll der Einzige sein, der sie versteht.

Doch könnte ich der Mensch sein,
den du willst,
würdest du hinsehen?
Bevor wir zu Schaden kommen?
Würdest du genau hinsehen?

40

Bash

Seit zwei Tagen kreisen meine Gedanken um Jethros neues Gedicht. Im ersten Moment konnte ich nicht glauben, dass es an mich adressiert ist, aber je länger ich darüber nachdenke, desto sicherer bin ich mir.

Auch an diesem Morgen prickelt mein Körper vor Erregung beim bloßen Gedanken daran, während ich die Stufen zu unserem Büro erklimme. Doch dann wird mein Bewusstseinsstrom jäh unterbrochen, denn ein fremder Mann macht sich an unserer Tür zu schaffen!

»Entschuldigen Sie, aber was machen Sie da?«, frage ich, mein Tonfall eine Mischung aus Empörung und Verwunderung.

»Guten Morgen«, erwidert er mit einem Lächeln, das der Situation völlig unangemessen ist. »Ich bin Josh. Ich bin hier, um die Tür zu reparieren.«

»Um die Tür ...« Ich runzle die Stirn. »Wie ...«

»Warte, ich lass dich kurz rein.« Josh öffnet die Tür, und ich betrete das Büro, in dem es sehr zu meiner Überraschung bereits nach frischem Kaffee riecht.

»Guten Morgen!«, flötet eine gut gelaunte Stimme. Evies Stimme.

»Du bist schon hier?«, frage ich verwirrt. »Warum bin ich

dann den ganzen Morgen auf Zehenspitzen durchs dunkle Wohnzimmer geschlichen?«

»Das kann ich dir beim besten Willen nicht beantworten. Aber danke für deine Rücksichtnahme.«

Ich verdrehe die Augen. Das ist so typisch. Dass ich selbst noch auf Zehenspitzen gehe, wenn niemand mehr da ist, für den ich auf Zehenspitzen gehen müsste. Doch dann fällt mir auf, dass es ganz und gar untypisch ist, dass Evie bereits das Haus verlassen hat, wenn ich aufstehe.

»Was machst du denn so früh im Büro?«

»Ich habe Josh reingelassen.«

»Und Josh ...«

»Habe ich neulich kennengelernt, als du einen Abend ›für dich‹ brauchtest.« Es ist offensichtlich, dass sie mir kein Wort geglaubt hat. »Aber er konnte so kurzfristig nur frühmorgens. Und weil Louise gesagt hat, die Tür hat oberste Priorität, bin ich eben hier.« Sie zuckt mit den Schultern.

»Wow«, sage ich und schenke mir eine Tasse Kaffee ein.

»Ich habe Coulter übrigens meine Gesundheitszeugnisse gemailt. Nur um sicherzugehen.« Sie zwinkert mir zu. »Ich zahl dir das Geld für die Arzttermine bald zurück.«

»Keine Eile«, sage ich, immer noch perplex, weil mir diese strukturierte Evie ein bisschen Angst macht.

»Und rate, wer sich nachher eine Wohnung anschaut!«

»Ich hoffe, nicht während deiner Arbeitszeit«, hört man Coulters Stimme. Er kommt gerade aus seiner Wohnung, was bedeutet, dass Evie sogar noch vor ihm im Büro war. Die Welt scheint heute kopfzustehen.

»Nein, Boss« – die Art und Weise, wie sie das Wort »Boss« betont, lässt keinen Zweifel daran zu, dass sie Coulter nicht ernst nimmt –, »nicht während meiner Arbeitszeit. Ich bin heute bis halb fünf da, danach habe ich die Besichtigung.«

»Ich bin dann jetzt fertig.« Josh steckt den Kopf zur Tür rein. »Sie lässt sich wieder normal öffnen.« Er kommt rein, schließt die Tür, öffnet sie wieder. »Tadaaa!«

»Danke dir«, sagt Evie und klimpert ihn mit ihren langen Wimpern an. »Schickst du mir die Rechnung per Mail?«

»Wird gemacht. Meldet euch, wenn sie doch noch Zicken machen sollte. Und, Evie, wenn du mal Lust auf ein Abendessen hast ...« Er zwinkert ihr zu, winkt Coulter und mir, dann sind wir unter uns.

Coulter macht ein würgendes Geräusch. Dass es Menschen gibt, die freiwillig mit Evie ausgehen, übersteigt seine Vorstellungskraft.

»Wir haben wieder eine Tür!«, sage ich, um von ihm abzulenken, und blicke nach oben, um zu sehen, ob er wenigstens auf diesen Meilenstein wie ein Erwachsener reagiert. Doch er ist bereits in sein Büro verschwunden.

Langsam trudeln die anderen ein. Obwohl Evie erst seit Anfang der Woche hier arbeitet, plaudert sie mit Katie, als wären sie alte Freundinnen, hat Mandelmilch für Kwan nachgekauft, und während Louise sich Mütze, Schal und Mantel auszieht, schwärmt Evie von einem Buch, das Louise ihr empfohlen hat.

Ich bin so erleichtert, dass die Entscheidung, Evie eine Chance zu geben, nicht nach hinten losgegangen ist, sondern es sich ausgezahlt hat, für sie einzustehen. Ein Problem weniger, um das ich mich kümmern muss, vor allem, wenn die Besichtigung heute Abend auch noch von Erfolg gekrönt ist ...

»Willst du mich verarschen?« Coulter kommt aus seinem Büro gestürmt, bleibt aber oben auf der Treppe stehen.

Wir blicken alle nach oben. Niemand weiß, wen Coulter meint oder ob es ein allgemeines »du« ist.

»Soll das witzig sein?«

Immer noch sehen wir ihn alle an, und Louise fragt: »Alles okay?«

»Dir ist schon klar, dass das unter sexuelle Belästigung fällt, oder?« Seine Augen hat er zu Schlitzen zusammengekniffen. »Und dass ich dich dafür feuern werde? Nicht genug, dass du während deiner Arbeitszeit mit Handwerkern flirtest, die du in irgendwelchen siffigen Bars aufgerissen hast. Aber das hier überschreitet Grenzen!«

Jetzt wissen alle, dass es um Evie geht, und die Erleichterung, die ich gerade noch empfunden hatte, verpufft.

»Ich wollte nur sicherstellen, dass wir beim nächsten Mal beide wissen, dass es ein Witz ist, wenn du etwas von sexuell übertragbaren Krankheiten in meine Richtung sagst.« Evie zuckt mit den Schultern und grinst nach oben. »Und gern geschehen, dass ihr meinetwegen einen Haufen Geld gespart habt. Josh hat mir nämlich einen sehr guten Preis gemacht.«

Coulter schüttelt den Kopf, setzt an, noch etwas zu sagen, überlegt es sich dann jedoch anders und verschwindet wieder. Nicht jedoch, ohne die Tür mit einem lauten Knall zuzuschlagen.

»Oh, das wird lustig hier«, sagt Evie mit einem sehr selbstzufriedenen Ausdruck im Gesicht und will sich gerade ihren Mails zuwenden.

»Was, um Himmels willen, hast du gemacht?«, frage ich.

»Hab ich doch vorhin gesagt. Ich hab ihm meine Gesundheitszeugnisse geschickt. Das allgemeine und das von der Gynäkologin.« Sie kichert, und ich tue es Coulter nach und schüttle fassungslos den Kopf.

Ebenso fassungslos schüttelt Louise den Kopf. Zwei Stunden später, als ich gerade die Zusage unserer Wunschillustratorin für Jethros Buch im Postfach sehe und es schließlich nicht mehr aushalte, nicht von Jethros Gedicht und meiner Nacht mit ihr zu erzählen. Von der ungeheuren Nähe, der Intimität, trotz der verbundenen Augen – oder vielleicht gerade deswegen.

»Ich wusste nicht, dass das Körperliche losgelöst vom Emotionalen so gut sein kann, Louise. Wirklich nicht.«

Ich vergrabe das Gesicht in meinen Händen, weil ich selbst nicht verstehe, was hier passiert. Wie kann man Gefühle für jemanden haben, den man noch nie gesehen hat? Mit dem man noch nie gesprochen hat? Und wie kann man gleichzeitig diese anderen Gefühle für eine weitere Person haben, die sich einem offenbart, der man sich selbst offenbart, aber das einfach nicht weiter geht als das, weil entweder sie oder ich zurückschrecken?

»Camille ist die logische Entscheidung. Sie ist die Frau, die ich will. Mit der ich zusammen sein will. Mit der ich abends auf der Couch irgendeine Serie schaue. Ich kenne diese Gefühle. Ich hatte sie schon. Diese sanfte, schöne, leise Verliebtheit in einen anderen Menschen. Wenn man alles übereinander wissen will, weißt du? Und dann ist da Jethro, vor der ich mich komplett entblößen will. Körperlich. Und ich weiß, es ist albern und es ist nicht rational, aber ich habe das Gefühl, als wäre ich vollständiger.«

»O Mann«, sagt Louise. »Du musst mit Camille sprechen.«

Ich nicke. »Ich weiß.« Es ist das Richtige. »Aber ich habe Angst.«

»Angst, verurteilt zu werden? Angst, sie zu verletzen? Angst, sie zu verlieren?«

»Von allem etwas.«

»Es macht Sinn, weißt du? Und ich finde, es klingt überhaupt nicht irrational, dass du sagst, dass du dich vollständiger fühlst.«

»Nicht?« Ich sehe sie entgeistert an.

»Ich kenne dich, Bash. Ich kenne dich jetzt seit Jahren. Und niemand ist so gut, wie du tust. Wirklich niemand. Ich habe dich noch kein einziges Mal etwas falsch machen sehen. Das ist kein Maßstab, an dem dich andere Menschen messen sollten, und es ist erst recht kein Maßstab, an dem du dich messen solltest.«

»Zweigleisig fahren ist auch kein Maßstab, an dem ich mich messen will.«

»Ich weiß. Aber es ist passiert, oder? Und jetzt musst du mit der Situation, wie sie ist, umgehen.«

»Verurteilst du mich nicht, Louise?«

»Ich würde sagen, ich urteile.«

Ich nicke. Schlucke.

»Aber ich bin deine Freundin, Bash. Nichts, was du sagst oder tust, führt dazu, dass ich weniger Respekt vor dir habe. Solltest du allerdings Lust haben, ein paar Karma-Punkte zu sammeln, könntest du mit Phil und mir ins Pflegeheim kommen. Gran schimpft schon. Behauptet, sie wüsste schon gar nicht mehr, wie ich aussehe. Die alte Drama Queen.« Louise' Großmutter lebt in einem Pflegeheim. Ich habe Louise schon ein paarmal begleitet, weil man jemanden braucht, der Philomena bespaßt, wenn ihr die alten Leute langweilig werden. Und das passiert immer nach ungefähr einer Viertelstunde.

»Auch ganz ohne Karma-Punkte komme ich gern mit«, sage ich. Aber ich weiß, dass ich die Punkte trotzdem gut gebrauchen kann. Und dass ich mich entscheiden muss, wer ich sein will.

41

Camille

Ich würde gerne Dad von Maras Konzert erzählen. Würde ihm gern sagen, wie toll sie war, damit er stolz sein kann auf seine Tochter. Doch meine Kehle ist wie zugeschnürt, wenn ich daran denke, dass ich sie gesehen habe. Aber ich denke nicht einmal daran, weil mein Kopf nur mit Gedanken an Bash beschäftigt ist. So sehr, dass ich Dads »Goo goo g'joob« fast überhört hätte. So sehr, dass es in mir zieht. Von meinem Unterleib bis in meine Zunge ungefähr. Und dann ärgere ich mich über mich selbst. Über den kurzen Moment des Leichtsinns, den ich mir gestattet habe und der Schleusen zu ganz anderen, viel tieferen Gefühlen und damit Zweifeln geöffnet hat.

Also tausche ich diesen schmerzhaften Gedanken mit dem ursprünglichen. »Mara hat ein Konzert gegeben«, sage ich. »Ich war dort. Sie war toll.«

»Mara«, sagt Dad, sieht mich an, und auf einmal hellen sich seine Gesichtszüge merklich auf.

Einen kurzen Moment will ich dem Impuls, sie zu sein, nachgeben. Für Dad. Aber heute kann ich es nicht. Heute muss ich ich sein. »Ich bin Camille, Dad.«

»Ich weiß«, sagt er. »Mara hat mich besucht.«

Diese Vorstellung kann ich ihm lassen, auch wenn es wehtut, weil ich diejenige bin, die ihn besuchen kommt, während Mara auf der Bühne steht. »Das ist nett von ihr.«

»Sieht aus wie du.« Er fixiert mich mit seinen leicht trüben Augen. »Wie du.«

»Wir sind Zwillinge«, sage ich.

»Wie du.« Er beginnt, mit seinem Oberkörper vor- und zurückzuwippen. Im Takt der Bewegung wiederholt er die beiden Worte. »Wie du. Wie du. Wie du.«

Ich nicke. Vertreibe das Bild von Mara auf der Bühne. Das Bild von Mara, die aus der Tür nach draußen kommt. Das Bild ihres erschrockenen Gesichts, als sie mich erkannt hat. Kurz frage ich mich, ob sie mich manchmal in sich sieht, aber im nächsten Moment weiß ich, dass Menschen wie Mara keine Kapazitäten haben, andere in sich zu erkennen. Und warum sollte sie? Es ist nicht so, als hätte sie Grund zur Selbstgeißelung.

»Sie hat gespielt«, sagt Dad.

»Ja, sie hat ein Konzert gegeben.«

»Ich war da.«

»Hat es dir gefallen?«, frage ich, weil ich nicht will, dass Dad merkt, dass er Maras Konzert verpasst hat.

»Dieser Junge«, sagt Dad. »Wie hieß er?«

Bash, will ich sagen, aber Dad kennt Bash nicht. »Welcher Junge?«

»Mara hat von einem Jungen erzählt.«

Der einzige Junge, von dem Mara je erzählt hat, war Mick. Als sie frisch zusammen waren, hat sie Dad von ihm erzählt. Dad hat gesagt, dann müsse er diesen Mick wohl mal kennenlernen, um sicherzugehen, dass er seine wundervolle Tochter auch verdient habe. Ich erinnere mich noch daran, wie er gelächelt hat. In einer Phase, in der er wenig gelächelt hat, weil er schon wusste, dass unsere Zeit begrenzt war. Seine Zeit mit uns. Er sah mich an, wie um sich zu vergewissern, dass ich diesen Mick befürwortete. Also nickte ich. Ohne mir anmerken zu lassen, dass ich ihn vielleicht sogar ein bisschen zu sehr befürwortete, wie die Verräterin, als die ich mich schon an jenem Tag fühlte. Kurz darauf zog ich bei ihm ein. Wir haben uns gegenseitig aneinander festgehalten, damals, als er sich mit seiner Diagnose auseinandersetzen musste und ich mit meiner. *Krank.*

»Meinst du Mick?«, frage ich und atme langsam aus, weil allein beim Gedanken an ihn und die unselige Bedeutung, die er für mein Leben hat, ein Kloß in meinem Hals wächst, der es schwierig macht, zu atmen. Wie nach dem Konzert, als ich Bash von ihm erzählt habe. Als ich mich so nackt gemacht habe wie noch nie. Weil ich einmal in meinem Leben wollte, dass eine andere Person versteht, wieso ich bin, wie ich bin.

»Mick, ja. Mick ist Maras Freund.«

»Das ist über sieben Jahre her, Dad.« Ich spreche es aus, bevor ich mich davon abhalten kann. Er ist heute gut drauf, das sollte ich nicht kaputt machen, nur weil ich unbedingt auf die Wahrheit pochen muss.

»Oh«, sagt Dad. Er runzelt die Stirn, als würde er in seinem sich auflösenden Verstand nach der Erinnerung suchen. »Sieben Jahre?«, fragt er, um sich zu vergewissern, und zählt drei Finger seiner linken Hand ab. Dann vergisst er, was er tun wollte. »Hm.« Er schüttelt den Kopf, um die Frustration des Vergessens zu vertreiben.

»Kaffee?«, frage ich. Ihn auf andere Gedanken zu bringen, hilft.

Er nickt. »Mit Keks.«

Ich lege ihm die Hand auf die Schulter und drücke einmal fest zu. Es ist, als müsste ich mich seiner vergewissern. Körperlich, weil das Geistige einfach verschwindet, während sein Körper noch bleibt. Dann mache ich mich auf in die Kaffeeküche.

»Camille!« Schwester Kirsty begrüßt mich mit einem strahlenden Lächeln. »Du verwöhnst ihn ja richtig.«

»Er wünscht sich auch einen Keks, meinst du, das ist drin?«, frage ich.

Schwester Kirsty zwinkert mir verschwörerisch zu. »Aber nur, wenn er es niemandem verrät.«

»Selbst wenn, könnten wir einfach so tun, als würde er es durcheinanderbringen«, sage ich.

»So gesehen ist er der perfekte Mitwisser für alle Geheimnisse.« Schwester Kirsty grinst.

»Für irgendetwas muss diese Demenz ja gut sein.« Ich seufze und nehme dann dankend zwei Kekse in Plastikfolie entgegen.

»Ich muss übrigens noch mal sagen, Camille«, setzt Schwester Kirsty an. »Es ist so toll, dass du dich nicht entmutigen lässt. Und heute geht es ihm wieder viel besser.«

Ich zucke mit den Schultern. »Mir bleibt nichts anderes übrig. Ich bin die Einzige, die er noch hat.« So wie er der Einzige war, den ich noch hatte.

»Aber dein letzter Besuch ist ja eher unschön geendet. Da wäre es auch nicht weiter verwunderlich, wenn du dich erst mal ein bisschen zurückziehen würdest.«

»Na ja, das passiert schon mal.« Klar, es ist jedes Mal schmerzhaft, aber deswegen lasse ich doch meinen wöchentlichen Besuch bei ihm nicht ausfallen.

»Sieht man denn noch was an deinem Handgelenk?«

»An meinem Handgelenk?«, frage ich. Sie meint *seine* Hand.

»Er hat ja schon richtig zugepackt, meine ich.«

»Nee, hat er gar nicht. Das musst du verwechseln.« Ich lache, denn Dad war noch nie aggressiv mir gegenüber.

»Du musst ihn nicht in Schutz nehmen. Ich habe den Bericht gelesen, Camille. Es ist nicht ungewöhnlich, dass Demenzpatienten ihre Kraft unterschätzen. Er wollte einfach nicht, dass du gehst. Das ist zwar im wahrsten Sinne des Wortes schmerzhaft, aber es macht ihn nicht zu einem schlechten Menschen. Ich weiß das.«

»Kirsty, worüber redest du?« So langsam bin ich wirklich verwirrt. Mindestens so verwirrt, wie Schwester Kirsty sein muss.

»Vorgestern?«

»Ich war vorgestern nicht hier«, sage ich und merke, wie meine Beine auf einmal ganz heiß und schwer werden.

»Du warst ... Aber in dem Bericht steht, dass ...« Sie sieht mich verständnislos an, schüttelt ungläubig den Kopf.

Und dann fällt es mir wie Schuppen von den Augen. »Mara hat ihn tatsächlich besucht?«

»Deine Schwester?«, fragt sie.

Ich nicke. »Dad hat gesagt, sie wäre da gewesen, aber das sagt er ständig. Deswegen dachte ich, er verwechselt mich mal wieder mit ihr. Aber dann hat es diesmal gestimmt?« Meine Stimme ist ganz leise geworden, so groß kommt mir die Tatsache vor, dass meine Schwester unseren Dad besucht hat. Denn das bedeutet ... das bedeutet ... das bedeutet, dass sie Kontakt zu einem Teil ihres Lebens aufgenommen hat, von dem sie sich die letzten Jahre ferngehalten hat. »Ich muss mal kurz ...« Aus der Hosentasche ziehe ich mein Handy. Den Kaffee lasse ich stehen und laufe mit zitternden Beinen zur Glastür, die in den Garten führt. Im Frühjahr und Sommer ist es ein Ort voller Leben. Doch im Spätherbst, wenn die Bäume ihr buntes Laub fast vollständig abgeworfen haben, kommen nur noch wenige der Patienten hier raus.

Ich trete ins Freie, sauge gierig und beinahe atemlos die Luft ein, dann wähle ich die Telefonnummer meiner Mom.

Es klingelt. Einmal, zweimal, dreimal. Ich weiß nicht, was ich sagen werde. Was ich fragen will. Aber es erscheint mir dringend notwendig, herauszufinden, was Maras Besuch bei Dad zu bedeuten hat. Viermal, fünfmal. »Komm schon, Mom«, flüstere ich. Sechsmal, siebenmal, achtmal. Sie geht nicht ran. Wahrscheinlich hat sie Spätschicht und arbeitet schon. Shit.

Auf dem Weg zurück zu meinem Dad ruft Schwester Kirsty mir zu, dass ich den Kaffee vergessen habe. Sie kommt mir mit den beiden Tassen entgegen, und ich nehme sie ihr wie mechanisch ab, nicke, dann wende ich mich wieder um, den Kopf voller Gedanken an Mara.

»Hier ist dein Kaffee«, sage ich und stelle ihn auf Dads Nachttisch. »Erzählst du mir noch mal von Maras Besuch?« Mein Herz rast.

»Wer?«

»Mara, Dad. Deine Tochter. Meine Schwester. Sie sieht genau aus wie ich. Spielt Bratsche. Sie hat dich besucht, erinnerst du dich?«

Er legt die Stirn in Falten und blinzelt hoch zur Decke.

»Dad?«

»Shhhh«, macht er und wiegt den Kopf hin und her, als würde er nachdenken.

Ich nehme einen Schluck von meinem Kaffee. Er ist nicht mehr heiß, aber dennoch tut mir die warme Flüssigkeit gut, während ich darauf warte, dass Dad etwas sagt.

Seine Augen sind jetzt fest geschlossen. Er atmet ruhig. Denkt er noch nach, oder ist er eingeschlafen? In diesem Moment sackt sein Kopf zur Seite, und er erschrickt so, dass er wieder aufwacht. Tatsächlich war er eingenickt.

»Dad? Mara, erinnerst du dich?«, frage ich. »Du hast vorhin von ihr erzählt. Dass sie hier war. Dass sie Musik gespielt hat.« Ob das auch stimmt? Ob er gar nicht von ihrem Konzert gesprochen hat, sondern von ihrem Besuch? Hat sie ihm hier etwas vorgespielt? Und dann fällt mir ein, was Schwester Kirsty gesagt hat. Dass er ihr Handgelenk gepackt hat, weil er nicht wollte, dass sie geht. Ob es ihrer Hand gut geht? Ob sie spielen kann? Auf einmal kommt es mir vor, als wäre nicht mehr genug Luft in Dads Zimmer. Nicht genug Luft für Mara und mich.

Ich weiß, dass Dad nie absichtlich jemandem wehtun würde. Sich selbst verletzt er auch nur, wenn er keinen anderen Ausweg mehr sieht. Aber Mara oder mir würde er niemals willentlich Schaden zufügen. Schwester Kirsty weiß es, ich weiß es. Und ich hoffe, Mara weiß es auch.

Auf einmal überkommt mich tonnenschweres Mitleid für Dad, der nie etwas anderes tun wollte, als Mara und mich (und auch Mom) zu lieben. Er hat nicht immer den richtigen Weg gewählt, aber er hat es nicht verdient, in seinem schwindenden Geist gefangen zu sein.

Mit zitternden Fingern stelle ich meinen Kaffee neben Dads. Ich mache einen vorsichtigen Schritt auf ihn zu, um ihn nicht zu erschrecken.

»Darf ich?«, frage ich und breite meine Arme aus. Er zuckt mit den Schultern und sieht mich neugierig an, als wisse er nicht, was passiert. Und wahrscheinlich ist das so.

Ich schließe meine Arme um ihn, drücke ihn sanft an mich. Sein Körper ist viel schmaler als früher. Als würde nicht nur sein Verstand weniger, sondern auch er.

42

Bash

Louise und Philomena sind im Zimmer ihrer Großmutter beziehungsweise Urgroßmutter. Ich habe kurz Hallo gesagt, lasse den dreien aber ein bisschen ungestörte Familienzeit, und wandere stattdessen durch die Flure des Pflegeheims.

Als ich Louise das erste Mal begleitet habe, hatte ich Sorge, dass dies ein deprimierender Ort sein könnte. Dass ich mich fehl am Platz fühlen würde. Aber die Pflegerinnen und Pfleger sind allesamt freundlich, sowohl zu Besuch als auch zu den alten und teilweise kranken Menschen, die hier leben.

Beim letzten Mal habe ich mit einer alten Dame Mühle gespielt, während Louise und Philomena beschäftigt waren – und dann Memory, als es Philomena zu langweilig wurde. Doch heute ist im Gemeinschaftsraum nichts los, und so gehe ich auf der Suche nach einem Ort, an dem ich warten kann, weiter die Gänge entlang.

Die meisten Türen stehen offen. Hier und da erhasche ich einen Blick ins Innere. Die Menschen lesen oder schauen fern, wenn sie nicht gerade Besuch haben wie Mrs Calahan. Ich winke einem älteren Herrn zu, der sich gerade auf eine Gehhilfe gestützt in sein Zimmer bewegt. Er nickt und lächelt. Eine Pflegerin kommt aus einem Raum, hebt die Hand zum Gruß, und ich tue es ihr nach.

Aus einem Zimmer dringen leise Stimmen. Die Tür steht auch hier einen Spalt offen, und ich erkenne einen älteren Mann und – mein Herz setzt einen Schlag aus – Camille!

Ich bleibe wie angewurzelt stehen, sehe sie an, sie und ihren Dad? Sie hat erzählt, dass er krank ist. Aber ich hatte keine Ahnung, dass er im selben Pflegeheim lebt wie Louise' Großmutter.

Sie sitzen nebeneinander auf dem Bett. Sie streichelt seine Hand. Dann schließt sie ihn in ihre Arme. Es ist ein so intimer Moment, dass ich wahrscheinlich wegsehen sollte. Es geht mich nichts an. Aber sie hier zu sehen als Privatperson, als Tochter, als sie selbst, macht etwas mit mir. Bringt mein Herz zum Stolpern – und zwar mehrfach und immer wieder.

»Mara«, sagt der Mann und erwidert nun ihre Umarmung. Und diesmal bleibt mein Herz fast stehen. Denn das ist nicht Mara. Ich habe Mara zwar nur kurz gesehen, aber ihre Haare sind kürzer. Und ihre Bewegungen sind nicht so weich, nicht so behutsam wie die von Camille.

Sie schüttelt nun ihren Kopf, auf genau diese weiche, behutsame Weise. »Ich bin Camille.« Sie sagt es ganz leise, aber dieser Satz hat dennoch eine enorme Wucht. Denn ich kenne ihren Kampf mit sich. Sie hat mir davon erzählt. Von der Schwierigkeit, sich abzugrenzen. Und hier sitzt sie und tut es vor ihrem dementen Vater.

Ich sehe ihr Gesicht nicht, aber ihre Handbewegung sagt mir, dass sie sich eine Träne aus dem Auge wischt. Unwillkürlich wandert meine Hand an meine Brust. Dorthin, wo mein Herz sitzt. Mein Herz, das ihretwegen stolpert, ihretwegen stehen bleibt, ihretwegen in diesem Moment anfängt, zu galoppieren.

Ich kann den Blick nicht von ihrem Rücken abwenden. Von ihrem Haar, das ihr in dunklen Wellen über die Schultern fällt. Wie konnte ich nur denken, es wäre eine Option, ihr nicht nahezukommen? Wie konnte ich glauben, ich hätte ein Mitspracherecht, wenn es um meine Gefühle geht? Wie ist es möglich, dass ich sie nicht geküsst habe, als ich die Gelegenheit dazu hatte? Und wie konnte ich es so weit kommen lassen, dass ich eine andere Person ihr vorziehe?

Denn hier und jetzt weiß ich: Sie ist die, die ich will. Ich will die Agentin, ich will die Tochter, ich will die Frau, die sie ist und die sie selbst nicht sehen kann. Aber ich will sie ihr zeigen. Das, was ich sehe. Wenn sie mich noch nimmt nach allem, was ich in den letzten Wochen verbockt habe. Aber meine Entscheidung ist gefallen. War längst gefallen. Für sie. Nur konnte das dieser komische Teil in mir, der zum ersten Mal die Oberhand gewann, nicht sehen. Weil er blind ist für das Wesentliche. Weil er nur im Moment lebt.

Unter ihrer Berührung beginnt Camilles Vater zu summen. Es ist eine Melodie, die mir bekannt vorkommt, aber ich kann sie nicht zuordnen. Im Takt wiegen sie sich nun hin und her, bis Camille einstimmt.

Ich habe sie noch nie singen hören, und in diesem Moment bin ich mir sicher, dass es der schönste Klang ist, den ich je gehört habe. Schöner als ihre normale Stimme. Schöner als ihr Lachen. Dieses leise, aufrichtige Lachen.

»I am he as you are he«, singt ihr Dad.

»As you are me and we are all together«, stimmt Camille ein.

»I am the eggman.«

»They are the eggmen.« Camille löst sich aus der Umarmung. An ihrer Stimme höre ich, dass sie lächelt, noch ehe ich es sehe.

»I am the walrus!«, sagt ihr Dad voller Überzeugung, und jetzt erkenne ich auch das Lied. Es ist ein Beatles-Song.

»Goo goo g'joob«, singen sie nun beide. Und in diesem Moment erblickt sie mich.

Es dauert einen Augenblick, bis sie versteht, dass ich ich bin und sie gerade in einem sehr intimen Moment beobachtet habe. Hitze schießt mir ins Gesicht. Und um irgendetwas zu tun, bilde ich mit den Lippen ein »Hi«.

»Warte mal kurz«, sagt sie zu ihrem Dad. Dann steht sie auf und kommt auf mich zu.

Mein Herz rast schneller und schneller. Sie ist die Frau, die ich will. Und ich verstehe beim besten Willen nicht, wie ich denken konnte, dass Sex mit einer anderen Frau es wert sein könnte, auf sie zu verzichten. Ich sehe es nun so klar, wie ich noch nie etwas gesehen habe. Sie ist die Richtige. *Wir* sind das Richtige.

»Was machst du denn hier?« Sie schließt die Tür leise hinter sich.

»Ich ... habe Louise und Philomena begleitet. Ich ...« Wie sagt man, dass einen der Anblick von ihr so gefesselt hat, dass man nicht mehr wegsehen konnte? Dass man hofft, dass man nicht wie ein Creep wirkt?

»Okay.« Sie schluckt. »Ich besuche meinen Dad.«

»Dachte ich mir.«

»Ich wusste nicht, dass uns jemand zuhört.«

»Ich wollte nicht ... ich habe nicht ...«

»Schon okay. Es ist sein Lieblingslied. *I Am the Walrus.* Von den Beatles. Wir haben es früher immer gesungen, während er uns Frühstück gemacht hat. Rührei für ihn und mich, Spiegelei für Mara und Mom. Er war der ...«

»... eggman«, vervollständige ich ihren Satz, und sie nickt mit einem vorsichtigen Lächeln auf den Lippen.

»Bash?«, ruft auf einmal eine Stimme vom anderen Ende des Gangs.

Ich wende mich um. Dort steht Schwester Kirsty, eine der Pflegerinnen, die ich auf den ersten Blick sympathisch fand, und winkt hektisch.

»Philomena sucht dich.«

»Oh, ja natürlich«, antworte ich. Zu Camille sage ich: »Ich muss leider meine Pflicht als Begleitperson wahrnehmen und Louise' Tochter bespaßen.«

»Klar. Ich sollte auch wieder.« Sie nickt Richtung Zimmertür.

»Sehen wir uns bald? Ich meine ... vielleicht auf einen Kaffee oder so?«

»Als Agentin und Lektor?«, fragt sie.

»Als du und ich?«, gebe ich zurück und sehe, wie sie kaum merklich zusammenzuckt. Sie wiegt den Kopf hin und her. »Als Bash und Camille?«, frage ich, weil das vielleicht einfacher für sie ist.

»Ich ...« Ihr Blick schneidet in mich ein. Es ist eine Mischung aus Bedauern und Hoffnung. Aber ich habe den Verdacht, dass das Bedauern gewinnen wird.

»Ich würde gerne mit dir sprechen. Ein paar Dinge loswerden. Aber nicht zwischen Tür und Angel, weißt du?« Ihr sagen, dass ich in sie verliebt bin, beispielsweise. Und dann die Hoffnung über das Bedauern siegen lassen.

»Das ist keine gute ...« Sie beißt sich auf die Unterlippe.

Ich sacke innerlich zusammen. Weiß sie es? Weiß sie, dass ich mich noch ein weiteres Mal mit Jethro getroffen habe? Ist das der Grund für das Bedauern?

»Morgen um vier im *Busy Bean*? Überleg es dir. Ich werde dort sein. Und ich würde mich wirklich, wirklich freuen, wenn du kommst.«

»Okay«, sagt sie leise. Dann verschwindet sie im Zimmer ihres Dads.

Ich wende mich ab, spüre, wie mein Herz protestiert. Es will nicht weg von Camille. Im Gegenteil, es möchte näher dran sein. Aber stattdessen mache ich mich mit schnellen Schritten auf den Weg zu Schwester Kirsty.

Sie lächelt. »Dr. Wrights Tochter kommt mindestens einmal pro Woche, um ihn zu besuchen. Das haben wir nicht oft. Dass sich so junge Menschen so viel Zeit nehmen. Die meisten haben in dem Alter anderes im Kopf.«

Ich gehe neben Schwester Kirsty den Gang entlang. Schritt für Schritt entferne ich mich von Camille, und die wachsende Distanz manifestiert sich spürbar in ... ja ... beinahe so etwas wie Schmerz.

»Sie ist wirklich ein Engel. Denn er macht es ihr wahrhaftig nicht leicht. Oft ist er richtig unausstehlich. Wenn er merkt, dass etwas nicht stimmt.« Sie seufzt. »Ich hoffe, sie weiß, wie wichtig sie für ihn ist, auch wenn er es ihr nicht mehr zeigen kann.«

Ich nicke. Es ist die einzige Reaktion, zu der ich fähig bin. Denn vor meinem inneren Auge sehe ich immer noch Camille.

43

Bash

Das *Busy Bean,* in dem wir uns nun zum dritten Mal treffen, sieht von außen immer noch genauso gemütlich, ja beinahe unschuldig aus. Doch ich betrete es in dem Wissen, dass Camille vielleicht nicht kommen wird. Und selbst wenn, könnte es das letzte Mal sein, dass wir uns hier treffen. Denn ich werde mich ihr offenbaren. Meine Gefühle für sie, aber auch das gesamte Ausmaß der Geschichte mit Jethro. Wenn das eine Chance haben soll mit uns beiden, wenn sie sie mir geben will, dann muss sie vorher alles wissen, falls das nicht ohnehin schon der Fall ist. Das ist das einzig Richtige.

So schmerzhaft ein Nein von ihr wäre, allein diese Entscheidung gibt mir die Sicherheit zurück, die ich durch meine Gefühls- beziehungsweise Triebverwirrung verloren hatte. Und ich verstehe ja selbst immer noch nicht so ganz, was passiert ist. Verstehe nicht, wie Triebe auf einmal so stark sein konnten wie Vernunft. Aber es ist passiert, und jetzt bin ich aufgewacht. Camille hat mich aufgeweckt.

Von Anfang an wusste ich, dass hinter ihrer toughen professionellen Fassade mehr steckt. Ich erinnere mich noch daran, wie ich sie das erste Mal in diesem Café gesehen habe, sie angesehen und etwas *in ihr* gesehen habe. Dieselbe Dissoziation, die ich auch selbst so oft empfunden habe. Nicht vollständig man selbst zu sein. Eine Rolle zu spielen. In den letzten Wochen, in denen ich mich sowohl Camille nahe gefühlt habe als auch Jethro nahegekommen bin, wurde dieses Gefühl zwar weniger, weil ich auf einmal dachte, beides sein zu können – Gefühl und Triebe –, aber es hat nicht gepasst. Nicht zu mir, nicht zu meinen Werten, nicht zu meinem Gewissen. Und wenn ich es Camille so erklären kann, dass sie die Tragweite begreift, vielleicht, ganz vielleicht habe ich dann die Chance, das Gefühl nicht zu verlieren.

Ich setze mich mit einem Kaffee an unseren Tisch am Fenster und warte. Wir sind um vier verabredet, ein paar Minuten habe ich noch, um meine Nervosität in den Griff zu bekommen. Doch genau das Gegenteil passiert. Es ist, als würde ich sie nähren. Mit Koffein und Szenarien, die ich mir ausmale. Und es sind nicht die Szenarien, die ich mir wünsche. Es sind Tränen und heftige Worte. Es ist ein Abschied, der mir die Kehle zuschnürt.

Obwohl ich nur an meinem Kaffee nippe, ist meine Tasse leer, noch ehe Camille auftaucht. Sie verspätet sich. Oder sie kommt nicht. Und wenn ich noch einen Kaffee trinke, wird mein Herz explodieren. Also stehe ich auf, hole mir ein Glas Wasser aus dem Wasserspender, in dem Zitronenscheiben und Minzblätter schwimmen, setze mich wieder. Meine Beine fühlen sich an wie Pudding.

Um Viertel nach vier gestatte ich mir, einen Blick auf mein Handy zu werfen, doch Camille hat sich nicht gemeldet.

Wahrscheinlich ist sie schon über alles informiert. Und hat sich im Vorfeld bereits überlegt, dass es besser wäre, diese Sache hier sein zu lassen und zurückzukehren zur Professionalität. Verübeln kann ich es ihr nicht. Der Bash, der ich vor Jethro war, hätte es ebenso gesehen.

Doch dann erblicke ich sie. Auf der anderen Straßenseite. Ihre Schritte sind zögerlich. Sie hält den Kopf gesenkt, aber ich sehe sie. Sehe sie, wie ich sie zum ersten Mal gesehen habe. Und ich weiß, es ist keine Option, dass dies das letzte Mal gewesen sein soll, denn mein Herz wird vor Freude ganz weit und vor Sorge gleichzeitig eng.

Langsam überquert sie die Straße. Es ist, als kämpfe sie gegen eine unsichtbare Macht an, die sie zurückhält. Die Angst vor dem, was ich zu sagen habe. Und mein Herz ballt sich noch ein wenig mehr zusammen, während es gleichzeitig leichter wird, je näher Camille kommt.

Schließlich steht sie vor der Tür, sieht hindurch, und unsere Blicke treffen sich. Ich lächle, und sie versucht, es mir gleichzutun. Aber ich habe noch nie ein Lächeln gesehen, das so voller Zweifel, voller Reue war. Reue, mich in ihre Nähe gelassen zu haben, und ich schlucke.

Sie tritt ein, kommt an meinen Tisch. »Hi«, sagt sie leise, das zweifelnde, reuige Lächeln immer noch auf den Lippen.

»Hi.« Ich mache Anstalten, aufzustehen. »Darf ich?«, frage ich, weil ich sie umarmen will, aber nicht weiß, ob sie das möchte.

Sie nickt, und ich erhebe mich, öffne meine Arme, ziehe sie an mich. Ich rieche ihre Haare, spüre ihren Körper an meinem.

»Danke, dass du gekommen bist«, sage ich, während sie gleichzeitig »Wir müssen reden« sagt.

»Ja«, erwidere ich, und wir setzen uns. »Ich weiß, ich ...«

»Und ich ...«, sagt sie, aber ich habe keine Ahnung, was sie meint.

»Ich weiß nicht so recht, wie ich anfangen soll«, sage ich.

»Ich auch nicht«, gibt sie zu, obwohl sie ja nicht einmal anfangen muss. Das hier ist mein Chaos, das ich irgendwie versuchen muss, behutsam vor ihr auszubreiten.

»Camille, ich ... habe mich verliebt.«

Sie nickt. Schluckt.

»In dich.« Jetzt bin ich derjenige, der schluckt, weil sie den Blick senkt. »Obwohl ich vernünftig sein wollte. Weil ich immer vernünftig sein will. Aber es ist passiert, weil es nicht anders hätte kommen können. Wir sind uns sehr ähnlich, Camille. Ich habe keine Ahnung, ob du das weißt, aber ich bin mir ziemlich sicher, dass wir beide nur einen Teil von uns preisgeben. Zumindest meine ich, das in dir gesehen zu haben. Dass da noch mehr ist. Und dann hast du mir Schicht um Schicht immer mehr gezeigt. Von dir. Bis gestern im Pflegeheim, als ich dich so klar gesehen habe. Und ...«

»Bash«, unterbricht sie mich. »Bevor du ...«

»Ich muss es aussprechen, Camille. Bitte, lass es mich aussprechen.«

Sie schüttelt kaum merklich den Kopf und beißt sich auf die Unterlippe, sagt jedoch nichts, sodass ich weiterspreche.

»Mit jeder Schicht, die ich dich besser kennengelernt habe, hast du noch mehr Sinn für mich gemacht. Du bist genau die Frau, die Sinn für mich macht. Auf so vielen Ebenen.« Ich fasse über den Tisch nach ihrer Hand, obwohl ich das vielleicht nicht tun sollte. Aber sie lässt mich, und ich verwebe unsere Finger. »Auf so vielen Ebenen, Camille.« Jetzt muss ich schlucken, weil das Nächste, was ich zu sagen habe, schlimm wird. »Aber es gibt eine Ebene, die anders tickt. Eine *meiner* Schichten, wenn du so willst. Das, was ich mein Leben lang unterdrückt habe, weil ich mich nicht getraut habe, ich zu sein. Genauso, wie du nicht komplett du warst seit der Sache mit deiner Schwester. Deswegen hoffe ich, dass du mich verstehst, wenn ich versuche, es dir zu erklären.«

Sie hebt den Blick. Ihre Lippen sind aufeinandergepresst. Dann holt sie Luft, als würde sie ansetzen wollen, etwas zu sagen, doch ich kann es nicht zulassen. Nicht, bevor sie nicht alles weiß.

»Dass ich mit Jethro geschlafen habe, weißt du. Aber ich weiß nicht, ob du weißt, dass es noch mal passiert ist. Es war wie ein Ausbruch aus mir selbst. Etwas, das ich nicht kannte und deshalb nicht aufhalten konnte.« Ich lasse ihre Hand los, fahre mir durch die Haare. »Das klingt total bescheuert. Und es klingt so falsch. Ich weiß das. Aber es kam mir beinahe so vor, als wäre die Kombination aus euch beiden genau das, was mir das Gefühl gibt, vollständig zu sein.«

Sie macht ein Geräusch. Eines, das mir durch Mark und Bein geht. Es ist eine Mischung aus Stöhnen und Würgen, und ich ertrage den Gedanken nicht, dass es ihr meinetwegen schlecht geht. In meinem ganzen Leben war ich noch nie der Grund für irgendjemandes Kummer, und dass es nun ausgerechnet Camille trifft, hält mein Herz nicht aus.

»Es tut mir so leid, Camille. Es tut mir so leid. Ich wünschte, ich hätte diesen Ausbruch nicht gebraucht, um wieder bei mir anzukommen. Ich wünschte, ich wäre klug genug gewesen, dich an dem Abend im Verlag zu küssen. Denn du bist die, die ich will, Camille. Nur du. Immer nur du.« Meine Stimme bricht, und ich muss mich abwenden, weil ich nicht zusehen kann, was meine Worte in ihr auslösen. »Ich wollte das nicht. Nicht für mich und schon gar nicht für dich. Ich wollte in dich verliebt sein und mit dir zusammen sein und mit dir glücklich sein. Ich wollte das alles. Und ich will es immer noch, Camille. Ich will es immer noch. Und ich will es mehr denn je. Weil ich die ganze Zeit schon in dich verliebt bin.«

Ich wage es kaum, sie wieder anzuschauen, doch es kommt mir ungerecht vor, dass ich vor ihr das ganze Ausmaß meines Gefühlswirrwarrs ausbreite und dann nicht einmal den Anstand besitze, mir anzusehen, was ich angerichtet habe. Also wende ich den Kopf und sehe, wie sie langsam nickt.

»Ich hoffe, du glaubst mir, wenn ich sage, dass das nicht geplant war. Irgendwas in mir hat die Kontrolle übernommen, und ich habe mich so frei gefühlt. Dabei brauche ich das alles nicht. Ich brauche nur eine Chance von dir.« Ich schlucke.

Ich will wieder ihre Hand nehmen, doch diesmal greife ich ins Leere. Sie hat die Arme vor der Brust verschränkt, nickt immer noch, als wäre das Gesagte noch nicht so richtig bei ihr angekommen. Sie kaut hektisch auf ihrer Unterlippe.

Mit zitternder Stimme sagt sie: »*Mir* tut es leid.« Eine Träne läuft ihre Wange hinunter. Sie sieht auf, unsere Blicke treffen sich, und ihrer schneidet direkt in mich ein. Hinterlässt eine Kerbe, wo vorher nichts war.

In diesem Moment ist es, als wären all ihre Schichten verschmolzen. Als wäre da nur sie, die Person, in die ich mich verliebt habe. Und für den Bruchteil einer Sekunde bereue ich alles, was ich getan habe. Weil ich sie so sehr will. Nur sie. Für immer sie. Dann steht sie auf.

»*Mir* tut es leid«, sagt sie erneut und verlässt das Café.

44

Camille

Mir ist schwindelig. Schwindelig vor Gedanken. Keinen konkreten, denn ich kann keinen von ihnen lange genug festhalten, um wirklich zu verstehen, was sie bedeuten. Was sie wollen. Wollen könnten. Sie rauschen durch meinen Kopf, während ich renne. Die Straße entlang, vorbei an Bürogebäuden, Geschäften, Cafés und Delis. Ich kann spüren, wie sie durch meinen Kopf zischen. Will sie fangen. Will sie mir genau ansehen, um zu verstehen, was passiert. Aber ich bin zu langsam.

ErwünschteerhättedenAusbruchnichtgebraucht
Etwasdasernichtkannte
Etwasdasernichtaufhaltenkonnte
DasswirbeidenureinenTeilvonunspreisgeben
Ichhabemichsofreigefühlt
DubistesCamille
Nurdu
Immernurdu
Immer nur du.

Dieser Gedanke stoppt auf einmal, ebenso wie ich. An einer Häuserecke, die Hände auf die Oberschenkel gestützt, keuchend.

Sein Gesicht während dieser Offenbarung. Der Schmerz in seinem Blick. Sein schlechtes Gewissen, obwohl er nie etwas falsch machen wollte. Und das hat er nicht. Oder? Ich habe ihn dazu gebracht. Ohne, dass ich es wusste. Aber auf einmal war es so einfach. War alles mit ihm so leicht. Spielte es keine Rolle mehr, dass ich nicht ich war. Weil ich nicht ich sein *musste*. Und weil er es doch auch wollte. Und weil ich es definitiv wollte. Aber warum zur Hölle fühlt es sich dann an, als würde sich mein Inneres auf schmerzhafteste Weise auflösen?

Weilernichtdichwollte
Weilerdichnichtwollenkann
Weildunichtdubist
Weilduniemandbist

Aber ich bin jemand. Und ich wollte es ihm sagen. Deswegen bin ich überhaupt seiner Einladung ins *Busy Bean* gefolgt. Ich wollte ihm alles erzählen und dann mit den Konsequenzen leben. Mit der Ablehnung. Wie ich es die letzten Jahre gelernt habe. Aber dann hat er angefangen zu sprechen, und ich konnte nichts mehr sagen. Konnte nur noch zuhören und empfinden. Unser beider Schmerz.

Ich bin schuld an Bashs Schmerz. Er ist schuld an meinem. Und dennoch ist dieser Schmerz notwendig. Notwendig, weil er sich frei gefühlt hat und ich mich … ein bisschen mehr zusammengepuzzelt als noch vor einer halben Stunde. Aber gleichzeitig noch hohler. Noch mehr wie die Hülle mit dem Gesicht von jemand anderem. Wie damals. Wie nach der Sache mit Mick. Und im nächsten Moment bin ich in einer Erinnerung gefangen, die sich anfühlt, als würde ich innerlich aus Glasscherben bestehen.

»Du bist krank«, sagt er. Mit Panik in der Stimme. Dann knöpft er sich seine Hose zu, zieht sich sein Shirt über. Lässt mich allein.

Die Lampe nimmt er mit. Um mich herum ist es stockdunkel, doch ich liege immer noch dort. Immer noch nackt. Spüre, wo er war. Zwischen meinen Beinen. Es ist kalt, aber ich habe keine Wärme verdient. Das weiß ich. Ich habe das hier verdient. Auf dem Boden zu liegen. Allein zu sein. Mit der Erinnerung an ein Erlebnis, bei dem es um mich hätte gehen sollen. Und um ihn natürlich, aber mir *ist* es schließlich um ihn gegangen, auch wenn es falsch war, das weiß ich in diesem Moment.

Ich habe es auch schon vorher gewusst, aber ich konnte es nicht mehr bremsen. Ich hatte mich entschieden. Ein letztes Mal wie sie sein, um ihr zu helfen. Und dann ein allerletztes Mal wie sie sein auf einer Party. Spaß haben mit ihren Freunden. Alkohol trinken. Zu viel davon. Und dann ein einziges Mal dem Jungen nah sein, den ich so sehr liebe wie sonst nur sie. Und aus diesem allerletzten und einzigen Mal wurde mein erstes Mal. Ich krümme mich, weil ich nicht glauben kann, was ich getan habe.

Halb hoffe ich, mich übergeben zu müssen. Vielleicht hilft es, wenn etwas von diesem Verdorbenen, Bösen, das in mir lebt, rauskommt.

Wenn wir uns zusammen ausmalten, wie es wäre, das erste Mal mit einem Jungen zu schlafen, wurde ich immer rot. Sie nicht. Sie wusste ja, dass es schön werden würde. Mit dem Jungen, den sie liebte. Der sie liebte.

»Du findest auch jemanden«, sagte sie, aber das tat ich nicht. Weil ich nicht bin wie sie. Deswegen wollte ich werden wie sie. Deswegen liege ich nun hier auf dem Boden, nackt, frierend und betrunken und schäme mich.

Ich schäme mich so sehr, dass ich wünschte, meine Existenz würde einfach aufhören. Einfach vorbei sein. Ausgelöscht und im nächsten Augenblick vergessen. Wie konnte ich so dumm sein und denken, ich hätte Liebe verdient, wo es doch offensichtlich ist, dass ich nicht einmal Hass verdiene? Auch wenn ich weiß, dass ich ihn bekommen werde.

Mit Hass kann ich umgehen. Hass von anderen ist vermutlich sogar leichter zu ertragen als Hass von der Person, die man selbst ist. Hass von der Person, die einem am nächsten ist, wird schmerzhaft, klar. Aber so schlimm wie das hier kann es nicht werden.

Sogar für diese Gedanken verachte ich mich. Für das leise Schluchzen, das aus meiner Kehle dringt, ebenso. Mir steht es nicht zu, zu weinen. Mir steht es nicht zu, Selbstmitleid zu empfinden. Ich sollte in der Hölle schmoren, wenn es denn eine Hölle gibt.

Bis zum Schluss habe ich gehofft, ich würde es nicht tun. Aber dann stand er da, hat mich angelächelt. Ein Lächeln, das noch nie mir, sondern immer ihr gegolten hat. Und ich schmolz einfach. In seine Arme hinein. In einen Kuss hinein, der so falsch und so schön war.

Ich spürte, dass er kurz zurückzucken wollte, aber dann nahm er mich mit, weg von der Party in das leere Haus. Fragte, ob ich bereit wäre. Ich konnte nichts sagen, nur nicken. Ich *war* bereit. Schon so lange!

Seit Monaten kenne ich seine Nummer auswendig, weil Teenager alberne Dinge tun, wenn sie verliebt sind. Man flüstert den eigenen Namen in Kombination mit dem Nachnamen desjenigen Jungen, in den man verknallt ist, obwohl die eigene Schwester mit ihm ausgeht. *Camille Etherigde.* Man schreibt seinen Namen, Mick, und malt Herzchen darum. Manchmal ist auch der Punkt auf dem i ein Herz. Dann übermalt man es mit dickem schwarzem Filzstift, damit niemand sehen kann, welche Sehnsüchte man verbirgt. Denn dass sie falsch sind, weiß man. Man reißt Kaugummipackungen auseinander und zählt die Buchstaben nach dem Alphabet ab. Und wenn man am Ende bei M rauskommt, bedeutet das, dass man ... nein, es bedeutet nichts, weil Mara mit ihm zusammen ist. Man zupft Blütenblätter von Gänseblümchen ab. *Er liebt mich, von Herzen, mit Schmerzen ...* Aber eigentlich liebt er ja doch nur Mara, und das ist auch gut so. Man findet seine Nummer in Maras Handy. Man liest keine Nachrichten, das nicht. Mara zeigt sie mir ohnehin alle. Aber ich würde nie ohne ihre Erlaubnis ... Seine Telefonnummer einzuspeichern, fühlt sich verboten an. Aber seine Telefonnummer zu kennen, sie in meinem Kopf zu haben, dagegen kann niemand etwas sagen. Also lerne ich sie. Ziffer für Ziffer. Fühle mich ihm nah, fühle mich ein bisschen schmutzig. Und fühle mich verzweifelt, weil ich sie ja ohnehin nie wählen werde. Aber kennen tu ich sie nun.

Dann war er heute da, nackt. Und ich zog mich aus. Und er kam zwischen meine Beine und dann in mich. Ein bisschen zu heftig, ein bisschen zu schnell. Er sah mich dabei an, so wie ich ihn. Aber wir küssten uns nicht mehr. Es dauerte lange. Zu lange. Als hätte er es schon mal gemacht. Und als er fertig war, wusste er es.

»Du bist krank«, sagte er. Und es stimmte.

Ich weiß nicht, wie viel Zeit vergeht. Mein Körper bebt, weil ich vor Kälte zittere und mir nicht gestatte, zu weinen. Ich verbiete mir jede einzelne Träne, weil Weinen Erleichterung schaffen würde. Aber mein Körper wird dennoch von Krämpfen durchgeschüttelt, gegen die ich nicht ankomme.

Schließlich kämpfe ich mich hoch. Ich ziehe mir meinen Slip über, den ich aus ihrer Kommode geklaut habe. Darüber ihre Jeans. Dann ihr T-Shirt, das mir an den Brüsten ein bisschen zu weit ist. Aber es ist ihm nicht aufgefallen. Erst hinterher, als er mich schon angefasst hatte. Als er sie schon abgeleckt hatte. Mich schaudert.

Auf wackligen Beinen verlasse ich das Haus. Es ist gespenstisch still auf der Baustelle, auf der schon seit Wochen niemand mehr arbeitet. Den Leuten ist das Geld ausgegangen. Deswegen war es der perfekte Ort für ihr erstes Mal. Mein erstes Mal.

Ich will auf mein Rad steigen, aber zwischen meinen Beinen brennt es. Und als ich feststelle, dass mein Reifen platt ist, beschließe ich, zu schieben. Ich weiß ja ohnehin nicht, wie ich es aushalten soll, zu Hause zu sein. Wie ich ihr begegnen soll.

Ich laufe die Straße entlang, schlucke die Übelkeit hinunter. Ein paar Autos fahren an mir vorbei, aber niemand hält an, um ein sechzehnjähriges Mädchen zu fragen, ob es Hilfe braucht. Doch das Mädchen würde ohnehin ablehnen. Ihm ist nicht zu helfen.

Sie ist krank, wie er gesagt hat. Und wie er es später am Abend schreibt. Ich sei *einfach nur krank*. *Lol.* Und ich erkenne seine Nummer, weil ich sie durch bloße Willenskraft in mein Gehirn tätowiert habe.

Und jetzt wiederholt sich die Geschichte. Ich habe Mick getäuscht, ich habe Bash getäuscht. Mit mir getäuscht. Mit ihr getäuscht. Nein, mit mir. *Mit mir.* Bash hat mich nicht gesehen, weil er mich nicht gesehen haben *kann*, auch wenn er sagt, er habe die Schichten wahrgenommen. Diese eine *konnte* er nicht sehen. Seine Augen waren verbunden.

45

Camille

Daniel ist der erste Besuch, den ich je in meiner kleinen Wohnung empfangen habe, wenn man Handwerker nicht als Besuch zählt. Und das tue ich nicht, so verzweifelt bin ich nicht. Oder vielleicht doch. Aber Daniel ist mein erster richtiger Gast. Und er ist meinetwegen gekommen. Was wahrscheinlich normal ist für Gäste. Für mich allerdings nicht.

Er sitzt auf meinem Sofa, ich habe den Kopf auf seinen Schoß gebettet. Er hat ein Glas Sekt in der Hand – Sekt, den er mitgebracht hat, weil ich auf Besuch nicht vorbereitet bin –, mein Gesicht ist ganz klebrig vor Tränen. Und weil ich mich beim Weinen an meinem Sekt verschluckt habe. Er streicht mir mit der Hand über den Arm, ich will schon wieder losheulen, aber diesmal nicht vor SchamVerwirrungÜberforderung, sondern weil ich mich so angenehm leer fühle. Ganz leicht. Ganz dankbar dafür, dass alles aus mir rausdurfte und dass Daniel da war, um es irgendwie aufzufangen. Die Geschichte mit Mara und mir. Mit Mick und mir. Mit Mom und mir. Mit Dad und mir. Mit Bash und mir. Mit Jethro und mir nicht. Und mit Jethro und Bash auch nicht. Aber alles andere. Und er hat nicht geurteilt.

Es ist das zweite Mal, dass ich die Geschichte erzähle. Das zweite Mal innerhalb weniger Tage. Es wird leichter, merke

ich. Die Angst vor Verurteilung, die ich bei Bash noch empfunden habe, hat Daniel mir genommen. Dafür hat Bash mir
die Angst genommen, darüber zu sprechen, indem er mir das
Gefühl gegeben hat, da zu sein und nicht wegzuwollen. Und
in dem Moment, in dem er hätte wegwollen können, bin ich
ihm zuvorgekommen. Heute zum zweiten Mal.

»Oh, Camille«, sagt Daniel und streicht mir über den
Arm. »Da sagt dir ein heißer Kerl, dass er verliebt in dich ist,
und du verlässt einfach das Café?« Er klingt nicht wirklich tadelnd.

Ich nicke.

»Weil du vor Jahren mit einem Kerl geschlafen hast, der
nicht wusste, wer du bist?«

Wieder nicke ich.

»Und was müsste passieren, damit du Bash glaubst, dass
er dich meint?«

Auf diese Frage kann man nicht nicken, also zucke ich mit
den Schultern.

»Ich glaube, du musst dir selbst verzeihen. Und ich glaube,
das geht nur, wenn du dich noch mal bei deiner Schwester
entschuldigst.«

Ich zucke zusammen.

»Und bei diesem Mick.«

Dessen Nummer ich immer noch auswendig kann. Aber
das behalte ich für mich. Denn vielleicht hat Daniel recht.
Es war so verworren in den letzten Jahren. Ist immer noch
verworren. Nur, dass ich jetzt nicht mehr allein bin. Jetzt
habe ich Daniel, der mir Ratschläge gibt. Es fühlt sich an,
als hätte ich Spielraum. Und dann treffe ich eine Entscheidung. Eine Entscheidung, die für einen kurzen Moment noch
einmal Schleusen in die Vergangenheit öffnet. Die Erinnerung an den schlimmsten Abend meines Lebens, von dem
ich so sehr gehofft hatte, dass er einer der schönsten werden
würde.

Hey du Schlampe. Darf ich auch mal'?

Bock, mit mir zu ficken?

Macht ihr auch Dreier?

Du bist echt das Letzte, aber vielleicht
darf man ihn mal reinstecken?

Und die letzte Nachricht dieses unseligen Abends von der Nummer, die ich zwar nicht eingespeichert hatte, aber sehr wohl kannte:

Du bist einfach nur krank. Lol.

Seit sieben Jahren habe ich den Chat nicht mehr aufgemacht. Aus Angst vor meiner Diagnose. Krank. Doch heute wage ich es. Mit Daniels Hilfe schreibe ich eine Nachricht an Mick, in der Hoffnung, dass er immer noch dieselbe Handynummer hat.

Hi Mick. Hier ist Camille Ives. Ich würde gerne
mit dir reden, wenn das für dich okay ist.

Daniel hält meine Hand, während ich sie abschicke.

»Wie geht's dir jetzt?«, fragt er.

»Hm«, mache ich, und meine eigene, von den Tränen schwache Stimme zu hören, macht, dass ich schon wieder losheulen will. Denn so erbärmlich ich gerade klinge, so sehr ist es doch meine Stimme, die ich höre.

»Ich bin in einer wirklich abgefuckten Situation.«

Er lacht leise. »Ja, das bist du. Aber es ist auch ein bisschen aufregend, oder?«

»Aufregend?« Ich würde lachen, wäre ich nicht so ausgelaugt vom Weinen.

»Es ist Bewegung drin, meine ich. Die letzten Jahre waren Stillstand, aber jetzt tut sich etwas. Du kommst deinen Dämonen auf die Schliche, deine Schwester besucht deinen Vater – was auch immer das bedeutet –, du bist in einen sehr attraktiven Mann verknallt. Das ist alles nicht so schlecht, wie es auf den ersten Blick scheint.«

Und ich habe dich, will ich sagen. Der mir die Hand hält. Oder noch besser: Der meinen Kopf auf seinen Schoß legt.

»Und ich habe dich«, flüstere ich so leise, dass Daniel es nicht hören kann.

»Das hast du«, sagt er trotzdem. »Aber ich werde den Gefallen zurückfordern, wenn ich mich das nächste Mal mit Liebeskummer auf der Couch zusammenrolle, weil die Liebe meines Lebens mich nach zwei Dates ghostet.«

»Die Liebe deines Lebens?«

»Ich bin schnell mit solchen Prädikaten.« Er lacht leise, und ich auch, obwohl das Lachen ebenso elend klingt wie alles andere. Allerdings fühlt es sich in Daniels Schoß deutlich weniger elend an. Und dann denke ich, dass ich vielleicht auch schnell mit solchen Prädikaten bin, weil Daniel mein bester Freund ist.

46

Camille

Mick sieht immer noch aus wie der Highschool-Schwarm, der er vor Jahren war. Die Baseballcap trägt er mit dem Schirm nach hinten, seine braunen Haare blitzen darunter hervor. Er kleidet sich jung. Fast zu jung, als würde er den Jugendlichen nicht loslassen wollen.

»Yo, Cam«, sagt er zur Begrüßung, und ich bin überrascht, dass er so überhaupt nicht feindselig scheint.

»Camille«, erwidere ich leise, weil ich bei meinem ganzen Namen genannt werden will. Nicht bei einem Spitznamen, den ich schon in der Schule nicht mochte, weil er eine Vertrautheit suggeriert, die ich zu niemandem außer Mara je verspürt habe. Zu Mara und jetzt zu Bash, wenn ich es zulassen würde. Aber den Gedanken an ihn wische ich schnell weg.

»Lange nicht gesehen.« Er macht Anstalten, mit mir einzuschlagen, aber ich lasse meine Hände in den Manteltaschen. Es ist frisch an der Eastern Promenade. Der Wind pfeift uns um die Ohren, aber mir kam ein Spaziergang weniger beängstigend vor, als Mick gegenüberzusitzen und mich dafür zu entschuldigen, dass ich ihn vor Jahren hinters Licht geführt habe.

Stattdessen nicke ich, blicke zu Boden, weil ich mich so elend schuldig fühle, dass ich es nicht aushalte, in sein Gesicht zu sehen. Und weil die Erinnerung an das, was war, das, was alles kaputt gemacht hat, krachend auf mich niederbricht. Der größte Fehler meines Lebens.

»Wie geht's dir denn?«, fragt Mick. Er setzt sich in Bewegung. Sein Gang ist noch immer genauso lässig wie damals.

»Ganz okay, schätze ich.« Ich sehe ihn nun doch an, um in seinem Gesicht nach Anzeichen von irgendetwas zu suchen, das mir verrät, was er empfindet. Ablehnung? Ekel? »Und dir?«

»Ich bin gerade zwischen zwei Jobs. Hat nicht hingehauen mit meinem Chef, jetzt suche ich eine neue Herausforderung. Aufregend und irgendwie auch schräg. Ich meine, man dachte, man hätte das mit dem Leben irgendwann mal raus, oder?« Er lacht.

»Haha, ja«, sage ich etwas lahm. Seine Ehrlichkeit überrascht mich ein wenig. Auch dass er sofort offenbart, dass bei ihm nicht alles rundläuft. Dennoch bin ich vorsichtig. Dieser Ausflug in die Vergangenheit ist unheimlich.

»Keine Ahnung, aber ich dachte immer, mir kann nie was passieren, weißt du? Beliebt in der Schule, guter Sportler, Homecoming-King ...«

»Homecoming-King?« Nicht, dass es mich sonderlich überrascht.

»Richtig, da warst du ja gar nicht mehr bei uns.«
Ich schlucke gegen den Kloß in meinem Hals an.

»Jedenfalls merkt man dann irgendwann, dass man sich in der echten Welt noch mal ganz anders behaupten muss. Meine Freundin und ich machen gerade eine Pause, weil sie sagt, dass ich erwachsen werden soll. Also versuche ich, Verantwortung für mein Handeln zu übernehmen und so ein Scheiß.« Er lacht. »Und als du geschrieben hast, dachte ich so, dass das ein Wink des Schicksals ist und ich dir vielleicht mal sagen sollte, dass es mir leidtut.«

Ich bleibe wie angewurzelt stehen und sehe ihn mit weit aufgerissenen Augen entgeistert an. »Was?«

»Kennst du Jethro? Abgefahrener Typ. Der hat neulich so

ein Gedicht gepostet. *Der Mensch, den du willst* und so. Und da musste ich schon an dich denken, weil ich glaube, ich war danach richtig scheiße zu dir. Nee, ich weiß es. Und also ... das tut mir leid.«

»Na ja«, sage ich leise vor Scham. »Ich habe dich verarscht. Ich wollte das eigentlich nicht, aber du warst da, und ich war so verliebt in dich und ...«

»Cam«, unterbricht er mich.

»Camille«, korrigiere ich lautlos.

»Ich wusste, dass du es bist.«

Was sagt er da? »Was?«

»Ich wusste, dass ich mit dir schlafe.«

»Was?«

»Ihr seid zwar eineiige Zwillinge, aber ich wusste die ganze Zeit, wann du du und wann du Mara warst. Ich war mit ihr zusammen. Ich kannte sie ganz gut. Auch wenn ich wohl nicht so verliebt in sie war, wie sie es verdient gehabt hätte. Sonst hätte ich wohl kaum mit dir ...«

Ich höre seine Worte wie durch Watte. In meinen Ohren rauscht es. Mein Brustkorb ist eng, und ich habe das Gefühl, keine Luft mehr zu kriegen. Mein Herzschlag wummert durch meinen ganzen Körper, dann sacken meine Beine weg, und ich stöhne leise, als Mick mich auffängt.

»Ist alles okay, Cam?«

»Camille«, flüstere ich, aber es ist egal.

»Ist alles okay, Camille?«

Ich schüttle den Kopf. »Ja.« Nicke. »Nein.« Dann fließen Tränen aus mir heraus. Unkontrollierbar, unaufhaltsam, und mein Körper wird von Schluchzern durchgeschüttelt. Ich weiß nicht, wie mir geschieht. Es ist, als würde alles von mir abfallen und gleichzeitig irgendetwas Warmes einsickern.

»Ich bin nicht so gut mit weinenden Frauen«, sagt Mick. »Sorry.« Aber trotzdem schließt er seine Arme um mich, hält mich weiter fest, was nötig ist, weil mich meine Beine immer noch nicht tragen.

Ich kann mich kaum beruhigen. Und so richtig verstehe ich nicht, warum eigentlich. Denn diese ganze Sache hat mich zwar die letzten sieben Jahre begleitet, aber Micks Geständnis macht nichts wieder gut. Ich habe immer noch mit Maras Freund geschlafen. Ich bin immer noch zu meinem Dad gezogen. Ich habe meine Schwester trotzdem verloren und unsere kaputte Familie noch kaputter gemacht. Und dennoch werde ich auf einmal ganz leicht. Schwerelos. Sodass meine Beine mein Nicht-Gewicht jetzt wieder selbst tragen. Die Last dieser phänomenalen Sünde lastet auf einmal nicht mehr nur auf mir.

»Ich weiß, dass das absolut scheiße von mir war. Ich hatte irgendwie das Gefühl, es wäre kein Fremdgehen, wenn ich mit dir schlafe. Und ich weiß nicht mal, warum ich es gemacht habe. Ich schätze, ich war einfach jung und dumm und eitel, und Mara war dauernd weg und du warst da und ...«

Ich schüttle den Kopf. »Du musst nichts sagen. Ist schon okay.« Ist es nicht, aber je mehr er sagt, desto verwirrter werde ich.

»Nee, ist es nicht. Ist es wirklich nicht. Hab ich auch Mara gesagt. Ich weiß, es ist lange her, aber diese Sache mit der Verantwortung ... irgendwo muss man wohl anfangen.«

»Du hast mit Mara gesprochen?« Meine Stimme klingt nach wie vor tränenerstickt. Und ihren Namen auszusprechen, lässt neue Tränen meine Wangen hinunterlaufen.

»Sie hat hier ein Konzert gespielt. Ich habe das Plakat gesehen. Also habe ich ihr geschrieben, weil ich mich bei ihr entschuldigen wollte. Ihr hattet ja lange kein so gutes Verhältnis, stimmt's? Und irgendwie war ich daran nicht ganz unschuldig.«

»Wir haben immer noch keins.«

»Nicht dein Ernst.« Er wird auf einmal ganz blass. »Scheiße, Camille, das tut mir leid.«

»Es ist mindestens so sehr meine Schuld wie deine.« Ich zucke mit den Schultern. Sie fühlen sich leichter an, obwohl meine Schuld nicht weniger wiegt als vorher. Das kommt mir seltsam vor. Doch das Ausmaß dessen, was Mick gesagt hat, ist eben enorm. »Du wusstest, dass ich es bin«, sage ich, und mein gesamtes Inneres erzittert, und meine Beine werden wieder weich.

»Ja.«

»Du wusstest es und hast trotzdem mit mir geschlafen.« Das bedeutet, mein erstes Mal galt mir. Nicht Mara. Es ging um mich, wenn auch aus falschen Motiven. Nichts an diesem Sex wird je schön sein. Oder auch nur okay. Aber er galt mir. Und das ändert alles.

»Es war eine absolute Arschlochaktion. Das habe ich deiner Schwester auch gesagt. Und es tut mir ehrlich leid. Auch wie ich danach damit umgegangen bin. Was ich dir geschrieben habe ...«

Du bist einfach nur krank. Lol. Ich nicke.

»Ich wusste natürlich, dass ich einen Fehler gemacht hatte, aber es war einfacher, dir die Schuld in die Schuhe zu schieben.« Er sieht mich an. »O wow, ich glaube, ich habe gerade begriffen, was meine Freundin meint. Ex. Was auch immer.«

Erst in diesem Moment wird mir so richtig klar, dass Jethros Gedicht auch auf damals übertragbar ist. Dass ich so sehr die Person sein wollte, mit der Mick schlafen wollte. Dass ich wollte, dass er genau hinsieht. Dass ich dachte, er hätte es nicht getan. Und wie sehr wir alle zu Schaden gekommen sind. Nicht nur deswegen, aber auch deswegen.

»Danke, dass du mir das gesagt hast.« Ich sehe Mick an. Diesen immer noch jugendlich scheinenden Mann, der ebenso wie ich nicht von der Vergangenheit eingeholt werden kann, weil sie auch ihn niemals losgelassen hat, wenn auch auf andere Weise als mich. »Aber ich muss jetzt los. Ich habe was zu erledigen.«

»Oh, okay.« Mick sieht beinahe enttäuscht aus. »Darf ich noch fragen ... na ja, denkst du, du verzeihst mir?«

Dass er mich das fragt, kommt mir so surreal vor, dass ich

trotz dieser fundamentalen Gefühlsüberforderung, die von meinem ganzen Körper Besitz ergriffen hat, kurz auflache. »Ich habe mich die letzten sieben Jahre für diese Nacht gehasst. Um Maras willen, aber auch um deinetwillen.« Und um meinetwillen. »Für mich gibt es nichts zu verzeihen.«

Sein Mund verzieht sich zu einem Lächeln. Das Lächeln, das mich früher hätte dahinschmelzen lassen. Jetzt freue ich mich, dass ich der Grund dafür bin. *Dass ich der Grund dafür bin.* Der Gedanke sickert langsam ein. *Ich.*

»Für mich auch nicht«, sagt er. Dann zieht er mich in eine Umarmung, die ich kaum spüre, weil meine Haut vor Aufregung prickelt.

Denn auch ich habe Dinge zu sagen. Wichtige Dinge. Große Dinge. Dinge, die Bash vielleicht erschüttern werden. Die er mir vielleicht nicht verzeihen wird. Weil ich schon wieder in Rollen geschlüpft bin. Weil es für mich offensichtlich einfacher ist, nicht ich zu sein, während ich der Grund für Micks Lächeln war. Also irgendetwas muss da sein. Ich muss es nur finden. Und Bash hätte sich nie entscheiden müssen.

Ich brauche nur einen Weg, es ihm zu sagen. Und dann hoffen und beten, dass er mir vergibt. Denn es ist nicht wie in Dads Lieblingslied ...

I am NOT he as you are he as you are me.
And we AREN'T all together.
I am NOT the walrus.
Goo goo g'joob.

Aber.

Ich bin sie.
Und sie ist ich.
Und wir sind zusammen eins.
Ich bin Jethro.
Goo goo g'joob.

47

Bash

»Steh auf, ich brauch deine Hilfe beim Packen.« Licht dringt durch die offene Tür, die ich extra zugemacht hatte, nachdem Evie vor zwei Stunden schon einmal etwas von mir wollte.

»Ich schlafe«, brumme ich und ziehe mir die Decke über den Kopf.

»Man könnte fast meinen, du möchtest, dass ich bleibe«, sagt sie und kichert. »Möchtest du, dass ich bleibe, Bash?«

»Nein!«, rufe ich von unter der Decke, weil ich zwar gerade nicht zu sonderlich viel Klarheit imstande bin, aber dass ich meine Wohnung zurückhaben will, weiß ich sogar in diesem Zustand.

»Nichts wird besser dadurch, dass du bis mittags im Bett bleibst.«

»Es wird auch nichts schlechter dadurch. Und wo wir schon dabei sind, es wird auch nichts schlechter dadurch, dass ich bis abends im Bett bleibe«, erwidere ich, aber weil ich nun nur noch leise spreche, kann Evie mich nicht verstehen.

»Mir tut's echt leid, dass Camille keine Lust auf eine Ménage-à-trois mit dir und der Sprayerin hatte, Bash. Ehrlich. Und ich hatte ja auch die Hoffnung, dass jemand, der mit Künstlern zusammenarbeitet, vielleicht ein bisschen offener für solche Beziehungsmodelle ist. Vielleicht sollte sie mal für eine Zeit nach Europa gehen. Das würde ihr die Augen öffnen. Und die Seele.«

»Evie?«, frage ich, jetzt wieder lauter.

»Hm?«

»Bitte geh.«

»Hey«, sagt sie jetzt in beruhigendem Tonfall, und im nächsten Moment sinkt die Matratze dort ein, wo sie sich setzt. »Es wird alles wieder. Ich hatte in den letzten Jahren ungefähr achtunddreißig Mal Liebeskummer. Jedes Mal habe ich gedacht, dass ich daran sterben werde. Kein einziges Mal ist es passiert.«

»Ich habe keinen Liebeskummer«, versuche ich es, aber wem mache ich etwas vor?

»Ja, ja, ich weiß. Du hast eine existenzielle Krise, weil du deine komplette Identität auf der schwachsinnigen Idee aufgebaut hast, dass du perfekter sein musst als alle anderen. Und Gratulation, Bash, das hast du geschafft. Aber jetzt bist du endlich einer von uns. Und du hast Glück, dass ich zur richtigen Zeit aufgetaucht bin, denn mit Existenzialismus kennen sich die Franzosen am besten aus.« Im nächsten Moment wirft sie sich mit ihrem gesamten Körper auf mich und umarmt mich.

»Ich krieg keine Luft«, nuschle ich von unter der Decke, aber sofort fehlt mir sowohl ihr Gewicht als auch das Gefühl, nicht atmen zu können, das so wunderbar zu meiner Stimmung passt.

»Du hast dich aufgerieben, Bash. Seit du Teil dieser Gesellschaft bist. Du hast nie das gemacht, was du tun wolltest, sondern immer nur das, was dich mehr zu einem von ihnen gemacht hat.«

»Von ihnen?«, frage ich.

»Na von dieser verkorksten, rechten, spießigen, verklemmten Schisser-Gesellschaft. Was glaubst du, warum ich nirgendwo länger bleibe als nötig?«

»Weil du du bist.« Langsam tauche ich von unter der Decke

wieder auf, weil die Luft auch ohne Evies Zutun langsam knapp wird.

»Ja. Und warum warst du Homecoming-King? Warum hast du überall overperformt? Warum hast du nie deine Füße auf den Couchtisch gelegt? Warum schläfst du regelmäßig zum Gejammer deiner Ex ein? Warum hast du mich wochenlang auf deiner Couch pennen lassen? Warum erträgst du Coulter? Warum hast du Gott verdammten Football gespielt? Sicher nicht, weil Bashir Hanlon sich für Mannschaftssport interessiert.«

Ich zucke mit den Schultern.

»Dass du ausgebrochen bist, ist *gut*, Bash.«

»Aber dass ich ausgebrochen bin, bringt schmerzhafte Konsequenzen mit sich. Und nicht nur für mich.«

»Ja, aber als Terrorist hat sie dich nicht beschimpft, oder? Also ist das doch schon mal ein gutes Zeichen.«

Ich schnaube. Bitter. Aber auch ein bisschen erleichtert. Und auch dankbar. Dankbar für Evies Versuche, mich aufzumuntern.

»Und wo wir gerade vom Gejammer deiner Ex sprechen, dein Handy hat in den letzten zwei Stunden unaufhörlich geklingelt. Acht verpasste Anrufe von ihr. Du solltest da echt mal was unternehmen.«

»Acht?« Ich setze mich auf. Dann muss etwas passiert sein. Sofort schalte ich in meinen normalen Modus. »Wo ist mein Handy?«

»Na, da, wo du es gestern hingelegt hast. Auf dem Waschbeckenrand im Badezimmer. Was übrigens auch der Grund ist, warum ich sofort wusste, dass es nicht so gut gelaufen ist mit Camille.«

Ihren Namen zu hören, macht, dass ich mich innerlich verkrampfe. Aber ich muss meine eigenen Gefühle jetzt hintanstellen und für Laura da sein.

Ich schäle mich aus dem Bett. Mir ist ein bisschen schwindelig, weil ich seit über vierundzwanzig Stunden nichts mehr gegessen habe. Im Badezimmer trinke ich einen Schluck schales Leitungswasser aus dem Hahn, dann wische ich mir über den Mund und nehme mein Handy vom Waschbeckenrand. Inzwischen sind es neun Anrufe in Abwesenheit, und ich rufe Laura sofort zurück.

»Na, endlich«, schluchzt sie. »Wo warst du denn?«

»Sorry, ich ... mir geht's nicht so ... was ist los?«

»Jayden hat ...« Ihre Stimme bricht. »Er meint es nicht so. Das weiß ich. O Gott, du musst mich für eine so dumme Kuh halten, dass ich bei ihm bleibe. Aber wenn man jemanden liebt ...«

... dann behandelt man denjenigen nicht schlecht. »Was ist passiert?«

»Ich bin heute Morgen aufgewacht und habe gemerkt, dass er nicht zu Hause ist. Er wollte mit ein paar Freunden ausgehen. Aber es war schon halb sieben, und er war immer noch nicht da. Ich hab mir Sorgen gemacht. Und weil ich noch schlaftrunken war, hab ich seiner Mom geschrieben, ob sie was gehört hat. Und als er dann um zehn nach Hause gekommen ist, war er wütend, weil ich ihr Angst gemacht hätte. Natürlich war das blöd von mir, ich hätte ja auch erst mal abwarten können. Aber ich war noch nicht ganz bei mir und ...«

»Er hätte dir ja auch Bescheid geben können, dass er länger wegbleibt.«

»Das habe ich auch gesagt. Und dass ich mir eben Sorgen mache, wenn ich nichts von ihm höre. Und da ist er ausgeflippt, dass ich ihn kontrollieren würde. Aber das will ich gar nicht. Er *soll* doch Spaß mit seinen Jungs haben.«

»Genauso wie du Spaß mit deinen Leuten haben solltest.«

»Ach, na ja, sind ja nicht mehr viele übrig. Und ich bin gern zu Hause.«

»Was meinst du damit?«

»Die meisten verstehen nicht, wie mein Leben funktioniert. Und ich will nicht dauernd dafür kritisiert werden, weißt du?

Sie sagen einem, dass sie einen lieben, aber dann wenden sie sich doch alle ab, wenn es mal nicht so gut läuft.«

»Wofür wirst du kritisiert?«

»Dass ...« Sie bricht ab.

»Laura?«

»Dass ich kaum noch ausgehe, weil Jayden eifersüchtig ist.« Ich schließe die Augen, atme tief, tief ein, um nicht laut zu schreien. »Du darfst nicht ausgehen?«, frage ich so ruhig wie irgend möglich.

»Fang du nicht auch noch an, bitte.« Sie weint jetzt wieder. »Ich brauche doch einfach nur einen Freund.«

»Laura, das, was du brauchst, kann dir kein Freund der Welt geben. Du musst aufwachen, verdammte Scheiße noch mal!« Jetzt bricht es einfach aus mir heraus. »Du verschwendest dein Leben an einen toxischen, nichtsnutzigen Volltrottel, der dich obendrein noch kontrolliert. Die Menschen, die dich lieben, wenden sich ab, weil es unerträglich ist, dass du so mit dir umgehen lässt.«

Sie schluchzt auf. »Bitte, Bash!«

»Es tut mir leid, aber du musst das hören, Laura. Nur du kannst dich retten. Ich kann das nicht. Deine Mom kann das nicht. Deine Freundinnen können das nicht. Und er. Wird. Sich. Nicht. Ändern.« Ich betone jedes Wort.

»Aber wir haben es oft auch schön!«

»Aber das sollte der Normalzustand sein. Schön. So sollte es immer sein. Und wenn es dann mal nicht läuft, ist das für eine Weile aushaltbar. Es sollte nicht ›oft auch schön‹ sein.«

»Du verstehst das nicht.«

»Nein, *du* verstehst es nicht. Du bist zu nah dran. Du siehst keinen Ausweg. Du siehst nur den Istzustand. Und du hast Angst, dass der Zustand danach schlechter sein könnte. Aber ich verspreche dir, das wird er nicht.«

»Das kannst du nicht versprechen. Du kannst ja nicht mal versprechen, für mich da zu sein.«

»Was soll das denn heißen?«

»Früher wusste ich, dass ich mich auf dich verlassen kann. Aber in letzter Zeit bist du nicht mehr da.«

»Ich kann das nicht mehr.« Die Worte purzeln einfach aus meinem Mund. Meine Kehle ist trocken. »Ich kann das nicht mehr, Laura.«

»Was meinst du damit?« Ihre Stimme ist vom Weinen ganz hoch.

»Ich will, dass es dir gut geht. Aber ich will kein Teil mehr davon sein.«

»Aber Bash ...«

»Du bist ein toller Mensch. Zumindest hinter der Fassade, die nicht aufhört, Ausreden zu finden. Und ich wünsche dir alles Gute. Wirklich. Alles Glück der Welt. Und ich werde deinen Eltern sagen, dass sie ein Auge auf dich haben sollen. Aber Laura, ich kann nicht der Mensch sein, der dir jedes Mal die Hand hält, wenn dein Freund ein Arschloch zu dir war. Erstens, weil niemand so viel Zeit hat, und zweitens, weil ich der Mensch bin, den du am meisten auf der Welt verletzt hast. Und ich dachte, das hier wäre das Richtige. Aber ich lerne gerade – auf die harte Tour –, dass das Richtige nicht unbedingt das Richtige für mich ist.« Ich stoße lautstark die Luft aus, weil es so gutgetan hat, das auszusprechen.

»Bitte sag meinen Eltern nichts«, wimmert Laura.

»Bitte sag es ihnen selbst, Laura.«

»Aber ich liebe ihn!«

»Aber er liebt dich nicht. Nicht auf die Weise, die du verdienst. Oder irgendjemand sonst.«

»Das ist so unfair von dir.«

»Bye, Laura.«

»Bash!«

»Ich lege jetzt auf. Pass auf dich auf.«

»Bash!«

Ohne dass ich wirklich weiß, wie mir geschieht, lege ich auf. Ich lasse mich auf den Badewannenrand sinken, das Handy noch in der Hand. Mit der anderen fahre ich mir übers Gesicht.

»Du geile Sau!«, hört man Evies Stimme von draußen, und im nächsten Augenblick öffnet sie die Tür.

»Hey, ich könnte auf dem Klo sein.«

»Bist du aber nicht.« Sie kniet sich vor mich, nimmt mir das Handy aus der Hand und legt es auf den Boden neben sich. Dann umschlingt sie meine Mitte. »Du hast das Richtige getan.«

»Für mich.«

»Auch für Laura. Nur weiß sie das noch nicht.«

»Ich hoffe es.«

»Ihr Elend ist ihre Verantwortung. Und dein Elend ist deine.«

»Ich wette, sie hasst mich jetzt.«

»Na und?«

»Ich bin nicht wie du.«

»Du meinst, du ziehst nicht deine gesamte Lebensenergie aus dem Hass anderer Menschen?« Sie lacht. »Pst, das tu ich auch nicht.«

»Aber dir ist es egal, was andere von dir denken.«

»Ja, weil sie ohnehin denken, was sie wollen. Und in meinem Fall denken sie, dass ich durchgeknallt bin und stinkfaul und wahrscheinlich high und zu chaotisch, um irgendwas hinzukriegen.«

Ich beiße mir auf die Unterlippe, weil das so ziemlich das Bild ist, das jeder von Evie hat. Denn es ist das Bild, das sie von sich zeigt.

»Soll ich Lauras Eltern anrufen? Dann kannst du noch ein bisschen deine eigenen Wunden lecken.«

»Nein, danke, ich mach das schon.« Die Ablenkung tut mir ohnehin ganz gut.

»Okay. Mein Uber ist da, ich sollte echt mal los.«

»Du weißt, dass du eine schlechte Bewertung bekommst, wenn du sie zu lange warten lässt?«

»Meistens fahren sie einfach wieder. Und mein Profilbild ist ehrlich gesagt viel zu cute für eine schlechte Bewertung.«

Mit diesen Worten verlässt sie das Badezimmer. Ich höre, wie sie ihre Schuhe anzieht, ihren Mantel. Wie sie ihren Rucksack schultert.

»Hey, Evie?« Kurz bevor sie die Wohnung verlässt, finde ich dann doch noch die Kraft, aufzustehen.

»Hm?«

»Es war schön, dass du da warst.«

»Und es ist schön, dass ich bleibe.«

»Und ich bin echt gespannt auf deine Wohnung.«

»Besser nicht, ist ein ganz schönes Shithole.«

»Evie? Was soll das heiß…?«

»Tschüüühüüüss«, flötet sie, dann verlässt sie die Wohnung, und ich bin endlich allein.

48
Jethro

Es fühlt sich wie ein Ende an. Die Worte auszusprechen, die ich mich so lange nicht getraut habe, auszusprechen. Ich bin sie. Sie ist ich. Wir sind ein und dieselbe Person. Zwei Facetten von ihr. Von mir. Von *mir*.

Ich habe einen Ort gewählt, den er jeden Tag sieht. Er soll der Erste sein, dem es auffällt. Deswegen werde ich diesmal auch nichts auf meinem Instagram-Kanal posten. Es ist nur für ihn. Geht nur ihn etwas an. Und nur er wird es dechiffrieren können.

Und dann wird er mich hassen, sagt eine Stimme in mir.

Oder nicht, sagt eine andere.

Liebe kennt keine Grenzen. Die ausgeblichene Parfümwerbung, die Bash jeden Tag auf seinem Arbeitsweg sieht, ist nachts nicht einmal beleuchtet, so alt und vergessen ist die Plakatwand. Aber es kommt mir entgegen, denn so kann ich in absoluter Dunkelheit die Sprossen nach oben erklimmen.

Meine Finger sind kalt, weil ich die Handschuhe für ein besseres Gefühl ausgezogen habe. Das Metall ist eisig, und ich muss schnell klettern, bevor sich meine Entscheidung rächt. Es ist so finster, dass ich kaum die Atemwölkchen vor meinem Gesicht erkennen kann, aber ich weiß, dass sie da sind.

Die Hälfte habe ich schon geschafft. Ich bin flink, bin ohnehin eine gute Kletterin, weil nicht alle Graffitis ebenerdig sind. Und auch nicht jeder Fluchtweg. Der Rucksack mit meinen Utensilien drückt auf meine Schultern, beschwert meinen Weg und beruhigt mich gleichzeitig.

Noch fünf Sprossen. Vier. Ich hauche auf meine linke Hand, taste mich zur nächsten Sprosse, hauche auf die Rechte, lasse sie folgen. Dann meine Füße. Noch drei. Zwei. Ein letztes Mal versuche ich, die Hände durch meinen Atem zu wärmen, dann ziehe ich mich nach oben auf die schmale Plattform vor der Plakatwand.

Liebe kennt keine Grenzen. Bash hat recht. Es ist ein absoluter Bullshit. Liebe kennt jede Menge Grenzen. Grenzen, die es besser nicht gäbe, und Grenzen, die es aus Gründen des Selbstschutzes geben *muss.* Maras Grenze habe ich überschritten. Bashs Grenze vielleicht auch.

Vielleicht auch nicht, sagt die andere Stimme, und ich nicke, als würde ich ihr zunicken. Doch ich nicke mir selbst zu. Auf eine entschlossene Weise.

Während der letzten Jahre war meine größte Angst, dass jemand herausfindet, wer sich hinter Jethro verbirgt. Doch die Entscheidung, mich ihm zu offenbaren, war ganz leicht. Ging ganz schnell. Ich bin nicht gut darin, Dinge auszusprechen, weil ich sie viel zu lange mit mir selbst ausgemacht habe. Aber ich bin gut darin, Botschaften zu übermitteln. Und diese ist besonders wichtig.

Der Parfümflakon hat die perfekte Größe für das Gedicht, das die gesamte Wahrheit enthält. Ich leuchte mit einer Taschenlampe die Umrisse ab, befestige die Stencils mit Klebeband, sodass sie nahtlos nebeneinanderhängen. Dann zücke ich die Spraydose, schüttle sie. Vernehme das befriedigende Klackern, dann ziehe ich die Kappe ab und spraye. Spraye einen Buchstaben nach dem anderen. Eine dünne Schicht Farbe, dann noch eine. Schließlich eine dritte. Als Nächstes löse ich die Schablonen behutsam ab und werfe einen Blick auf mein Gedicht. Der Vollständigkeit halber mache ich ein Foto davon, auch wenn ich es nicht posten werde.

Ich bin ich.

Goo goo g'joob.

49

Bash

Ich habe nichts mehr von Camille gehört, was nicht weiter überraschend ist. Von Jethro auch nicht, aber es wäre ohnehin falsch, sich für die eine zu entscheiden und dann doch zur anderen zurückzukehren. So bin ich nicht. So ein Mensch will ich nicht sein, unabhängig davon, was andere über mich denken. Schließlich ist auch wichtig, was *ich* von mir denke. Und ich will der Mensch sein, der versucht, für andere da zu sein – bis zu dem Moment, da es einfach keinen Sinn mehr macht, wie bei Laura. Ich will der Mensch sein, der ehrlich zu der Person ist, in die er sich verliebt hat, auch wenn es schmerzhaft ist. Ich will der Mensch sein, der die eigene Schwester wochenlang auf der Couch schlafen lässt – der aber auch zugeben kann, dass es schön ist, wieder allein zu sein. Ich will das alles. Aber gleichzeitig wäre es schön, auch der Mensch zu sein, der nicht alles hunderttausendmal zerdenkt, bevor er eine Entscheidung trifft, aus Sorge, etwas falsch zu machen.

Und ich will der Mensch sein, der sich wieder aufrappelt. Der seine Freunde nicht hängen lässt, weil er sich zu Hause im selbst verschuldeten Elend suhlt. Evie hat zwar im Büro erzählt, ich sei krank – zumindest lässt die Gute-Besserung-Nachricht von Louise von vorhin nur diesen Schluss zu –, aber Ablenkung tut gut. Und so mache ich mich mit ein bisschen Verspätung nach einer weiteren schlaflosen Nacht auf den Weg zu Badger Books.

Draußen herrscht klirrende Kälte, sodass ich mein Fahrrad stehen lasse. Kurz bin ich versucht, es mit meinem Auto zu versuchen, das nach der Nacht im Parkhaus aus der Werkstatt zurück ist, aber dann entscheide ich mich für einen strammen Fußmarsch, um mein Gehirn ein bisschen zu entspannen.

Die Hände habe ich tief in die Taschen meines Mantels geschoben, der Kragen ist gegen den pfeifenden Wind hochgestellt, meine Schultern sind vor Kälte hochgezogen. Ich gehe mit großen, ausladenden Schritten, lausche dem Klang meiner Schuhe und meinem eigenen Atem.

Die kalte, klare Morgenluft fühlt sich reinigend an – in meiner Lunge, in meinem Kopf. Eine klimatische Katharsis für mein Herz, das erst zu spät begriffen hat, was es wollte.

Ich schüttle den Kopf, weil ich im Nachhinein nicht mehr wirklich verstehe, was mich geritten hat. Es war so klar. Von Anfang an war mir klar, was ich wollte. Und dann gab es diesen einen Impuls, der eine Seite in mir zum Vorschein gebracht hat, die nicht mehr zu bremsen war.

Mir entfährt ein Lachen, weil es so schwer vorstellbar ist, dass ich dieser Mensch gewesen sein soll, der mit Jethro geschlafen hat. Zwei Mal. Beim ersten Mal immerhin spontan aus der Situation heraus. Beim zweiten Mal geplant. In meinem Magen zieht es nach wie vor, wenn ich an ihre Berührungen denke. Aber es zieht noch stärker, wenn ich mir vorstelle, dass ich die Sache mit Camille verkackt habe.

Ich habe kaum gemerkt, dass ich bereits an der großen Kreuzung mit der unsäglichen Parfümwerbung angekommen bin. Ich überquere die Straße und halte den Blick bewusst auf den Boden gesenkt, weil ich heute Morgen nicht das glückliche Mixed-Race-Model-Paar sehen will, dessen Liebe keine Grenzen kennt. Erst, als ich fast mit einem Mann zusammenstoße, blicke ich überrascht auf.

»Hast du keine Augen im Kopf, Arschloch?«, fragt er unfreundlich, und aus Reflex entschuldige ich mich mit dem breitesten Akzent, zu dem ich in der Lage bin, damit er weiß, dass ich einer von ihnen bin. Doch das, was mir so sehr in Fleisch und Blut übergegangen ist – das Verstecken hinter Angepasstheit –, lässt mich auf einmal zusammenzucken. Vor Scham. Vor Scham vor mir selbst. Denn, und das wird mir in diesem Moment zum ersten Mal klar, ich schulde ihm nichts, sondern er schuldet mir genau den Respekt, den er jedem anderen Menschen auch entgegenbringen würde, ob ich nun aus Illinois oder dem Nahen Osten stamme, ob ich nun Bash oder Bashir heiße.

Diesem Gedanken gebührt einen Moment lang meine ganze Aufmerksamkeit. Fast bin ich versucht, dem Typen noch etwas hinterherzurufen, und drehe mich nach ihm um. Doch dann entscheide ich, dass er es nicht wert ist. Und als ich meinen Gang wieder fortsetzen will, fällt mein Blick doch auf die Parfümwerbung.

Liebe kennt keine Grenzen. Dass ich nicht lache. Doch dann erblicke ich noch etwas anderes. Denn das Bild, das ich in- und auswendig kenne, weil ich es seit zwei Jahren fast jeden Tag zweimal sehe und mich still darüber ärgere, hat sich verändert.

Es fällt mir sofort auf. Genauso wie einem ein Staubkorn auf einer perfekten schwarzen Oberfläche ins Auge springt, obwohl der Blick es nur am Rande streift. Doch das Gehirn weiß sofort, dass da etwas ist, was da nicht hingehört. Und dann wird der Blick davon angezogen, und man kann es nicht mehr nicht sehen.

Mein Blick wird von dem rechteckigen Flacon mit der durchsichtigen Flüssigkeit angezogen. *Amour sans Frontières*, stand da vorher, doch die geschmacklose Verballhornung von Ärzte ohne Grenzen ist nun überdeckt. Und im ersten Moment verstehe ich nicht, was ich dort sehe.

Als mein Kopf langsam mit meinen Augen aufholt, kann

ich es dennoch nicht glauben. Aber die Buchstaben sind die-
selben wie auf den anderen Graffitis von Jethro. Und dann ...
... dann beginne ich zu lesen.

Ich bin sie.
Und sie ist ich.
Und wir sind zusammen eins.
Goo goo g'joob.

Ich lese Jethros Zeilen. Lese sie einmal. Zweimal. Dreimal. Ich
weiß, *was* ich dort lese, aber ich verstehe es nicht.
Ich bin sie. Wer?
Sie ist ich. Wieder: Wer??
Wir sind zusammen eins. Wer ist wir? Sie und wer? Sie und
ich?
Goo goo g'joob. Die Zeile aus dem Song, den ihr Dad immer
gesungen hat, wenn er Frühstück gemacht hat. *I Am the Walrus, goo goo g'joob.* Der Song von den Beatles. Was zur Hölle
hat das zu bedeuten?
Und dann merke ich, wie meine Beine zu zittern beginnen.
Denn es war nicht Jethros Dad. Jethro und ich haben nie über
derart intime Details gesprochen. Es war Camilles Dad, mit
dem sie diesen Song gesungen hat. Camilles Dad. Ist das ein
Zufall? Das kann kein Zufall sein. Und in diesem Moment sa-
cken meine Beine weg, und ich lasse mich einfach auf den Bo-
den sinken.
Ich bin sie. Ich bin Camille.
Sie ist ich. Camille ist Jethro.
Wir sind zusammen eins. Sie sind ein und dieselbe Person.
Goo goo fucking g'joob.

Mein Kopf ist leer. Vollkommen leer. Ich spüre, wie mir langsam die Kälte in die Knochen kriecht, also muss ich schon
eine Weile hier auf dem Asphalt kauern. Eine alte Frau läuft
an mir vorbei, sieht mich an und rümpft die Nase, als wäre

ich eine Störung in ihrer perfekten Welt. Doch ich kann nur immer wieder nach oben auf die Plakatwand starren. *Ich bin sie. Sie ist ich.*

Ich habe mich in eine Frau verliebt und mit einer anderen wilden, hemmungslosen Sex gehabt, und jetzt stellt sich heraus, dass es ein und dieselbe Person war. Schlaflose Nächte, ewige Gedankenkarussells, das Hinterfragen von allem, woran ich mich festgehalten habe, worauf ich meine Persönlichkeit aufgebaut habe, das alles wäre nicht nötig gewesen. Ich kann es nicht fassen.

Ich weiß nicht, wie oder wann ich mich aufraffe. Doch statt meinen Weg ins Büro fortzusetzen, drehe ich um. Meine Beine zittern während des Rückwegs. Und nicht nur meine Beine. Mein gesamter Körper bebt – und nicht nur wegen der Kälte. Nein, es ist vor allem ihretwegen. Camilles wegen. Jethros wegen.

50

Camille

So häufig wie in den letzten Tagen habe ich mein E-Mail-Postfach nur damals aktualisiert, als ich auf Collegezusagen gewartet habe. Ich saß in meinem Zimmer in Dads Haus. Wir hatten einen Platz im Pflegeheim, und ich wusste, ich würde studieren können, wenn ich ein Stipendium bekam. »Worauf warten wir?«, fragte Dad.

»Auf meine Collegezusage.« So gern hätte ich mit Mara gewartet. Mich für sie gefreut, ihre Freude für mich gespürt. Stattdessen hatte ich Dad.

»Worauf warten wir?«, fragte er.

»Auf meine Collegezusage, Dad.«

Und als sie dann kam, machte ich mir nicht die Mühe, ihm davon zu erzählen, weil er es ohnehin nicht verstanden hätte.

Wieder aktualisiere ich nun mein Postfach und seufze, als ich wenig überraschend immer noch keine Mail von Bash bekommen habe.

»Camille?«, fragt Daniel. »Was ist los?«

»Ach, nichts«, sage ich aus einem alten Reflex.

Doch Daniel hebt fragend eine Augenbraue.

»Immer noch nichts von Bash.«

»Er wird sich schon melden«, sagt Daniel, obwohl er das gesamte Ausmaß nicht kennt. Nicht kennen darf. Geheime

Identitäten behält man besser für sich. Teilt sie vielleicht höchstens mit der Person, in die man sich gegen jede Vernunft verliebt hat. Und dann sitzt man herum und aktualisiert von morgens bis abends Postfächer.

Auf einmal pingt mein Computer und zeigt mir eine E-Mail von Badger Books an, und ich kriege fast einen Herzinfarkt. Doch im nächsten Moment ist es, als schlösse sich ein fester Griff um meine Kehle, denn die E-Mail kommt von louise@ badgerbooks.com.

Liebe Camille,

ich hoffe, dir geht es gut. Ich melde mich heute bei dir, weil Bash den Wunsch geäußert hat, *Rock, Paper, [...]* als betreuender Lektor abzugeben. Die Hintergründe für seine Entscheidung sind mir nicht bekannt, aber ich hoffe, dass du vielleicht etwas Licht in die Angelegenheit bringen kannst? Besonders weil ich denke, dass er das Projekt nicht ganz freiwillig abgeben möchte. Wir wissen schließlich beide, was ihm das Buch bedeutet. Vielleicht könnten wir dazu mal telefonieren?

Viele Grüße
Louise

Mein Herz schweigt und rast gleichzeitig, und ich weiß nicht einmal, wie so etwas überhaupt möglich ist. Er will mich nicht. Das ist die Antwort, auf die ich gewartet habe. Sie schneidet in mich, lässt mein Inneres bluten. Er will mich so wenig, dass er nicht einmal mein Buch noch will. Ich habe ihn belogen, so wie ich alle anderen Menschen in meinem Leben andauernd immer wieder belogen habe, und natürlich muss er sich deswegen ebenso wie die anderen von mir abwenden.

»Ich glaube, mir geht's nicht gut«, nuschle ich und stehe

langsam auf. Denn ich bin mir sicher, dass mich eine ruck-
artige Bewegung einfach umwerfen würde.

»O weh!«, sagt Daniel. »Soll ich dich nach Hause bringen?
Du bist ganz blass!«

Ich schüttle vorsichtig den Kopf. »Geht schon.«

»Bist du sicher?«

Ich nicke. »Kannst du Nina sagen, dass ich ...« Nicht schon
wieder lügen, Camille. »... wegmusste?«

»Natürlich«, sagt Daniel und sieht mich an, als wüsste er,
dass das nichts mit meiner körperlichen Gesundheit zu tun
hat.

Er steht auf, umfasst meine Hand. Dann zieht er mich in
eine Umarmung, und ich lasse mich gegen ihn sinken. Es tut
so gut. Seine Nähe tut so gut.

»Alles wird gut, du wirst schon sehen.«

Ich nicke, auch wenn ich es nicht fühle. Aber ich weiß, dass
ich aufräumen muss. Dass mit den Geheimnissen Schluss
sein muss. Dass mit Jethro Schluss sein muss.

51

Bash

»Gut, dass du endlich da bist, wir haben hier eine ... Situation«, sagt Coulter, kaum dass ich zur Tür hinein bin.

Drei Tage lang lag ich in meinem Bett. Drei Tage lang habe ich die Decke meines Schlafzimmers angestarrt. Drei Tage lang stand ich unter Schock. Bis ich gestern Louise angerufen und sie gebeten habe, das Jethro-Projekt zu übernehmen, auch wenn ich mir noch nicht sicher bin, was ich damit bezwecke. Aber es fühlt sich richtig an. Das Private vom Beruflichen zu trennen. Es ist ein Cut, in welche Richtung er mich auch führen wird. Diese Entscheidung hat mir immerhin genug Kraft gegeben, heute wieder ins Büro zu kommen.

»Sorry, Coulter, ich kann mich nicht um deine kleine Privatfehde mit meiner Schwester kümmern. Bitte klärt das einfach ein für alle Mal. Sie macht bislang einen guten Job, und wenn du einfach mal aufhören würdest, sie zu prov...«

»Deine Agentin ist hier.« Er sieht mich streng an.

»W-was?«

»Camille Ives ist hier. Und sie hat uns eine interessante Geschichte erzählt. Sie meint, du weißt schon Bescheid?«

Camille ist hier. Jethro ist hier. Meine Knie beginnen zu zittern, und ich muss mich kurz an der Wand abstützen. Wird jetzt die Richtung klar, in die der Cut mich führt?

»Ist alles okay?«, fragt Evie, die mich mit sorgenvoller Miene mustert.

»Kreislauf«, sage ich, obwohl ich in meinem ganzen Leben noch nie Kreislaufprobleme hatte.

»Das kommt davon, wenn man tagelang das Bett nicht verlässt. Vielleicht hilft ein Soda?«, fragt sie.

»Untersteh dich!«, kommt es sofort von Coulter.

»Keine Sorge, Coulter, niemand will dir deine Coke Zero streitig machen. Ich spreche von einem echten Soda. *Mit* Zucker. Für Bashs Kreislauf. Ich habe mir ein Root Beer als Antikatermittel mitgebracht, aber vielleicht brauchst du es dringender?«

»Bist du betrunken?«, fragt Coulter.

»*War*«, korrigiert Evie. »Und nein, das wirkt sich nicht negativ auf meine Arbeitsleistung aus.«

»Ich will wirklich kein Root Beer«, sage ich leise.

»Niemand will Root Beer. Das Zeug ist die absolute Pest. Hustensaft mit Kohlensäure.« Coulter schüttelt sich.

»Niemand will Coke Zero«, äfft Evie ihn nach. »Das Zeug ist die absolute Pest.«

»Leute«, sage ich, weil ich langsam glaube, dass ich mir die Information mit Camilles Anwesenheit nur eingebildet habe.

»Ach so, ja. Im Meetingraum. Louise ist bei ihr.«

Also doch. Ich bekomme eine Gänsehaut am ganzen Körper.

»Na, komm.« Coulter klopft mir etwas zu fest auf die Schulter und schiebt mich Richtung Tür.

»Keine Ahnung, worum es geht, aber viel Glück!«, sagt Evie, und Coulter schnaubt.

Bevor er die Tür zum Meetingraum öffnet, gebe ich ihm ein Zeichen, einen Moment zu warten. Ich atme tief ein, straffe die Schultern. Das Private vom Beruflichen trennen. Und hier geht es um Jethros Buch. Das Projekt, dessen Existenz mir jeden meiner Arbeitstage in den letzten Monaten versüßt hat. Beim bloßen Gedanken daran, dass Jethros Buch bei

Badger Books erscheinen würde, erfüllte mich eine maßlose Aufgekratztheit. Und jetzt ...

Ich nicke Coulter zu, dann öffnet er die Tür.

»So. Bash ist jetzt auch da, dann können wir weitermachen.«

Ich betrete hinter Coulter den Raum, lächle Louise an, vermeide es, Camille anzusehen, weil ich nicht weiß, was ihr Anblick in mir auslösen würde. Allein zu wissen, dass sie hier ist, mit mir im selben Raum, lässt mir einen Schauer den Rücken hinunterjagen.

»Was mich interessieren würde, Camille«, sagt Coulter und setzt sich neben Louise, während ich stehen bleibe, als müsste ich mir die Möglichkeit offenhalten, zu fliehen. Aber das will ich nicht, oder? Stattdessen lehne ich mich an das Fenstersims und verschränke die Arme, wie um mich zu schützen. Vor ... ich weiß es nicht. »Wie zur Hölle hast du diesen Vertrag unterschrieben? Ich meine, Dr. Rupert Wright hat dir eine Vollmacht ausgestellt. Eine Vollmacht für dich selbst? Wie abgefuckt ist das?« Er lacht, und ich kann nicht unterscheiden, ob es ihn wirklich amüsiert oder ob er eigentlich sauer ist. Und mir fällt auf einmal ein, dass das der Name war, den Schwester Kirsty im Pflegeheim für Camilles Dad gebraucht hat. Doch weil ich wusste, dass ihre Eltern geschieden sind, habe ich mir nichts dabei gedacht.

Camille räuspert sich, und allein dieses Geräusch geht mir durch Mark und Bein. »Dr. Rupert Wright ist mein Dad. Er war Anwalt. Er praktiziert nicht mehr, weil er krank ist. Ich habe noch altes Briefpapier von ihm.«

»Wow«, sagt Coulter und nickt. Diesmal bin ich mir sicher, dass es beinahe ein anerkennendes Nicken ist.

»Ich kann nachvollziehen, dass das erst mal übel klingt. Ich kann zu meiner Verteidigung nur sagen, dass ich versucht habe, mich selbst zu schützen. Dass es dann ...« Ihr Blick flackert zu mir, und ich beeile mich, angestrengt auf meine Unterarme zu starren. Mit aufeinandergepressten Lippen.

»... persönlicher wurde, habe ich nicht vorausgesehen. Aber deswegen wollte ich alle Karten auf den Tisch legen. In der Hoffnung, dass ihr trotzdem niemandem von Jethros wahrer Identität erzählt. Auch wenn ich verstehen kann, wenn es euch egal ist.«

Für den Bruchteil einer Sekunde sehe ich nun doch auf. Ihr Blick ist bedauernd und hoffnungsvoll, wie im Pflegeheim. Doch die Hoffnung ist heute stärker. Ihre Augen sind dunkel umrandet, als hätte sie kaum geschlafen. Hat sie vermutlich auch nicht, wenn sie als Jethro Gedichte auf Plakatwände sprayt. Dieser Gedanke erfüllt mich mit etwas, das ich nicht bestimmen kann. Ist es eine innere Verletzung?

»Also von meiner Seite gibt's da kein Problem. Du hast den Vertrag unterschrieben. Die Vollmacht ist natürlich ungültig, aber die brauchen wir ja auch offensichtlich nicht.« Coulter zuckt mit den Schultern. »Und das Manuskript liegt doch ohnehin schon vor, oder?« Er wendet sich zu mir und Louise um, und ich nicke. »Dann ist doch alles klar.«

»Ich habe das Projekt an Louise abgegeben«, sage ich. Obwohl die Entscheidung bereits getroffen ist, wummert mein Herzschlag ohrenbetäubend laut durch meinen Körper. Ansonsten ist kein Geräusch zu hören. Ich spüre nur, dass Coulter mich anstarrt. Camille sehe ich nun direkt an, doch sie weicht meinem Blick aus, nickt kaum merklich.

Es vergehen quälende Sekunden, während derer niemand spricht. Dann sagt Coulter: »Und warum genau?«

»Ich schaffe es nicht. Bin komplett ausgelastet. Keine Kapazitäten. Kann den Texten als Lektor nicht gerecht werden.« Eine Ausrede nach der anderen. Camille weiß es. Louise weiß es. Coulter schnaubt.

»Sag mal, Bash, kann es sein, dass du langsam im Kopf ein bisschen breiig wirst?«

»Nein«, sage ich bestimmt. »Ich will – wie wir alle hier – das Beste für das Projekt. Den größtmöglichen Erfolg. Und das kann nur gewährleistet werden, wenn ich mich davon distanziere.« Berufliches und Privates trennen. »Ich bin mir sicher Jeth ... Camille teilt diese Ansicht.« Ich atme tief ein. »Wenn das alles ist, würde ich mich jetzt gern an die Arbeit machen.«

Coulter runzelt die Stirn. »Okay, Mann, alles klar. Bisschen weird, aber you do you.«

Ich nicke in die Runde und achte darauf, Camille nicht direkt anzusehen. Dann verlasse ich den Meetingraum, durchschreite mit großen Schritten den Hauptraum, bis ich endlich in meinem Büro bin. Dort lasse ich mich mit weichen Knien auf meinen Stuhl sinken.

52

Bash

Widerstand ist zwecklos. Coulter, Louise und Evie bestehen darauf, dass wir nach Feierabend ins *Great Beers* gehen, und weil es das erste Mal ist, dass Coulter und Evie ein gemeinsames Ziel haben, ergebe ich mich.

Wir setzen uns an unseren Stammplatz, an den wir jetzt einen vierten Stuhl rücken müssen, was sich in all dem Emotionswahn, in dem ich mich befinde, auf gewisse Weise heilsam anfühlt. Coulter holt die erste Runde, vergisst aber Evies Wodka Cranberry.

Als Evie mit ihrem Drink zurückkommt, fragt sie: »Also was zur Hölle war heute los?«

Einen kurzen Moment sagt niemand etwas. Camille hat uns dreien zwar ihre Identität offenbart, aber natürlich sollte sich der Kreis der Personen, die Bescheid wissen, nicht kontinuierlich vergrößern. Andererseits ist Evie meine Schwester und die Assistenz bei Badger Books, und ich bin mir ziemlich sicher, dass die drei mich vor allem hierhergeschleppt haben, um über meine Situation zu sprechen. Also seufze ich.

»Camille ist Jethro.«

»Was?«, fragt sie.

»Camille ist Jethro«, wiederhole ich.

»Was?«, fragt Evie erneut und blickt zu Louise.

»Camille ist Jethro«, sagt nun auch Louise.

»Nein!«

Ich nicke. Louise nickt. Coulter nimmt einen Schluck von seiner Coke Zero und tut unbeteiligt.

»Ihr verarscht mich, oder?«, fragt Evie.

Ich schüttle den Kopf.

»Ohne Scheiß? Das kann doch nicht sein. Das ist doch ...«

»Nein, die beiden sagen die Wahrheit, also kannst du jetzt anfangen, es zu akzeptieren.« Offensichtlich ist Coulter doch nicht so unbeteiligt.

»Das ist meine Art, Überraschung zu zeigen. So machen manche Leute das. Nennt sich Anteilnahme«, sagt Evie.

Coulter gähnt demonstrativ, woraufhin Evie einen Finger in seine Coke steckt und ihn dann ableckt.

»Alter, wie eklig bist du?«, fragt Coulter, aber Louise und ich müssen so sehr lachen, dass er sich nicht traut, noch etwas zu sagen. Stattdessen schiebt er sein Glas vor Evie, steht auf und holt sich ein neues.

»Ha! Mein Antikatergetränk«, sagt Evie triumphierend, und als ich auf ihren Wodka Cranberry deute, zuckt sie mit den Schultern und flötet: »Konterwodka *und* Antikatergetränk. Doppelt hält besser.«

»Warum hast du das Projekt abgegeben?«, fragt Louise, nun wieder ganz ernst.

»Warum glaubst du wohl«, erwidere ich und pule mit dem Finger an dem Bierdeckel unter meinem Glas herum, der aussieht, als wäre er schon seit Jahrzehnten in Benutzung. Dabei weiß ich es nicht einmal selbst.

»Weil du sauer bist«, sagt Louise. »Aber ich verstehe nicht so richtig, warum.«

Ich bin nicht sauer. Das ist eine Emotion, die ich mir für mich selbst nicht herausnehme. Aber wäre ich sauer, dann weil sie mich angelogen hat. Weil sie in Kauf genommen hat, dass ich mich schlecht fühle. Weil ich ihretwegen ein schlechtes Gewissen hatte. Weil ... Ich zucke mit den Schultern.

»Vor ein paar Wochen ging es dir noch schlecht, weil du dich entscheiden musstest«, sagt Louise. »Jetzt geht es dir schlecht, weil du es nicht mehr müsstest?«

»So einfach ist das nicht.«

»Ist es eigentlich schon«, mischt sich Coulter ein, der mit einer neuen Coke Zero – diesmal in der Flasche – zurückkehrt. »Du bist verknallt, und du fickst sie gern. Jackpot.«

Evie funkelt ihn wütend an, doch dann wird ihr Blick weicher. »So ungern ich das sage, aber irgendwie hat Coulter diesmal wohl sogar recht.«

»Man hätte es ein bisschen schöner ausdrücken können«, wirft Louise ein. »Dass die leidenschaftlichen und die romantischen Gefühle gleichermaßen bedient werden oder so. Eros und Agape.« Louise hat in den ersten Semestern Altgriechisch belegt. Bis Philomena kam und sie keine Zeit mehr hatte.

»Ja, oder man lässt es und sagt halt, wie es ist.« Coulter grinst.

In meinem Kopf flackert ihr Bild auf. Wie sie im Meetingraum saß, den Blick auf ihre Hände gesenkt. Schuldig. Und dann das Gesicht von Laura. Wie sie mir versichert, dass da nichts ist zwischen Jayden und ihr. Dass sie nur gute Freunde sind. Freunde, die sich an der Hand halten. Freunde, die tuscheln. Freunde, die gegenseitig ihre Münder erforschen. »Sie hat mich angelogen.«

»Sie wollte anonym bleiben.« Louise hebt mein Glas hoch und nimmt mir den Bierdeckel weg, den ich immer noch zerpflückt habe, ohne es zu merken. »Ich will sie nicht in Schutz nehmen, aber ich könnte mir vorstellen, dass es ein ziemlich krasser Schritt gewesen sein muss.«

Ich nicke zögerlich. Denke darüber nach, wie das alles angefangen hat. Das Manuskript, das sie mir fälschlicherweise gegeben hat. Ihren Gesichtsausdruck, als sie den Fehler bemerkte. Meine Begeisterung, als ich dachte, ich hätte Jethros Agentin gefunden. Wie groß wäre sie gewesen, wenn ich in diesem Moment gewusst hätte, wer dort vor mir sitzt?

Sie hat sich mir gezeigt. Bei ihrer Arbeit in South Portland. Ich hatte keine Ahnung, wer sie ist, aber sie hat mich zusehen lassen. Und dann hat sie mich vor den Bullen gerettet und sich selbst in Gefahr gebracht. Mein Kopf hat Schwierigkeiten, sich vorzustellen, dass es Camille war, die ich in dem verlassenen Haus von hinten genommen habe, und allein bei dem Gedanken an die Dunkelheit, an ihr Keuchen, an unsere Lust wird meine Hose eng, obwohl ich wirklich und wahrhaftig nicht in der Stimmung bin.

»Ich verstehe es«, sage ich. »Ich verstehe es alles. Aber ...« Der Moment. In unserem Café. Als ich ihr mein Herz ausgeschüttet habe. Als ich ihr gesagt habe, dass ich mich für sie entschieden habe. Warum ist sie aufgestanden und gegangen? Warum konnte sie, wenn schon nicht die Wahrheit sagen, dann noch nicht einmal bleiben?

»Red mit ihr, Alter. Klär das. Und dann mach Liebe mit ihr – oder was du sonst so machst. Und vor allem: Mach das Buch mit ihr.«

Louise nickt. »Es ist dein Projekt. Egal, was zwischen euch ist, du hast es verdient, Bash. Du hast es angestoßen. Und du hast vor allem schon lange, bevor du Camille oder Jethro kennengelernt hast, davon geträumt.«

»Du bist mir so hardcore damit auf die Nerven gegangen. Das jetzt aufzugeben, wäre einfach nur dämlich. Das Projekt und die Frau.«

»Ja, weil dann hätte Coulter ganz umsonst darunter gelitten, dass du für deinen Job brennst«, sagt Evie und schenkt ihm ein überfreundliches Lächeln.

»Ich will mal erleben, dass du was sagst, was einfach nur nicht nervig ist«, gibt er zurück.

»Same«, sagt Evie. »Noch eine Runde?«

Louise nickt. »Gerne noch mal dasselbe.«

»Bash? Coulter?«

»Okay«, sage ich, obwohl ich emotional so erschöpft bin, dass ich mich gerne in meinem Bett zusammenrollen würde.

Aber ich weiß auch, dass ich dort nicht aufhören werde zu grübeln. Also ist ein bisschen Aufschub im Kreise meiner Freunde vielleicht in diesem Moment die bessere Alternative.

»Versprich mir, dass es nicht falscher Stolz ist, der dich davon abhält, ihr noch eine Chance zu geben, okay?«, sagt Louise und wendet sich dann Coulter zu. »Und du hörst jetzt mal auf, so unausstehlich zu Evie zu sein. Sie gibt sich wirklich Mühe.«

In diesem Moment tritt Evie zurück an unseren Tisch. »Ein Bier für dich, Louise, ein Bier für dich, Bruderherz, ein Wodka Cranberry für mich. Und, ups ... deine Coke hab ich wohl vergessen.« Sie schiebt die Unterlippe vor und setzt sich.

»Witzig«, sagt Coulter. Und dann tut er etwas ganz und gar Coulter-Untypisches und hält nun seinerseits einen Finger in Evies Glas, nicht ohne eine angewiderte Grimasse zu ziehen.

»Und jetzt?«, fragt Evie und lacht. Dann nimmt sie einen tiefen Schluck aus ihrem Glas.

Coulter schüttelt sich und hält seinen nassen Finger weit von sich weg. »Ich habe das nicht durchdacht«, sagt er.

»Überrascht mich nicht.« Evie nimmt noch einen Schluck. Dann schüttelt sie den Kopf. »Jetzt stell dich nicht so an. Meine Güte!« Mit diesen Worten nimmt sie Coulters Hand und steckt sich seinen Finger in den Mund. »So. Besser?«

Coulter sieht Evie vollkommen entgeistert an. »*Nichts* daran ist besser«, murmelt er, dann erhebt er sich und verschwindet Richtung Toilette.

Louise fängt an zu lachen. »Wow!«, sagt sie. »Ihr beide seid mein neues Lieblingsunterhaltungsprogramm.«

»Er soll sich echt mal den Stock aus dem Arsch ziehen. Ist ja unerträglich.« Evie schüttelt den Kopf. »In Paris hätte er keine Chance, ich sag's euch.«

»Keine Chance worauf?«, frage ich.

»Auf ein Leben.«

»Wie meinst du das?«

»Paris ist frei. Ist dreckig. Ist draußen. Ist Küssen im Regen und Schwitzen in der Sonne. Und auch mal ein cheeky Finger im Po beim Sex.« Sie zuckt mit den Schultern. »Ihr könnt mir nicht erzählen, dass das sein Ding ist. Stock ja, Finger mit Sicherheit nein.« Sie lacht.

Ich tue angestrengt so, als hätte ich den letzten Teil nicht gehört. »Er braucht einfach seine Ordnung. So war er schon immer.«

»Ich wünschte, die Leute würden ein bisschen weniger an ihrer Ordnung festhalten. Das tut so gut! Wenn man einfach mal die Dinge passieren lässt.«

Gerade will ich sie darauf hinweisen, dass das nur funktioniert, wenn einem die anderen egal sind, weil man sonst vielleicht doch das ein oder andere schlechte Gewissen haben sollte, wenn man einfach monatelang abtaucht, aber da fällt mir auf, dass ich genau das getan habe. Ich habe selbst meine eigene Ordnung gestört, indem ich ausgebrochen bin. Ich habe das getan. Und es hat sich gut angefühlt. Ich habe mich lebendig gefühlt. Aber jetzt muss ich zu meiner Ordnung zurück. Und das ist der Grund, warum ich das Projekt an Louise übergeben will. Nicht, weil ich einen Groll in mir trage. Nicht, weil ich beleidigt bin, dass Camille etwas länger für die Wahrheit gebraucht hat. Sondern weil ich wirklich und wahrhaftig das Berufliche vom Privaten trennen muss, wenn ich uns eine Chance geben möchte.

»Leute, ich glaube, ich muss los.« Denn ich will ihre Version hören. Ich will wissen, wie es ist, wenn sie und Jethro zu einer Person werden.

»Jetzt schon?«, fragt Louise.

»Ich glaube, ich muss was erledigen.«

»Liebe machen oder Buch machen?«, fragt Evie. »Haha, Bash Hanlons Version von – wie war das? – Eros und ...«

»Agape«, sagt Louise.

Ich schüttle amüsiert den Kopf. »Kommst du ohne mich mit den beiden Bekloppten klar?«

»Es ist wie ein Unfall, bei dem ich nicht wegschauen kann«, sagt Louise.

»Die eine Hälfte super sexy, die andere eher wie ein blökendes Schaf. Coulter ist das Schaf«, schiebt Evie noch hinterher, als hätte es Spielraum für ein Missverständnis gegeben.

53

Camille

»Ich will deine Version der Geschichte hören.«

Dieser Satz ... Ich halte die Luft an. Mein Kopf ist damit beschäftigt, herauszufinden, ob ich mich verhört habe. Aber meine Ohren sind sich sicher. Ich höre ihn schließlich klar durchs Telefon.

»Camille? Bist du noch da?«

Ich schlucke. Will antworten. Will am liebsten schreien, dass ich noch da bin. Ja! Hier! Aber meine Kehle ist eng, und ich kriege keinen Ton heraus.

»Kann ich vielleicht ... keine Ahnung ... bei dir vorbeikommen? Und wir reden?«

Ich nicke. Nicke heftig. »Ja«, flüstere ich. »Aber ich werde wahrscheinlich weinen müssen. Ist das okay?« Eigentlich wollte ich das nicht sagen, da bin ich mir sicher.

»Das ist okay, Camille.« Er stößt lautstark die Luft aus, als wäre er erleichtert. Die Tatsache, dass er meinen Namen sagt – schon wieder –, bewirkt, dass ich schon jetzt gegen die Tränen anblinzeln muss. Und ich hasse es, dass ich mich dadurch kleiner und schwächer fühle.

In der dritten Klasse habe ich an einem Debattierwettbewerb teilgenommen. Als Dad noch bei uns gewohnt hat. Deswegen waren Mom und er beide dabei, als ich vor versammelter Mannschaft auf der Bühne in Tränen ausgebrochen bin, weil der Junge, der gegen längere Pausen vom Unterricht argumentieren sollte, die ganze Veranstaltung nicht ernst genommen hat. Er machte Mundfürze und Affenlaute und ließ mich nicht zu Wort kommen.

Am Ende nahm mich meine Lehrerin beiseite und sagte mir, dass man schwach wirkt, wenn man weint. Und dass einen niemand mehr ernst nehme. Und dass doch nichts dabei sei, dass mir die Argumente nicht eingefallen wären, beim nächsten Mal würde es sicher besser laufen. Sie meinte es nur gut, aber der Punkt war, dass mir sehr wohl Argumente eingefallen waren. Ich hatte sie nur nicht hervorbringen können, weil der Junge so gestört hatte. Ihn hätte sie zur Seite nehmen sollen, um ihm zu erklären, dass das kein gutes Verhalten war. Stattdessen impfte sie mir ein, dass man sich für eine emotionale Reaktion schämen sollte.

»Dann bräuchte ich noch deine Adresse.«

Wieder nicke ich. Na klar, er braucht meine Adresse. Eine Träne der Überforderung kullert meine Wange hinunter. Aber es ist okay. Nicht nur, weil Bash das gesagt hat. Auch, weil ich mich nicht mehr verstecken will. Ich *will*, dass die Leute meinen Namen sagen. Ich *will*, dass Bash ihn sagt.

Ich nenne ihm Straße und Hausnummer. Kurz bin ich versucht, hinzuzufügen, dass es nicht gerade die schickste Gegend ist, aber ich habe auch keine Lust mehr, mich zu rechtfertigen. Er will kommen? Dann soll er in meine schäbige Wohnung kommen. Er will reden? Dann soll er meine Tränen sehen.

»Bis gleich, Camille.« Er sagt meinen Namen ein drittes Mal, und diesmal durchzuckt er meinen ganzen Körper.

Ich höre, wie ein Auto auf die Kieseinfahrt einbiegt. Eine Stimme, die sich wahrscheinlich bedankt. Türenschlagen. Dann fährt das Auto wieder, während Schritte die Außentreppe heraufkommen. Er ist hier. Jeden Moment wird er an meine Tür klopfen. Und dann wird es nichts mehr zwischen uns geben. Ich werde nicht mehr unsichtbar sein, sondern mich ihm offenbaren. So vollständig, dass er mich sehen kann. Und wenn er mich sehen kann, wer weiß, vielleicht kann ich es dann auch selbst.

Dreimal treffen seine Fingerknöchel auf meine Tür, und es dauert einen tiefen Atemzug, bis ich ihm öffne.

»Hi«, sagt er, und das Hi manifestiert sich als Atemwolke vor seinem Gesicht.

»Hi.« Ich trete zur Seite, damit er hereinkommen kann. Ich hatte nie Besuch. Und jetzt innerhalb von kürzester Zeit zweimal. Erst Daniel, vor dem ich auch geweint habe, jetzt Bash.

Er sieht mich an, lächelt vorsichtig, als wisse er nicht, ob er der Sache hier trauen kann, und ich beeile mich, meine Arme zu verschränken, damit er nicht sieht, wie meine Hände zittern. Doch dann fällt mir ein, dass ich nichts mehr verstecken will. Also halte ich meine linke Hand hoch und sage: »Ich zittere.«

»Ich auch«, sagt Bash und streckt wie zum Beweis seine rechte Hand aus.

»Ich bin nervös«, gebe ich zu.

»Ich auch«, erwidert er, und dann zieht er mich einfach an sich. In seine Arme. Seine warmen Arme, und ich lasse mich gegen ihn sinken.

Ich spüre seine Lippen auf meinem Haar. Er küsst mich nicht, aber sie liegen da. Warm und weich. Spüre seinen Atem auf meiner Kopfhaut, seinen Körper an meinem Körper. Und auch wenn wir beide nicht wissen, worauf das hinausläuft, habe ich mich in meinem ganzen Leben noch nie sicherer gefühlt. Noch nie besser aufgehoben. Noch nie so im Reinen mit der Tatsache, ich zu sein. Denn er ist meinetwegen hier.

»Camille?«, fragt er leise. »Erzählst du mir, wie du Jethro wurdest?«

Ich nicke. Bleibe jedoch noch einen Moment genau so in seiner Umarmung. Ich weiß, dass er Antworten auf jede Frage verdient hat, die er stellen könnte. Ich werde sie ihm geben. Aber ich bin noch nicht bereit, die Berührung zu unterbrechen.

Erst als er sich langsam von mir löst, mein Körper schreien will vor unmittelbarer Sehnsucht, deute ich auf das Sofa, das von meiner Stehlampe beleuchtet wird. Die Deckenlampe bleibt ausgeschaltet. Dunkelheit – Halbdunkelheit – kommt mir angemessen vor. Als würde ich mich auf diese Weise langsam aus der Unsichtbarkeit entlassen.

»Ich habe dir doch erzählt, dass ich nach der Sache mit meiner Schwester bei meinem Dad gewohnt habe«, beginne ich. »Das war schon nach seiner Diagnose. Eine Frühform von Alzheimer. Ich war auf einer neuen Schule, hatte niemanden mehr. Habe mich in Grund und Boden geschämt für das, was passiert war. Hatte Sehnsucht nach meiner Mom und vor allem nach Mara.« Ich sehe ihn nicht an, während ich spreche. Mein Blick ist fest auf meine zitternden Hände gerichtet. »Und der einzige Mensch, den ich noch hatte, wurde immer weniger. Nicht schnell. Er war immer noch mein Dad. Und wir hatten es immer noch schön zusammen, wenn ich alles andere ausblenden konnte. Er hat mir sonntags Rührei gemacht und ›I am the eggman‹ gesungen, und ich habe leise ›I am the walrus, goo goo g'joob‹ geantwortet. Der Versuch, so was wie Normalität zu haben.« Ich schlucke. »Aber ich wusste, dass es so nicht bleiben würde. Und dann hat er mich eines Tages Mara genannt.«

Bash zieht lautstark die Luft ein. »Oh.«

»Wir haben nie über sie gesprochen. Oder über das, was ich getan hatte. Er hat nicht geurteilt. Aber das habe ich wohl genug für uns beide.« Mir entfährt ein bitteres Lachen. »Er hat sich entschuldigt, er wusste eigentlich, wer ich war. Aber dann passierte es immer öfter. Und es wurde immer schmerzhafter, weil es immer länger dauerte, ihm zu erklären, dass ich ich war. Und es dauerte immer länger, bis ich mich davon erholt hatte, denn ich wollte nie, nie, nie wieder Mara sein. Das hatte ich mir versprochen. Ich wollte nie, nie, nie mehr jemand anders sein als ich, auch wenn ich mich nicht leiden konnte. Oder vielleicht auch, weil ich mich nicht leiden konnte. Als Strafe für das, was ich getan hatte gewissermaßen.«

»Camille«, flüstert Bash, und für den Bruchteil einer Sekunde denke ich, er nimmt meine Hand. Aber es ist nur ein kaum wahrnehmbares Zucken seiner Finger.

»Und dann fing er an, böse zu werden, wenn ich ihn korrigierte, sodass ich es manchmal bleiben ließ.« Das ist der Moment, in dem ich zu weinen beginne. Weil ich mich so sehr verloren hatte. Weil ich mich immer noch nicht wiedergefunden habe. Weil es noch ein weiter Weg ist. Aber vor allem, weil ich es erkannt habe. »Je öfter es passierte, desto weniger sah ich mich. Er hat Mara gesehen und ich auch. Immer wenn ich mich im Spiegel angeschaut habe, hat Mara zurückgeschaut. Und sie hat mich gehasst.«

Bash schluckt. Hörbar.

»Irgendwann kam Dad ins Pflegeheim, weil es zu gefährlich wurde. Da haben sie mir gesagt, dass es besser ist, wenn ich mitspiele, weil man das Vergessen ohnehin nicht aufhalten kann. Also habe ich das gemacht. Ich wurde wieder sie, obwohl ich mich mit allem dagegen gewehrt habe. Das Einzige, was sich anfühlte wie ich, waren meine Gedanken. Und aus den Gedanken wurden Gedichte. Und aus den Gedichten wurde der Drang, gesehen zu werden. Aber ohne gesehen zu werden. Denn was sollten die Leute sehen? Meine Schwester? Also war ich tagsüber meine Schwester und nachts unsichtbar. Aber immerhin war da etwas von mir in der Welt. Etwas, das nicht Mara war.«

»Dein Anker zu dir selbst«, sagt Bash.

»Ich wünschte, das könnte ich sagen. Aber eine geheime Identität führt nicht dazu, dass man die eigene festigt. Es führt eigentlich eher zu einer weiteren Spaltung. Zumindest hat es sich für mich so angefühlt. Wenn die eine Person, die einen kennen sollte, nicht mehr wissen *kann*, wer man ist, und die Welt nicht wissen *darf*, wer man ist, bleibt wenig übrig.«

»Aber in der Arbeit? Ich meine, du bist doch erfolgreich in dem, was du tust.«

»Ja, weil ich Raum anbiete.«

»Wie meinst du das?«

»Die Menschen, mit denen ich arbeite, sind bunt und laut und fordernd und lebendig und extrem raumgreifend. Da ist es von Vorteil, wenn man ihnen den Raum geben kann.« Genau das, was ich als Maras Schwester jahrelang gelernt habe.

Bash nickt. »Ich habe dich gesehen«, sagt er dann. »Natürlich nicht alles. Ich kann ja keine Gedanken lesen, aber ich habe gesehen, dass da Schichten sind.«

»Ich weiß.« Jetzt bin ich diejenige, die seine Hand nimmt, und er lässt es geschehen. »Und es hat sich gut angefühlt. Es war das erste Mal seit ... seit der Sache mit Mick, dass mich jemand so angesehen hat. Und so schön das war, es hat mir Angst gemacht, weil Mick ... na ja, er hat Mara gesehen. Dachte ich.«

»Aber du hast trotzdem meine Nähe gesucht. Oder zumindest bist du nicht weggerannt.«

»Du hast Grenzen gezogen. Ich wusste, dass du Berufliches und Privates trennen musst, weil du keinen Fehler machen wolltest.«

»Bis ich Jethro gesehen habe.« Er schüttelt den Kopf. »Bis du zugelassen hast, dass ich dich sehe.«

»Bis du fast zugelassen hast, dass wir beide erwischt werden.«

Unser beider Lachen vermischt sich für einen Moment. Es gibt mir Kraft, weiterzusprechen.

»Was dann passiert ist, weiß ich nicht genau«, gebe ich zu. »Die Grenzen, die du gezogen hast, konnte ich nicht ziehen, deswegen habe ich zugelassen, dass wir Sex hatten. Und ich habe es geliebt. Im ersten Moment. Im zweiten war es wie ein Rammbock in die Eingeweide, weil schon wieder jemand mit mir geschlafen hatte, der nicht wusste, wer ich war. Wieder ging es nicht um mich. Wieder war es nicht um meinetwillen.«

»Das hast du gedacht?« Bash sieht mich erschrocken an. »Natürlich ging es um dich!«

»Du wusstest nicht, dass ich es war, Bash.«

»Aber ich wusste, dass ich deine Gedichte liebe. Ich wusste, dass ich dir nah sein wollte. Ich wusste, dass ich dir nah sein *musste*. Glaub mir, sonst hätte ich mich kontrolliert. Aber ich konnte nicht.«

Ich beiße mir auf die Unterlippe, um den Tränenfluss für einen Moment zu stoppen, jedoch ohne großen Erfolg. »Ich wollte, dass du mich siehst. Ich wollte dir Dinge über mich sagen. Dinge erklären. Du hast mich zu dem Konzert begleitet, und es ist aus mir herausgebrochen, weil ich das Gefühl hatte, du würdest es akzeptieren. Mich und das, was ich getan habe.«

»Das habe ich. Und dann bist du doch weggerannt.«

»Weil mein Kopf geschrien hat, dass du *sie* willst.«

»Sie, die auch du war.«

»Wenn der Knoten einmal da ist, dauert es, bis man ihn wieder entwirrt hat.«

Er nickt. »Aber dann hast du mir geschrieben, dass du mich bei mir zu Hause mit verbundenen Augen treffen willst?«

»Weil ich es nicht ausgehalten habe, dir nicht nah zu sein, Bash. Ich hatte Sehnsucht. Und ich dachte, das wäre die einzige Möglichkeit, dich zu berühren, ohne dass ich meinen Verstand verliere.« Ich schüttle den Kopf. »*Denken* ist ehrlich gesagt ein zu großes Wort für den Prozess. Es war ein Fühlen. Von Lügen. Selbstgemachten, fremdbestimmten.« Ich muss einen Moment innehalten. »Und dann war es ein Fühlen von dir. Und von den Gefühlen, die ich hatte. Für dich. Und du hast mir gesagt, dass du dich gegen Jethro und für mich entscheidest, und das hätte heilsam sein können, war aber nur heillos überfordernd, weil du damit einen Teil von mir abgelehnt hast. Den Teil, der dir näher gewesen war. Den Teil, der etwas war. Während der Teil, der eigentlich meine Schwester war – oder ihre Hülle ...«

»Ich habe dich immer als dich gesehen. Ich habe sie erst während dem Konzert wahrgenommen. Und selbst da warst du noch lauter.«

»Ich konnte nicht sehen, was du siehst. Und ich hatte das Gefühl, dass ich meinen Fehler wiederholt habe. Mich jemandem aufzudrängen, der denkt, ich sei jemand anderes.«

»Das hast du nicht. Du könntest nie ...«

»Deswegen habe ich mich mit Mick getroffen. Ich wollte mich entschuldigen. Für das, was ich ihm angetan habe.«

»Was du ihm ...?«

»Stattdessen hat er sich bei mir entschuldigt. Dafür, wie er mich hinterher behandelt hat. Er hat mir gesagt, dass er wusste, dass ich es war. Und das ...«

»... hat den Knoten entwirrt?«

»Ein Stück weit. Zumindest hat es dazu geführt, dass ich dir erzählen wollte, wer ich bin. Wer ich wirklich bin. Ganz und gar.«

»Durch das Gedicht.«

»Ja. Und dann habe ich eine E-Mail von Louise bekommen und wusste, dass meine schlimmste Befürchtung wahr geworden war: dass ich dich nicht mehr haben konnte, nachdem ich dir beide Hälften gezeigt hatte.«

»Aber warum ...«

»Nur so ein Gefühl, dass ich als vollständiger Mensch nicht funktioniere, schätze ich.« Und als ich es ausgesprochen habe, spüre ich ganz deutlich, wie tief diese Überzeugung in mir steckt. Und wie unendlich traurig es klingt.

54

Bash

Ihr schönes, schlaues Gesicht ist von den Tränen ganz fleckig. Der letzte Satz, den sie gesagt hat, sticht in meiner Brust, sticht in meinem Herz, sodass ich kurz die Augen schließen muss, um klarzukommen.

»Aber weißt du, Camille«, sage ich und habe auf einmal das dringende Bedürfnis, ihr ganz nah zu sein. Ich führe meine Hände zu ihren tränenfeuchten Wangen, halte ihr Gesicht, verschränke unsere Blicke. »Meine Gefühle für dich sind der Gegenbeweis. Denn ich habe mich in alles von dir verliebt. Sogar in etwas, das ich dir nicht einmal zuordnen konnte. Mich in dich vollständig zu verlieben, ohne es zu wissen, hat bewirkt, dass ich mich selbst zum ersten Mal vollständig gefühlt habe. Ohne, dass ich dachte, ich müsste einen Teil von mir zurückhalten.«

Eine weitere Träne kullert aus ihrem Auge und meinen Finger entlang. Ich wische sie mit meinem Daumen weg, ohne meine Hand von ihrem Gesicht zu nehmen.

»Ich habe alles von dir gesehen, ohne es wirklich zu sehen. Du hast mir alles gezeigt. Und ich … wollte alles.«

»Und als du dich entscheiden musstest, hast du trotzdem mich gewählt.« Sie schluckt. »Mich. Camille.«

»Ja, dich. Camille.« Ich wiederhole ihren Namen und spüre,

wie ein Schauer über ihren Rücken jagt. »Das magst du, oder? Wenn ich deinen Namen sage?«

Sie nickt. Erst zaghaft, dann überzeugter. Und dann lächelt sie. »Weil ich dann weiß, dass du weißt, wer ich bin. Und wenn du es weißt, kann ich es fühlen.«

»Ich sage ihn gern«, flüstere ich und hauche einen vorsichtigen Kuss auf die Stelle zwischen ihrem Kiefer und ihrem Ohr. »Ich habe ihn von Anfang an gern gesagt.« Coulter hat mich damit aufgezogen, und ich habe nicht verstanden, was er meinte. Aber es war das. Ihr Name. Auf meiner Zunge. »Camille«, flüstere ich ihr ins Ohr und küsse dann ihr Ohrläppchen. »Camille.« Meine Lippen wandern weiter hinter ihr Ohr, und ich spüre, wie sie zittert. Bebt. »Camille.«

»Bash«, antwortet sie. »Es tut mir leid, dass ich dich angelogen habe.«

»Das hast du nicht«, sage ich leise. »Du hast nur einen Moment gebraucht, um mir die Wahrheit zu sagen.«

»Es tut mir leid, dass ich einen Moment gebraucht habe.«

»Das muss es nicht. Es ist nichts passiert. Es ist für nichts zu spät. Wir nehmen einfach das hier als Startschuss. Und lernen uns kennen. Vollständig. Als die Menschen, die wir sind. Ohne Scham, ohne Hemmungen. Einfach nur als du und ich. Als Camille und Bash. Nicht als Agentin und Lektor.«

»Das heißt, du gibst das Projekt tatsächlich an Louise?«, fragt sie.

»Es ist das Richtige. Ich muss Berufliches und Privates trennen. Sonst fühlt es sich falsch an.«

»Dann warten wir.«

»Warten?«

Wieder flackert ein Lächeln über ihr Gesicht, und ich würde es gerne küssen, aber ihre Worte irritieren mich.

»Ich will das Buch mit dir machen, Bash. Ich will, dass du an meinen Texten arbeitest. Ich kann mir nicht vorstellen, es mit jemand anderem zu machen. Louise ist sicher nett und

kompetent und alles, aber *du* bist derjenige, der mich überzeugt hat, dieses Buch zu schreiben. Weil du mich auch von
dir überzeugt hast.«

»Okay, dann muss ich das hinkriegen«, sage ich einerseits
erleichtert, weil es das Projekt war, das mich bislang am meisten begeistert hat, andererseits voller Sorge, weil ich nicht
weiß, ob ich es kann.

Sie schüttelt den Kopf, das Lächeln ist immer noch da, immer noch küssbar. »Nein.«

»Kannst du bitte nicht Nein sagen?«

»Ich will das mit dir zusammen machen. Aber auf deine
Weise. Erst das Berufliche. Und dann lernen wir uns kennen.
Vollständig. Ohne Scham. Ohne Hemmungen.«

»Wenn das Buch erschienen ist?«, frage ich. »Oder wenn
die Textarbeit abgeschlossen ist?«

»Wenn die Textarbeit abgeschlossen ist.«

»Puh.« Vor Erleichterung stoße ich die Luft aus. »Das wäre
sonst echt hart geworden. Der vorläufige Erscheinungstermin ist erst im Juni.«

»Es gibt einen vorläufigen Erscheinungstermin?« Ihre ver-
weinten Augen fangen an zu leuchten.

»Und die Ankündigung, dass dein Buch bei uns erscheinen
wird, geht nächste Woche raus.«

»Wow.« Sie schüttelt beinahe ungläubig den Kopf. »Mein
Buch.«

»Dein Buch«, bestätige ich. »Camille Ives' Buch.«

»Jethros Buch«, korrigiert sie. »Denn sie ist ich.«

»Und du bist sie.«

»Und weißt du was?«

»Hm?«

»Ich will es Mara widmen. Als Zeichen. Als Zeichen für die
letzten Jahre. Und ich will ihr davon erzählen. Keine Ahnung,
ob sie dafür bereit ist. Aber es ist leichter, ich zu sein, wenn
ich weiß, wer sie ist. Und ich will es versuchen.«

»Wow.«

»Sie hat Dad besucht. Hab ich das erzählt?«

Ich schüttle den Kopf. »Nein.«

»Ich will mir keine allzu großen Hoffnungen machen, aber vielleicht bedeutet es, dass wir irgendwann wieder so etwas wie Kontakt haben können.«

»Ich wünsche es euch. Sehr.« Ich denke an Evie. Daran, wie unerträglich es war, nicht zu wissen, ob es ihr gut geht. Und jetzt ist sie zurück in meinem Leben. Arbeitet bei Badger Books. Treibt Coulter in den Wahnsinn. Ein Grinsen stiehlt sich in mein Gesicht. Was für verrückte Monate hinter mir liegen …

… und vor mir. Denn die Textarbeit an Jethros Buch ist anspruchsvoll. In die Lyrik selbst greife ich kaum ein, denn Camilles Sprache ist perfekt, wie sie ist. Nur hier und da mache ich einen Vorschlag – nach reiflichem Überlegen und unermüdlichem laut Vorlesen, was Louise dazu veranlasst, regelmäßig in den Meetingraum umzuziehen. Ansonsten geht es um die passende Anordnung, darum, eine gute Balance aus gesellschaftskritischen und emotionalen Texten zu finden. Selbst über die Weihnachtstage, die ich gemeinsam mit Evie bei unseren Eltern verbringe, bin ich in Gedanken und mit der Nase mehr im Manuskript als bei den familiären Feiertagsverpflichtungen.

Doch Mom und Dad stören sich nicht daran, sie konzentrieren sich voll und ganz auf die verlorene Tochter, die nach Jahren endlich einmal wieder zu Hause ist. Sie löchern Evie über Europa, über ihre Pläne, und immer wieder sehen Mom und Dad sie verträumt an, als könnten sie nicht glauben, dass sie wirklich hier ist. Deswegen flüchtet Evie sich ab und zu in mein altes Kinderzimmer, wo ich an einem etwas zu niedrigen Schreibtisch arbeite.

Mom fragt außerdem nach Coulter. Ob er nicht mal wieder Weihnachten mit den Hanlons verbringen wolle. Er sei doch so ein sympathischer junger Mann gewesen. Doch Evie erstickt die Idee im Keim, indem sie so tut, als würde sie sich den Finger in den Hals stecken.

»Evie ...«, maßregelt Dad auf liebevolle Weise, und sie verdreht die Augen und seufzt. Die Tatsache, dass sich gewisse Dynamiken einfach nicht verändern, egal, wie lange man sich nicht gesehen hat, beruhigt mich, ohne dass ich gemerkt hätte, dass ich unruhig war. Aber Evies Abwesenheit hat eben auch bei mir Spuren hinterlassen.

Am Weihnachtsmorgen sitzen wir alle wie jedes Jahr in unseren Weihnachtspyjamas im Wohnzimmer und packen die Geschenke aus, die von Jahr zu Jahr weniger werden, weil wir von Jahr zu Jahr schwerer zu beschenken sind. Wir hören Weihnachtsmusik, beginnen viel zu früh mit dem Eggnog und essen den ganzen Tag Schokolade und Plätzchen, sodass Dad uns immer wieder darauf hinweisen muss, Platz für das Weihnachtsessen zu lassen, an dem er wie jedes Jahr schon wochenlang herumdoktert.

Nach dem Essen schreibe ich Camille zum ersten Mal seit unserem Gespräch eine private Nachricht. Ich schicke ihr ein Foto von Evie und mir mit peinlichen Papierkronen auf dem Kopf und schreibe: *Frohe Weihnachten, Camille. Das neue Jahr wird unseres!*

Sie antwortet mit einem Bild, auf dem sie flankiert von einer Frau und einem Mann an einem etwas traurig wirkenden Tisch sitzt. Die Frau erkenne ich als ihre Mom. Der Mann ist ihr Dad, und der Tisch sieht nach dem Pflegeheim aus.

Frohe Weihnachten, Bash, antwortet sie. *Dank dir glaube ich das sogar.*

Danach kann ich lange nicht aufhören zu grinsen, bis Evie mich fragt, was ich genommen habe und ob sie auch etwas davon abhaben könne.

Und dann kommt der Januar und mit ihm die Entwürfe der Illustrationen für das Buch – sowohl für innen als auch für das Cover. Minimalistische Line-Art passend zu Jethros

Gedichten, die fast jede zweite Seite zieren werden. Als besondere Überraschung hat die Illustratorin auch einen Dachs in Line-Art entworfen, den wir statt unserem eigentlichen Logo vorne auf das Buch und auf den Buchrücken drucken werden, was die singuläre Positionierung in unserem Verlagsprogramm noch einmal hervorhebt.

Zara präsentiert uns Mitte des Monats Coverentwürfe – einer schöner als der andere. Gemeinsam mit Camille entscheiden wir uns für einen eierschalenfarbenen Hintergrund, dunkelgrüne, linksbündige Titelschrift und die dunkelgrünen Illustrationen eines zerknüllten Papiers, eines Steins und einer Sprühdose. Der Autorenname, der in Großbuchstaben über der gesamten Breite des Covers prangt – ebenfalls in dunkelgrün –, sieht aus wie durch einen Stencil aufgesprüht.

Eine Woche später bekomme ich eine Mail von Camille, die eine Datei mit dem Namen *RockPaper[...]_final1_endgültige Version_jetztaberwirklich.doc* enthält, und beim Anklicken der Mail werden meine Hände vor Aufregung fast ein bisschen taub. Denn nicht nur bedeutet das, dass das Manuskript nun von Zara gesetzt wird, es bedeutet auch, dass Camille und ich nun miteinander ausgehen können.

Ich antworte vollkommen neutral auf die Mail, hänge aber ein Dokument mit dem Namen *RockPaper[...]_final1_endgültigeVersion_jetztaberwirklich_eineletzteÄnderung.doc* an. Es ist eine unformatierte Word-Seite, auf der steht:

Geh mit mir aus, Camille.

55

Camille

Der Abend nach der finalen Abgabe ist der Abend unseres ersten richtigen Dates. Denn Maras Konzert zähle ich nicht. Nichts von dem, was vor unserer Aussprache geschehen ist, zähle ich. Als gemeinsame Geschichte natürlich. Aber es ist, wie Bash gesagt hat. Das hier ist unser Startschuss.

Er hat mich zu sich eingeladen, mit offenen Augen diesmal. Auch hier zähle ich meinen ersten Besuch nicht. Ich zähle nur diesen, und ich freue mich darauf, sein Zuhause durch meine Augen zu sehen. Durch Camilles Augen. Das Zuhause ist etwas Intimes. Ein Ort, an dem man man selbst ist. An dem keine Mauern oder Schutzwälle oder Schichten die Persönlichkeit überlagern. Und genau das will ich. Ihn in seiner reinsten Form.

Wir haben uns drauf geeinigt, dass wir anziehen, worin wir uns am wohlsten fühlen. Am meisten wie wir. Ich musste lange darüber nachdenken, was das bedeutet. Ich habe meine Arbeitskleidung. Ich habe meine Jethro-Kleidung. Ich habe eine Jeans, die gut sitzt, also habe ich mich dafür entschieden. Und für einen gestreiften Strickpullover. Unaufgeregt, bequem und deutlich abgegrenzt von der professionellen Camille. Als ich mich im Spiegel betrachte, fällt mir auf, dass es das Outfit ist, das ich bei meinem ersten Besuch bei ihm anhatte. Etwas von Camille ist offensichtlich in unsere komische Liaison hineingesuppt.

Ich habe außerdem nicht einmal Mascara benutzt. Ich habe mein blasses Gesicht betrachtet, die Augenringe, die geröteten Wangen und beschlossen, dass ich das bin. Ebenfalls in meiner reinsten Form. Und die will ich ihm zeigen. Ebenfalls ohne Mauern, ohne Schutzwälle, ohne Schichten. Und ich bin selbst gespannt, wie das aussehen wird.

Bashs Wohnung befindet sich in einem Apartmentkomplex aus dunkelrotem Ziegelstein. Ich betätige die Klingel der Nummer 507, und gleich darauf summt die Tür. Im Fahrstuhl drücke ich auf die Fünf, dann setzt er sich ruckelnd in Bewegung.

Je näher ich dem fünften Stock komme, desto schneller schlägt mein Herz. Ja, wir hatten in den letzten Wochen Kontakt. Ja, wir wussten beide, worauf es hinauslaufen würde. Aber dass das Warten nun ein Ende hat, macht mich dennoch auf die beste Art nervös.

Der Aufzug bleibt stehen, die Türen öffnen sich, und ich trete hinaus. Er steht in seiner Wohnungstür in Jeans und T-Shirt. Seine Haare sind verstrubbelt, seine Bartstoppeln einen Hauch länger als sonst, und mich durchzuckt es von meinem Unterleib bis in den Kopf, weil ich daran denke, dass wir uns gleich küssen werden.

Ich bleibe einen Augenblick stehen, sehe ihn an und lächle. Und er erwidert es. Dann nähere ich mich ihm, unsere Blicke fest ineinander verhakt, als könnten wir uns nicht mehr loslassen. Und dann … schließlich … endlich … bin ich in seinem Arm.

Er zieht mich an sich, hält mich. Hält mich fest. Hält mich an sich gepresst. Sein Atem irgendwo über meinem Ohr.

»Camille«, flüstert er und saugt den Geruch meiner Haare ein.

»Bash.« Ich schlinge meine Arme noch fester um ihn. Seinen Herzschlag kann ich selbst durch meine Jacke hindurch spüren. Oder ist es meiner? Jedenfalls gehen sie in diesem Moment synchron.

Wir stehen eine ganze Weile da, um uns zu vergewissern, dass wir das sind. Da. Beieinander. Und als wir uns lösen, sehen wir uns ein paar Sekunden in die Augen, bis sich Bashs Lippen auf meine senken. Ganz sanft. Zaghaft, als würde er um Erlaubnis bitten. Es ist fast ein keuscher Kuss, weil es nur darum geht, dass sich unsere Lippen ebenfalls begrüßen. Mit ihrer Wärme, ihrer Weichheit, ihrer Sehnsucht nacheinander.

Meine Hände zittern wieder, aber es ist egal. Das bin ich. Schichtenlos. In meiner reinsten Form. Ungeschminkt und verflucht aufgeregt.

»Schön, dass du da bist«, sagt Bash und streicht mir eine Haarsträhne hinters Ohr. »Willst du reinkommen?«

Ich nicke, trete über die Schwelle in seine warme Wohnung. Zum zweiten Mal. Zum ersten Mal. Es riecht gut. Nach frischer Wäsche. Nach ihm. Nach Sauberkeit und Gemütlichkeit. Ich erinnere mich an den Geruch, und doch kommt er mir neu vor.

Er nimmt mir die Jacke ab, hängt sie an die Garderobe. Ich ziehe meine Schuhe aus, dann nimmt er mich an der Hand und führt mich ins Wohnzimmer. Dielenboden, warmes Licht, eine weiße Sitzecke. Ein Küchentresen, dahinter die Anrichte. Und überall – wirklich überall! – liegen Bücher- und Papierstapel. Ich kenne das Bild, und doch ist es mir unbekannt. Auf einer Manuskriptseite kann ich handschriftliche Korrekturen erkennen, der Bleistift liegt noch darauf. Fast sieht es aus, als hätte Bash gearbeitet, bis ich geklingelt habe.

»Möchtest du was trinken? Wasser? Ein Glas Wein?«, fragt er und fährt sich etwas verlegen durch die Haare. Keine Mauern. Keine Schutzwälle.

»Gerne. Ein Glas Wein.«

Er holt zwei Gläser aus einem Hängeschrank. Auf dem Tresen steht eine Flasche Rotwein, die er gekonnt mit einem Korkenzieher öffnet.

»Eine schöne Wohnung«, sage ich, obwohl es eine Höflichkeitsfloskel ist.

»Danke.« Er schenkt den Wein gluckernd in die Gläser, dann reicht er mir eins. »Auf…«

»… unser erstes Date«, sage ich.

»Auf unser erstes Date.« Wir lassen die Gläser gegeneinander klirren.

»Darauf, dass das längste Vorspiel der Welt jetzt vorbei ist.« Ich merke, wie ich ein bisschen rot werde, weil ich es laut ausgesprochen habe.

»Das hatte ich auch noch nie«, erwidert er grinsend. »Dass jemand ein Lektorat als Vorspiel bezeichnet.«

»Für mich war es jedenfalls eine ziemlich heftige Erfahrung«, sage ich und setze mich auf einen der Barhocker am Tresen, den Bash mir anbietet.

»Ich würde schon mal anfangen zu kochen. Während du mir erzählst, warum die Erfahrung heftig war, okay?« Er holt ein Schneidebrett und ein Messer aus einer Schublade, Zutaten aus dem Kühlschrank.

»Kann ich was helfen?«, frage ich.

»Willst du Petersilie hacken?«

Ich nicke, nehme nun ebenfalls ein Messer und ein Brett in Empfang.

»Also, warum war die Erfahrung heftig?«, fragt Bash und beginnt, Knoblauch zu schälen.

»Ich habe es Vorspiel genannt. Aber es war wie ein emotionales Vorspiel. Ein einseitiges, ungeheuer intimes. Weil du die ganze Zeit einen ungefilterten Einblick in meinen Kopf hattest, indem du an meinen Gedichten gearbeitet hast.«

»Ich habe den ungefilterten Einblick sehr genossen«, erwidert er. »Aber ich glaube, ich weiß, was du meinst. Ich habe mich dir wahrscheinlich näher gefühlt als du dich mir, oder?«

Ich zucke mit den Schultern, nehme noch einen Schluck Rotwein. »Ich habe mich mir selbst dafür nah gefühlt. Das war gut. Weil ich ja selbst noch mal richtig tief in meine Gedanken einsteigen musste, um deine Anregungen bewerten zu können.«

»Ich stand noch nie auf der anderen Seite. Deswegen ist es ziemlich spannend, deine Perspektive darauf zu hören.« Er nickt mir zu, als würde er mich ermuntern wollen, weiterzusprechen.

Zuerst weiß ich nicht, was ich noch sagen soll. Ich bin es so gewohnt, mich zurückzunehmen, weil ich nicht weiß, welche Art von Raum ich einnehmen soll, dass es mir schwerfällt, Raum einzunehmen, selbst wenn er mir angeboten wird. Doch dann reihe ich einfach ein Wort an das nächste. So, wie wenn ich meine Gedanken aufschreibe und dann ein Gedicht daraus destilliere. Ich spreche über den Unterschied zwischen einer riesigen Followerschaft und dem einen Menschen, den man gern mit seinen Gedichten beeindrucken würde. Dass es sich paradox anfühlt, dass die Meinung eines Einzelnen mehr zählt als die von hunderttausend anderen Menschen. Darüber, dass ich mich beinahe entblößt gefühlt habe, als ich das erste Manuskript abgeschickt habe. Und darüber ... nein, das kann ich nicht sagen, oder? Doch dann spreche ich es aus. »Und diese Art der Nacktheit ist zwar anders als eine körperliche. Aber sie ...« Ich beiße mir auf die Unterlippe. »... hat mich trotzdem irgendwie angemacht.«

Bash macht große Augen. »Wow«, sagt er, während er eine Zitrone auspresst. Und ich stelle fest, dass ich ihm gerne beim Kochen zusehe. Er wischt seine Hände an dem Küchentuch ab, das er über seine Schulter gehängt hat. Dann kommt er um den Tresen herum und nimmt mein Gesicht in seine Hände. Sie riechen zitronig und nach ihm, und dann rieche ich seinen Atem, denn er ist mir jetzt ganz nah.

Unsere Lippen treffen sich erneut, doch diesmal ist es keine Begrüßung. Diesmal ist es ein Versichern. Und sehr schnell wird aus dem Versichern eine Lust, denn wir öffnen unsere Münder leicht, bis sich unsere Zungen in der Mitte treffen. Erst ganz behutsam, dann treffen sie immer heftiger aufeinander. Ich höre meinen Atem, höre seinen Atem. Und ebenso wie sich unser Atem vermischt, vermischen sich unsere Münder miteinander, bis wir von einem Zischen auf dem Herd unterbrochen werden.

»Shit«, sagt Bash und löst sich lächelnd von mir. In drei Schritten ist er am Herd, wo er das überkochende Wasser runterdreht und Spaghetti hineingibt. Als er sich umdreht, lächelt er immer noch. »Seit unserem Gespräch – ehrlich gesagt wahrscheinlich schon lange vorher – hat mich jedes Wort, das ich von dir gelesen habe, angemacht.«

Wieder spüre ich, wie mir Röte ins Gesicht steigt, aber ich beginne, dieses Gefühl zu genießen. Da ist keine Scham. Nicht einmal vor der Scham. Denn er kennt bereits das Innere meines Kopfs. Er kennt bereits meinen Körper. Er kennt meine Vergangenheit. Und nichts von all dem hat ihn abgeschreckt – im Gegenteil, er hat sich aktiv für mich entschieden. Für mich, Camille. Er hat mich gesehen und wollte *mich*. So wie ich ihn wollte und will, auch wenn ich nicht gedacht hätte, dass ich mich das noch einmal trauen würde. Es mir gestatten würde.

Wir essen am Küchentresen. Trinken noch ein Glas Wein. Die Pasta schmeckt toll, aber ich schmecke eigentlich nur Bash. Wir unterhalten uns über seine Lieblingsbücher, meine Lieblingsbücher, seine Projekte, meine Projekte. Er erzählt mir von seinen anstrengendsten Autoren (»Komischerweise alles Männer«) und ich ihm von Nina und Daniel und dem bunten Haufen von Künstlerinnen und Künstlern, mit denen ich meinen Alltag verbringe. Wir lachen, wir sehen uns an. Manchmal, wenn die Blicke lange genug halten, durchzuckt es mich wie ein Stromschlag.

Nach dem Essen nimmt Bash mich an der Hand und führt mich auf eins der Sofas. Er nimmt mir das Weinglas ab, stellt es neben das Manuskript mit den Korrekturen. Dann nimmt er mein Gesicht in seine Hände und küsst mich erneut. Wir atmen einander, schmecken einander, fühlen einander. Meine

Hände wandern unter sein T-Shirt, und ich spüre seine Haut, die ich bislang nur als Jethro gespürt habe. Jetzt sehen wir uns dabei an, und das macht es realer. Sicherer. Wir wissen jetzt beide, wer wir sind, und trotzdem sind wir beide noch hier.

Ich fahre über seinen Rücken hoch zu seinem Nacken, streiche über seine schöne, warme Haut. Und auf einmal ist sein T-Shirt weg und seine nackte Brust vor mir. Auch die will ich anfassen, und er schließt unter meinen Berührungen die Augen.

Meine Finger wandern tiefer, dorthin, wo dunkle Härchen einen Pfad in seine Hose bilden, und als mein Blick dorthin fällt, wo er endet, sehe ich, dass sich bereits eine Beule abzeichnet. Ich weiß, wie er sich anfühlt. In meiner Hand, in meinem Mund, in mir. Wie perfekt. Wie perfekt er mich ausfüllt, wie perfekt er gekrümmt ist, wie perfekt er an dieser Stelle in mir reibt.

»Willst du das?«, fragt Bash und stöhnt leise, während ich meine Hand auf seine Hose lege.

»Ja«, sage ich. Und dann, weil ich, Camille, es noch nie gefragt habe: »Willst *du* das?«, und meine damit eigentlich *Willst du mich?*

»O Gott, ja!«, sagt er. »Ich will das. Ich will *dich*, Camille!« Und diese Worte machen, dass es nun keinerlei Hemmungen mehr zwischen uns gibt. Ich nestle an seiner Hose, während er meinen Pulli hochschiebt. Schließlich übernehmen wir beide unsere eigenen Klamotten, weil unsere Bewegungen so fahrig sind, dass alles viel zu lang dauert. Ich entledige mich meiner Jeans, er tut es ebenso. Seine Socken folgen, mein BH, seine Boxer Briefs, meine Panties.

Er küsst mich, seine nackte Haut trifft auf meine nackte Haut, und ich meine fast, mich zu verbrennen, so heiß kommt er mir vor. Aber ich bin es wohl ebenso, sodass wir gemeinsam nur noch mehr Hitze produzieren. Ich schlinge meine Arme um ihn, fahre durch seine wunderbaren Haare, ziehe ein wenig daran, was ihm wiederum ein Stöhnen entlockt.

Ich streiche seinen Rücken hinunter, umfasse seinen Hintern und presse seinen Körper fester auf mich. Ich will ihn enger haben. Will ihm näher sein. Will ihm so nah sein, wie noch nie ein Mensch einem anderen Menschen nah war.

Er löst seine Lippen von meinem Mund, sieht mich an und lächelt. Dann streicht er mir die Haare aus dem Gesicht und sagt: »Du bist so schön, Camille.« Der Klang meines Namens jagt mir einen Schauer über meinen ganzen Körper.

Er küsst mich noch mal auf den Mund, dann auf meinen Kiefer, auf meinen Hals. Er wandert weiter nach unten, über mein Schlüsselbein, meine Brust, meinen Nippel, den er zwischen die Lippen nimmt und sanft daran saugt, sodass ich aufkeuche. Er küsst meinen Rippenbogen, meinen Bauch, meinen Venushügel. Die Innenseiten meiner Schenkel, und ich spüre, dass meine Beine jetzt schon zittern. Vor Erregung und vor Lust auf ihn. Und vor Lust auf seine Lust auf mich.

Seine Lippen streichen meine Beine entlang, bis sie bei der Narbe auf meinem Oberschenkel hängen bleiben. Er streicht mit dem Finger darüber.

»Woher hast du die?«, fragt er leise.

»Ich musste vor zwei Typen wegrennen. Nachts. Als Jethro. Ich bin über einen Zaun geklettert und habe mich dabei irgendwie verletzt. Ich bin mir ziemlich sicher, dass der Schnitt hätte genäht werden müssen. Aber ich habe mich nicht getraut ...«

Er küsst sie wieder. Die Narbe. Jethros Narbe. Meine Narbe. Lippen neben Lippen, neben Lippen, jeden Zentimeter. Dann sieht er mich an, forscht in meinem Gesicht, als müsse er die Lust sehen, die ich auf ihn habe.

Im nächsten Moment findet seine Zunge meine Vulvalippen, teilt sie, leckt über mich, und ich bäume mich ihm entgegen, weil es sich so gut anfühlt. Er leckt immer wieder genau über die Stelle, die meinen Körper zum Beben und meine Kehle zum Stöhnen bringt. Ein Finger dringt in mich ein, und ich liebe das Gefühl von ihm in mir. Ich komme ihm entgegen, und er versteht, bewegt ihn schneller, nimmt einen zweiten mit dazu.

»Ich will dich«, keuche ich, »dich in mir.«

»Ich will in dich«, raunt er mit tiefer Stimme und blickt mich von zwischen meinen Beinen aus an.

Aus seiner Hosentasche holt er ein Kondom. Er rollt es sich über und positioniert sich. Doch bevor er in mich kommt, küsst er mich erneut. Ich schmecke mich selbst in ihm und glaube, ich habe noch nie etwas so Wunderbares geschmeckt.

»Schau mich an dabei«, flüstere ich, und er tut es. Sieht mir fest in die Augen, während er eindringt. Sein Mund und mein Mund sind beide leicht geöffnet, und uns entweicht gleichzeitig ein Stöhnen, als er endlich in mir ist.

Er bewegt sich langsam, zieht sich so weit zurück, dass er fast rausrutscht, nur um dann wieder ganz tief in mich zu drängen. Und jedes Mal stöhnen wir gemeinsam. Ich komme ihm entgegen, um ihn noch tiefer aufzunehmen, und er *ist* noch tiefer in mir, und ich stöhne noch mehr, und er stöhnt noch lauter. Und während der gesamten Zeit unterbricht er unseren Blick nicht ein einziges Mal. Er sieht mich an mit einem Ausdruck, der ungläubig, glückselig und lustverschleiert gleichermaßen ist, und ich habe noch nie etwas Schöneres gesehen.

Wir erhöhen gemeinsam das Tempo, und ich merke, wie sich in mir etwas zusammenbraut. Etwas wie ein zuckersüßer Sturm aus körperlichem Gefühl, das sich dem emotionalen Gefühl einfach aufstülpt, es verschluckt und dabei immer größer wird. Wärme und Kälte, Glück und Traurigkeit, Lebendigkeit und Erschöpfung, das alles strömt aus mir und zurück in mich und übermannt mich, so wie Bash auch übermannt wird. Wir sehen uns immer noch an, als wir kommen. Und er stöhnt dabei meinen Namen. »Camille!«

Als wir uns wieder einigermaßen beruhigt haben, breitet Bash eine Wolldecke über uns und nimmt mich in den Arm. Nähe nach der Nähe, als Versicherung, dass es hier um uns geht. Und es ist, als würde alles, was er tut, mich ein bisschen heilen, auch wenn das Blödsinn ist, weil Sex und Aufmerksamkeit und Nähe nicht sieben Jahre auslöschen. Aber jedes kleine bisschen, das Bash für mich tut, nistet sich ein. Beansprucht Raum in mir. Und je mehr Raum die bisschens bekommen, desto weniger Raum ist da für Schmerz.

Er küsst mich sanft auf die Schläfe und flüstert dabei meinen Namen. »Camille.«

Er küsst mich auf die Wange. »Camille.«

Er küsst mich auf die Stirn. »Camille.«

Er küsst mein ganzes Gesicht, und nach jedem Kuss flüstert er meinen Namen.

»Camille.«

»Camille.«

»Camille.«

»Camille.«

Er küsst meinen Körper, er küsst die Narbe an meinem Bein.

»Camille.«

Als wüsste er genau, dass das die Bestätigung ist, die ich brauche. Vermutlich weiß er es sogar, klug, wie er ist. Und ich spüre, wie die bisschens jetzt schon gar kein bisschen mehr sind. Sondern etwas Großes.

56

Camille

Fünf Monate später.

Kurz versetzt es mir einen Stich, als ich sehe, wie viele Menschen Schlange stehen, um ihr Exemplar von *The Gentle Art of Losing your Mind* von Cy Bellamy signieren zu lassen. Die kleine Buchhandlung im Herzen von Williamsburg in New York City platzt aus allen Nähten, und ich wünschte, ich könnte das auch erleben. Nicht, weil ich denke, dass mein Buch ab nächster Woche einen ähnlichen Höhenflug hinlegen wird wie Cys Debütroman, aber es muss ein schönes Gefühl sein, wenn die Menschen – egal, wie viele es am Ende sind – etwas lieben, das zu hundert Prozent aus den eigenen Gedanken besteht. Denn was sie damit eigentlich sagen, ist, dass sie das, was man nie jemandem gezeigt hat, weil es das Innerste, das Intimste ist, lieben. Und was kann heilsamer sein?

»Er sieht müde aus, oder?«, fragt Louise an mich gewandt. Wir stehen etwas abseits der Schlange, obwohl auch ich meine Ausgabe signieren lassen will. Im Gegensatz zu den Büchern, die die anderen in der Hand haben, ist mein Exemplar allerdings peinlich zerlesen. Doch weil wir im Anschluss mit Cy essen gehen werden, hat Louise mich davon abgehalten, mich anzustellen.

»Ich finde, er sieht ziemlich gut aus«, erwidere ich, denn dass Cy Bellamy ein attraktiver Mann ist, wusste ich. Aber ihn jetzt hier live zu sehen, übertrifft die Erwartungen, die ich hatte, noch mal.

»Hey«, flüstert Bash und zwickt mich leicht in meinen Hintern.

»Nicht so gut wie du«, sage ich, zwinkere aber Louise übertrieben auffällig zu, sodass wir beide kichern müssen.

»Das findet ihr nur, weil er so erfolgreich ist.«

»Nee, das finden wir, weil er einfach ein verdammt schöner Mann ist«, sage ich, und Louise' prustet so laut, dass sich ein paar Leute umdrehen.

»Ich finde, er sieht müde aus. Klar, immer noch gut. Aber ich glaube, L. A. hat ihn wirklich ausgelaugt.« Da ist Sorge in Louise' Stimme.

»Ich bin sehr gespannt, was er über Hollywood erzählt«, sage ich.

»Apropos gespannt.« Louise sieht mich forschend an. »Bist du aufgeregt wegen morgen?«

»Ich versuche, keine Erwartungen zu haben«, gebe ich zu. »Aber es ist schwierig, weil ich mir natürlich so sehr wünsche, dass es gut wird.«

»Mein Angebot steht. Ich bin auf Abruf bereit, falls du emotionalen Beistand brauchst.« Bash nimmt meine Hand und drückt sie.

»Danke.« Ich schlucke. Beinahe acht Jahre sind vergangen, seit wir das letzte Mal miteinander gesprochen haben. Beinahe acht schwere Jahre ohne die Person, die mir immer am nächsten war. Beinahe acht Jahre, in denen ich mit dem Gefühl der Unvollständigkeit gelebt habe. Mit dem Gefühl, nicht mehr ich zu sein. Als ich vor drei Wochen das erste gedruckte Exemplar meines Buchs an die New Yorker Philharmoniker geschickt habe, wusste ich nicht einmal, ob sie reagieren würde. Als dann die E-Mail kam, bin ich einfach an Ort und Stelle auf den Boden gesunken. Gott sei Dank war ich in der

Agentur und nicht auf der Straße. Daniel musste mich wieder aufheben, weil ich gezittert habe. Die Worte kann ich inzwischen auswendig, so oft habe ich sie gelesen.

Liebe Camille,

danke für das Buch. Danke für die Widmung. Ich weiß nicht, was ich sagen soll – weder zu deinem Buch noch dazu, dass du mich als Jethro in den letzten Jahren begleitet hast. Vielleicht also auch danke dafür.
Ich weiß inzwischen (auch durch mein Gespräch mit Mick), dass zwei zu diesem Fehler gehört haben. Aber schon vorher, schon nach meinem Konzert habe ich keine Wut mehr empfunden, sondern Bedauern darüber, dass du weggerannt bist. Seit einigen Monaten versuche ich, einen Weg zu finden, Kontakt zu dir aufzunehmen, aber wenn man einmal in diesem großen Schweigen steckt, ist es nicht so leicht. Also auch danke, dass du uns nicht aufgegeben hast. Ich denke, wir sollten uns wiedersehen. Falls du das noch möchtest.

Deine Mara

Keine Sekunde habe ich daran gezweifelt, dass ich sie wiedersehen wollte. Und dann lud Cy Louise für sein erstes Wochenende zurück in New York ein, Coulter willigte ein, Philomena zu beaufsichtigen, und Bash schlug vor, Louise zu begleiten.

Die Schlange wird langsam übersichtlicher. Ich bewundere, mit welcher Geduld Cy sich jedem einzelnen Fan widmet. Er signiert, macht Fotos. Eine junge Frau bricht in Tränen aus, als sie vor ihm steht, und er kommt sofort um den Tisch herum und umarmt sie.

Irgendwann schließt die Buchhandlung, die letzten Kunden verlassen den Laden. Cy bedankt sich bei den Mitarbeiterinnen, die ihm ihrerseits überschwänglichst Worte des Dankes aussprechen. Und dann kommt er zu uns. Doch es scheint, als hätte er erst mal nur Augen für Louise. Natürlich, die beiden sind Freunde, seit sie Kinder waren. Und wenn ich es richtig verstehe, ist sie so etwas wie seine emotionale Stütze in all dem Wahnsinn, der sich in seinem Leben in der letzten Zeit ereignet hat.

»Hi«, sagt er und zögert kurz, ehe er sie in eine Umarmung zieht. So stehen sie einen Moment länger, um noch als normale Begrüßung durchzugehen. Bash grinst wissend, doch ich habe keine Ahnung, was das zu bedeuten hat. Immerhin hat Louise mehrfach betont, dass sie beste Freunde sind.

Schließlich lösen sie sich voneinander, und Cy und Bash begrüßen sich mit Handschlag.

»Schön, dich wiederzusehen«, sagt Bash.

»Ebenso«, erwidert Cy. Dann wendet er sich mir zu. »Hi, ich bin Cy.«

Ich schüttle ihm ebenfalls die Hand. »Ich weiß«, sage ich und merke, dass ich rot werde. »Ich bin Bashs Freundin. Camille.«

»Freut mich sehr, Camille.« Cy lächelt, und wäre ich nicht über alle Maßen verliebt in Bash, würde ich vielleicht ein bisschen schmelzen.

»Würdest du vielleicht noch ein Buch für Camille signieren?«, fragt Louise, was gut ist, weil ich mich wohl kaum getraut hätte, ihn das nach dem Signiermarathon der letzten drei Stunden noch zu fragen.

»Aber selbstverständlich.« Sein Lächeln wird noch breiter. Und dann noch ein bisschen, als ich ihm aufgeregt meine zerfledderte Ausgabe von *The Gentle Art of Losing your Mind* reiche.

»Sorry, ich schwöre, ich bin gut damit umgegangen, aber ich habe es einfach ein paarmal zu oft gelesen.«

»Ich liebe es, wenn Bücher gelesen aussehen«, sagt Cy und zückt seinen Stift. »Für Camille, ja?«

Ich nicke und sehe ihm dann dabei zu, wie er erst meinen Namen und dann seinen in mein Buch schreibt.

»Danke«, sage ich.

»Ich habe zu danken, dass du mein Buch gelesen hast.«

»Wird das jemals normal?«, frage ich.

»Ich glaube nicht.« Er gibt mir das Buch zurück und steckt den Stift wieder ein. »Zumindest fühlt es sich für mich immer noch surreal an. Und ein bisschen überfordernd von Zeit zu Zeit.« Er lächelt zwar noch immer, aber ich habe das Gefühl, dass diese Überforderung vielleicht nicht nur positiv ist. »Ich habe uns übrigens einen Tisch bei meinem Stammitaliener um die Ecke reserviert. Ich hoffe, ihr habt Hunger, denn ich habe vor, alles zu bestellen, was auf der Karte steht. Ihr macht euch keine Vorstellung, wie sehr mir Alessios Pasta gefehlt hat.«

»Als gäbe es in L. A. keine guten italienischen Restaurants«, sagt Louise.

»Hör mir auf mit L. A.« Cy schüttelt sich. »Ich will da nie wieder hin, hörst du, Louise? Bitte mach, dass ich da nie wieder hinmuss.«

Louise schnippst mit den Fingern. »Done.«

Während des Essens – Cy bestellt wirklich fast alles auf der Karte, und die Pasta ist wirklich herausragend gut – erzählt er noch etwas mehr über seine Zeit in Kalifornien. Dass er Rio McQuoid getroffen habe, der die Rolle des Carl Rockland spielen wird, zuerst dachte, er sei ein arrogantes Arschloch wie alle anderen Leute in Hollywood, aber dann hätten sie sich doch ganz gut unterhalten. Dass er mit den anderen Drehbuchautoren und Keanu Reeves gut klarkam, aber die Mentalität einfach nicht seine ist. Dass ihn die Oberflächlichkeit fast erschlagen hat. Dass er so glücklich ist, wieder hier zu sein. Bei diesem Satz greift er Louise' Hand, und sie erwidert die Berührung. So sitzen sie während der nächsten Minuten da, lassen sich nicht los. Ihre Freundschaft scheint wirklich sehr eng zu sein. Und ich muss unwillkürlich lächeln, weil ich daran denke, dass ich in Daniel auch einen besten Freund habe. Mit dem ich zwar nicht Händchen halte, den ich aber auch anrufen würde, wenn es mir in L. A. schlecht ginge.

Nach Unmengen Pasta und einer moderaten Menge Wein »aufs Haus, weil unser Wunderkind wieder da ist« weist Cy Bash und mir den Weg zu unserem Hotel, während er und Louise sich in seine Williamsburger Wohnung verabschieden.

Als Bash und ich allein sind, sagt er: »Ich weiß, die ganze Welt steht auf ihn, aber ich hoffe wirklich, dass er zu schätzen weiß, was Louise alles für ihn tut.«

»Wirkt auf mich jedenfalls so«, antworte ich.

»Auf mich wirkt es so, als würde er ihr Leben verkomplizieren«, sagt Bash. »Er ist ein netter Kerl und alles. Aber Louise braucht jemanden, der sich um sie kümmert. Nicht andersrum.«

»Vielleicht kümmern sie sich ja gegenseitig.« So wie Bash und ich.

»Ja, vielleicht.« Doch Bash klingt nicht wirklich überzeugt.

»Er ist nicht Laura«, sage ich, denn Bash hat mir erzählt, wie schwer es für ihn war, sich emotional von der Verantwortung seiner Ex gegenüber zu lösen. »Und Louise ist nicht du. Sie kann auf sich selbst aufpassen.« So wie ich auch auf mich selbst aufpassen konnte. Aber es ist schön, zu wissen, dass ich es nicht mehr muss. Dass da jetzt Bash ist, der mich zurückhält, wenn aus dem Nichts ein Auto angerauscht kommt. Im wortwörtlichen und übertragenen Sinn.

»Das stimmt wohl. Deswegen kann Louise auch das hier nicht machen.« Er zieht mich an sich und küsst mich. Und *jetzt* schmelze ich.

57

Bash

Ich bringe Camille bis zur Straßenecke. Auf dem ganzen Weg halte ich ihre Hand. Ich weiß, dass sie nervös ist. Ich weiß, dass das der Grund ist, warum sie den ganzen Morgen kaum drei Sätze mit mir gesprochen hat. Und ich wünschte, ich könnte ihr auf eine hilfreichere Weise beistehen als einfach nur durch meine Anwesenheit. Ich wünschte, ich könnte ihr sagen, dass sie nichts zu befürchten hat, denn egal, wie das Treffen ausgeht, sie hat mich. Sie hat sich. Sie hat ein Buch geschrieben. Sie hat jetzt schon Millionen Leute mit ihren Gedanken berührt und wird noch viel mehr Leute erreichen. Sie ist unbesiegbar, und ich bin tief, tief, tief beeindruckt von dem Mensch, der sie ist. Aber natürlich zählt für sie in diesem Moment nur der Gedanke an ihre Schwester.

»Viel Erfolg«, sage ich und drücke zum Abschied ihre Hand. Wir küssen uns nicht, weil es hier nicht um uns beide, sondern nur um sie geht. »Sag Bescheid, wenn du mich brauchst.«

Sie nickt. Schluckt. »Wird schon.« Der Versuch ihres Lächelns bricht mir beinahe das Herz. Dann löst sie sich von mir und macht einen Schritt nach vorn. »Bash?« Sie dreht sich noch mal um.

»Hm?«

»Danke.«

»Wofür?«

»Ohne dich ... ohne dieses Buch ... ohne unsere Geschichte ... ich glaube nicht, dass das hier passiert wäre.«

»Ich glaube schon«, sage ich. »Vielleicht nicht auf diese Weise. Aber du hättest es immer geschafft.«

Sie wiegt den Kopf hin und her. »Wir werden es nicht herausfinden. Also ist es gut, dass es so gekommen ist.«

»Das finde ich auch«, sage ich. »Und jetzt geh. Triff deine Schwester.« Ich lächle sie aufmunternd an.

»Kannst du hier warten, bis ...«

»Klar.«

Sie nickt. Zum zweiten Mal dreht sie sich um und steuert nun auf das Café auf der anderen Straßenseite zu, in dem sie mit Mara verabredet ist. Es befindet sich in einer ruhigen Straße, etwas abseits vom Trubel und sieht ein bisschen unscheinbar, aber doch sehr gemütlich aus.

Sie ist bereits auf der anderen Straßenseite angekommen, hält einen Augenblick inne, ehe sie die Tür zum Café öffnet. Dann tritt sie ein. Durch die Fenster erkenne ich, dass sie sich umsieht. Ein bisschen unsicher. Ein bisschen zögerlich.

»Ich bin da«, murmle ich. »Wenn was ist, bin ich für dich da.«

In diesem Moment geht sie auf einen der Tische zu. Ich erkenne nur noch Schemen, dennoch rast mein Herz. Und dann erhebt sich die Person, die dort bereits saß. Ich sehe alles wie in Zeitlupe. Wie sie sich umdreht. Wie sie sich einen langen Augenblick gegenüberstehen und sich ansehen.

Nun breitet die Person ihre Arme aus, und Camille tritt auf sie zu. Es ist das erste Mal seit knapp acht Jahren, dass Camille ihre Zwillingsschwester umarmt, und ich kann bis nach draußen fühlen, wie groß dieser Moment ist. Wie mächtig. Und dann sehe ich noch etwas anderes. Sehe, wie Mara Camille etwas über den Tisch zuschiebt. Es ist ein Buch. Camilles Buch. Sehe, wie Camille sich die Hände vor den Mund schlägt. Sehe, wie Camille das erste Exemplar ihres Buchs signiert. Für ihre Schwester.

Jetzt weiß ich, dass ich gehen kann. Und ich weiß, dass ich alles richtig gemacht habe. Heute, gestern, früher. In Gedanken durchlebe ich die letzten Monate im Schnelldurchlauf. Sehe Momente vor mir, die zu unserer Geschichte geworden sind, und begreife, dass selbst meine Fehler, selbst meine vermeintlich falschen Entscheidungen dazu geführt haben, dass wir jetzt hier sind. An diesem Ort. Heilsam. Gemeinsam.

E N D E

Danksagung

Manche Leute finden Danksagungen langweilig, weil man jedes Mal das Gleiche schreibt. Ich finde Danksagungen genau deswegen schön, weil sie bedeuten, dass meine Dankbarkeit nicht weniger wird. Und als Allererstes will ich mich bei euch bedanken, meine lieben Leser*innen. Kunst um der Kunst willen ist nicht so mein Ding, deswegen weiß ich, dass ich ohne euch und eure Begeisterung nicht schreiben würde. Danke, dass ihr da seid, ob frisch oder schon länger. Ich liebe euch alle.

Dann sind da mein Agent Niclas, meine Lektorin Greta, meine Redakteurin Michelle, die immer da sind, mich unterstützen, mich anfeuern, mich pampern, wenn nötig (und in den letzten Monaten *war* es nötig, heieiei). Danke, dass es euch gibt, danke, dass ihr in meinem Leben seid.

Danke an all die engagierten Mitarbeiter*innen im Verlag.

Danke an Sabine, Ina und meine Mama für euer wertvolles Feedback. Und natürlich für eure Zeit!

Danke an Maryam fürs Sensitivity Reading, den spannenden Austausch, das Teilen deiner Geschichte.

Danke an Julia und Kyra. Ohne diese beiden hätte ich schon längst jede Menge Sand bestellt, um meinen Kopf reinzustecken. Vielleicht machen wir das demnächst mal zu dritt. Who knows. Aber es ist jedenfalls das beste Gefühl, wenn man weiß, dass man das mit dem Kopf-in-den-Sand-Stecken nicht alleine machen muss.

Danke an Carina, Kira, Leo, Kristina, Caro und all die anderen wunderbaren Frauen in der Buchwelt.

Danke an Helena, Teresa, Isi, Judith, Annika und all die anderen wunderbaren Frauen außerhalb der Buchwelt.

Danke.

Abenteuer und Romantik im Herzen Südafrikas

Mareike Allnoch

A Touch of Wilderness

Roman

everlove, 352 Seiten
ISBN 978-3-492-06451-4

Als Nike die Chance bekommt, einen Sommer in Südafrika zu verbringen, um dort ein Tierschutzprojekt zu unterstützen, ist sie Feuer und Flamme. Bereits am ersten Tag begegnet ihr der charmante Liam, der das Projekt als Safari-Guide unterstützt. Es knistert sofort zwischen ihnen, und jeder Moment im Kruger-Nationalpark wird für Nike mit Liam an ihrer Seite zu etwas ganz Besonderem. Doch Liam hat ihr nicht alles über seine düstere Vergangenheit erzählt. Als Nike die Wahrheit erfährt, kann selbst der Zauber Südafrikas ihr Gefühlschaos nicht mehr beruhigen …

everlove by PIPER

Leseproben, E-Books und mehr unter **www.everlove-verlag.de**

Dieses Weihnachten dreht sich alles um die Liebe

Coverabbildungen vorbehalten

Christmas in My Heart
24 Geschichten zum Verlieben |
Der everlove-Adventskalender

everlove, 368 Seiten
ISBN 978-3-492-06550-4

Was ist romantischer als die Weihnachtszeit? Egal wo, auf der ganzen Welt knistert es. Jede Geschichte in diesem Adventskalender verzaubert mit einem wunderbar weihnachtlichen Setting. Denn die große Liebe findet man überall: beim Spaziergang über den verschneiten Adventsmarkt in Straßburg, beim eisigen Winterschwimmen in Wales oder am Strand in Brasilien unter der Weihnachtspalme. Hinter jedem Türchen wartet eine exklusive, romantische Kurzgeschichte darauf, die Vorweihnachtszeit zu versüßen!

Leseproben, E-Books und mehr unter www.everlove-verlag.de

everlove

Die Liebe ist wunderbar und
unendlich vielseitig!
Deshalb finden bei everlove auch alle
Facetten der Liebe einen Platz.

WERDE TEIL UNSERER COMMUNITY

#allyouneediseverlove

⊙ everlove.verlag   ♪ everloveverlag

𝔭 everloveverlag   ⊕ everlove-verlag.de

VERPASSE KEINE NEUIGKEITEN MEHR

Melde dich jetzt für unseren Romance-Newsletter an!

✉ piper.de/newsletter

DU HAST WÜNSCHE, ANMERKUNGEN ODER FEEDBACK?

Schreib uns gerne!

📧 everlove@piper.de